IL ÉTAIT TROIS FOIS… MANON, SUZIE, FLAVIE
de Marie Potvin
Roman

MARIE POTVIN

Il était TROIS FOIS…
Manon, Suzie, Flavie

Les Éditions Goélette

De la même auteure, chez Numériklivres :

- *Le retour de Manon Lachance,* roman, 2011
- *L'Aventurière des causes perdues,* roman, 2011
- *Suzie et l'Homme des bois,* roman, 2012
- *La Naufragée urbaine,* roman, 2012
- *Les héros, ça s'trompe jamais – saison 1,* roman, 2012
- *Les héros, ça s'trompe jamais – saison 2,* roman, 2013

Couverture : Sophie Binette
Graphisme : Jessica Papineau-Lapierre
Révision : Corinne De Vailly
Correction : Élaine Parisien
Photographie de l'auteure : Sylvain Hamel et Julie Charbonneau
du studio de photographie Binary Revolt

© Les Éditions Goélette, Marie Potvin, 2013

www.editionsgoelette.com   www.facebook.com/EditionsGoelette
www.mariepotvin.com   www.facebook.com/marie.potvin.18

Dépôt légal : 1er trimestre 2013
Bibliothèque et Archives nationales du Québec
Bibliothèque et Archives Canada

Les Éditions Goélette bénéficient du soutien financier de la SODEC
pour son programme d'aide à l'édition et à la promotion.

Nous remercions le gouvernement du Québec de l'aide financière
accordée par l'entremise du Programme de crédit d'impôt pour
l'édition de livres, administré par la SODEC.

 Patrimoine   Canadian
canadien   Heritage

Nous reconnaissons l'aide financière du gouvernement du Canada par l'entremise
du Fonds du livre du Canada pour nos activités d'édition.

 Membre de l'Association nationale des éditeurs de livres

Imprimé au Canada

ISBN : 978-2-89690-512-6

À Sandrine et Thierry

PROLOGUE

MAI – RUE PAPINEAU, MONTRÉAL

Manon

Maître Quenneville m'attend au cinquième étage pour la lecture du testament. Je suis déjà en retard, mais je m'en contre-fiche, je sais déjà ce qu'il contient.

Je traverse cette journée pénible comme si j'étais portée par un nuage gris, morose. Un héritage important, toutefois porteur de tristesse, me tombe soudainement entre les mains. Sans ma grand-mère pour écouter mes histoires, je me sens sombrer dans un trou noir. Plus rien ne sera pareil. Ni Noël, ni Pâques, ni même le solstice d'été !

J'appuie sur le bouton de l'ascenseur, la mort dans l'âme. Me voilà à remettre en question chaque facette de ma vie. Un projet grandiose, voilà ce qu'il me faut. Je dois changer de monde et d'espace. Quelques idées résonnent déjà. Une maison dans mon vieux patelin, entre autres. Retrouver mes racines, faire la paix avec mes fantômes.

Derrière moi, la porte vitrée s'ouvre. Avec le vent humide s'introduisent l'odeur d'asphalte détrempé et une jeune femme qui secoue ses cheveux bruns avec vivacité.

Suzie

J'entre en coup de vent dans le vieil édifice, mes cheveux ruisselants de gouttelettes. Ce matin même, en quittant Québec, aucun signe de tempête n'était visible ; maintenant, des éclairs animent le ciel qui s'assombrit à vue d'œil. Dommage que je n'aie pas apporté de sac pour mettre à l'abri toute la paperasse pour ma sœur que le notaire me confiera. Tant pis! Je me suis rendue à bon port, c'est la seule chose importante.

Une jeune femme aux cheveux auburn et bouclés a déjà appuyé pour appeler l'ascenseur. L'inconnue semble triste. Discrète, je me contente d'attendre à ses côtés que l'engin ouvre ses portes.

Derrière moi, une jeune blonde aux reflets roux arrive en trombe. Elle a l'air énervé, j'essaie de ne pas trop la dévisager.

Flavie

Je dois me rendre au cinquième étage pour cette entrevue. Vêtue d'une jupe grise, de bas de nylon inconfortables et d'un chemisier blanc, je me place entre la brune et la rousse qui patientent déjà. Peut-être devrais-je prendre les escaliers pour m'assurer d'arriver à l'heure? Non, à quoi bon suer et me sentir mal dans les beaux atours que ma meilleure amie m'a gentiment prêtés pour l'occasion?

– Respire, murmuré-je pour moi-même, fébrile.

La grande brune pointe sur moi un regard interrogateur.

– Pardon?

– Ah, excusez-moi! dis-je. Je suis un peu nerveuse.

Elle sourit discrètement; la rousse aux longs cheveux bouclés ne bronche pas, manifestement perdue dans ses pensées.

Enfin, le bruit familier du cliquetis de métal se fait entendre, la porte argentée glisse sur ses rails. D'un geste parfaitement synchronisé, nous avançons le pied en même temps. Chacune de nous recule pour éviter de bousculer les autres. Ce faisant, nous nous dévisageons, comme si l'ordre d'entrée dans l'habitacle était d'une importance capitale, comme si ça allait changer notre vie. La grande brune fonce la première, celle aux cheveux bouclés et moi suivons en échangeant un sourire sincère.

Quelques instants plus tard, un violent coup de tonnerre accompagne l'éclair qui frappe l'édifice. L'électricité meurt dans la seconde, laissant l'ascenseur immobile entre deux étages, plongé dans le noir.

Alarmée, je retiens mon souffle.

Trois vies en suspens

Lentement, les lumières d'urgence éclairent peu à peu les trois captives. Dès qu'elle est en mesure de le discerner, Suzie Bertrand appuie avec énergie sur le bouton rouge. L'ascenseur doit être aussi vétuste que l'édifice lui-même, même pas de combiné pour appeler à l'aide.

– Merde! J'ai laissé mon cellulaire dans ma voiture, grommelle-t-elle en fouillant dans son minuscule sac à main. Est-ce que l'une d'entre vous a un téléphone?

La jeune femme avec laquelle elle vient d'échanger quelques mots juste trois minutes auparavant offre un sourire piteux.

– La pile de mon iPhone est complètement à plat.

Manon Lachance sent tout à coup les regards insistants de ses camarades d'infortune. Un cellulaire? Elle est une des dernières résistantes à ces bidules électroniques.

– Désolée, je n'ai pas de cellulaire.

Dans l'immeuble, à travers la paroi de contreplaqué, le silence est mortuaire. Seul le grincement discret des cordes d'acier qui tiennent la cabine laisse entendre un bruit sourd.

– Nous n'avons qu'à attendre, continue Manon, l'électricité reviendra rapidement, comme toujours.

ᴧᴧᴧ

Une heure plus tard, les trois filles sont assises sur le tapis industriel couvrant le plancher de la boîte de métal. De fil en aiguille, leur discussion prend des airs d'échanges entre vieilles copines.

– En résumé, nous sommes trois âmes esseulées, prises ici, affirme Suzie.

– Je ne sais pas pour vous, dit Flavie dans un soupir de découragement, mais moi je suis un cas désespéré. J'ai du mal à garder un emploi, alors imaginez un homme…

Manon tapote le genou de la jeune accablée.

– T'en fais pas, tu trouveras bien ta place en ce bas monde ! Moi, j'ai décidé de prendre le taureau par les cornes.

Flavie lui offre un regard plein d'admiration.

– Ah oui ? Comment cela ?

– De un, j'ai laissé mon conjoint. Il était gentil, mais ennuyeux à mourir. Un architecte. Il ne parlait que de ses travaux et de son sacro-saint jogging.

– Ah ! Un homme pour moi, tu me donneras son numéro, lance Suzie, non sans un brin de sarcasme.

Manon détaille Suzie dans la pénombre. Cette femme d'allure sophistiquée ne ferait qu'une bouchée de son pauvre Serge.

– Je ne donne pas mes restants aux copines, répond Manon, avec un clin d'œil.

Aux copines… Suzie se surprend à ressentir une petite étincelle de plaisir à cette pensée. Bien sûr, cette Manon Lachance parle métaphoriquement. Tout de même, il est rare que Suzie se sente incluse dans un groupe de « filles ». Elle glousse platement.

– Honnêtement, aujourd'hui, vous êtes les meilleures « copines » que j'aie eues depuis longtemps.

De son côté, Flavie fait la grimace. Plus le temps passe dans cette aire étroite, plus elle dit au revoir à l'emploi pour lequel elle est venue postuler. Un retard d'une telle ampleur, même s'il est motivé par un problème technique, ne fait jamais bonne figure auprès d'un employeur. Et pas de job, pas d'appart, pas d'appart, pas de vie…

– Mais qu'est-ce qu'ils foutent? s'impatiente-t-elle, frappant de sa tête la cloison de faux bois.

Manon sourit.

– Peut-être que c'est le ciel qui nous a amenées ici. Peut-être a-t-il quelque chose de spécial à nous dire, à toutes les trois.

– C'est le ciel, ça, c'est sûr. Ce bruit de tonnerre a tout déclenché, dit Suzie.

– Vous allez me trouver bien ridicule, mais j'ai une impression étrange. Comme si ce moment d'arrêt forcé avec vous n'était pas un hasard. Peut-être qu'en sortant d'ici, nos vies auront changé?

Suzie serre entre ses doigts le cristal qui pend à la chaînette autour de son cou.

– Ça, je le souhaite ardemment. Pas vous?

Les trois demoiselles sourient, et la porte s'ouvre.

Par la baie vitrée, les rayons du soleil frappent, éclaboussant d'or les plantes de soie qui ornent le hall d'entrée.

LIVRE I

LE RETOUR DE MANON LACHANCE

CHAPITRE 1

MON HORRIBLE MAISON

J'ai peur d'entrer tellement je suis fébrile. Pour l'œil mal avisé, c'est une vieille mansarde véreuse. Le ciment est effrité, on voit des tiges d'acier rouillé à travers les fissures, l'herbe a poussé librement et une carrosserie de voiture accidentée squatte la partie ouest de la cour arrière.

Cependant, à mon âme de rêveuse, c'est une maison de pierre avec une fontaine devant et une piscine creusée à l'arrière.

C'est un havre de paix, le centre de l'action de mon premier projet. *Notre* premier projet. Car si Patrick n'a pas investi avec moi, il sera néanmoins mon électricien, mon menuisier, mon plâtrier, mon plombier…

Bon, OK, il va tout faire, et moi, je vais regarder. Et payer.

Naturellement, si j'avais une quelconque expérience en rénovation, mon projet serait plus simple pour Patrick. Et si mes nouvelles voisines, encombrées de leur nombreuse marmaille, ne me lançaient pas des regards hostiles, je serais plus tranquille.

On dirait que je suis tombée dans un petit village reculé de campagne. D'accord, le quartier est un peu aseptisé pour une jeune et fringante célibataire. J'aurais dû penser à ça avant. Nonobstant ce désagrément, je fais comme si tout était parfait. Je ne dois pas m'enliser dans le doute. Car, « dans le doute, abstiens-toi » n'a jamais été mon adage.

Donc, je gravis les quatre marches de contreplaqué menant à la porte d'entrée. Je sens le matériau usé rouler sous mes pieds comme s'il s'agissait de bâtons de *Pop Sicle*. En réalité, c'est du bois gris avec des restants de peinture bleue. Enfin, une couleur qui ressemble à ce qui a dû être du bleu, à l'époque.

Une chance que Patrick s'en vient. Je l'ai déjà avoué, j'ai un peu peur d'entrer. La dernière fois que je suis venue, il faisait sombre et comme l'électricité avait été coupée, je n'ai pas vu grand-chose. J'ai aperçu de grandes pièces, de grandes fenêtres. Je me suis vue en train d'installer les rideaux turquoise et blanc que j'ai admirés chez Ikea, deux mois plus tôt.

Comme la maison ressemble à un gros cube monté sur deux étages, un escalier est planté en plein milieu du rez-de-chaussée. Sur la droite se trouve une cuisine qui sera démente, avec des armoires de lattes blanches et de la céramique bleu royal. Des lumières encastrées au plafond éclairent des comptoirs de granite. En fait, un comptoir et un îlot. Je veux l'évier dans l'îlot, ça fait plus chic. Avec un beau robinet torsadé comme dans les magazines de design.

Je sens une voiture passer. La rue est si étroite que la façade de ma maison donne directement sur le trottoir. Non, j'exagère. Il y a bien un mètre entre le trottoir et la façade, l'idée de la fontaine n'était qu'un fantasme, évidemment. Bref, on décèle chaque vibration.

Me contentant de rester au rez-de-chaussée, là où sera ma super cuisine, je décide d'attendre Patrick et sa présence rassurante pour monter à l'étage. Si jamais c'est hanté, il le saura avant moi et me présentera aux occupants, car il est très courageux.

C'est bien dommage qu'il habite avec sa copine à Montréal. Nadine qu'elle s'appelle. Je dis «malheureusement», car il est plus grand que nature avec un sourire qui me chavire le cœur.

Mon nom est Manon Lachance, j'ai trente-cinq ans, nouvellement séparée de Serge Trépanier, architecte. C'est lui qui m'a donné l'envie d'investir dans l'immobilier. Je crois que c'est la seule bonne chose qui me restera de Serge. J'ai donc fait venir Patrick à Salaberry-de-Valleyfield, en lui promettant un boulot passionnant.

J'espère qu'il sera aussi enthousiaste que moi. J'aimerais bien qu'il s'emballe *sur* moi, un peu. Mais qu'est-ce que je dis? Désolée, Nadine!

Non, je n'ai pas acheté cette cabane pour le capturer dans mes filets. J'ai signé l'hypothèque, puis j'ai songé à Patrick Lemelin.

Seulement parce que c'est le meilleur.

Une portière claque. Le vieil escalier craque de nouveau. Je sais que c'est lui qui monte. Nerveuse, je me retourne pour scruter son expression. L'angle de ses sourcils m'indiquera à combien de milliers de dollars s'élèvera la facture.

J'ai soudain un profond regret, j'aurais dû l'amener avant de signer. J'arrête sur-le-champ de douter, j'ai une bonne étoile, je m'appelle *Lachance*, après tout.

Ses sourcils châtains forment d'abord un accent circonflexe, puis un V serré. Je suis dans la merde.

Quand je vois ses grandes mains se poser sur ses hanches, mon cœur panique.

– Il faudrait démolir et rebâtir. J'espère que le terrain a une certaine valeur, déclare-t-il sans m'épargner.

– Je ne peux pas. C'est un immeuble qui jouit d'un usage dérogatoire, sans parler de la conservation du patrimoine. S'il faut faire quelque chose, c'est rénover l'extérieur et l'intérieur. Le notaire a été clair.

Il me regarde. Malgré le contre-jour qui le place dans la pénombre, je vois ses pupilles se dilater. J'aurais vraiment dû lui parler avant de signer.

– Quel budget penses-tu mettre?

– Combien ça va coûter à ton avis?

– Dans les soixante mille. Mais je suis conservateur. Ça ne compte pas les babioles de filles que tu voudras ajouter.

Je lui fais un sourire qu'il n'attendait pas.

– Ça va aller, lui dis-je.

Il semble surpris. Je ne suis pas une complète imbécile. J'ai sauté d'une année scolaire, alors pour la stupidité, on repassera.

– Je commence demain matin. Où pourrais-je demeurer pendant les travaux?

Je n'avais pas songé à ça. Ça fait loin, Valleyfield-Montréal. Misons sur les acquis, il sera peut-être partant.

– J'ai appelé Hydro-Québec, l'électricité fonctionnera dans quelques heures. Si je mets un petit frigo et un four à micro-ondes, tu penses que tu pourras survivre ici? Il y a encore l'eau courante et des toilettes au rez-de-chaussée. C'est un peu dégueu, mais je peux te nettoyer ça en un rien de temps.

– Ça dépend de ce qu'on trouvera à l'étage.

Sa voix est grave et dépourvue d'émotion. Il m'énerve et me calme à la fois.

Nous montons à l'étage, je le fais passer devant. Je le laisse trouver les fantômes ou les ratons laveurs. Je trouve l'escalier un peu à pic. J'espère qu'il pourra adoucir la pente. Il s'arrête devant la première pièce.

– Le parquet n'est pas mauvais. Tu veux mettre autre chose ou on le garde?

Il parle comme s'il était mon conjoint. «*On* le garde?» ça sonne bien à mon oreille. Je me ressaisis.

– Je veux le conserver, évidemment. C'est quoi le gris, là? demandé-je en pointant un coin de mur.

Il se prend le menton.

– Du moisi. Il faudra percer les murs et revoir l'isolation. J'avais peur de trouver de la vermine, mais on dirait que tu n'as pas de squatters illégaux. Si tu me trouves un matelas, je pourrai rester durant la semaine.

– Sans problème.

Je me fais une liste mentale, un frigo, un four à micro-ondes, un matelas et soixante mille dollars. Il n'est pas trop difficile, le mec de Nadine.

Je dois aussi songer à ne jamais me lier d'amitié avec elle.

Je me suis installée chez Magalie, ma seule amie qui vive encore à Valleyfield. Son mari Sébastien est très gentil. Entre rouquins, on se comprend bien. Elle habite dans le quartier, de ce que moi j'appelle celui des belles maisons, près d'un beau parc. Sa rue est large, les résidences y sont suffisamment espacées pour y posséder un terrain digne de ce nom. Ce ne sera pas mon cas, même une fois les rénovations achevées. Ma cour restera petite pour ma petite piscine creusée et mon petit patio.

Je blague, ma cour ne pourra jamais accueillir de piscine creusée.

Nous nous sommes connues au cégep, Magalie et moi. Elle arrivait toute fraîche de Vaudreuil, m'éblouissant par sa beauté et son style de citadine dégourdie. Moi, honnêtement, j'avais une allure lamentable. Je n'avais pas fait le tour de la grande ville, comme Magalie. Montréal était pour moi un mystère, à l'époque. J'avais hoché la tête dans le vide, laissant croire que je connaissais les Foufounes Électriques, que j'y étais allée des centaines de fois. Je ne connaissais en réalité que la Pamalou et la brasserie Olympique, les deux bars du coin de l'époque. Voilà pour la culture et la vie nocturne.

Ç'aura pris dix ans à Magalie pour me dire qu'elle avait été traumatisée par le bandeau blanc que j'avais sur la tête quand elle m'a rencontrée pour la première fois. Elle n'a pas manqué de me remercier de l'avoir avertie pour la décharge électrique de l'ascenseur. C'est dire comme elle est sensible aux sentiments d'autrui.

Chère Magalie, je l'adore. Son frère, par contre, était – et doit toujours être, je n'en sais rien parce qu'on n'en parle jamais – un grand gaillard pas très plaisant, savourant les avantages que lui donne son physique et profitant de sa réputation. Il n'était même pas civilisé avec sa propre sœur.

Il vit aujourd'hui à Saint-Zotique. Il peut bien rester dans son bled. Si je suis chanceuse, ses abdos se sont transformés en bedaine bien ronde. Mais j'en doute. Une telle justice n'existe pas en ce bas monde.

Heureusement, Magalie ne le voit pas souvent, même si c'est juste de l'autre côté du pont. Ironiquement, c'est à cause de Sébastien qu'elle a des nouvelles de son jumeau.

Je me demande ce qu'il fait dans la vie d'ailleurs.

Gigolo? Bien possible. Un gigolo *saint-zotiquien*.

Ha!

Alors, c'est chez elle que je vais habiter en attendant que ma nouvelle demeure se remodèle. Je ne croyais pas être aussi heureuse de revenir dans mon patelin.

Hériter de la petite fortune de ma grand-mère en début d'année – pauvre grand-maman, Dieu ait son âme, s'il existe – m'a permis de réorienter ma vie, de quitter Serge et de prendre mes propres décisions.

Serge est encore abasourdi, il m'a tenue pour acquise pendant cinq ans, il attend toujours mon coup de fil.

Qu'il se le tienne pour dit, je ne reculerai pas.

Depuis que j'ai quitté Valleyfield, j'ai fait tous les jobs qu'on puisse imaginer. D'agente de bord à serveuse, à vendeuse, à placeuse de boîtes et même à mascotte, chose que je ne conseille à personne.

Maintenant, je vais prendre mon temps pour trouver ma voie. Magalie dirige une garderie à la maison, je vais me rendre utile en l'aidant, ce sera pour payer ma pitance.

Magalie et Sébastien ne veulent pas entendre parler d'une quelconque participation aux frais pour vivre chez eux. Je ne veux surtout pas m'imposer. Ils sont contents comme si c'était Noël de m'accueillir, ça fait chaud au cœur.

Magalie est à sa porte pour recevoir ses *petits trésors*. Un à un, les enfants défilent devant moi. Je les regarde comme si je n'avais jamais vu de bébés de ma vie. Ils sont si petits, c'est fou! Déjà les cris résonnent dans la maison et dans mon crâne. Je ne sais pas trop comment les affronter.

Une jeune demoiselle vêtue de rose me dévisage de ses grands yeux bleus. Elle doit avoir tout au plus deux ans. Curieusement, je me sens intimidée. Son regard me détaille des pieds à la tête, j'ai pris trois kilos dernièrement, est-ce que ça se voit tant que ça?

– Bonjour, toi! que je lui gazouille, les lèvres en cul-de-poule.

– *Magahie*! C'est qui cha?

– Daphné, je te présente Manon. C'est mon amie.

Je rêve ou elle se renfrogne? Je n'y crois pas, elle se met à pleurer! Me voir la fait brailler!

– Voyons, Daphné, je suis gentille comme Magalie…

– Aaaaaaaaah!

– Je pense que je vais aller voir les autres, dis-je en fronçant le nez et en me dirigeant vers la salle de jeux.

– Tu peux essuyer le nez de Justin? C'est celui avec le chandail bleu.

– Justin, viens ici mon petit… viens voir matante Manon…

– Manon, tu ne peux pas te faire appeler «matante», les parents n'aimeront pas trop ça.

– Ah oui, c'est vrai, hein!

Je reviens vers le garçonnet avec un nouveau discours.

– Viens voir Manon, dis-je avec une pile de mouchoirs en main.

Le petit garnement file à l'autre bout de la pièce, sans demander son reste. Magalie soupire en prenant les mouchoirs de ma main. En deux temps, trois mouvements, elle a essuyé le nez de Justin, consolé Daphné, changé la couche de Romain et placé Iris dans sa chaise haute, gobelet à la main.

Elle s'active maintenant aux biberons entre autres outillages pour gérer son groupe de divas. En observant sa technique et sa façon d'organiser l'entretien des bébés, je suis gênée d'avoir songé que je pouvais lui être d'une aide quelconque.

En fait, je suis carrément dans ses jambes.

Aussi bien aller voir ce que Patrick fabrique.

ᘓᘓᘓ

Seize ans plus tôt

Magalie Guitard dut faire deux voyages du diable pour monter ses bagages au quatrième étage. Déjà, le vieil ascenseur lui donnait la chair de poule. Premier accueil en entrant, une décharge électrique en touchant la poignée métallique de l'engin et cri strident de métal frotté.

– Il ne faut pas toucher à la poignée de la porte métallique en même temps qu'on tient la clé dans la serrure. Ça peut monter jusqu'à l'épaule.

– Trop tard... mais merci.

Une fille rousse, un peu lourdaude, l'avait interpellée pour lui donner ces précieuses explications. Magalie eut du mal à quitter des yeux le large bandeau de jersey blanc qu'elle avait sur la tête. La fille avait de magnifiques yeux brillant d'intelligence.

– Merci...

– C'est quoi ton numéro de chambre? demanda la fille.

– 430.

L'inconnue haussa très haut les sourcils, ses joues de rouquine rougirent perceptiblement, ses broches luisant sous ses lèvres pleines.

– La chambre des nuits blanches!

– Quoi?

– C'est ma première année, mais ma sœur a passé trois ans ici. Je t'en reparlerai plus tard, l'ascenseur est là, regarde.

– N'est-ce pas deux ans, un DEC?

– Personne, ici, ne fait son DEC en deux ans.

– Quoi?

La fille esquissa un sourire, dévoilant un appareil dentaire scintillant.

– Monte, je vais te montrer ta chambre. Je sais exactement où elle est, fit-elle en ignorant la question. C'est la meilleure s'il en est une dans tout le collège. Celle tout au bout du couloir du quatrième étage. La pièce la plus éloignée de la gardienne.

Elles marchèrent longtemps. Le couloir aux grandes briques d'un gris incertain, entre mauve et vert hôpital, n'en finissait plus. Elles tournèrent à gauche devant la cuisine commune de l'étage, marchèrent encore cinquante mètres.

– Chambre 430, voilà. Je m'appelle Manon Lachance, dit la fille en tendant la main droite.

– Magalie Guitard.

– Je te laisse déballer tes affaires. Je reviens plus tard.

La fille tourna les talons et disparut.

Magalie sourit en déposant ses boîtes et valises sur le lit qui dominait les trois premiers mètres carrés de la pièce. Cinq centimètres séparaient le matelas simple du cadre de porte et cette même porte ouvrait sur le placard mural.

Bref, c'était entre ces murs de briques qu'on retrouvait le lit, le petit lavabo et la longue table de travail. On pouvait presque croire que cette chambre servirait pour étudier.

Trois ans ici? Vraiment?

– Bouge de là, Mag!

– Oh, s'cuse….

Son frère jumeau, Martin, rouge comme une pivoine, les veines sorties, tenait à bout de bras son réfrigérateur miniature.

– Ostie qu'est loin ta chambre! Cibole!

– Martin, ton langage…

Leur mère, Monique, suivit derrière.

– Est loin, sa chambre.

– T'es jaloux?

Martin plissa ses yeux bleus perçants, esquissant un rictus frustré.

– La mienne est juste à côté de la gardienne.

Le bureau de la gardienne était au deuxième étage. L'étage des gars.

– On dirait qu'ils t'ont vu venir, ricana Magalie.

– Ouin, quelqu'un a dû les avertir.

Les jumeaux se retournèrent de concert vers leur mère.

– Maman...

Ce fut dit en même temps. Malgré leur gémellité, le synchronisme ne faisait pas partie de leur dynamique habituelle.

– Je n'ai rien à voir là-dedans.

Magalie et Martin se regardèrent.

– On ne te croit pas, maman.

– Bon, OK. Je suis dans le comité de parents des résidences.

Voilà, c'était dit, un seul souffle, c'est tout ce que ç'avait pris. Monique avait tourné ça dans sa tête tout l'été.

Martin mit ses deux mains sur son visage. Magalie s'assit entre deux boîtes, les épaules voûtées.

Monique Surprenant était passée maître dans l'art de faire éclater les bulles de bonheur. Surtout lorsque celles-ci étaient à leur paroxysme. Magalie était certaine que c'était parce que leur père l'avait laissée pour une femme plus jeune et plus fraîche. Martin, de son côté, avait plusieurs autres théories sur la question, simple machiavélisme en tête de liste.

Toujours était-il que Monique partageait son amertume comme on offre un chocolat d'une boîte de Laura Secord. Une bouchée à la fois. De la même façon qu'elle mangeait son fiel allègrement et qu'elle gagnait de nouveaux kilos, un à un. Lentement, mais sûrement, leur mère serait obèse avant la fin de leur première année d'université.

Cette fois-ci, elle n'y était pas allée de main morte. S'engager dans le comité de parents. Fallait le faire.

– M'man, tu ne vas pas passer ton temps à venir ici ? demanda Martin, pupilles dilatées, appuyé au lavabo blanc.

Sa jambe droite croisée sur la gauche sautillait.

– Mais non, chéri, voyons. Juste une fois par mois! J'aurai connaissance de tous les billets roses que vous recevrez pendant que vous récoltez vos souvenirs d'adolescents.

– Adultes, maman. On est des adultes.

Monique mit une pleine main sur la joue de Martin.

– Tu as dix-sept ans, chéri. Ne rêve pas en couleurs. Tu es encore mon petit chéri d'amour.

Lorsqu'elle tapota sa joue, Martin faillit mordre.

Il était grand, élancé et monté sur ce genre de musculature ultra souple qu'il devait à la gymnastique de compétition et au hockey qu'il pratiquait depuis l'enfance. Il avait déjà une gueule d'homme fait, rides en moins. Il recula la tête pour échapper à sa mère, l'air écœuré. Magalie leva les yeux au ciel.

– Bon bien, je vais y aller moi, les enfants. La grosse boîte Kraft qui est dans ta chambre, Martin, c'est votre bouffe à tous les deux pour la semaine. Je vais revenir vendredi soir. La résidence ferme à 4 h ou à 5 h?

– 6 h.

– Encore mieux. Bon allez, câlins.

Monique étendit les deux bras comme toujours, pour les prendre tous deux à la fois.

– Prenez soin l'un de l'autre. Ne vous disputez pas comme à la maison, d'accord?

– Maman, nous sommes en résidence, pas dans la jungle tropicale du Pérou.

– OK, OK, je vous laisse, mes poussins.

Magalie ouvrit sa première valise.

– Tu vas rester là pendant que je range? fit Magalie à son frère.

– Non, je t'ai assez vue. Salut!

Il était déjà rendu à la hauteur de la cuisine commune de l'étage quand Magalie cria de sa porte ouverte.

– Je vais venir chercher ma bouffe tantôt! Ne mange pas tout…

Sans même se retourner, il lui fit un doigt d'honneur.

– Quel con!

Je fais du jogging. Depuis environ cinq ans, je me suis mise à la course à pied. La distance entre la maison de Magalie et la mienne est parfaite. Un kilomètre de course deux fois par jour, ça remet sa fille d'aplomb. Je suis en sueur en arrivant devant mon balcon. Une grande benne est casée sous la fenêtre du salon et on voit en direct les matériaux usés atterrir dans un bruit sourd. On dirait la phase « démolition ».

Je mets mon grand nez à l'intérieur et mon cœur s'arrête. C'est le chaos. On ne saurait plus faire la différence entre la cuisine et le salon. Les murs sont ouverts, une partie du plancher est sur les solives. On aurait été aussi bien de tout démolir et reconstruire.

– Patrick ?

– Salut, Manon.

C'est Sébastien – le rouquin de mari à Magalie – qui apparaît devant moi. Je le regarde, interrogative.

– Je n'ai pas pu résister, il fallait que je vienne voir.

– Tu as l'air de te rendre utile. J'imagine que tu as rencontré mon homme à tout faire ?

– C'est lui qui m'a mis la masse dans les mains en pointant le comptoir de la cuisine…

– Tu t'y connais en rénovations, Sébas ?

– Pas vraiment, non !

Et il sourit de toutes ses dents.

Sébastien est un grand roux d'un mètre quatre-vingt-dix. Il a eu sa Magalie à l'usure, à force de la poursuivre durant toute la durée de notre séjour au cégep. J'ai souvent cru qu'il allait lâcher le morceau.

Mais non ! Pas Sébas. Il était entiché depuis la première minute. Même Martin n'a pas réussi à le décourager. Magalie a eu au moins quatre amoureux directement sous son nez. Il y a de quoi briser le cœur d'un gars.

Sébastien est le dernier des chevaliers.

∿∿∿

Seize ans plus tôt

Dans la chambre 206, Martin Guitard dansait torse nu sur du Jethro Tull endiablé. Trois garnements étaient scotchés aux chaises de sa chambre double. Lorsque Magalie survint pour son lot de bouffe, déjà la boîte avait été assaillie par les jeunes vautours.

– Tu ne m'as laissé que des miettes, espèce de gros porc! T'as une chambre à la hauteur de ton ego à ce que je vois.

Martin dansait toujours, sans la regarder. Il prit une gorgée de sa cannette de Coke, puis éructa. Les trois comparses, un roux, un brun et un blond la dévisageaient avec un intérêt d'affamés.

Le garçon roux se leva avec empressement.

– On avait faim. J'ai aussi de la bouffe dans ma chambre, si tu veux.

Magalie leva les yeux vers le jeune homme. Il portait ses cheveux très courts, ses lunettes encadraient des yeux bruns, intenses et allumés. Son offre aurait pu être suspecte et inté-ressée, curieusement, elle le trouva candide.

– Ça va, je vais prendre les boîtes de conserve et le paquet de Cherrios. J'espère que t'as bien mangé!

Le jeune homme ignora sa boutade en se penchant pour lui donner ce qu'elle mentionnait.

– T'as besoin d'aide jusqu'à ta chambre?

– Non merci, j'ai mon amie qui m'attend à l'ascenseur. Merci, hum…

– Sébastien.

– Magalie, enchantée. Je suis la sœur de Martin.

Il essuya sa main droite sur ses jeans avant de la tendre pour serrer celle de Magalie.

– Enchanté, Magalie. Lui, c'est Pierre, lui, Jean.

Pierre, le brun, Jean, le blond. Les amis de Martin. Le beau trio.

– Salut.

Elle reçut des hochements de tête. Elle empoigna la boîte de ses deux mains, elle l'inclina légèrement contre sa poitrine, puis pivota vers le corridor où Manon Lachance l'attendait, appuyée au mur à côté de l'ascenseur.

– Un peu plus et je t'envoyais des renforts, dit Manon.

– Oh! Ça va, les amis de mon frère, c'est toujours la même rengaine.

– C'est quoi, la rengaine?

– Y en a toujours un qui me drague. Et mon frère me fait chier avec ça!

– C'était lequel?

– Je dirais le grand rouquin, dit-elle en plissant le nez.

– Alors, je peux avoir les deux autres!

– Tu peux bien prendre les trois, si tu veux mon avis.

– Allez, donne-moi cette boîte avant qu'on nous entende.

L'ascenseur arriva avec son crissement coutumier. Manon tira sur la porte brune et la seconde glissa sans élégance, faisant trembler la cage dans tous les sens. Les deux filles s'y engouffrèrent en riant.

– Il est plus charmant que les garçons, cet ascenseur, fit Manon.

– Un peu plus mature aussi.

ᴧᴧᴧ

CHAPITRE 2

UN HÉROS TOTALEMENT INEFFICACE

Je suis perdue dans mes vieux souvenirs lorsque apparaît, dans un nuage de poussière, Patrick dans toute sa splendeur. On dirait une statue grecque avec ses cheveux ondulés, sa mâchoire forte et carrée, son nez aquilin, ses yeux gris acier et ses lèvres bien dessinées. Il avance au ralenti comme dans les films...

Je raconte n'importe quoi.

Il porte une casquette grise, un chandail trop large, gris aussi, avec un bermuda beige taché. Tout ça monté sur d'énormes bottes de travail à bouts d'acier. C'est vrai que son visage est beau, mais il a plus l'air d'un camionneur que d'un dieu grec.

De toute évidence, son nez a déjà été cassé et il aurait besoin d'un rasage de près. Mais tout est dans la perception, n'est-ce pas?

Moi, je vois Adonis.

– Salut, Manon! On achève la démolition.

– J'ai vu ça! Comme ça, tu t'es trouvé un *helper*?

– Deux, en fait.

Il se gratte derrière la tête. Pourquoi a-t-il l'air gêné?

– Ah oui? Où est l'autre? Tu ne parles pas de moi, toujours?

– Non, il parle de moi.

Je cligne des yeux, je vois de longues jambes musclées, un torse de rêve et une tête... sortant tout droit de mes pires cauchemars.

Martin Guitard.

J'ai dû blêmir, car Sébastien avance vers moi une main rassurante. Je manque de trébucher sur un rouleau de tapis en reculant.

– Manon, il était en visite, j'ai pensé qu'il pourrait aider...

– Aider à quoi? Je ne veux pas de l'aide de Martin Guitard!

Je suis folle de rage. Autant j'adore Magalie, autant son frère me fait royalement, mais alors là royalement... chier. Ça fait peut-être déjà dix-sept ans de tout ça, mais je ne peux pas l'avoir dans ma maison. J'aurais pu le croiser chez Magalie, je n'aurais pas bronché, mais ici, c'est chez moi.

Et chez moi, c'est sacré.

Martin regarde ses souliers. Il se souvient très bien pourquoi je veux le lyncher.

Je me reprends, j'essaie de me contenir.

– Sors, Martin.

Le fourbe, il ne bouge pas. Il relève sa fière tête avec l'arrogance que je lui connais déjà.

– Manon, ça fait vingt ans, tu ne penses pas que tu pourrais en revenir?

– Ce qui, pour toi, est un incident anodin d'il y a dix-sept ans et non vingt ans, en passant, est pour moi une tache qui m'a suivie pendant des années.

– Manon...

– Ne gaspille pas ta précieuse sueur sur mes murs, Martin. Je te demande de sortir.

Finalement, Patrick réagit. Enfin, un héros pour voler à mon secours, ce n'est pas trop tôt.

– Merci de ton aide, Martin, lui dit Patrick en lui offrant une poignée de main. Je garde ta carte.

Il est où mon héros?

Elle est où son épée?

Quelle carte? Pas une carte professionnelle?

– Ne la laisse surtout pas traîner dans ma maison, sa carte. Elle va disparaître rapido, je t'avertis.

Je fais ma fière, mais en réalité, j'ai à nouveau dix-sept ans tellement je tremble dans ma culotte. Je sais que je n'aurai pas la répartie pour répondre à la prochaine boutade de Martin.

Je n'ai jamais su lui tenir tête. Il me rend maladroite, pas à la hauteur, sans compter qu'il a gâché mon existence.

– Comme ça, tu habites chez ma sœur?

Il ne s'en va pas et il *cause*? Martin n'a jamais jasé! Et puis, je n'ai pas été claire? Il reste là, et pourtant, les deux autres sont grands et costauds… Pourquoi est-ce que personne ne bouge?

– Eille! Guitard! Je t'ai demandé de quitter les lieux.

Il ne regarde plus ses souliers. Moi, je rage. Ses yeux bleus se plissent.

– Manon, ça fait des années que je veux te parler.

J'éclate de rire. Je force un peu la note.

– Oui, et moi ça fait des années que je fantasme de me marier avec toi! Non, mais, c'est quoi, ces conneries?

Il change d'air en regardant Sébastien de biais. Il fait quoi, Sébas, pour m'aider? Euh…, pas grand-chose. Martin dépose son marteau en tendant le bras pour trouver son T-shirt sur la table d'appoint.

– Ça va, Manon, je m'en vais. Je te dois au moins ça, j'imagine.

J'ai les bras croisés, je ne dis plus rien. Je ne l'observe pas alors qu'il quitte les lieux. Par contre, Sébastien reçoit un regard en vrille.

– Manon, je te jure que je n'ai pas pensé que tu le haïssais encore à ce point-là… Si j'avais su…

– Tout le monde n'est pas comme toi, Sébas. Moi, je ne peux pas être amie avec un tricheur. Tu lui trouves quoi, enfin? Ce n'est pas comme si c'était une lumière.

– C'est le frère de Magalie, il a toujours été correct avec moi… Il n'est pas aussi mauvais que tu le penses, ajoute-t-il.

Je baisse les bras. Je ne gagnerai pas ce débat ce matin, et puis je commence à avoir faim. J'ai soudain un doute.

– Sébas, si je retourne chez toi, il sera là?

– Non, je ne pense pas. Il avait du travail au cégep. Il a obtenu un gros contrat pour leur système de ventilation. Il m'a appelé en passant.

Les lèvres pincées, je hoche la tête et je pivote vers la porte. D'ici à ce que je revienne, Magalie aura sûrement besoin d'un coup de main avec le dîner.

Patrick est reparti à Montréal tard hier soir. Nadine lui téléphone souvent et, à chaque coup de fil, il prend une pause sur son siège de fortune: un baril de préparation à ciment. Je me plais à croire qu'il est ennuyé par ses appels fréquents. Je note qu'il regarde le plafond en écoutant les longues tirades de sa blonde. Il évalue peut-être tout simplement la prochaine étape de la rénovation. Ça, ou il se demande si la fille qui l'engage ne serait pas plus intéressante que sa Nadine.

Oui, je suis intéressante. Le début de ma vie adulte s'est déroulé dans un corps un peu ingrat, avec une chevelure rousse, ingrate aussi, ainsi qu'une pauvre estime de moi. Mon intelligence supposément raffinée n'a pas suffi pour me rendre forte. J'ai donc consacré toutes ces années à me prendre en main, à travailler d'arrache-pied pour me sculpter une apparence à la hauteur de mon potentiel. Je me suis tapé des années d'orthodontie; j'ai fait corriger ma myopie au laser; j'ai trouvé le coiffeur parfait. Après tout ça, à trente-cinq ans bien sonnés, j'en ai l'air de vingt-huit et je pète le feu.

Et je me plais à croire que d'avoir un Patrick dans ma vie serait la moindre des choses.

Bon, je l'avoue, je m'en suis loué un. Et là, je fais quoi? Maintenant que j'ai une parfaite emprise sur son existence du lundi au vendredi, qu'il exécute tous mes désirs du matin au soir, que chaque seconde de sa journée est centrée sur mes besoins durant ces cinq jours? Je fais quoi si, lorsqu'il me regarde, il voit le mur derrière moi et la fissure qu'il a oublié de couvrir de plâtre? Si sa première pensée en me disant bonjour le matin est de m'emmener au centre de rénovations pour acheter de l'isolant? Je fais quoi avec ça? Pas grand-chose. Au mieux, j'aurai une maison terminée en un temps record pour m'y installer rapidement avec ma nouvelle solitude et ma peinture fraîche. Au moins, j'habiterai près de chez Magalie. Et Patrick retournera à Montréal avec sa Nadine. Si l'on veut voir tout ça du bon côté, je pourrais finalement me lier d'amitié avec elle si ça me chante.

Alors, que fait une célibataire à Valleyfield par un samedi ensoleillé? N'y avait-il pas une plage au parc régional des îles de Saint-Timothée? C'est là que je vais. Je prends donc mon maillot, mes sandales, ma serviette, ma crème indice «70», mes lunettes de soleil et je sors.

– T'as l'air d'une fille qui s'en va à la plage.

La voix de Magalie est tellement douce.

– Toi, t'as l'air d'une fille qui devrait venir avec moi.

– Iris a la peau trop sensible pour être au soleil si longtemps.

La petite a le teint de Sébastien, c'est-à-dire blanc sur blanc.

– Nous pouvons la couvrir des pieds à la tête, je lui suggère, ou la tremper dans une marmite de crème.

– Nous pouvons aussi la laisser à son père, qu'elle me rétorque.

– Alors, je t'attends sur le balcon! dis-je en souriant.

Je pose mes grandes lunettes à la Jackie O. sur mon nez et je m'installe sur la première marche de l'escalier menant au pavé uni.

Attendre Magalie n'est jamais long.

Cette fille a une façon de faire les choses qui m'étonnera toujours. Par exemple, si nous sommes dans un magasin de vêtements et que nous occupons chacune notre cabine d'essayage, elle a le temps d'essayer cinq vêtements le temps que, moi, j'en essaie un seul. Si on faisait un examen à l'école, elle le terminait en vingt minutes, alors que le reste de la classe prenait plus de deux heures. De la voir aujourd'hui agir avec précision et efficacité pour régner en maître sur sa garderie, c'est être témoin d'un spectacle carrément fascinant.

Donc, ça n'a guère pris de temps avant qu'elle n'ouvre la porte pour me rejoindre à l'extérieur.

Nous sommes sur la plage, les préados roucoulent autour de nous, mais nous ne bronchons pas, tellement nous sommes bien. Le soleil est au zénith et, vraiment, on devrait se couvrir malgré la crème solaire qu'on s'est appliquée une demi-heure auparavant. Mais on s'en fout.

– Sébas m'a raconté pour Martin, dans ta maison, l'autre jour.

– Mmmm, fais-je.

– Pourquoi ne me l'as-tu pas dit, Manon?

Je lui réponds, sans relever le bord de mon chapeau.

– Pour te dire quoi? Que j'ai chassé ton frère de chez moi?

– Oui.

– C'est tout de même ton frère, Magalie.

– Oui, mais toi, tu es mon amie.

– Il fait quoi depuis les dernières années? Tu ne le mentionnes jamais.

– Je pensais que tu ne voulais pas en entendre parler.

– Effectivement.

– Manon…

– Magalie, il a triché à l'examen, il m'a laissée en prendre la responsabilité. Il a copié sur MOI!!! Tout un paragraphe! Deux réponses. Copié avec ses yeux de lynx. Il n'y a pas d'autre explication possible.

– Il ne l'a jamais avoué…

– Mag!

Je suis hors de moi. Je ne peux pas croire qu'après toutes ces années elle le défende encore!

– Oh! Là, calme-toi, je te crois, voyons. Le contraire n'aurait pas de sens. Tu étais beaucoup plus forte que lui en français.

Je m'exhorte au calme, pourtant, ma voix déraille vers mes éternelles accusations.

– Il a gâché ma réputation.

Magalie, mère-patience qu'elle est, hoche lentement la tête.

– Je sais.

– Je m'en allais en médecine.

– Manon… je suis désolée.

– J'ai passé des semaines à marcher le nez à terre, à entendre des chuchotements sur mon passage.

– Je suis navrée…

Ses iris bleus se couvrent d'eau, il faut vraiment que j'apprenne à garder mes maudites bibittes pour moi. Magalie s'intéresse toujours trop à mes problèmes, c'est une honte de la laisser avoir de la peine comme ça, pour quelque chose dont elle n'est en rien responsable

– Je sais, ça fait deux mille fois que tu le dis depuis dix-sept ans. Ça fait une moyenne de cent dix-sept fois par année.

– Je me sens tellement nulle.

– Pourtant, tu n'as rien à voir là-dedans, Mag.

– J'aurais dû crier ton innocence, j'aurais dû parler plus fort. Sortir la trompette, taper du pied, jouer du triangle…

– C'était ton frère. Nous ne nous connaissions pas tant que ça, à l'époque.

– Quand même. Je connaissais mon propre jumeau.

La peine qui se peint sur son visage me fait mal au cœur. Après toutes ces années, elle s'en veut toujours. Il est vrai qu'elle aurait pu monter sur une estrade et prendre un micro pour me disculper. Toutefois, je me mets à sa place, elle était prise entre deux feux. Nous étions tellement jeunes et naïves.

Je soupire longuement. Nous ne sommes pas venues nous faire bronzer pour ressasser les mauvais souvenirs. Suis-je rendue au point de faire la paix ? Je ne crois pas. Pourtant, j'essaie d'ouvrir une petite brèche.

– Alors, raconte-moi, il fait quoi de sa vie ?

– Il a eu des copines, ça ne marche jamais, elles s'en vont toutes les unes après les autres.

– Pourquoi, crois-tu?

Mon ton est sarcastique, j'ai de la difficulté à me contrôler.

– Il ne les aime pas.

– Peut-être qu'il ne s'aime pas lui-même, j'ajoute.

– Mon frère est complexe, même si tu ne peux pas l'imaginer. Dans les dernières années, Sébastien est toujours demeuré son meilleur ami. Il lui a donné du boulot quand il a été mis à pied l'an dernier. C'est un peu grâce à lui si nous avons pu garder la maison.

Nous tressaillons en recevant les gouttelettes d'un golden qui se secoue. J'essaie d'imaginer Martin Guitard en train de faire une bonne action.

J'ai du mal.

– C'est grâce à Martin si Sébastien a décidé d'aller suivre une formation d'agent immobilier. C'est grâce à Martin si j'ai pu conserver ma garderie. C'est grâce à Martin…

Elle s'arrête avant de soupirer.

– Il a changé, Manon.

– À quand, la canonisation?

– Manon! fait Magalie, irritée.

– Il a encore de la hargne dans les yeux, dis-je d'un ton grave sans pouvoir m'en empêcher.

Magalie se retourne vers moi. De sa main libre, elle joue avec le sable, l'autre soutient sa tête, le bras accoudé sur la serviette de plage à l'effigie de Fraisinette qu'elle a empruntée à Iris pour la journée.

– Je sais, ce n'est pas un saint, il est encore aussi détestable qu'avant. Vraiment chiant, même. Il n'a jamais su être gentil et courtois, ce n'est pas dans sa nature, ajoute-t-elle avec un sourire en coin. Mais il est là pour nous. Il l'a toujours été. On ne peut pas lui enlever ça.

Que répondre? Je n'ai rien de bon à dire, je ne peux pas frapper sur la noblesse de mon ennemi, alors je me tais et je glisse du sable sur la main de Magalie.

– Hé, dis donc, pourquoi tu ne l'invites pas à souper, ton Patrick? Depuis le temps que tu m'en parles.

Voilà qui me fait sourire. Je me retourne sur le côté pour appuyer ma tête sur ma paume.

– Je lui en parle dès que je le vois lundi matin.

– Tu as des étoiles dans les yeux dès qu'on prononce son nom.

– Attends de le voir, tu vas comprendre.

ᴸᴸᴸ

Seize ans plus tôt

Manon Lachance était derrière la caisse du café étudiant, enfonçant à répétition le bouton «petit café». Les uns après les autres, professeurs et étudiants défilaient devant elle. Tous lui lançaient des regards par en dessous.

Décidément, le mot avait fait le tour.

La *tricheuse* fait la caisse ce matin.

Pierre Legrand étant l'un d'eux. Son «Pierre radar» était au point, elle pouvait sentir sa présence de loin. Il était au bout de la file d'attente ce matin-là, café en main. Manon portait une casquette à l'effigie de l'équipe de football du cégep, ce qui n'était pourtant pas tellement son style. Parce qu'elle avait désormais un style! Tant qu'à se faire bannir, autant y aller avec aplomb.

Elle se tenait désormais avec les artistes du programme d'arts plastiques et s'était mise à fumer. Adieu son rêve d'entrer en médecine. Avec un beau zéro sur un examen qui valait cinquante pour cent de sa session de français – cours obligatoire –, sa moyenne était fichue. Si elle pouvait perdre ses dix kilos en trop en fumant au lieu de manger, ce serait déjà un bon début.

Martin Guitard lui aurait au moins donné ça.

Une nouvelle vie de dévergondée.

Elle n'avait plus rien à perdre.

Les cafetières se vidaient rapidement, les lundis matin. Elle devait courir entre la caisse enregistreuse et les carafes, ouvrant tour à tour les petits sacs de café et jetant les filtres souillés. Elle mélangeait souvent le décaféiné avec le café ordinaire, sans que personne ne remarque la différence. Pas même madame Picard, la prof de psycho, pourtant très à cheval sur les détails.

Donc, la file avançait rapidement ce matin-là; elle était efficace, elle ne levait pas les yeux. Les cinq sous et dix sous tombaient systématiquement dans le bol à pourboires. Les plus radins étaient les profs. Plusieurs remettaient la monnaie dans leur poche, comme si ça allait les aider à payer leurs crédits à la fin du mois.

– Qu'est-ce qu'il faut faire pour avoir du café frais, ici? Est-ce qu'il faut TRICHER pour en avoir?

Incrédule, Manon étira son cou vers la voix qui râlait. C'était Sonia Pouffiasse, euh…, Poupart. La copine de Martin Guitard. Autant vomir, songea-t-elle.

– Ben, tu peux attendre que le rush du matin passe, cria Manon Lachance.

La blonde Barbie plissa les yeux. Manon fut encouragée par les rires de ses clients réguliers.

– Ou tu peux préparer une nouvelle cafetière sans craindre de te briser un ongle. Si tu réussis, je t'en donne un gratis.

– Le président du conseil étudiant va en entendre parler.

– C'est ça, va te plaindre, pauvre tache, grommela Manon entre ses dents.

Pierre Legrand était devant elle, il avait perdu son sourire. Il donna un coup de tête en direction de Sonia.

– C'est ma cousine, dit-il en déposant sa tasse sur le comptoir.

CHAPITRE 3

LE FRANÇAIS

Parfois, je me demande comment ma vie se serait déroulée si j'avais réussi à sortir avec Pierre Legrand. Je pourrais aussi rêver de ma vie actuelle dans un monde parallèle où Martin Guitard n'aurait pas existé.

Je serais peut-être D^{re} Lachance à l'heure qu'il est. Dire que le système de santé québécois souffre d'une pénurie de médecins. *Merci, Martin Guitard.*

Si un jour c'est toi, celui de la liste d'attente pour une transplantation cœur-poumons, tu risques de t'en mordre les doigts! «Nous sommes désolés, Monsieur Guitard, nous manquons d'effectifs. Par contre, si Manon Lachance avait réussi son examen, qui sait...»

Mais pour en revenir à Pierre Legrand, un autre de mes cuisants échecs, il paraît qu'il est devenu avocat, un peu chauve et bedonnant. Ça change du jeune homme fringant que je conserve dans mes meilleurs souvenirs. S'il habite en banlieue dans un pavillon et qu'il trompe sa femme avec sa secrétaire pendant que celle-ci essuie des petits nez coulants, je suis triplement gagnante.

Dommage que je n'aie pas Internet en ce moment, je l'aurais cherché sur Facebook. Il est peut-être célibataire. Tout le monde a droit à une seconde chance après tout. Il doit toujours avoir ses yeux vert bouteille...

Voilà déjà un mois plein que Patrick bosse d'arrache-pied dans mon château. Il travaille du matin au soir, des heures de fou. Il a terminé toute la démolition, remis l'isolant là où c'était nécessaire, et la plupart des nouveaux murs sont montés. Il a même déjà fait presque tous les joints. Il faut changer toutes les fenêtres et les portes. Un énorme morceau de mon budget partira en ce qui, après tout, constitue l'ensemble des trous de la maison ! C'est ironique.

J'ai choisi des fenêtres blanches à carreaux. Aucun bas de gamme, tout est dans le top qualité. Patrick avait des feux d'artifice dans les yeux. Ça va me coûter une beurrée, mais juste pour lui voir la face, ça valait la peine. Il faudra que je sois sage sur les armoires de cuisine.

C'est ce soir que Patrick viendra finalement souper chez Magalie. Il m'a fallu lui tordre un bras et une jambe pour qu'il accepte. Je ne me sens pas très flattée par sa réticence, même si je sais que je devrais être contente que mon entrepreneur soit si disposé à travailler tout le temps. D'ailleurs, je commence à comprendre le message : il ne s'intéresse pas à moi du tout. Nadine est en train de gagner, et moi, je suis très agacée.

– Il va se changer, tu crois ? me demande Magalie.

– Aucune idée. Disons que son allure me donnera une idée de son intérêt pour moi.

– Ça ne veut rien dire, Manon, il n'a peut-être rien apporté de spécial dans sa valise !

– Il a accepté de venir la semaine dernière, il a eu largement le temps pour se préparer. Il revient de Montréal en plus.

– Il revient de sa fin de semaine avec Nadine, tu veux dire.

Je dépose le torchon sur mon épaule et m'appuie au comptoir. La petite Iris est accrochée à la jambe de sa mère. Magalie pousse un soupir d'impatience, chose rare.

– Sébas, tu peux venir prendre ta progéniture, s'il te plaît ? Elle est carrément dans mes jambes !

Alors qu'elle est distraite par son bébé, je m'insurge.

– Pourquoi est-ce que tu me ramènes encore Nadine dans les pattes ?

Même si je sais qu'elle a raison, elle m'énerve. Elle me regarde comme si j'étais verte avec des pois roses.

– Manon, il va vraiment falloir te trouver un homme. Celui-là n'est pas libre. Il a une copine, et il semble l'aimer. Une *copine*, Manon !

Je croise les bras.

– Oui, mais avec moi, ce serait différent.

Magalie croise les bras à son tour, tandis que Sébastien plie son grand corps pour attraper Iris qui rit aux éclats. Il nous dévisage quelques fractions de seconde et comprend presto qu'il doit déguerpir.

Tandis que nous nous jaugeons, chacune sur notre bout de comptoir, les bras croisés sur la poitrine, Magalie brise le silence la première.

– Si Patrick n'est pas sur son trente-et-un ce soir, j'ai quelqu'un à te présenter.

Je fronce les sourcils.

– Pas un Campivallencien*, toujours ?

– Qu'est-ce que t'as contre les Campivallenciens, toi ? Je te signale que Sébas en est un !

– Oui, mais tu as pris le seul bon.

– Si tu veux habiter à Valleyfield, il faudra bien te trouver un mec dans le coin !

– Il s'appelle comment, ton Campivallencien ?

Je sais, j'abdique vite.

– Rodolphe.

Mes pupilles ont dû changer de couleur, car Magalie était morte de rire. Un prénom pareil, ça ne peut qu'être…

– Un Campivallencien français ?

– Il est mignon, tu vas voir.

---

* Valleyfieldois.

Il est 18 h lorsque Patrick arrive chez Magalie. Au son du carillon, nous restons prostrées dans la cuisine. Magalie fait de grands signes à Sébastien pour qu'il aille ouvrir. Celui-ci se lève tranquillement en secouant la tête d'un air qui dit clairement «quelles sottes vous faites».

Nous entendons les salutations, la poignée de main d'usage et, enfin, Sébastien joue le jeu et nous appelle comme si nous n'avions rien entendu.

J'ai peur de voir comment il est habillé. Comment en suis-je venue à ça? En m'inventant des histoires, bien sûr. J'ai trois secondes pour me convaincre que son habillement n'est aucunement un indicateur de son intérêt pour moi. Est-ce que ça marche? Oui...

Non. Bien sûr que non! Magalie va à sa rencontre, je me tiens derrière. J'ai juste envie de pleurer.

– Bonsoir, Patrick! Je suis heureuse que tu aies pu venir.

– Salut, Magalie, j'étais en train de faire du ciment à joints, je n'ai pas vu l'heure passer. Merci pour l'invitation.

Je suis à plat. Il a mis des jeans et un T-shirt ordinaire de travail, propres par contre, il a sûrement projeté de le porter pour sa journée de travail de demain. Diagnostic? Aucun. Rien d'affreux, rien de splendide. Il me déjoue sans cesse.

– Salut, Patrick, lui fais-je, cachée derrière Magalie.

Il hoche la tête et sourit en me voyant. Encore, rien de mirifique.

Quand Iris apparaît devant lui, il se met automatiquement à sa hauteur pour lui parler. Je fonds. Il est meilleur que moi avec les tout-petits. Quelle femme ne serait pas chavirée par un homme accroupi devant un enfant de dix mois?

Cet homme a une femme, cet homme a une femme, cet homme a une femme. Je recommence et je change la formule. Cet homme n'est pas libre, cet homme n'est pas libre, cet homme n'est pas libre.

Je me demande si mon cœur cesserait de s'emballer si je récitais mon mantra à l'envers :

Libre pas n'est homme cet.

Quelques instants plus tard, nous sommes tous assis à table, Magalie s'étant assurée que je sois assise à côté de Patrick et elle-même en face. Il sera encerclé d'amour.

Je sais qu'elle veut le questionner, j'espère seulement qu'elle y ira mollo, dans le genre ni vu ni connu. Une question pour trois énoncés conversationnels. Ne pas avoir l'air d'une journaliste. Avoir l'air relax et désintéressée. Facile pour Magalie.

– Alors, Patrick, as-tu des enfants ? Et si non, en veux-tu ?

Et paf !

Patrick me regarde, je me demande pourquoi, je n'ai rien à voir là-dedans. Croit-il à une embuscade ?

– Non, je n'ai pas d'enfant, mais on en parle. Tant que je n'ai pas de boulot sérieux, je ne veux pas me lancer là-dedans.

Voilà une réponse qui aplatit la conversation.

– Tu cherches un travail stable ? demande Sébastien.

Patrick sourit.

– Non.

Magalie s'étouffe avec sa gorgée de vin et je suis mi-figue mi-raisin. Est-ce une parcelle de chance pour moi ? Est-ce que Nadine n'est qu'un entre-deux ? Est-ce que…

Je me raidis sur ma chaise. Le gars ne veut pas d'enfants. J'ai trente-cinq ans et j'en veux.

Je fais quoi ?

J'accepte de rencontrer Rodophe le Campivallencien français, et je laisse Patrick faire son travail.

Ou :

Je convaincs Patrick que c'est parce qu'il n'a pas encore trouvé les vraies conditions gagnantes. Une belle maison en banlieue, fraîchement rénovée, une nouvelle copine sensation-nelle, en grande forme. Mignonne en plus… Trente-cinq, l'air de vingt-huit…

C'est l'arrivée impromptue de Martin Guitard qui met un terme à ma rêverie et qui soulage Patrick de l'inquisition dont il était la cible.

Dès que la sonnerie de la porte se fait entendre, Sébastien se lève comme s'il savait déjà qui arrivait. Et il le savait déjà, évidemment, puisqu'il l'avait invité.

Voilà Martin qui pénètre dans la salle à manger avec son air de «majesté» habituel. Le même air qu'il avait déjà quand nous étions jeunes et innocents.

Que dis-je?

Martin n'a jamais été innocent.

Il est *né* avili. Comme si, dans l'utérus de leur mère, Magalie avait pris toutes les bonnes protéines et que Martin s'était nourri de son...

Bon, OK, je m'emporte.

Et je suis grossière.

Je manque m'étrangler lorsque Patrick se lève comme une flèche pour saluer Martin en lui serrant la pince comme à un vieux copain. Je me sens comme lorsque j'étais petite, que mes camarades de classe avaient une poignée de main secrète sans m'avoir mise dans la confidence.

Ce que j'apprendrai dès demain par Magalie, c'est que Martin possède plusieurs immeubles à revenus à Montréal et qu'il vit à Saint-Zotique par simple goût pour la vie rurale, qu'il a une maison au bord de l'eau et je serai au bord de la crise de nerfs parce que Patrick serait un lèche-cul sans nom.

Mon Patrick idolâtrerait mon ennemi numéro *uno*!

Pour l'instant, assise à table avec mon Patrick, je ne sais rien de tout cela. Pour l'instant, je fulmine parce que Martin vient de gâcher mes plans et ma soirée. Il me mine non seulement par sa présence, mais aussi par son aura qui englobe tout sur son foutu passage.

Il m'égraine la patience, il m'irrite, il... me regarde? Martin a les yeux posés sur ma petite personne. Il doit chercher à trouver un défaut dans mon habillement pour lancer sa prochaine raillerie.

Eh bien, tu peux chercher mon vieux, tu n'en trouveras pas.

C'est fini l'époque facile où j'étais un cliché de ma génération. Finis les bourrelets, finis les complexes, terminée la pauvre estime de moi-même! Tu peux me retourner de tous les côtés, m'examiner sous tous les angles, tu ne trouveras rien, rien, rien! Même pas une faute de français.

Même pas un bout de texte à copier... *Imbécile.*

– Salut, Manon, me fait-il en levant son verre de bière que Sébastien vient de lui servir.

– Salut.

– Tu ne pourras pas me mettre à la porte ici, ça va aller? Tu vas t'en sortir?

Comme il dit cela, il me colle un clin d'œil en *pleine poire.* Je sonne française, c'est que je me prépare déjà pour ma rencontre avec Rodolphe.

– Tu ne l'as pas apprécié, hein, de te faire botter le...

Sébastien intervient alors que je suis sur mon élan.

Quel trouble-fête.

– Alors, ça avance comment, les rénos?

– J'achève les joints, dit Patrick. Demain, on pourra aller choisir les céramiques et les armoires. Hum, histoire de savoir à l'avance comment ça va se dessiner.

– Déjà? fait Sébastien. Tu as eu de l'aide, c'est sûr...

Patrick ignore sa question et tout le monde se tourne vers moi, même Iris me babille un éclat d'encouragement.

– C'est la partie la plus cool, me dit Magalie pour entretenir le sujet. Je lis bien dans ses yeux qu'elle souhaite que je me calme.

J'aime mon amie. Je lui décrocherais le soleil, si elle me le demandait.

– Très cool, réponds-je.

– T'as choisi tes couleurs déjà? demande-t-elle, les yeux en demi-lunes.

Magalie sait très bien où j'en suis avec mes couleurs. Ça fait des semaines que nous nous promenons dans la section «cuisine et salle de bains» de toutes les quincailleries du coin.

Nous avons répertorié toutes les palettes de couleurs qui existent sur cette planète, et ce, dans tous les sens et dans toutes les marques de peinture. Je suis Madame Sico, elle, Miss Benjamin Moore. Il n'y a pas eu de consensus. Mais comme c'est moi qui paye, j'aurai le dernier mot.

Seulement, je n'ai pas encore choisi mon mot.

– J'hésite encore, dis-je pour répondre à sa question.

– Si tu veux, je t'aiderai, dit-elle avec un clin d'œil.

– C'est quoi, ce délire? fait l'innocent Sébastien. Aïe aïe! s'écrie-t-il.

Un coup de pied sur le tibia sous la table, ça fait crier même les gaillards.

– J'aurai besoin de bras pour poser les armoires, dit Patrick à la ronde.

– Je serai là, moi, dis-je.

Martin lève un sourcil.

– J'irais bien t'aider, Pat, mais je n'ai pas le droit d'accès.

Comment ça, il l'appelle «Pat»? Non, mais! On n'en est pas au diminutif, tout de même! Ai-je loupé des épisodes? *Loupé!* Ha! Je parle vraiment *français*! Rodolphe, mon amour!

– Sébas?

– Mon dos, grimace-t-il.

Magalie est vraiment nulle pour m'aider ce soir. Elle lui frotte le creux des reins. Sébastien ronronne comme un minou en regardant sa chérie.

– Oui, mon pauvre amour s'est encore coincé le dos cette semaine.

Elle en met, quand même. Je me lève pour aller à la salle de bains. Si je reste, ils vont se mettre à quatre pour me faire accepter l'aide de Martin. J'ai besoin d'une pause.

À mon retour, je m'affaire dans la cuisine et je vide le lave-vaisselle. J'achète du temps. Peine perdue, je sens une présence dans mon dos, une ombre couvre le comptoir. Martin est derrière moi.

– Je croyais que tu ne fréquentais pas ta sœur, dis-je en tordant la lavette verte.

– Tu t'es trompée.

– Je vois ça.

Je jette le linge dans l'évier avant de me retourner vers lui, le bas du dos appuyé au comptoir, les deux bras croisés sur ma petite poitrine. Il tient sa bière, de ses deux mains, en fait tourner doucement le liquide ambré qu'il fixe en évitant mon regard.

– J'aimerais t'aider, Manon.

– Pourquoi? Tu cherches de quoi occuper tes journées?

Il lève les yeux pour me considérer avec surprise.

– Si c'était le cas? Tu accepterais?

– Jamais.

Ma mâchoire contractée accompagne le ton courroucé de ma voix. Pourtant, rien dans mon attitude ne le décourage. Il renchérit du tac au tac, haussant la voix en fronçant les sourcils.

– Pourquoi pas?

– Parce que tu es la dernière personne que je veux voir chez moi.

Mes mots sont directs, ma voix tremble. Déposant sa bière sur le comptoir, il s'approche suffisamment pour que j'aie le malheureux réflexe de reculer. Il m'intimide encore, il va encore me lancer un commentaire désobligeant. Il n'a jamais eu d'égards pour moi, jamais! Pourquoi aujourd'hui prendre cet air sérieux comme s'il était capable d'empathie?

Je sais pourquoi. Il est tellement pervers qu'il ne peut pas résister devant une femme qui le déteste. On n'est pas dans un roman Harlequin, mon vieux. La vraie vie, ça ne se passe pas comme ça. Si je ne te supporte pas, je ne te supporte pas, *capitche?*

– Je suis désolé, Manon. Sincèrement. Pour tout.

Ça sort de nulle part, je dois avoir le menton au plancher. Je me reprends en me retournant vers l'évier. Pour n'importe quelle injure, connerie ou insulte, j'étais préparée. J'avais même une liste mentale de réponses toutes faites pour le planter. Liste que j'avais d'ailleurs créée durant les soirées passées à pleurer dans ma chambre de résidence.

Mais pour des excuses? Je n'ai rien. Seulement des larmes de frustration.

– Tu crois que tu peux balayer ce que t'as fait en une seule phrase? Tu n'as jamais avoué, Martin. Toi et moi, nous le savons.

Je regarde toujours le fond de l'évier alors je ne vois pas sa tête. Je l'entends cependant s'approcher.

– Si j'avais eu le dixième de ton courage, j'aurais avoué dans la minute même.

Pourquoi ai-je le goût de tout lui pardonner tout à coup? Parce que sa voix grave est bien agréable à mes oreilles?

Parce qu'il a vraiment l'air sincère? *Parce que j'ai besoin d'un câlin?*

– Si tu veux vraiment me faire plaisir, arrête de me parler et va rejoindre les autres.

Je m'essuie les mains, puis jette le torchon sur le comptoir.

Ma soirée est terminée.

CHAPITRE 4

RÉVÉLATION

Le mardi après-midi, confinant Martin dans un coin sombre de mes pensées, je suis dans ma future maison à contempler Patrick fermer les joints avec sa longue truelle de métal. Son T-shirt est très ajusté, on peut voir chaque petit muscle de son dos se mouvoir à chaque couche de plâtre gris étendue.

Vingt-quatre heures plus tôt, j'aurais soupiré d'aise devant ce spectacle et j'aurais fantasmé d'y toucher du bout des doigts. Mais aujourd'hui, je vois Patrick d'un œil nouveau.

Je sais maintenant pourquoi il vénère le sol que foule Martin Guitard. Je sais pourquoi il ne lui a pas tenu tête ce premier jour où j'ai crié de toutes mes forces pour que mon ennemi sorte de ma maison. Je sais maintenant que Patrick est comme tous les autres opportunistes de notre monde.

Le salaud est un homme riche.

Magalie a voulu épargner ma sensibilité en me laissant croire le contraire pendant toutes ces années. Elle me l'a confirmé dès notre premier café ce matin, quand je lui ai dit qu'il s'était excusé. Elle s'est mise à discourir, puis à étaler une ribambelle d'histoires des dernières années qui m'ont fait froid dans le dos. Lorsque leur mère a dû faire face au cancer du sein, trois ans plus tôt, c'est Martin qui a pris les choses en main, il a engagé une infirmière, l'a accompagnée pour sa radiothérapie. Lorsqu'il a lancé son entreprise, avec l'appui de son père, il a largement dépassé toutes les prédictions. Bref, la liste est longue.

Je me sens tellement ordinaire. Et désœuvrée.

Réellement, j'ai fait quoi, moi, dans les dernières années? N'importe quoi. Aucune responsabilité, rien que des bouts de jobs écourtés dès que le cœur n'y était plus. Je n'ai jamais cessé de chercher chaussure à mon pied et je ne l'ai pas encore trouvée.

J'ai perdu mon rêve et depuis, je me comporte en victime. Je suis Javotte, la sœur de Cendrillon. Peu importe le soulier, mon gros orteil dépasse toujours.

Même cette maison que je fais construire, mon beau projet, il n'est même pas né de bonnes intentions. Une fois terminé, est-ce que je me vois vraiment faire ma vie dans ce petit palace fabriqué par caprice? Je n'ai rien à faire dans cette ville, je n'ai même pas de travail.

Je n'ai rien.

Nada. Niet.

Bon OK, ma grand-mère m'a laissé suffisamment d'argent pour vivre un bout de temps. Mais moi, en tant qu'adulte responsable? Pffffff...

Encore Martin Guitard qui me donne l'impression d'être une moins que rien.

Patrick s'active toujours à quelques mètres de moi. Je suis hypnotisée par ses gestes habiles et répétitifs. On dirait une sorte de danse. La valse de la truelle.

Quelques minutes d'observation et je me lance. C'est ça, le courage. C'est travailler à quelque chose, s'y investir totalement. Même si ça signifie de répéter un mouvement précis des milliers de fois dans une position inconfortable. Quand on est devenu si adroit que l'expertise se voit de loin, dans le rythme de l'acte, dans le résultat du labeur. Je n'ai jamais vraiment atteint ce genre d'aptitude.

J'étais beaucoup trop occupée à gémir d'ennui.

– Je peux essayer? m'entends-je demander.

Patrick se redresse, il était à genoux pour faire le bas du mur.

– Tu veux lisser des joints?

– Oui. Tu me montres comment? Ç'a l'air facile.

– Faire des joints, c'est facile. Faire de beaux joints, c'est un art qui requiert une grande expertise.

– Je peux faire l'intérieur des placards.

Il lève un sourcil.

– C'est une idée! Viens.

Patrick est patient. Il passe presque une heure à m'enseigner à manier l'instrument. Un essai par-ci, une gaffe par-là. Finalement, il me donne un contenant de pâte grise, avec un petit modèle de spatule. Le manche est rose, je me demande s'il l'a fait exprès. Cette pensée me fait sourire.

Au bout d'une heure, recroquevillée dans mon coin de garde-robe, j'ai de la sueur sur le front et les reins en compote. Si j'avais eu ma révélation pendant l'étape de la démolition, je serais en train de tabasser un mur pourri à l'heure qu'il est. Je ne veux même pas savoir ce que j'aurais apprécié davantage. Sûrement ni l'un ni l'autre.

Toujours est-il que je n'abandonne pas. Si je veux être réellement fière de cette maison, je suis aussi bien de mettre la main à la pâte et pas seulement dans mon portefeuille.

Patrick passe derrière moi pour parfaire mes coins de mur. Ce que j'ai mis trente-cinq minutes à faire, il le fait en quarante-cinq secondes. Pour la première pièce, qui sera ma chambre à l'étage, il me donne une liste gribouillée. Quatre litres d'apprêt, huit litres de peinture couleur *choix de Manon*, un rouleau à poils moyens et un rouleau à poils de neuf millimètres, un plateau à peinture et un pinceau pour le découpage.

Je descends avec ma liste en main, le cœur léger et la tête en fête. Je chantonne jusqu'à ma voiture. J'ai une mission et j'ai des ailes. La radio volume à dix, j'emprunte le boulevard Monseigneur-Langlois à la recherche de la quincaillerie

Matériaux Miron. En chemin, je me demande si monsieur Miron lui-même brassera mes couleurs.

Une vingtaine de minutes plus tard, je suis devant le mur des petits cartons des palettes de couleurs. On en a pourtant discuté de long en large, Magalie et moi, mais j'hésite à la dernière minute. Le petit beige papier de riz ne m'attire plus autant, maintenant que je le compare à d'autres encore une fois. *Qui choisit prend pire*, que je me dis. Alors, je reviens à mon choix d'origine, *papier de riz*.

Mon retour au bercail se fait en force, j'ai de l'énergie à revendre tellement je carbure à l'adrénaline. Même si Patrick m'offre de monter les pots à l'étage, je refuse et j'absorbe le coup. Pourtant, il me suit dans l'escalier.

– Tu crois que je ne sais pas peinturer?

– Je vais faire l'apprêt sur le plafond, qu'il me dit.

– Non, merci, Pat. Va continuer tes trucs en bas, je vais me débrouiller. Ça ne peut pas être si difficile que ça. Ce n'est que de la peinture après tout. J'ai connu bien pire.

ᴖᴖᴖ

Seize ans plus tôt

Tous les étudiants étaient rassemblés autour des bandes de bois peint de blanc, de bleu et de rouge. Des cônes orangés comme on en voit dans les arénas étaient placés aux quatre coins de la glace fictive. La ligue d'improvisation allait faire son entrée dans quelques minutes.

Le petit peuple, mi-adolescent, mi-adulte, tapait des mains, sifflait, criait. Le conseil étudiant avait même sorti la machine à fumée blanche pour ajouter à l'ambiance.

Manon Lachance faisait partie de l'équipe des Bleus. Elle s'était engagée dans la ligue dans un seul but: sortir de sa coquille. Lancée au milieu du carré de bois avec un thème et un son de sifflet, elle n'aurait d'autre choix que de s'investir et de faire honneur à son équipe. Si elle échouait, ce serait devant une centaine de personnes.

L'hymne de la ligue d'impro commença. Manon, la bouche sèche, tremblait sur ses jambes. Elle avait oublié sa bouteille d'eau. Tous étaient debout, l'équipe des Bleus faisant face à celle des Rouges. Même si elle remuait les lèvres, faisant semblant de chanter, aucun son ne sortait de sa gorge. Elle scruta un à un ses adversaires, se demandant s'ils étaient fébriles, nerveux ou carrément apeurés. Comme elle. Martin Guitard portait un chandail rouge. Nonchalant, il ne se donnait même pas la peine d'ouvrir la bouche. Elle pria pour ne pas l'affronter.

Certain jour, le Bon Créateur,
Fit dire aux peuples de la terre :
« Que chacun choisisse une fleur
Et qu'on m'envoie un émissaire
Qu'on soit exact au rendez-vous !
Chacun prendra la fleur qu'il aime
Cette fleur restera l'emblème
Du grand amour que j'ai pour vous. »

Chacun chantait avec cœur en souriant. Sauf elle et Martin Guitard.

Le jour dit, dans le paradis
Les envoyés se rencontrèrent :
La France vint choisir un lys,
L'œillet fut pris par l'Angleterre,
L'Espagne eut un frais liseron,
L'Américain un dahlia rose,
L'Italien choisit une rose,
Et l'Allemand un vieux chardon

Manon avait le cœur qui lui sortait de la poitrine, ses mains étaient moites.

Quand arriva le Canadien
Emmitouflé dans ses fourrures

Hélas! Il ne restait plus rien
Que des feuillages et des ramures.
Saint Pierre était plein de regrets,
Il caressait sa barbe blanche.
«Je n'ai plus, dit-il, que ces branches,
Tu peux regagner ta forêt.»

Quel excellent conseil! Si Manon avait pu écouter saint Pierre, elle l'aurait fait cent fois.

Mais Jésus qu'on ne voyait pas
Intervint d'un cœur secourable
S'en alla choisir dans le tas
Offrit une feuille d'érable.
Et c'est depuis ce beau jour-là,
Qu'un peu partout dans la campagne,
Dans la plaine et sur la montagne
L'érable croît au Canada*.

Les larmes lui montèrent aux yeux, l'hymne était touchant, mais elle était terrorisée. Elle était l'*underdog*, la mésestimée, l'inexpérimentée, bref, le maillon faible. Quelle espèce de gros bourdon l'avait piquée pour qu'elle se lance dans cette galère?

Le timing était parfait pour feindre un malaise, ou pour tomber d'une falaise.

Le sifflet jeta son signal et tous prirent place sur le banc de leur équipe. L'arbitre leva sa première carte haut dans les airs en approchant le micro de sa bouche.

– Improvisation mixte, ayant pour titre «Mon amour» d'une minute et demie, nombre de joueurs: un Bleu, un Rouge!

L'arbitre gifla l'air de sa main droite en criant: «Au jeu!»

Manon fut projetée dans l'arène par son capitaine. Elle se retrouva debout au milieu de la scène, aveuglée par les projecteurs. Autant se lancer, et lancer le bal.

– Où es-tu, mon amour? lança-t-elle, maladroitement.

---

* Hymne officiel de la LNI.

– Ici.

Lorsque Martin Guitard prit le rôle adversaire dans ce sketch, Manon tressaillit. Il n'avait jamais froid aux yeux. Il s'approcha d'elle, encerclant sa taille de son bras droit. Il la fit basculer avant qu'elle n'eût le temps de répliquer.

– Je t'aime depuis le premier jour, tu es ma joie et mon bonheur.

De voir le visage de Martin aussi sérieux et d'apparence sincère la ramollit. L'espace d'un instant, elle laissa tomber ses défenses et entrouvrit les lèvres par instinct.

– Pour de vrai? répliqua-t-elle, hors d'haleine, oubliant de jouer la comédie.

– J'aurais affronté mers et mondes pour te rejoindre et te conquérir, rétorqua-t-il.

Et il ajouta, en secret à son oreille «ma petite Manon Lachance.»

Manon ne répondit pas. Laissant les lèvres du jeune homme approcher dangereusement des siennes, elle ferma les yeux. La foule rit lorsque Martin releva la tête.

– Mon amour est bouche bée.

Manon rouvrit les paupières et assena une gifle cinglante sur la joue de son adversaire.

Le sifflet se fit entendre, indiquant la fin de la scène. Il la laissa choir sur place, sans égard, ni attention. Ce geste lui attira les rires de la foule. Martin leva les bras tel un champion, encourageant les spectateurs à crier.

Assise au sol, elle revint sur terre rapidement. Tout en tapant dans les mains de ses coéquipiers, il la regarda se relever en riant.

CHAPITRE 5

RODOLPHE AFFLECK-GAINSBOURG

Je suis une machine, j'apprends à vue d'œil. Patrick est très impressionné. Dommage qu'il ne m'intéresse plus. Ou presque. Je rencontre Rodolphe le Français campivallencien ce soir. Magalie va m'aider à me préparer pour me mettre en valeur. Depuis les derniers jours, j'irradie de positivisme et j'ai dû perdre un bon kilo à force de travailler comme une acharnée.

– Tu peux emprunter ma petite robe noire.

– Je songeais plutôt à un ensemble jeans-chemisier et talons hauts.

– C'est vrai que tu portes divinement le jeans depuis les dernières années. T'as un popotin d'enfer, ma très chère.

– Tu charries, Mag, que je proteste en souriant. C'est vrai que je suis très en forme, aussi bien le montrer. Surtout que je n'ai pas de poitrine, que j'ajoute en regardant dans ma blouse.

Lorsque je sors de la salle de bains dans mon accoutrement, Magalie se frotte les mains de plaisir et Sébastien s'arrête en levant un sourcil.

– C'est pour le Français que tu mets ça?

– Oui! Pourquoi? Ça ne marche pas?

– C'est que…, et il regarde sa femme.

– Quoi? Sébas… parle merde!

– Il va tomber à terre. Je ne sais pas s'il est prêt pour ça, le Français.

Magalie lui assène un coup de coude.

– Il *est* prêt pour ça, ne contamine pas la rencontre, chéri.

Sans bouger la tête, les sourcils froncés, mes pupilles passent de Magalie à Sébastien. Mes mains soudainement crispées se posent sur mes hanches, ma voix monte d'une octave tellement je m'énerve.

– Mag! C'est quoi, l'affaire, il est laid, c'est ça, hein?

Mon amie ne quitte pas son mari des yeux lorsqu'elle parle entre ses dents pour défendre l'honneur de Rodolphe.

– Il est très mignon.

Méfiante, je me retourne vers Sébastien, car je le sais incapable de mentir. J'incline la tête en plissant les yeux.

– Est-ce que je m'en vais perdre mon temps?

Pauvre Sébastien, je sais qu'il déteste être au centre d'une dispute entre Magalie et moi. Il lève une de ses grandes mains tel un drapeau blanc.

– Non! Il est super cool, tu vas t'éclater!

– M'éclater?

– Avoir du fun, précise-t-il.

– De toute façon, il est trop tard pour reculer, il est dans l'entrée, fait Magalie en souriant.

Mes cheveux désormais plus auburn que roux sont noués sur ma nuque en une torsade à la Magalie qui avantage mon profil. Je me sens fin prête, peu importe l'apparence ou la personnalité du fameux Rodolphe.

Parce que ceci n'est pas à propos de Rodolphe ou de comment est Rodolphe. Ceci est *ma* lancée vers quelque chose de nouveau. Je dois me changer les idées et ouvrir mes perspectives. J'ai passé les dernières semaines à fantasmer sur un homme qui ne veut pas de moi – ouvertement – et à ruminer les tourments imposés par un autre homme surgi du passé, presque deux longues et stupides décennies. Rodolphe représente un pas dans la bonne direction.

Peu importe qui est Rodolphe.

ᴧᴧᴧ

Quinze ans plus tôt

Magalie cogna fort à la porte 418 parce qu'il n'était pas normal qu'à 10 h du matin Manon Lachance ne soit pas encore venue la chercher pour descendre au café étudiant.

Manon étendit le bras pour ouvrir la porte, passa sa tête dans l'entrebâillement, les yeux bouffis. Elle retomba sur son oreiller, cachant son visage de son avant-bras.

– Va-t'en, Magalie. Laisse-moi mourir.

Celle-ci, ne l'entendant pas de cette manière, poussa la porte orangée.

– Pauvre chouette, tu veux que je te monte un café? Si je croise cet imbécile en chemin, un coup dans les couilles, ça fera ton bonheur? Dis-moi ce que tu veux, je ferai n'importe quoi pour te faire sourire.

Manon leva les yeux pour découvrir son amie penchée sur elle, les sourcils en accent circonflexe, la bouche en demi-Jos Louis renversé. Elle ne put que sourire.

– Ah! Voilà qui est mieux! Alors, tu descends avec moi? Ton premier cours est seulement dans une heure, ça va te donner le temps de ruminer ton malheur et de me raconter ça en détail.

– Il n'y a pas de détails. Il m'a dit de cesser de le harceler. Harceler, Mag! Tu peux imaginer le feeling que ça fait de se faire traiter de folle. Je ne suis pas une cinglée, il y avait vraiment quelque chose entre nous!

Magalie s'assied sur le lit de la jeune fille.

– Hum… il a dit ça, hein? Dans quel contexte?

– J'ai cogné à sa porte de chambre pour lui apporter des biscuits que ma mère a faits.

– Mais, avant ça?

– Il était venu me voir pour de l'aide en français.

– Quand?

– Vendredi.

– Et ce lundi, tu cognais à sa porte avec des biscuits ?

– Oui.

Magalie tapota le dos de son amie.

– Pauvre chouette.

– Ne m'en parle pas ! Quel *loser* je fais…

Magalie se leva pour faire les cent pas devant le lit. Elle prit un air sévère.

– Manon Lachance, regarde-moi.

– Non.

– Qu'est-ce qu'on a dit de faire avec les gars ?

– Les laisser courir, dit Manon sous son oreiller.

– Et ?

– Leur faire mordre la poussière.

– Comment ?

– Gentiment, mais fermement.

– Quand va-t-on cogner à leur porte ?

Comme Manon tardait à répondre, Magalie leva les sourcils en croisant les bras sur sa poitrine. Piteuse, Manon enfonça sa tête dans le matelas.

– Jamais.

Magalie se baissa et leva l'oreiller de son amie.

– On est d'accord pour dire que celui-ci est perdu et donc rayé de ta liste ?

– Oui.

Manon se rassit dans son lit, essuyant ses yeux du revers de sa manche. Une chance que Magalie était là pour la remettre sur le droit chemin.

ᴧ ᴧ ᴧ

Rodolphe est… inattendu. J'ai devant moi un croisement entre Serge Gainsbourg et Ben Affleck. Il m'attend à l'entrée du salon, fleurs à la main surmontées d'un sourire avenant. Sébastien se tient à ses côtés – peut-être par soutien moral –, il le dépasse d'une bonne tête et demie. Moi, il me regarde droit dans les yeux.

Ce n'est pas parce qu'il a une gueule semblable au magnifique Ben qu'il est particulièrement beau. Loin de là. Aussi, quand je parlais de Gainsbourg, je faisais référence au charisme, au magnétisme… et non au nuage de fumée autour de la barbe rude de négligence criminelle.

A priori, j'adore ce genre d'homme. Pas assez beau pour avoir la vie trop facile, mais suffisamment pour que son intelligence et sa personnalité n'en soient pas éclipsées. Le genre qui prend moins de temps que sa copine à se préparer le matin. Le genre qui se fout éperdument de ce qu'on pense de lui parce qu'il sait ce qu'il vaut. Le genre d'homme qui vous plaque au mur sans se soucier d'essuyer un refus parce qu'il sait que la chose est totalement impossible, car il l'a décidé juste au bon moment, en bonne dose de virilité, et a su capter les bons signaux de sa compagne.

Et il sait où mettre ses mains.

Ai-je vu tout ça en un seul coup d'œil sur un gars affublé d'un bouquet, somme toute, ridicule? Bien sûr que non. Mais je l'ai pensé lorsqu'il m'a murmuré à l'oreille : «Tu me dépasses d'au moins trois centimètres, j'espère que ça ne t'intimide pas.»

Il n'en fallut pas davantage, j'ai songé dès lors que je passerais une belle soirée.

Nous sommes allés au restaurant, avons bavardé pendant des heures. J'ai tellement ri que mon mascara a coulé le long de mes joues fardées.

– Tu portes trop de maquillage, qu'il me dit soudainement.

Je le regarde, un peu médusée, incertaine de la nature de l'intention derrière le commentaire.

– Ton visage, il n'a pas besoin d'artifices, explique-t-il. Ta peau est saine, tes pommettes, hautes, tes lèvres sont bien dessinées, sans parler de ces yeux qui transpercent l'esprit.

– Tu sais parler aux femmes, dis-je en en riant un peu nerveusement, je dois l'admettre.

C'est une belle tirade de compliments pour faire passer la pilule de l'insulte.

– On ne t'a jamais dit que tu es plus belle nue qu'habillée? continue-t-il sur sa lancée.

Je m'étouffe avec ma gorgée de vin. Je ne suis pas habituée à ça.

– Tu ne peux pas le savoir, dis-je en battant doucement le bout de ma fourchette dans l'air ambiant.

– Je t'ai vue marcher. Ça me suffit pour le savoir.

Ai-je rougi?

– Ça t'ennuie que je te fasse la cour? lance-t-il à brûle-pourpoint. Il s'est avancé légèrement au-dessus de la table pour me poser la question.

Je suis bouche bée, virtuellement plaquée au plancher. Je ne peux pas répondre à ça. Changeons de sujet.

– Tu fais quoi dans la vie, Rodolphe? je lui demande.

– Est-ce que mon métier déterminera ta réponse à ma question?

Il s'est reculé dans sa chaise, je respire un peu mieux.

– Pas du tout, je proteste, je me demandais simplement quel métier peut bien faire un homme qui saurait vendre un réfrigérateur à un esquimau.

Il sourit. Il a vraiment un beau sourire, ses yeux prennent une forme réellement séduisante lorsqu'ils s'égayent.

– Sébastien ne te l'a pas dit? Je suis agent immobilier, nous travaillons dans le même bureau.

– Alors, j'imagine que tu connais aussi Martin Guitard?

– En effet.

CHAPITRE 6

CONTRARIÉE

Une simple question aura gâché ma soirée. J'étais sur une belle lancée, avant de prononcer le nom de Voldemort. Il était charmant, il me faisait la cour, je me laissais faire… Il venait de me dire que j'étais belle, incluant au passage tous les sous-entendus de la parade du paon.

Et vlan, je vire le sujet sur son travail, et lui, le vire sur…

Je ne peux pas croire que ça m'arrive.

Non seulement, même s'il était en *delirium* sur ma personne, a-t-il fermé le bouquin, mais pour ajouter à mon dégrisement, un petit spectre de Martin Guitard s'est installé sur la salière au milieu de la table, les bras croisés, attendant la prochaine réplique de Rodolphe à son sujet, le sourire aux lèvres.

Si j'avais eu une tapette à mouches.

– Martin est responsable du succès de mes trois dernières années. Je veux dire, en revenus.

À bas les revenus, revenons sur moi. Je suis plus belle nue, tu crois ? Vraiment ?

– Notre amitié à Martin et moi remonte à quelques années, continue-t-il sur sa lancée.

– Vraiment ? fais-je, découragée.

Mais Rodolphe est perspicace.

– Tu ne l'aimes pas, n'est-ce pas ?

– Pourquoi dis-tu ça ?

– C'est écrit sur ton front en toutes lettres. Nous pouvons changer de sujet.

– J'aimerais ça. Je veux dire, changer de sujet, j'aimerais ça.

– Qu'est-ce qu'il t'a fait?

– Il a gâché ma vie.

Et là, Rodolphe me prend la main. La sienne est un peu rugueuse, je ne m'attendais pas à ça. C'est gentil, tout de même, de me prendre la main.

– Tu racontes? me fait-il, les yeux pleins de bonté.

– Pas si tu veux que je passe une belle soirée.

Il éloigne ses doigts des miens pour se remémorer son histoire.

– Je suis arrivé au Québec, il y a dix ans, les poches vides. J'ai connu Martin alors que je travaillais en tant que commis, dans une quincaillerie. Il venait souvent et je le servais régulièrement. C'était un client difficile, mais il achetait en grande quantité, alors mon patron avait fait en sorte que je m'en occupe en personne. Bref, en moins d'une année, je suis sorti du magasin, j'ai pris ma licence d'agent et le reste est de l'histoire ancienne.

Je hoche la tête. Je sais d'avance ce qu'il va ajouter.

– Et tout ça, grâce à Martin, m'entends-je dire, la luette rendue au coccyx.

Je ne peux pas croire qu'on n'a pas encore clos le sujet.

– Effectivement.

Il se racle la gorge, visiblement ému.

– Excuse-moi, tu ne voulais pas parler de lui.

Il est temps que quelqu'un s'en rende compte, misère!

– Non, ça va. Apparemment, c'est important pour toi.

– Pour toi aussi, ça semblait important. Je veux dire d'éviter de le mentionner, et tout… Mais tu n'es pas obligée d'en parler.

– Je ne voudrais pas détruire la belle idée que tu as de ton héros.

J'ai dit ça en parlant comme lui, presque avec son accent.

Plus la conversation avance sur ce terrain vraiment, mais là, vraiment désagréable, plus je me sens lasse.

– Ça t'ennuie si on prend la facture? dis-je tout bas, je suis fatiguée.

– Quel connard, je fais. Tu ne voudras plus jamais me revoir.

– Non, rien à y voir. J'aimerais bien te revoir, Rodolphe.

– Tu es sérieuse?

Il sourit comme un gamin surpris. J'ai dit qu'il avait un très beau sourire avec ses yeux intelligents?

– Moi aussi, fait-il. J'aimerais beaucoup te revoir, Manon.

Venant de sa bouche et remodelé par son accent, mon prénom a complètement changé d'univers. Ce n'est pas un «Manon» un peu rond, c'est un «Manon» qui a du style, comme «Manon des Sources», un beau prénom noble. On dirait que je porte une grande jupe brodée romantique.

Si ma soirée n'a pas été aussi agréable que je l'aurais voulu, j'ai au moins découvert quelque chose de vraiment formidable, mon nom «*Manon Lachance*», prononcé par un Français, ça sonne grave!

Le lundi suivant, je suis toujours dans le fond d'un placard, la langue sortie, à lisser le plâtre de ma truelle rose. Cet après-midi-là, Patrick m'annonce qu'il aura terminé la tuyauterie. Nous avons dû changer de plan trois fois, je n'arrivais pas à décider où mettre ma nouvelle salle de bains.

– Mets-en deux, une en haut, une en bas, me dit Patrick de ses yeux doux.

OK. Je bave encore pour lui.

– Tu crois?

Je bats des cils comme une coquine.

– Oui, tu es pas mal «pisse-minute», tu regretterais d'en avoir juste une.

Ah ben, maudit !

De tout ce que Patrick Lemelin aurait pu remarquer de moi : mon teint de pêche ; mes belles fesses rebondies ; mon sourire ; mon visage qui n'a pas besoin de maquillage ; mon humour ; mon intelligence, non, il a remarqué que je ne peux pas endurer quelques millilitres de liquide dans ma vessie.

J'ai mon maudit voyage.

Je ne vais nulle part avec lui.

– OK, allons-y pour deux salles de bains. Une baignoire en haut, pas de baignoire en bas.

– Bonne idée !

Et le revoilà enthousiaste.

Nous partons ensemble vers *Home Depot*. C'est un grand trajet, nous longeons la 20 et la 40 jusqu'à la sortie 35. Vaudreuil. La ville d'où vient Magalie. Quand je l'ai connue, Vaudreuil avait un seul feu de circulation, avec des champs à perte de vue.

Maintenant, nous l'avons rebaptisé *Vaudréal*. Lorsque je vivrai à Valleyfield pour de bon, quand je serai une Campivallencienne, c'est là que j'irai faire du magasinage. Vaudréal a toutes les grandes chaînes, de Winners à Tommy Hilfiger, à Claire de Lune, Jacob… *Des heures de plaisir…*

Donc, nous avons pris son camion, car nous avons prévu rapporter de grands matériaux, comme des planches de contre-plaqué. C'est un pick-up haut sur pattes, un Ford Ranger gris 2006. J'ai pris mon élan pour monter, puis j'ai dû retenir mon souffle en m'y installant. La poussière grise qui tapissait les sièges m'a écœurée immédiatement, sans parler du café renversé sur le tapis côté passager qui m'a fait grimacer allègrement.

Patrick n'a même pas été embarrassé.

– Ce n'est pas un camion de demoiselle.

– Non, j'ai vu ça. C'est quoi cette odeur ?

– Quelle odeur ?

– Il y a quelque chose qui ne sent pas bon, Pat.

– Ah, ça doit être le litre de lait que j'ai oublié de sortir du sac.

– Depuis quand ?

– Mercredi, je pense.

Ma voix devient grave instantanément. Il est mignon, mais con, ma parole !

– On est lundi, Pat.

– Oui.

– Que dirais-tu de le jeter avant de démarrer ?

Patrick a soupiré comme si je lui avais demandé de déposer sa veste dans une flaque d'eau pour pouvoir y mettre le pied.

– Tantôt, OK ?

Je me suis retournée vers le sac de papier brun qui gisait derrière nous, sur le plancher du camion. J'ai empoigné ledit sac et je suis sortie du véhicule. Lorsque j'y suis remontée, je me suis nettoyé les mains en les cognant l'une à l'autre. J'ai pensé aller acheter du désinfectant, mais je ne voulais pas l'insulter.

– Maintenant, nous pouvons y aller, dis-je.

– Oui, boss.

Que Patrick se révèle être un porc par la saleté de son camion me révulse un peu. Sur le coup, je suis heureuse de ne pas être Nadine. Puis, posant l'œil sur son profil de beau gosse adorable, je révise mon opinion. On peut tout lui pardonner.

Après tout, c'est le meilleur.

Il est l'homme de la situation, mon Patrick.

Il n'a pas le *temps* de nettoyer son camion, c'est ça le problème.

Pauvre de lui.

Je suis une patronne difficile.

Et puis, il y a toujours Rodolphe. Il s'est montré très discret depuis notre seule rencontre, celle pendant laquelle il m'en a mis plein les oreilles à propos de l'extraterrestre-sauveur de la planète.

Je dois le revoir mercredi soir. Magalie a le sens de l'humour large, elle a décidé que d'aller prendre une bière à la brasserie Olympique était une bonne idée.

En souvenir du bon vieux temps.

ィィィ

Seize ans plus tôt

Martin Guitard se passait son ballon de football d'une main à l'autre, en longeant le couloir du quatrième étage, celui des chambres des filles, dans la résidence du collège de Valleyfield. Agacé de trouver Sébastien scotché contre le cadre de porte de la chambre 418, il lui appliqua une grande claque dans le dos.

– Arrête de traîner ici, *man*. On a un entraînement avant d'aller à la B.O., dit-il sans même regarder à l'intérieur de la chambre.

Manon serra les dents.

Sébastien se retourna vers son ami et attrapa le ballon. L'autre se mit à courir vers la porte au bout du couloir. Sébastien lança le ballon d'une passe assurée, Martin sauta pour l'attraper, manquant de justesse d'assommer la timide Julie Laframboise, qui passait par là avec une assiette chaude.

– *Touch down !* cria-t-il.

Puis les deux garçons s'en furent sans regarder derrière.

Magalie mit une main réconfortante sur le genou de Manon.

– Ne t'en fais pas avec eux.

– Sébas est cool jusqu'à ce que Martin arrive. C'est toujours pareil.

– Ben oui.

– Il se laisse influencer.

– Ben oui.

– Et tu trouves ça bien, toi ?

Magalie s'assit en tailleur sur le bout du lit de Manon.

– Ce n'est pas comme si je sortais avec lui.

Manon s'était levée et plaçait son foulard blanc au-dessus de sa tête. Elle grimaça. L'humidité avait refait boucler ses cheveux.

– Je l'aime quand même mieux que Machin.

– Qui ça, Machin?

– Charles.

– Il est mignon, Charles, dit Magalie.

Manon tira sur son foulard de jersey blanc avec impatience, puis se retourna vers Magalie.

– Comment peux-tu préférer Charles à Sébastien?

– Ce n'est pas l'ami de tu-sais-qui.

– Ouais, c'est vrai que ça lui fait marquer des points. Tu es déjà prête? Je ne veux pas arriver là avant 8 h, ça fait *loser*.

Déjà, à cette époque, pour les étudiants du collège, la brasserie Olympique était LA place où aller le mercredi soir. C'était le sanctuaire de la bière pas chère. Les filles se mettaient en frais pour se glisser sur un banc de bois derrière une table abîmée, et c'était le seul soir où les gars se peignaient, ou se dépeignaient, selon le style.

Somme toute, la B.O. était une grande cafétéria dont les étudiants n'avaient jamais goûté la cuisine, et où la bière en fût coulait plus vite que l'eau du robinet. C'était là où l'on apprenait à ouvrir la gorge pour vider un verre entier d'un seul coup, où une bataille pouvait éclater pour les yeux d'une demoiselle, et où une autre se retrouvait à pleurnicher dans les toilettes parce que lesdits bagarreurs ne se battaient pas pour elle. C'était aussi là où les amours naissaient… et mouraient, où les amitiés se figeaient dans les vapeurs d'alcool et les commérages.

C'était l'endroit que Manon Lachance détestait le plus au monde.

Pourtant, chaque mercredi, fidèlement, elle était là, aux côtés de Magalie, seule dans son coin, pendant que son amie repoussait les avances des garçons en caquetant des âneries.

Durant ces années-là, la cigarette n'était interdite nulle part, sauf dans les salles de classe. Manon Lachance fumait des Du Maurier *king size*. Derrière sa fumée bleue et son air renfrogné, Manon était à l'abri des regards trop insistants. Et ça lui convenait.

Manon avait un truc pour contrer la nausée de fin de soirée. Une fois dans sa chambre, après avoir observé son visage en rigolant avec Magalie et fumé trois dernières cigarettes, elle se couchait et laissait un pied au sol pour éviter que son lit ne s'envole. Trop souvent, le truc ne fonctionnant pas, elle devait courir à son lavabo.

Magalie tenait ses cheveux.

ᴎ ᴎ ᴎ

Donc, aujourd'hui, mercredi soir de septembre, nous allons à la brasserie Olympique. Ma nervosité n'a d'égale que ma hâte de sortir de cet endroit qui ne me rappelle rien de bien joyeux. Il faudra arriver tôt, car si la tradition se poursuit, la place sera pleine en un rien de temps.

Alors que Magalie s'admire dans le miroir de la salle de bains, je me glisse derrière elle, attrapant sa chevelure brune pour la monter en chignon.

– Ce serait beau comme ça, lui dis-je.

– Je ne peux pas croire que, juste à l'idée d'aller à la B.O., j'aie le goût de me pomponner.

– C'est une grande sortie, ris-je.

– Je sais que tu haïssais ça, Manon.

– Je haïssais tout ce qui s'appelait «vie sociale». Mais toi tu adorais ça. Alors, je suivais.

– Ma fidèle compagne…

Alors que Magalie semble s'émouvoir sur nos souvenirs lointains, je me redresse, prête à attaquer la soirée par les cornes.

– Bon, alors, nous partons bientôt?

Perplexe, Magalie me détaille de la tête aux pieds.

– Hum, tu y vas comme ça?

Agacée, je fronce les sourcils.

– Mag, c'est juste la B.O.

– Rodolphe y sera.

Je la prends par les épaules pour la pousser. Prenant ainsi sa place devant la glace pour évaluer la situation, je sourcille. Je ne porte aucun maquillage et, en regardant de plus près, je me dis que Rodolphe est un beau parleur.

– Donne-moi ça, fais-je en prenant le blush des mains de Magalie. Ton Rodolphe m'a dit que je n'avais pas besoin de maquillage. Il sait y faire, mais c'est un sale menteur, dis-je en tapotant le pinceau successivement sur chacune de mes joues.

– Rodolphe aime les femmes au naturel, il est trop vrai pour fléchir devant des artifices.

– Le genre à dire qu'une femme est dans sa meilleure forme au réveil?

– Exactement.

– Ce sont des conneries, ça, Magalie.

– Tu crois? me fait-elle avec ses yeux de starlette.

J'arrête le mouvement circulaire sur ma joue et, pinceau en l'air, je regarde mon amie, hébétée.

– Mag, je t'adore comme une sœur, tu es une des plus belles femmes de mes connaissances, mais t'es-tu vue le matin?

Magalie est bon public, elle rit facilement à mes blagues et je l'adore pour ça. Encore maintenant, elle cache son joli visage de ses mains pour évacuer son rire haut perché.

– Tu me tues, Manon.

– Non, *toi* tu me tues, à croire des balivernes pareilles.

J'entends un tintement de clés dans le couloir, sûrement Sébastien.

– Je vais conduire Iris chez ma mère. Je reviens vous prendre dans vingt minutes, soyez prêtes.

Je regarde Magalie en fronçant les sourcils.

– Vingt minutes ? T'as des vêtements à me passer ? Les miens sont tous froissés.

– Certainement, viens. C'est génial qu'on ait la même taille.

– Ouais, ça m'aura pris vingt ans pour y arriver.

CHAPITRE 7

LA BRASSERIE OLYMPIQUE

C'est comme si je n'y avais jamais mis les pieds. D'abord, c'est un resto-bar et non une simple maison à beuverie. Il y a de la vraie nourriture que les gens mangent pour de vrai. Depuis le milieu des années 90 que ç'a commencé à changer, semble-t-il. J'en ai manqué de sacrés longs bouts, moi qui ai quitté la place depuis tant de lunes et de soleils.

Je me sens vieille.

Donc, j'entre escortée de Magalie et Sébastien. Ils sont mignons, à me tenir chacun un bras, comme si j'allais m'échapper. J'ai hâte de revoir Rodolphe, pourtant. Est-ce si surprenant?

Rodolphe est déjà là, à siroter une bière en bouteille, à une table près d'une fenêtre. Dès qu'il nous aperçoit, son sourire grandit. Il me détaille des pieds à la tête sans changer de visage. Il sert la main de Sébastien, puis enlace Magalie dans ses bras un peu minces. Lorsqu'il arrive devant moi, il m'embrasse chaleureusement sur chaque joue, comme si nous étions de vieux amis.

Le temps s'annonce superbe, il fait encore beau à l'extérieur. Nous décidons d'aller sur la terrasse. Je suis heureuse, c'est une belle soirée, en bonne compagnie. La bouffe sera excellente, m'assure-t-on de part et d'autre.

– Martin n'est pas venu? demande Rodolphe à Sébastien.

Je vais avoir un malaise.

Ça lui aura pris exactement trois minutes et vingt-sept secondes avant de s'enquérir de son idole.

– Non, répond Sébastien, il n'a pas pu venir.

J'ai à peine entamé mon verre d'eau, je n'ai pas encore mis la main sur le menu, ma chaise est encore froide que ces deux moineaux-là parlent déjà de lui! Magalie me serre la cuisse sous la table. Sébastien a dû recevoir un coup de pied, car il se mord l'index pour ne pas crier.

– T'as invité mon frère ce soir? Sébas!

Mon amie se met à parler les dents serrées, comme si Rodolphe et moi étions trop cons pour comprendre ce qu'elle dit si elle ouvre la bouche plus grand.

– Nous sommes sur une *double date*, pas besoin de cinquième roue. Surtout *lui*.

– Mais on ne se voit jamais tous ensemble, se plaint-il. Je pensais que c'était un dîner d'amis, moi!

Magalie me prend la main par-dessus la nappe.

– Changeons de sujet, ma copine ici n'aime pas qu'on parle de Martin.

– Merci, Mag, fais-je.

Rodolphe lève les mains au ciel. Une ampoule semble s'allumer au-dessus de sa tête telle une auréole.

– Ça y est, j'y suis! Je ne sais pas pourquoi je n'ai pas deviné avant, c'est vraiment idiot de ma part!

Magalie, Sébastien et moi le regardons, nous attendons le dévoilement de sa brillante pensée.

– T'es amoureuse de lui et il t'a rejetée. C'est ça, hein?

Et le génie pose ses mains sur la table dans un élan décidé. Je suis horrifiée.

– Je me suis posé la question pendant deux jours. *Pourquoi la belle Manon pourrait-elle en vouloir à Martin?* que je me suis demandé sans cesse. Eh bien, j'ai trouvé. C'était tout bête, en fait. Et évident.

– Tu es à côté de la *track*, Rod, fait Sébastien. À ta place j'arrêterais de parler.

Mais le connard insiste.

– Mais c'est *é-vi-dent*. Elle ne serait pas la première à le détester pour cette raison.

– As-tu bu beaucoup, avant qu'on arrive, Rodolphe? demande Magalie.

– La moitié de ma bière, fait-il en tenant sa bouteille par le goulot.

J'étais demeurée dans mon silence figé jusque-là. Mes trois *amigos* se mettent à discuter comme si je n'étais pas là.

– Je pense que tu devrais arrêter de boire, fait Magalie. Et puis, Sébas dit vrai, t'as tout faux. Manon déteste Martin parce qu'il a anéanti ses chances d'entrer en médecine, parce qu'il l'a humiliée en public et parce qu'il est vraiment mesquin quand il s'y met.

– Bah, tu exagères, Mag, dit Sébastien.

Rodolphe ouvre de grands yeux. J'avais vu de l'intelligence dans ces yeux-là, quelques jours auparavant. Ce soir, je n'y vois que stupidité.

– Nan! Elle en pince pour lui.

Je me lève, dégoûtée.

– Va te faire foutre, Rodolphe!

– Manon, ne t'en vas pas comme ça, s'écrie Sébastien, éploré.

– C'est un petit con, ton ami. Il peut bien avoir eu besoin de Martin Guitard pour se bâtir une carrière.

– Manon, ce n'est pas juste…, fait Magalie, le visage défait.

C'est vrai, je suis en train de mettre Sébastien dans le même bateau.

– Excuse-moi, Mag. C'est des conneries et j'en ajoute. Je vais prendre un taxi, dis-je en repoussant ma chaise vers la table.

– J'y vais avec toi.

– Non, je vais aller chez moi. Je vais en profiter pour voir où en est Patrick. Je te vois plus tard.

– T'es sûre ?

Son regard est rempli d'empathie, d'inquiétude et de tristesse. Je me sens nulle lorsque je l'embrasse sur le front.

– Oui, ne t'en fais pas. Je te vois après, ou demain matin.

Pendant ce bout de conversation anodine, Rodolphe avale sa bière en trois gorgées. Adroitement, il ramène la conversation avec Sébastien vers le football.

Je quitte le bar. Le taxi que le barman m'a appelé arrive en peu de temps.

– Vous allez où, ma p'tite madame ? m'accueille-t-il, tout sourire.

– Sur Saint-Isidore.

– OK, c'est parti !

Ce n'est franchement pas ma soirée. De plus, je déteste *vraiment* me faire appeler « petite madame ».

CHAPITRE 8

À L'ENDROIT COMME À L'ENVERS, Y A PAS DE BONNE MANIÈRE

Jusqu'à maintenant, Patrick vit comme un campeur dans ma maison. Il ne semble pas affecté par cet état de choses et ce degré de confort, tout compte fait, bien rudimentaire.

Pensons à son camion et ne soyons pas surpris.

Il a pris possession de la pièce la plus habitable, ma future chambre. Cette pensée provoque en moi un petit frisson de plaisir qui me parcourt l'échine. Patrick Lemelin dort dans ma chambre. C'est cool.

Comme il est à l'étage, travaillant dans la salle de bains principale, je me laisse guider par les bruits de la perceuse pour arriver près de lui. Lorsque je passe le cadre de la porte, il est en position de demande en mariage, un genou au sol, l'autre formant un angle de 90°. Il n'a pas de bague, mais bien une vis dans la main gauche et une autre dans la bouche.

Lorsque j'apparais devant lui, il ferme les yeux. Manifestement, ses narines palpitent. Je lui ai fait peur. Pauvre Pat, c'est bien la dernière émotion que je voudrais t'inspirer.

– Excuse-moi, tu étais concentré.

Il secoue la tête pour me rassurer.

– Oui, j'étais dans ma bulle. Ne t'en fais pas, il n'y a pas de mal, Manon.

Manon... Finalement, j'aime bien ça, un «*Manon*» prononcé à la québécoise. Surtout lorsqu'il vient d'une bouche sensuelle, dont la fermeté apparente donne envie de...

Libre pas n'est homme Cet.

Il se relève de sa position de futur fiancé pour s'approcher de moi. Il me domine de sa hauteur. Je ferme les yeux, l'espace d'un instant. Il n'est qu'à quelques centimètres. Va-t-il, spontanément, faire un geste vers ma petite personne ? Un geste tendre ?

Patrick, mon cher Patrick, tu pourrais mettre cette mèche derrière mon oreille, oui, celle-ci, la rebelle qui ne veut jamais rester en place. Tu pourrais parcourir le contour de mon visage de ton index, et finir sous mon menton, pour le lever vers toi. Tu pourrais mettre tes deux grandes mains sur ma nuque, me tirer vers ta bouche... Les choix sont nombreux, Patrick.

– Manon.

J'ouvre les yeux, il est toujours là, devant moi, il me regarde. Ses iris sont gris acier, exactement comme dans les romans de Janet Dailey.

– Oui, Patrick.

– Je ne peux pas passer.

Je ne suis pas mortifiée. Je suis simplement revenue à la réalité. Je n'en ai rien à faire, après tout, d'un homme qui n'est pas libre.

– Excuse-moi, j'étais dans mes pensées.

Quatre-vingt-quinze pour cent de la population répondrait ici quelque chose comme «est-ce que tout va bien ?» ou bien «on peut savoir ?» ou «quelque chose te tracasse ?» ou autre formule du genre.

Mais pas Patrick. Non, lui, il hoche la tête brièvement avant de sortir de la pièce sans demander son reste.

Mais j'y repense. Je repense à Serge, mon ex. Je pense à Sébastien. Je pense à mon père. J'abaisse le pourcentage à soixante pour cent, incluant les femmes, la population gay de Montréal et quelques âmes au coefficient féminin développé.

Voilà qui aurait voulu savoir ce qu'il y avait dans mes pensées pendant que je bloquais volontairement la sortie de la salle de bains.

– Alors, Pat, on en a pour combien de temps avant de terminer?

– Aucune idée, fait-il.

– Ah, voyons, tu dois bien avoir un certain estimé de tes réno-vations? Tant pour la salle de bains, tant pour la cuisine, tant pour le salon et ainsi de suite. On n'a qu'à additionner les estimations de chaque pièce et…

– Si on était plusieurs, ça irait trois fois plus vite, me coupe-t-il.

– Alors, engageons des ouvriers!

– Non, j'ai besoin de quelqu'un qui sait ce qu'il fait. Pas de quelqu'un à qui je dois montrer à tenir une truelle. Je n'ai pas le temps de faire de la surveillance.

– Merci pour le commentaire sur la truelle.

– De rien, sourit-il.

– Je ferai les joints de la salle de bains, quand tu seras rendu à ce point-là.

Il marche vers son matelas de fortune alors que je le suis sans cesse de jacasser. Je le regarde s'y asseoir comme si nous étions des partenaires de vie. Il y a tant de place à ses côtés. Mais il y a aussi de la sciure, un sac de chips apparemment vide, un pot de yogourt, un oreiller sans taie, entre autres choses tout aussi séduisantes.

Il retire ses bottes de travail, puis son chandail. Je dois dire *wow*. Ses épaules ne sont pas seulement larges et musclées, mais carrément bien dessinées. Comme si le bon Dieu avait fait de lui son canevas pour crayonner le corps humain parfait. C'est sans parler de sa poitrine, de son abdomen, de ses cuisses…

Patrick me regarde droit dans les yeux, mais comme toujours, je sais qu'il voit le mur partiellement ouvert derrière moi. Il pense à l'électricité, il se demande si tous les interrupteurs sont sur le même disjoncteur. Il est en train d'espérer que je ne demanderai pas de gradateur d'intensité pour la lumière, car c'est plus difficile à installer. Donc, je sais pertinemment qu'il ne me voit pas. Pas vraiment, en tous les cas.

– Laisse-moi rappeler Martin Guitard, Manon.

Ça y est, je crois que je vais me balancer en bas du pont blanc. Celui qui relie la rue Hébert à la rue Victoria.

Il soutient maintenant mon regard, je sais qu'il ne regarde plus le mur. Il attend.

– Non…, je bafouille.

Il redresse les épaules en soupirant longuement. Il a visiblement l'air inquiet.

– Manon, j'ai quelque chose à t'annoncer.

CHAPITRE 9

ET VLAN DANS LES DENTS,
MANON LACHANCE !

J'avale difficilement ma salive. Ça y est, il va me laisser tomber, j'en suis certaine. Qu'est-ce que Patrick Lemelin pourrait m'annoncer d'autre ? Je ne vois vraiment pas. Ma maison est entièrement débarrassée de ses murs, de ses planchers, on n'est même pas rendus aux fenêtres et il y a une carcasse de voiture qui se désintègre dans ma cour. L'huile à moteur doit couler dans le sol... S'il s'en va, je fais quoi ?

– Qu'est-ce qui se passe, Patrick ?

– Nadine est enceinte.

– Oh...

Il sourit, mais il a l'air très penaud pour un futur papa.

– J'ai accepté un poste de contremaître à l'usine où mon père travaille.

Plus il parle, plus ma respiration s'alourdit, mes épaules s'affaissent, et mon cœur se serre.

– Mais...

Il me refait un faible sourire.

– Je ne commence pas demain matin, mais d'ici deux semaines, sinon, je vais perdre le poste. C'est très bien payé. Je ne peux pas faire autrement, j'espère que tu comprends, Manon.

Arrête de dire mon prénom.

– Je comprends, dis-je, mais je ne sens pas mes propres mots sortir de mes propres lèvres.

– Alors, tu dois me remplacer, Manon. Je ne veux pas te laisser en plan sans te trouver quelqu'un de confiance.

– Confiance..., que je répète. Oui, de confiance...

Je suis engourdie et mon cœur disjoncte. JAMAIS, je n'avais pensé que cette éventualité pourrait devenir une réalité. Je n'ai aucun plan B. Tout ce que je vois défiler dans ma tête, comme dans ma mémoire, ce sont les histoires d'horreur des gens qui ont engagé des rénovateurs et qui se sont fait truander. Je vois mes murs, en partie sans isolation, sans contreplaqué, sans peinture, sans fenêtres...

Les *vrais* hommes à tout faire ne sont pas faciles à trouver.

– Je peux engager une équipe.

– Ton budget sera lessivé.

– Je vais y penser, je vais trouver une solution. Ne t'inquiète pas pour moi.

– J'ai des doutes, Manon. Honnêtement, tu devrais appeler Martin.

Ah non! Je préfère manger mes bas! Je préfère assembler mes morceaux de bois avec les dents! Je préfère... changer de sujet carrément.

– Félicitations pour le petit paquet d'amour qui s'en vient! Tu es bon avec les enfants, tu feras un père extraordinaire, fais-je, lui coupant la parole volontairement.

– Merci, Manon.

Je redescends l'escalier, plus rapide que l'éclair. Je dois sortir de cette vieille maison à moitié démolie avant d'y passer, moi aussi.

Le plan B devra être bon.

Je commence par parcourir les sites Web de rénovation, les forums de discussion, les pages jaunes, je ne sais plus si j'appelle un rabbin, un guérisseur ou un plâtrier. Je panique. Il y a une boule d'épines dans mon thorax qui grandit chaque jour qui passe. La pire heure est minuit pile. Je me réveille en sursaut. Mes pensées prennent des allures obsessives et burlesques. Je vois ma vie s'écrouler sous mes yeux ; mon projet désormais hors d'atteinte ; mon héritage réduit à néant ; un banquier qui me surveille en se frottant les mains avec un rire démoniaque !

Les jours suivants, Patrick travaille comme un forcené. Je lui suis extrêmement reconnaissante de sa diligence. Mais ça ne suffira pas.

Entre deux recherches, appels téléphoniques et demandes d'estimation, je reprends la truelle et même, quelques fois, le marteau. Je sens que Patrick est sur les nerfs et qu'il préfère que je reste loin.

Sébastien, petit cœur d'amour, aide Patrick du mieux qu'il peut. Mais j'entends l'impatience dans la voix de mon chef de projet.

– Contente-toi de tenir ça, entends-je Patrick dire à Sébastien.

Sébastien est grand et fort malgré ses maux de dos. Il fait la statue, obéissant à Patrick sans rechigner. Je crois que Magalie lui a forcé la main.

Le mercredi de la première semaine de panique, Rodolphe apparaît sur mon chantier, casquette et T-shirt tachés. Je l'entends parler à Patrick et je vois celui-ci pointer une scie de sa grande main. Rodolphe me lance un regard par en dessous en passant devant moi. « Merci » que je mime de mes lèvres et de mes yeux. Il hoche vaguement la tête en se mettant à l'ouvrage. Je me demande s'il le fait pour moi ou pour Sébastien. Peu importe, je noterai ses heures, il sera grassement payé.

Le lendemain, Magalie arrive avec Iris ainsi qu'un large panier de victuailles qu'elle distribue aux trois hommes et à moi, un petit sourire aux lèvres qui semble dire « je t'aide comme je peux ».

– Qui garde les enfants ?

– Ma mère, me dit-elle.

– Merci, Mag. J'irai voir Monique tantôt.

– Non! J'ai fait ce lunch pour t'éviter de sortir d'ici.

Je lui déplace une mèche de ses cheveux bruns vers l'arrière de l'oreille, tandis qu'elle me regarde de ses magnifiques yeux perlés de vert. Magalie est une femme époustouflante.

– Je dois aller me changer de toute façon. J'ai besoin d'une douche, je pue. Allez, laisse-moi passer.

– Je viens avec toi.

– Si tu veux…

– Mag! fait Sébastien, laisse donc Manon aller se laver en paix.

– Oui! Reste avec nous Magalie, insiste Patrick.

Elle s'esclaffe de plaisir. Je ne saurai jamais si c'est le charme de Patrick ou la demande de Sébastien qui aura retenu Magalie à cet instant-là.

Quoi qu'il en soit, je pars en courant. Je vais prendre une douche en arrivant, alors quelques pas de jogging, c'est parfait pour l'heure. C'est le milieu de l'après-midi, je trouve que Magalie ne sort pas suffisamment de la maison, toujours aux prises avec les marmots. Je ne sais pas comment elle fait.

Que je ne sois pas d'un naturel sans faille – bon OK, carrément inefficace – avec les enfants ne signifie pas que je n'apprendrai pas. Il ne faut pas s'emballer, j'ai trente-cinq ans, j'ai encore le temps. Au moins quatre ans, au plus, sept. Disons que j'ai quelques croûtes à manger avant de me rendre à l'étage de la maternité de l'hôpital de Valleyfield.

D'un, je dois rencontrer l'homme avec un grand H. De deux, je dois vivre avec lui quelques mois au moins. Aimerais-je me marier? Je pense que oui, ce serait romantique. Mais en bonne Québécoise de mœurs flexibles, le mariage n'est pas la condition première à la procréation. Au pire, si je suis vraiment désespérée, je le fabrique dans une éprouvette ou je vais faire un tour en Chine.

Je n'en suis pas encore là. J'ai toujours l'espoir de rencontrer le bon gars. Celui qui me trouvera drôle et belle, même quand je serai idiote et laide. Celui qui fera semblant que ma cuisine est comestible, qui me dira «chérie, ce soir c'est moi qui fais le dîner» en prenant soin de ne pas me vexer.

Je suis dans mes pensées futuristes et fantaisistes lorsque j'arrive, à peine essoufflée, à la porte de la maison de Magalie. J'ai hâte de saluer Monique, ça fait tellement longtemps que je ne l'ai pas vue. Cette femme un peu maléfique m'a toujours fait sourire.

La porte s'ouvre avant que je ne touche la poignée. Je m'attends à voir Monique. Je dois avoir reculé sans m'en rendre compte parce que je viens de heurter l'énorme pot de fleurs de terre cuite que Magalie adore tant. Il fait un bruit sourd sous mes talons, puis quelques tours de déséquilibre. Je tends le pied juste à temps pour l'empêcher de tomber.

– Manon, fait-il de sa voix grave qui me casse la colonne vertébrale en quatre.

– Mar... hum, Martin, dis-je en me raclant la gorge inutilement. Monique est là?

– Non.

– Ah, je croyais qu'elle gardait les enfants pendant que Magalie...

J'ai toujours le pouce au-dessus de l'épaule, pointant dans la direction de ma maison, lorsque je comprends la manigance.

– C'est toi qui gardes les enfants.

Ma phrase est dite en soupirant sans retenue.

– Oui, ça m'arrive de temps à autre.

– Je n'aurais pas cru ça de toi.

– Tu serais surprise.

– Il paraît, oui, dis-je, aussi sarcastique que possible.

J'aimerais être carrément cinglante, mais ce n'est pas dans mon registre, malheureusement.

Martin est toujours dans l'embrasure de la porte, je suis toujours sur le balcon.

– Je peux entrer?

Contrairement à notre première altercation, quelques semaines plus tôt, il me regarde droit dans les yeux.

– Oui, bien sûr.

– Les petits dorment?

– Oui, c'est l'heure de la sieste. Magalie m'a facilité les choses, elle les a couchés avant de partir.

– Ta sœur est gentille.

– Oui.

Je le laisse en plan en me retenant de courir vers la salle de bains. Je garde un pas régulier dans le couloir. Une fois la porte fermée derrière moi, je souffle et je rage. Il réussit encore à m'énerver. Je ne peux pas croire que je ne peux pas croiser Martin Guitard sans avoir envie de lui sauter au visage, même après toutes ces années.

– Manon, entends-je de l'autre côté de la porte.

– Quoi?! Je suis occupée.

– J'aimerais te parler.

J'entrouvre la porte de dix centimètres.

– J'écoute.

– Peux-tu sortir de la salle de bains, s'il te plaît?

– Martin, non, je ne veux pas sortir de la salle de bains. Honnêtement, peu m'importe ce que t'as à me dire.

– Patrick m'a dit que tu pensais engager Hugo Huot et son frère pour terminer ta maison.

– Ça ne te regarde pas, Martin.

– Ce sont des bandits, ils vont te ruiner et leur travail sera à refaire.

J'ouvre la porte et je passe la tête.

– Tu les connais?

– Oui.

– Tu peux me recommander quelqu'un, toi?

– Oui.

Mais que suis-je en train de faire là?

– Alors, tant mieux pour toi! Je ne veux rien savoir de tes conseils, fais-je en refermant la porte.

Il met sa main droite sur la porte, m'empêchant de la pousser pour la claquer comme j'en avais envie.

– Manon, arrête de faire l'idiote. Patrick m'a dit qu'il s'en allait, Sébastien me dit que tu essaies d'apprendre à tout faire toi-même et que tu te fais manipuler par tous les charlatans des environs!

Je croise les bras. Je les tiens serrés. Je sens une coulée de sueur dans mon dos, j'aurais vraiment préféré avoir cette conversation dans le confort de ma propreté corporelle, sans être suintante et dégoulinante.

– Je peux t'aider, Manon.

– C'est toi, le pire des charlatans, Martin. Tu te cherches des contrats? Je pensais que tu travaillais au cégep, ces temps-ci.

– Je ne cherche pas de contrat. Je veux simplement t'aider.

– Au même prix que Patrick?

– Je ne te compterai pas la main-d'œuvre.

J'agrandis des yeux surpris et incrédules.

– Ben, voyons! Je ne coucherai pas avec toi, Martin.

Il me plante un regard ferme en s'approchant de mon visage jusqu'à ce que je puisse détailler les nuances de ses iris bleu océan.

– Moi non plus, me dit-il sans ciller.

Mon orgueil vient d'en prendre un coup.

– Alors, pourquoi veux-tu jouer au philanthrope avec moi?

– Tu sais pourquoi.

Et il me plante là, la bouche ouverte et sèche.

Bon, j'ai la tête dure.

J'appelle Hugo Huot quand même. Je le fais venir le samedi matin pour remplir son devis. En l'absence de Patrick pour me regarder de travers, sans les regards accusateurs de Sébastien, je pourrai négocier quelque chose d'acceptable. Martin a voulu me faire peur, voilà tout!

Donc, Hugo et Cédric Huot débarquent vers 9 h. L'un est petit, bedonnant, parle beaucoup, l'autre un peu plus grand, visiblement plus en forme, regarde tout de ses yeux un peu globuleux. Les deux hommes sont chauves sur le devant et doivent utiliser le même coiffeur parce qu'ils ont exactement la même tête.

– Alors, ma petite dame, votre entrepreneur vous a laissée tomber?

– Oui, il a eu une urgence. Il reste encore une semaine.

– Il pense terminer quoi?

– La salle de bains du haut. Le reste est à faire.

Hugo Huot, le petit rond, se frotte le menton avec son calepin sur lequel est inscrit en lettres jaunes «Constructions Huot, beau, bon, pas cher».

– J'ai pensé qu'on pourrait commencer par vous faire faire une pièce et ensuite, si j'aime votre travail, une autre pièce et ainsi de suite, dis-je de ma voix professionnelle et intimidante, si j'en ai une. Ce dont je doute.

Hugo et Cédric Huot se regardent avec un sourire que je n'aime pas.

– Vous savez, ma petite madame, pour une seule pièce, ça revient plus cher. Ce sera à l'heure et…

– Un contrat en gros est beaucoup plus avantageux, complète Cédric.

– Je ne sais pas comment vous travaillez.

Ah! Je m'affirme, je tiens mon bout. Je suis une féroce négociatrice.

– Nous avons des références, des gens que vous pouvez contacter.

– Vos amis peuvent dire n'importe quoi, fais-je, fière de ma clarté d'esprit.

Hugo sourcille, insulté.

– Je suis connu dans le milieu, Madame Lachance.

– Laissez-moi vos devis. Un pour la chambre du haut et un pour l'ensemble des travaux. J'évaluerai ça.

L'heure qui suit est longue. Je regarde Laurel et Hardy passer dans chaque pièce, inspecter les contours de fenêtres, la tuyauterie que Patrick a installée avec soin, le boîtier électrique, tout y passe.

Je me dis qu'ils ont la tête de l'emploi, ils semblent regarder aux bons endroits et les commentaires techniques qu'ils se passent l'un à l'autre dépassent mes compétences.

Pourtant, j'ai hâte qu'ils partent. J'ai un nœud dans la gorge, je me retiens de ne pas les pousser dehors physiquement.

Vers 10 h 20, ils finissent par sortir, non sans m'avoir remis deux grandes feuilles de relevé des coûts.

– Ça n'inclut pas les matériaux, me dit Cédric, le plus grand.

– Merci, fais-je.

Nous sortons et descendons mon pauvre vétuste escalier à la queue leu leu lorsque j'entends Hugo jurer. Je trouve le langage inapproprié devant une cliente potentielle, mais en levant les yeux, je comprends.

Sur le capot de leur camion blanc, au nom de compagnie et logo, se trouve appuyé, comme si la ville lui appartenait, Martin Guitard dans toute sa splendeur.

Les bras croisés sur un T-shirt rouge, il porte des jeans propres agrémentés de bottes à bouts d'acier semblables à celles de Patrick. Je dois avouer qu'il est bel homme. À trente-cinq ans, contrairement à mon souhait, il est loin de porter la bedaine. Chaque muscle de son cou témoigne du travail physique qu'il a dû accomplir dans les dernières années. Son visage est encore plus beau que lors de nos années de collège. Est-ce la maturité? Peu importe, reste que c'est de Méchant-Martin-Guitard dont il s'agit.

Puis, contre toute attente, malgré toutes mes pulsions haineuses à son endroit, je suis soulagée de le voir là. Un peu comme on sent la sécurité que procure la famille. Malgré les conflits et les tensions, la famille reste toujours la famille.

Ce matin, Martin Guitard est ma famille.

Celle qu'on déteste parce qu'elle entrave notre liberté, mais celle qu'on apprécie sans vouloir l'avouer lorsque la vie nous envoie une tonne de merde.

Martin n'a pas à parler, il ne fait que se redresser pour laisser passer les frères Huot, les regardant ouvrir leur portière pour décamper.

J'ai toujours les grandes feuilles blanches entre les mains. Il s'approche lentement, me tend la main droite. Machinalement, je lui donne les papiers avant de m'asseoir sur la plus haute marche du perron.

Il passe un regard en diagonale sur les chiffres, puis fait mine de déchirer le haut de la page, m'interrogeant du regard. Je hoche la tête. Il s'exécute. Quelques secondes plus tard, les papiers deviennent des morceaux flétris au fond d'un bac de recyclage.

– Je serai là lundi, dit-il en marchant vers son camion.

– Martin !

– Oui ?

– Merci.

Et voilà, je viens de m'étouffer avec mes propres bas.

CHAPITRE 10

LA PATRONNE

Je passe le reste de la journée de ce samedi de la fin de septembre à balayer le plancher de ma future cuisine, à ramasser les morceaux de bois inutiles abandonnés un peu partout. Surtout, je vais faire les magasins.

J'ai déjà choisi mes fenêtres, les toilettes et le lavabo de la salle de bains du rez-de-chaussée. Il ne reste qu'à les acheter. Maintenant, il faut que je regarde la céramique. Celle de la cuisine : plancher, dosseret sous les armoires, celle de la salle de bains, plancher et baignoire.

Je dois surtout choisir les armoires de cuisine, c'est un achat important, alors j'hésite. Bois, mélamine ou thermoplastique ? Bois foncé, bois naturel, bois peint ? Blanc ? Blanc cassé ? Crème ? Acajou ? Avec ou sans travail dans le bois ? Des lattes ou du bois plein ? J'ai toujours voulu des lattes blanches. Mais si, à la longue, elles ne me plaisaient plus ? Si je regrettais de ne pas avoir choisi quelque chose de plus classique et indémodable ? Et si, à l'inverse, le classique me dégoûte ?

De combien d'armoires aurai-je besoin ? Est-ce que j'engage une compagnie spécialisée, quitte à payer le prix fort et qui prendra un pourcentage trop important de mon budget, ou vais-je chez Ikea ? Ou pire, au centre de liquidation ?

Depuis quelque temps, Rodolphe a pris l'habitude d'arriver chez Magalie à toute heure du jour. Il est comme une tache qui ne part pas. En ce dimanche matin, il est là vers 8 h, nous discutons autour de la table, il se sert des Froot Loops comme s'il était chez lui.

– Il y a les entrepôts où tu peux trouver ça pour pas cher, me suggère-t-il, alors que je suis découragée.

– Rodolphe, je ne pense pas que Manon veuille des armoires bancales et dépareillées, me défend Magalie en me tendant un café noir.

– C'est comme aller dans un bazar, il faut chercher. Des fois, ce n'est qu'un petit défaut de fabrication.

Je prends le lait pour mon café. Je laisse couler jusqu'à ce que la couleur me semble appropriée.

– Ton café sera froid, Manon.

– Je l'aime de même, dis-je à mon amie qui surveille toujours mes faits et gestes.

– Je peux te le passer au micro-ondes quelques secondes.

– Veux-tu ben, Mag !

Je fronce les sourcils pour la forme. Elle me fait penser à ma mère. Puis, je prends conscience de ce fait, Magalie est une mère, on ne peut pas la guérir de sa fibre maternelle.

Alors que la journée annonce une agréable température, j'essaie de prendre une pause de tout ce qui concerne mes projets de maison, de galerie, de cour arrière… mais je n'y arrive pas, évidemment, puisque tout mon entourage a sauté dans mon projet à pieds joints.

Depuis qu'il a compris que ses heures chez moi n'étaient pas du bénévolat, Rodolphe est présent à chaque minute libre qu'il trouve dans ses journées. C'est fou comme un agent immobilier peut en trouver du temps libre lorsqu'il y a de l'argent à faire. Je l'apprécie, je ne pourrais pas dire le contraire. Surtout que Patrick m'a confirmé que Rodolphe était « pas pire ».

Donc, ce matin dominical de la fin de septembre, nous discutons *encore* de ma maison. Magalie et Sébastien, Rodolphe et moi n'avons qu'un seul sujet de conversation : les rénovations.

Tout le monde parle des murs, des fenêtres, des armoires, bref, on parle de tout, sauf de mon abdication devant Martin. Personne ne me demande à quelle heure il viendra demain, personne ne me demande pourquoi j'ai finalement plié?

Que leur aurais-je dit de toute façon?

Que j'étais au bout du rouleau?

Que j'ai eu peur de me faire rouler?

Que j'avais confiance en lui?

Puis, je me pose la question à moi-même, mettant en sourdine leurs plans concernant ma cuisine. Pourquoi ai-je abdiqué aussi vite?

Je me suis sentie en sécurité.

Le sentiment ne m'a pas quittée depuis la veille. J'irais jusqu'à dire qu'une plénitude insidieuse s'est glissée dans mon corps, prenant place dans chaque alvéole de mes poumons, chaque cellule de mon cœur, dans chacune de mes inspirations d'air.

Depuis que Martin a déchiré le papier blanc en me regardant dans les yeux, je me sens revivre.

Lundi matin, je suis debout depuis 5 h 30. Une dernière volée d'oiseaux migrateurs couronne le ciel encore sombre. Je sens que le temps presse, que je n'ai pas d'autre choix que de laisser les bardeaux d'origine à l'extérieur de la maison. Cette constatation me déçoit, car je voulais les changer.

Le budget que Patrick m'a fait élaborer quelques semaines plus tôt s'envole rapidement. Il faut désormais que je fasse les bons choix. Il me faut continuer à vivre cet hiver et je n'ai pas encore trouvé – ni cherché, disons-le – de travail. Je suis la cigale qui a dépensé ses vivres.

J'enfile mes jeans usés, mon chemisier à carreaux et je descends pour un café, fébrile.

Soudain, le doute envahit mon esprit.

Si c'était une farce?

Non. Même Méchant-Martin-Guitard n'aurait pas un sens de l'humour aussi tordu. Il sera là.

L'angoisse a tout de même déjà fait son œuvre. Mon cœur s'emballe, je sais que je vais hyperventiler. Je sens des milliers de tourbillons à la racine de mes cheveux, des fourmis dans les paumes de mes mains. Du coup, ma respiration devient trop rapide et je suis étourdie.

Seule dans la pénombre du petit matin, je tombe sur la première chaise de cuisine sur mon passage. J'ai dû faire du vacarme et tomber plus bas que la chaise, car des pas rapides se rapprochent, mais je n'ai pas le temps de voir qui est là.

– Est-ce qu'on appelle une ambulance ? J'entends la voix de Magalie à travers ma torpeur, probablement quelques minutes plus tard.

– Non, regarde, elle se réveille, dit l'autre voix.

– Manon ! s'écrie Magalie de sa voix aiguë.

– Est-ce qu'elle mange suffisamment ? demande l'autre voix.

– Oui…, interviens-je, je mange bien.

– C'est sûrement du surmenage.

– Monique ?

J'ouvre les yeux lentement, avant de frictionner mes paupières de mes paumes.

Le visage de la mère de Magalie apparaît au-dessus du mien alors que je gis encore sur le sol. Elle a les mêmes yeux que son fils, une prunelle profonde et moqueuse. Mais pour l'heure, son regard est inquiet.

– Manon, ma belle, viens t'asseoir, me dit-elle en tirant doucement sur mon bras gauche, frottant mon dos de l'autre main. Comment ça va, trésor ?

– Mieux, merci.

Comme je me redresse, Monique ne relâche pas son étreinte en me guidant vers la chaise la plus rapprochée.

– Tu t'en es mis beaucoup sur les épaules, ma chouette, me dit-elle.

Son ton n'est pas accusateur, elle énonce un simple fait.

– Oui. Vous avez bien raison. Je suis devenue le problème de tout le monde.

– Ne dis pas de conneries, fait Magalie. Tu n'as forcé personne.

Je regarde la mère de Magalie avec affection. J'ai toujours aimé cette femme.

– Monique, vous êtes bien matinale. Il n'est même pas 6 h…

– J'ai demandé à Martin de me déposer ici.

J'ouvre grand les yeux.

– Martin est déjà là?

– Lui et deux employés.

– Quoi? Il a pris ses employés?

– Ne t'inquiète pas, Manon, tout est entre bonnes mains, maintenant. Tu peux rester ici tranquillement et attendre qu'ils finissent.

Je cligne des paupières plusieurs fois, je suis incrédule, médusée et désorientée.

– C'est MON projet!

– Oh, je sens que ça va faire des flammèches…

– S'il pense qu'il peut tout décider, oui!

Monique me tend une feuille blanche qui semble contenir une liste.

– C'est quoi ça?

– Martin m'a donné cette fiche, il m'a chargée de te la remettre. Pour chaque matériau, tu dois écrire le code de couleur, la marque, le code de produit.

– Quoi?

Elle me prend le papier des mains et pointe la première ligne.

– Regarde ici, par exemple, pour tes armoires, tu vas au magasin, tu prends en note le code de ton choix. Il va aller acheter exactement ce qu'il faut, avec les bonnes mesures et quantités.

Je passe en revue chaque ligne. Je suis abasourdie. Tout y passe, de la céramique de chaque pièce aux couleurs de la peinture. Les toilettes, l'évier de cuisine, la hotte…

– Mais c'est trop…

– Martin est comme ça, chérie.

– Allez, Manon! On va faire les magasins ensemble aujourd'hui, c'est pour ça que maman est ici!

– Non, c'est trop facile. Trop…

– …organisé? demande Monique.

– Non! Oui, hum!, je sais plus ce que je dis.

– T'es en état de choc, sourit Magalie.

– En état de choc, que je répète, encore étourdie. Je dois aller lui parler.

– Je viens avec toi! dit Magalie, évidemment.

– Non, Mag. Je dois y aller seule. Je dois parler à ton frère une fois pour toutes.

– OK, mais ensuite tu reviens déjeuner et on part en périple.

– On verra!

Le jour commence à se lever lentement, comme il le fait depuis des millions d'années à chaque début d'automne au Québec, et ce, même avant la dérive des continents. Je fonce dans la rue Victoria et je tourne dans la rue Hébert, en proie à la confusion la plus totale entre l'euphorie et la colère. Je termine ma route avec un crochet par la rue Saint-Isidore.

– Martin!

– Il est en haut, me dit un jeune homme blond aux yeux doux.

Il porte des bottes, des jeans usés, un T-shirt gris, il a la gueule de l'emploi.

– Patrick, dis-je en le croisant dans les escaliers, est-ce que tu as vu Martin?

Patrick me sourit, visiblement heureux.

– Tu l'as finalement appelé, hein? Je suis content, t'as bien fait.

Je lui rends son sourire sans corriger son erreur. Je n'ai pas «appelé» Martin. Je l'ai accepté, grande différence.

– Il est en haut?

– Oui.

Je monte les vieilles marches deux par deux tellement je suis pressée de me rendre à l'étage pour attaquer.

– Martin !

Je le trouve de dos, crayon en équilibre sur l'oreille gauche, il porte un T-shirt blanc, jeans, bottes. Rien qui ne l'empêche d'être le bel homme qu'il est. Il n'y a rien à faire, c'est un Guitard et les Guitard sont beaux. Même de dos.

Il se retourne, mais ne me répond pas. Il attend ma question.

– Ta mère m'a donné ceci, dis-je à défaut de quelque chose de brillant.

Je n'ai pas encore l'habitude de parler directement à Martin. Soudain, je me rends compte que je ne le connais pas « personnellement » pour l'avoir évité et repoussé depuis toutes ces années.

– Oui.

– Martin, c'est trop de soucis, t'as même amené des employés…

– C'est quoi ta question, Manon ?

– Hum…

Il croise les bras en attendant que je finisse l'expression de ma pensée.

– Tu prends tout en charge alors que c'est mon projet !

– Oui, et tu vas tout choisir. C'est quoi le problème, Manon ?

Ouch, je suis bouchée.

– Hum… rien. Je n'ai pas de problème.

– Tant mieux, parce que je suis occupé. Il faut que tu saches quelque chose d'important.

– Quoi ? fais-je.

– Patrick a fait du bon boulot.

– OK, c'est super !

C'est important de me dire que Patrick est le meilleur ? Je le sais déjà, ça !

– Mais il a omis un énorme détail.

– Lequel ?

À voir la posture que Martin prend pour poursuivre ce qu'il a à dire, j'ai peur. J'ai littéralement peur.

– Il faut solidifier les plafonds.

– Ah? Ouf! C'est tout? Comment on fait ça?

– Avec des poutres d'acier sur toute la largeur de la maison. Il t'en faut deux, une pour chaque étage.

– C'est... hum, compliqué à faire?

J'entends un rire étouffé derrière moi. C'est le gars à la casquette rouge qui secoue la tête en lançant un regard lourd de sous-entendus à son patron. «Elle n'est pas un peu cruche, ta cliente?» disent ses yeux. Voilà un autre gars qui approche, celui-ci n'a pas de casquette, mais un foulard de motard sur la tête et un ventre proéminent. Son sourire me fend en deux, je suis l'idiote de service.

«Une chance qu'elle est belle» que j'entends murmurer sur ma gauche.

Mais Martin ne rit pas, pas même un sourire en coin pour se joindre à l'hilarité de son équipe.

– Pour nous, ce n'est pas compliqué, me rassure-t-il.

– Donne-moi les factures à mesure que tu achètes les matériaux, je dois calculer où j'en suis dans mon budget, que je bafouille sans être très cohérente.

Il hoche la tête et me fait signe de descendre.

Voilà, j'ai vidé mon sac.

C'est moi la patronne.

Oui, Manon. C'est bien toi le boss.

CHAPITRE 11

NON NÉGOCIABLE

C'est dur, c'est long, c'est suant et pour une vieille fille de trente-cinq ans qui se bat corps et âme pour en paraître vingt-huit, ça s'appelle le gymnase. Je me suis inscrite hier. Donc aujourd'hui, je suis sur le Stairmaster, iPod bien en place sur ma serviette blanche, syntonisée sur un vieil épisode de *Friends*. Je saute si frénétiquement que la machine en sera fatiguée lorsque j'en aurai terminé.

Il y a des hommes ici. Plein. Des jeunes, des vieux, tous musclés, la plupart exhibant leurs nouveaux tatouages sur des bras tout en relief.

Je n'ai aucun *tatoo*, mais j'y songe. Une libellule sur mon arrière-train ou une étoile à la naissance de ma nuque, vraiment, le choix est vaste puisque mon canevas est toujours vierge. C'est sûrement ma peur des aiguilles, ou de ma mère. Eh oui ! Même à mon âge. J'hésite à barbouiller l'œuvre de ma petite maman. Je n'aime pas quand elle me lance un regard de déception, ça me fend le cœur. Déjà que ma sœur Julie l'a pas mal secouée depuis l'adolescence, j'essaie d'être celle qui n'en rajoute pas. Quoique avec mes investissements plus ou moins intelligents par les temps qui courent, ma mère a sa dose de soucis. Elle aurait bien voulu nous voir, l'une et l'autre, placer sagement tout cet argent dans nos REER ou des fonds de placement.

J'aurais peut-être dû l'écouter, mais j'ai préféré investir dans du concret.

Bon, ça coûte cher, le concret. De plus, c'est stressant. Mais je m'en sortirai, avec ou sans ma chemise.

Ai-je parlé de ma voiture ? Oh ! Mon Dieu, c'est elle, l'amour de ma vie. Qui a besoin d'un homme lorsqu'on a une telle merveille entre les mains ? L'année dernière, je me suis laissée aller à mes désirs secrets en mettant la main sur une fabuleuse Mini Cooper couleur « poivre blanc ». Ma première vraie voiture. Elle est pour moi une seconde peau, elle va là où je veux, se gare entre les voitures telle une petite fourmi qui a le nez fourré partout.

L'autre jour, Sébastien l'a conduite, un peu à la blague et par curiosité. Il n'a pas ri longtemps, car malgré sa haute taille, il y était relativement à l'aise. Ébahi par ses sièges de cuir, ses freins ABS, son volant ajustable... son toit ouvrant électrique... Hum !, je ne m'éterniserai pas sur sa mécanique, je cours le risque de me ridiculiser. Bref, c'est un bijou et j'en suis fière. De plus, elle est excellente pour préserver l'environnement tellement elle me coûte peu en essence.

Donc, le mercredi matin, Magalie et moi montons à bord, fiche en main, bouillon de plaisir dans le cœur. Je crois qu'elle est plus excitée que moi. Son amusement est à son comble et je m'interroge sur la cause véritable de sa joie qui pourrait être due à :

Sortir de chez elle en semaine.

Aller magasiner.

Ou :

Ma presque réconciliation avec son frère.

Je ne me suis pas présentée au chantier depuis la rigolade des gars, lors de notre conversation au sujet des poutres. J'imagine que tout va bien. Patrick est toujours là, il m'aurait avertie si quelque chose d'anormal se tramait.

Surtout, Martin est là.

Oui, la présence de Martin me rassure.

– Ça roule tout seul, cette machine, me dit-elle.

– Tu dis ça pour être gentille !

Je ris de plaisir.

– Oui, un peu. Mais c'est vrai que ça roule bien.

– On va où ?

– Ouvre le toit, je veux sentir mes cheveux au vent.

– Excellente idée, fais-je en souriant. Mais on va où ? que je répète.

Comme je l'ai déjà mentionné, Magalie ne sort pas souvent avec des adultes, alors nous sommes à nouveau des adolescentes sans attache. J'appuie sur la pédale vigoureusement, filant sur la 20 Est. Nous dépassons la sortie Les Cèdres en un rien de temps. Voilà, sortie 35 de la 40. Ma vie est simple. Valleyfield-Vaudreuil, Vaudreuil-Valleyfield. Ça doit faire des semaines que je n'ai pas mis les pieds à Montréal et, honnêtement, la grande ville ne me manque pas.

– On commence par *Home Depot* ?

– Es-tu folle ? On commence par manger, fais-je en fronçant les sourcils.

Magalie me sert son rire cristallin contagieux et je m'esclaffe avec elle. Nous rions pour absolument rien pendant plusieurs minutes et je finis par reprendre mon souffle. Mes papilles réclament un cappuccino.

Je prends une tranche de bacon du bout des doigts, il est sec et croustillant. En mordant dedans, j'ai un frisson de plaisir, c'est dire combien je n'en mange pas souvent. Puis, je pense à ma maison, aux hommes à l'intérieur, à ma matinée un peu trop désinvolte.

– Qu'est-ce que tu as ? me demande Magalie, toujours alerte et à l'affût de mes moindres humeurs.

– On devrait se grouiller pour aller faire ce qu'on est venues faire.

Elle me fait son regard de confidente.

– Tu penses à Martin ?

Curieusement, sa question me trouble. Je ne pensais pas à Martin, seulement à son entourage et à la situation. Je cligne les paupières, puis je souris à Magalie.

– Pas du tout.

– Je disais ça juste comme ça.

– Je dois avouer qu'il est étonnant.

– Je sais.

– Depuis quand est-il comme ça?

Magalie saisit une des rôties en fouillant dans le panier pour la confiture. Je sais qu'elle préfère celle aux fraises, je lui tends la mienne, car c'était la dernière.

– Merci, dit-elle.

Elle étend la confiture lentement, mesurant chaque mouvement de son couteau pour que la substance s'étale partout de façon égale. On dirait qu'elle me fait languir volontairement.

– Depuis qu'il est sorti de l'université. Quand ma mère a été malade, surtout.

– Oui, je me souviens de cette période.

– Tu sais, Manon, j'ai découvert quelque chose d'important au cours des dernières années.

– Ah oui? Quoi donc?

– Martin est un grand sensible.

– Huh!

J'agrémente l'onomatopée d'un son guttural. Magalie me regarde, un demi-sourire aux lèvres.

– T'es surprise.

– Mets-toi à ma place, dis-je.

– Je sais. Il n'en a pas l'air.

– Non, vraiment pas.

Magalie engouffre sa rôtie avec ses œufs brouillés, elle avait si faim, la pauvre chouette, j'ai bien fait de l'amener manger avant de commencer à faire les magasins.

– Laisse-le faire, Manon. Ne te mets pas sur son chemin.

– C'est mon projet, Mag. Ma maison.

– Il va te la rendre si belle que tu en auras le souffle coupé.

– Mais je n'aurai pas la satisfaction d'avoir mené mon projet à terme.

– Dis-moi, Manon, c'est quoi la différence entre laisser Patrick faire les travaux et Martin ? Je ne comprends pas.

– Patrick n'arrivait pas en sauveur, il me laissait l'aider, je l'avais engagé moi-même ! Là, j'ai l'impression d'avoir baissé les bras.

– Tu avais un projet personnel le concernant, ajoute-t-elle en agitant sa fourchette pointée vers mon nez.

– Seulement des fantasmes.

– Avec Martin, tu as perdu le contrôle, c'est ça qui te rend nerveuse.

– Non…

– Manon, je te connais.

– OK, oui, que je souffle, le regard dans le vide.

Parlant de contrôle, je vais faire un tour à ma maison chantier dès que je dépose Magalie chez elle. Je longe la rue Saint-Isidore et vois trois camions rouges, Entreprise Guitard est inscrit en lettrage blanc. *Trois camions.*

J'évite une nouvelle crise de panique en respirant lentement, laissant ma nuque s'appuyer sur mon appui-tête. Le même jeune homme blond aux yeux doux passe devant ma voiture. Il me reconnaît et m'envoie la main. Un peu plus loin, deux autres hommes en chemises de denim discutent en fumant une cigarette, que je soupçonne être une Export A vert. Le vieux cliché !

Le jeune blond pointe en ma direction et les hommes inclinent la tête, cherchant visiblement à m'inspecter. Ça y est, je suis mal à l'aise de sortir de ma voiture pour aller voir ma propre maison. Un tapotement contre ma vitre me fait sursauter. Rodolphe.

– Salut, Rodolphe, dis-je en baissant ma vitre.

– T'es venue surveiller ?

– Hum !, non, tiens, peux-tu remettre ceci à Martin s'il te plaît ?

Il prend la fiche et me sourit.

– OK, sans problème.

– Merci.

Comme je m'applique à redémarrer, Rodolphe m'interpelle de nouveau.

– Manon !

– Oui, Rodolphe ?

– Je me demandais, tu veux qu'on sorte de nouveau tous les deux ?

J'avais complètement oublié qu'au départ Rodolphe et moi avions été présentés dans la perspective de finir ensemble et de faire des bébés. C'est dire combien il m'intéresse, depuis la scène de la brasserie Olympique. Et depuis qu'il me facture des heures ridicules.

– Non, Rodolphe, je ne préfère pas. Soyons copains, d'accord ?

Il est toujours penché au-dessus de ma fenêtre, la main sur le toit de mon véhicule. Je sais qu'il regarde mes jambes. Il se redresse et engouffre ses mains dans ses poches.

– Si c'est comme ça...

– Oui, Rodolphe, c'est comme ça. Désolée.

– OK.

– Rod ! On a besoin de toi, ici ! fait la voix de Patrick.

Les deux jours suivants sont les derniers de Patrick sur mon chantier. Depuis l'arrivée de Martin, il semble serein et relax. Je l'ai quand même vu malmener Rodolphe de temps à autre, lui faisant faire les travaux désagréables, comme poser de la laine de verre ou l'envoyer dans le faux grenier, là où les clous sortent des planches de bois et peuvent vous blesser facilement. Il lui fait mériter son salaire, c'est le moins que je puisse dire. Honnêtement, je n'en suis pas fâchée.

Tandis que Rodolphe s'éloigne de ma Mini Cooper couleur « poivre blanc » – un vrai bijou, disons-le encore –, je vois une tête que je voulais éviter avancer vers moi.

– Sors de la voiture, Manon.

– Pourquoi? je demande inutilement, car je n'ai nulle part d'autre où aller de toute façon.

– On doit regarder ta liste.

– OK, que je soupire.

Je retire la clé de contact avant de mettre le pied sur le trottoir craquelé, mes bottillons neufs à talons hauts jurant dans le décor. Je referme la portière pour lui faire face. Martin est grand, je dois lui arriver au menton, si je me tiens très droite. Je piétine le ciment, maladroite, je ne sais plus comment me tenir.

Il regarde la liste en se frottant la tête comme s'il ne comprenait pas ce qu'il voyait. Le regard qu'il me lance est intimidant. *Allez, Martin… sois gentil…*

– T'as campé dans les rayons bon marché ou quoi?

Eh ben! Il a vu ça comment?

Ce sont des codes!

Du genre *A4TUUU-00056*!

Depuis quand parle-t-il le «code barre», lui?

– Quoi? Non! Hum!, un peu, c'est vrai. Mon budget s'envole plus vite que prévu.

Ça y est, j'ai l'air radin.

Je suis *Manon Lachance et sa maison bon marché*!

Il repousse la feuille dans la paume de ma main.

– Je n'installe pas ça, ces cochonneries-là.

– Mais de quelles cochonneries parles-tu?

– Ta céramique, tes toilettes, ta baignoire, tes armoires.

– C'est tout? fais-je sarcastique. Tu m'as dit de choisir, alors j'ai choisi, Martin.

Il maintient mon regard, les lèvres pincées.

– Ça ne marchera pas, m'entends-je dire, presque à regret, mais soulagée à la fois. Tu peux plier bagage, Martin, et considérer que t'as fait ta bonne action avec moi. Surtout avec les poutres de soutien et tout. Je vais être civilisée avec toi, je vais arrêter de t'insulter. Je te remercie de tout ce que tu as fait pour moi. Vraiment.

Je replie le papier dans ma paume, le brandissant dans mon poing en me retournant pour marcher vers ma voiture, les lèvres tremblantes et les yeux fermés sur mes larmes bouillantes.

CHAPITRE 12

MERCI, MAMAN

Hier soir, sans le dire à personne, je suis revenue à Montréal. Je profite donc, ce matin, du café espresso de ma mère, sorti tout droit de sa nouvelle machine. Solange aime le bon café et cela en soi est l'une de ses plus belles qualités.

– Merci, maman.

– Ça fait des semaines que j'attends de tes nouvelles. Ils n'ont pas le téléphone, à Valleyfield?

– Oui… mais j'ai été très occupée. Tu pouvais m'appeler, tu le sais bien, j'étais chez Magalie.

– Je n'ai pas osé.

– T'aurais dû, pourtant. Et comment va ta santé, maman?

– Bien, je vais bien.

Chère maman. Elle n'est pas de ces personnes qui racontent de long en large leurs bobos, leur couleur et leur teneur. Ma mère en aurait pourtant long à raconter, avec la petite machine qu'on lui a mise sous la peau pour surveiller son cœur. Elle tente de vivre comme si de rien n'était, mais je sais ce que n'est pas le cas.

– Ta maison, ça avance?

Je suis venue pour me changer les idées, et voilà encore ma foutue cabane qui se balance devant mes yeux.

Depuis que mon père est décédé, ma mère n'a plus que ma sœur et moi. Ma sœur Julie est celle qui a fait vieillir ma mère prématurément. Depuis qu'elle a reçu l'autre moitié de l'héritage de ma grand-mère, elle parcourt le monde. Nous sommes très différentes, Julie et moi. Elle a trois ans de plus que moi, donc déjà trente-huit ans. Elle est comme une adolescente, avec ses longs cheveux tressés et ses Birkenstock. Ma sœur n'aura jamais d'enfants, c'est certain.

Donc ma mère n'a que moi sur qui focaliser son attention maternelle. Je sais qu'elle tuerait pour vivre encore à Sainte-Barbe et pouvoir venir surveiller les travaux. Mais la vie n'est pas ainsi faite.

À cause de sa faiblesse au cœur, elle est suivie par l'Institut de cardiologie de Montréal. Elle préfère ne pas s'en éloigner.

Je dois aussi essayer de ne pas l'angoisser avec mes problèmes, pour lesquels elle est complètement impuissante.

Je dois tout de même répondre à sa question. Je jette donc la réalité sur la table.

– Je dois trouver quelqu'un d'autre, encore.

– Patrick n'est pas là?

– Patrick a accepté un travail, puis j'ai laissé Martin Guitard travailler dedans. Ça n'a pas fonctionné.

– Martin? Le frère de Magalie? Celui qui t'a accusée à sa place?

– Oui, en personne, maman.

– Excuse-moi, ma chouette, je pensais que tu ne voulais pas avoir affaire à lui?

– Il a changé.

– Alors, pourquoi ça n'a pas marché?

– On ne s'est pas entendus sur la façon de faire les choses.

La boule de cuivre chauffé remonte dans mon thorax, je suis tellement vidée.

– Oh! Maman! Je m'en suis pris par-dessus la tête avec ma maudite maison! Je vais me ruiner.

Bravo pour ne pas angoisser ma pauvre mère!

– Mais non, Manon, voyons, il ne faut pas lâcher comme ça. Il y a bien quelqu'un d'autre que tu peux engager. Et puis, tu peux terminer le minimum et faire le reste quand tu auras l'argent. Il y a plein de monde qui vit dans des maisons pas terminées.

– Sans cuisine?

Ça y est, je renifle, les larmes s'en viennent.

– Oh, oui, ce n'est pas donné, une cuisine, hein?

– J'avais trouvé des armoires pas chères.

– C'est parfait! Alors, je ne vois pas le problème.

– Martin a refusé de les installer.

– Mais ce n'est pas son problème, la sorte d'armoire que tu choisis!

– Il ne me comptait pas la main-d'œuvre.

Ma mère croit avoir mal compris.

– Il travaillait dans ta maison *gratuitement*?

Je hoche la tête doucement. L'entendre de la bouche de ma mère me frappe en plein visage.

Gratuitement.

Toutes ses heures, ses employés, sa sueur, son temps!

– Qu'est-ce qui se passe vraiment entre toi et cet homme, Manon?

– Rien, maman, absolument rien.

– En es-tu certaine?

Bien sûr que j'en suis certaine!

Mais il est trop tard, ma mère a mis un doute dans mon esprit. Un doute que je n'ose pas entretenir depuis le moment où Martin a déchiré la feuille blanche devant mes yeux et mon découragement.

Comment pourrais-je affronter l'idée qu'il ait eu un autre dessein que celui de se laver de ses péchés? Il avait une vraie dette envers moi, celle d'avoir mis à l'eau mes rêves, mes plans, mon avenir. Et d'en avoir ajouté en me ridiculisant chaque fois qu'il en avait l'occasion.

Mais en réalité, pour de vrai, sans farce, quelle garantie ai-je que j'aurais persévéré dans mes études? Que la D^{re} Lachance aurait réellement existé un jour? Même si j'ai souvent dit le contraire, Martin n'est pas un imbécile, il sait tout ça, lui aussi. Surtout qu'il m'a clairement vue m'enliser dans un mode de vie désinvolte à la suite notre «altercation» déterminante pour le reste de ma vie.

Suis-je en train de tenter de changer la nature de ses motivations? Non. C'est impossible.

Je creuse dans ma mémoire. Je cherche très fort des moments où il aurait pu me démontrer autre chose que le désir d'aider, un peu comme on aide un ami. Ou quand on répare des dommages.

Tout ce que je trouve, en cherchant, sont les moments pendant lesquels j'ai échangé ma rancœur pour une nouvelle fascination. Pendant lesquels moi, j'ai pardonné dans mon cœur et dans ma tête, tous les affronts qu'il m'a faits. Il y aura eu ça de bon dans cette aventure. Depuis toutes ces années que je me mine de l'intérieur, mue par la haine et les regrets, j'ai finalement fait la paix avec mes démons.

Cela réglé, j'espère que Martin a fait la même chose.

Maintenant, nos vies peuvent continuer sereinement.

Je suis demeurée cinq jours pleins chez ma mère. Nous sommes allées au cinéma, au restaurant, chez des amis et chez mes tantes. Ma mère, naturellement, leur a parlé de mes mésaventures. Malgré mes soupirs, mes coups de coude, elle s'est fait un point d'honneur de décrire Martin tel qu'elle se souvenait de lui, il y a vingt ans de cela.

«C'est un beau grand brun aux yeux de la couleur de l'océan. Un super athlète!» répète-t-elle devant les yeux ébahis de mes tantes.

Alors moi, qui suis là pour m'éloigner de tout ça, j'endure son bavardage, la bouche serrée. Ma mère a une vie un peu morne et n'a jamais rien eu à raconter. Je lui laisse son heure de gloire, tentant d'ignorer les aiguilles qu'elle plante dans mon cœur à chaque phrase.

J'aurais aimé que ma sœur Julie soit là, elle nous aurait roulé un pétard et on aurait ri toute la soirée avec un peu de Bailey's dans nos cafés.

Donc, le premier dimanche d'octobre naît sur le boulevard Lacordaire lorsque je fais vibrer ma Mini pour le retour au bercail. Il me faut cinquante minutes du point A au point B. Le point B étant ma maison vide.

Je n'ai même pas regardé où en étaient les travaux avant de déguerpir pour Montréal. J'angoisse profondément en imaginant le désastre. Les poussières de sciure et de plâtre seront retombées depuis les derniers jours, Martin aura vidé les lieux de ses outils, escabeaux et employés. J'aurai une vue d'ensemble de l'ampleur de mon problème. Car c'est ainsi que j'appelle ma maison désormais, un «problème.»

Un gros, gros problème.

J'ai besoin d'un plan C.

ᴧᴧᴧ

Seize ans plus tôt

Martin Guitard resta stoïque devant Monsieur Germain. Il se souvint des directives claires de son père.

«Martin, fiston, tu vas faire des erreurs, c'est inévitable. Parfois même, de graves erreurs inexcusables. Dans une situation délicate, souviens-toi du *poker face* que je t'ai enseigné. Le secret, c'est de ne laisser transparaître aucune émotion, même si par en dedans, tu trembles de honte ou de peur. Rappelle-toi, mon fils, aucune émotion. Si tu réussis ça, tu iras loin, mon gars!»

Il était debout, au milieu de la salle de classe, seul avec Manon Lachance et Paul Germain.

Poker face en action.

– Deux de vos réponses à cet examen sont presque identiques, mot pour mot. Vous étiez assis côte à côte.

Martin ne regarda pas le visage de Manon Lachance. Il n'avait aucun besoin de voir ses larmes et les plaques rouges sur sa peau. «C'est la loi de la jungle», lui aurait dit son père à cet instant précis: «celui qui ne se bat pas avec les bonnes armes perdra toujours. Si tu veux avancer dans la vie, tu dois gagner.»

– Je n'ai rien fait de mal, dit Manon sous son visage incliné pour ne pas regarder le professeur.

– Je l'ai vue bouger et se pencher vers moi, Monsieur Germain. Sur le coup, je pensais qu'elle me draguait. Maintenant, je sais qu'elle regardait mes réponses.

Martin avait un vague sourire sur les lèvres.

– Manon, est-ce vrai?

– Bien sûr que non!

Mais Manon pleura à nouveau, ses épaules coulant presque au plancher.

– Bon, ce sera tout. Vous pouvez disposer.

Manon sortit en courant, ramassant son sac d'une main tremblante, le visage couvert de larmes. Martin la regarda déguerpir, ouvrant les lèvres pour se rétracter. Toutefois, le visage de son père le hanta et il se tut.

CHAPITRE 13

LE SILENCE

Le silence qui règne dans ma maison est étourdissant. Partis, les bruits de scie circulaire et de martelage, partis, les hommes aux grosses bottes de travail, parties, toutes ces bonnes gens prêtes à m'aider. Plus personne pour se moquer de mon incompétence. Je dois repartir à zéro.

Je ne me suis jamais sentie aussi seule de ma vie entière.

J'ai même renvoyé Rodolphe, c'est dire à quel point j'avais besoin de mettre un frein à ce train d'enfer, avant qu'il ne me jette à la rue.

J'avance avec ma lampe de poche, car plus aucune lumière d'appoint n'est restée une fois que Patrick, puis Martin ont quitté le chantier. Il est 20 h, la nuit a enveloppé toutes les pièces. J'avance à petits pas, mais j'arrive rapidement à la conclusion qu'il n'y a plus d'outils sur lesquels me heurter, alors j'entame mon errance d'un pas plus assuré.

Je laisse glisser le faisceau de lumière sur les murs. Dois-je être surprise de constater que, bien que nus, mes murs sont fermés, que toutes les prises électriques sont installées, que même mes nouvelles fenêtres sont en place? Quelqu'un a terminé tous les joints. Même les poutres de soutien sont installées. Vraiment, il ne semble rester que les finitions à faire.

Tout ce pour quoi j'ai couru telle une folle dans les magasins, finalement. Mes *cochonneries*. Rien qu'à regarder autour de moi, je sais que Martin n'a pas quitté les lieux le jour où je le lui ai demandé. Il a dû continuer à travailler tout le temps pendant que j'étais à Montréal.

J'entends des pas dans l'escalier, je recule dans le gouffre noir qui sera mon salon et j'éteins rapidement ma lampe. Un intrus ouvre la porte en éclairant la place avec ce qui doit s'apparenter à une lampe de professionnel tant elle est puissante. Je sais tout de suite de qui il s'agit, c'est bien évident, car je vois sa silhouette reflétée en ombre chinoise sur le plancher par la lumière venant de la rue.

– Manon!

– Comment sais-tu que je suis ici? dis-je, toujours cachée dans le noir.

– Ta voiture.

– Oh, fais-je en sortant de ma caverne, la main devant les yeux tellement sa lampe est aveuglante. Peux-tu baisser ça, s'il te plaît?

– Manon...

Je lève une main pour l'arrêter.

– Non, Martin, tu n'as pas besoin de dire ou de faire quoi que ce soit. Et tu n'avais pas à rester après mon départ de l'autre jour. T'en as bien trop fait... c'est extraordinaire...

– Où étais-tu? me coupe-t-il.

Il s'approche de moi, lentement, comme s'il avait peur que je prenne mes jambes à mon cou. Il n'a pas tort, au fond, puisque je cherche déjà du regard la sortie la plus proche.

– Chez ma mère.

– Ah! Hum!, Magalie était inquiète.

– Je lui avais laissé une note.

Entre la lumière surdimensionnée et la pénombre, je vois que son visage est sérieux, indéchiffrable, comme à son habitude. Comment agir avec quelqu'un qui n'a aucune émotion?

En un tournemain habile, Martin disparaît en un clin d'œil. Tout est soudainement noir. Tout ce que je vois, ce sont des ombres, grâce au lampadaire de la rue. Je n'entends plus un son, seulement ma respiration et mes pensées, qui elles, ne cessent de virevolter.

J'ouvre la bouche pour lui demander pourquoi il a éteint sa lampe, mais je me ravise aussitôt. Puisqu'il est toujours devant moi, complètement immobile, la question serait idiote.

Je n'ai jamais été très hardie avec les hommes, en partie parce que je n'ai jamais eu à l'être, car ils sont toujours rapides. Je n'ai jamais fait les premiers pas, en partie par timidité, ou par simple désintérêt.

Pourtant, à cette seconde précise, même si j'ai perdu toute ma salive et même si je suis à quelques atomes d'une crise de panique intense, j'avance vers lui dans le noir. Je cherche sa main.

Je la trouve en effleurant sa taille au passage, je croise mes doigts dans les siens. Sa main serre doucement la mienne, puis je sens son bras entourer mes épaules, me serrant contre sa poitrine. Il a une barbe de quelques jours, car je sens son menton rugueux sur ma tempe. C'est la première fois que je respire son odeur, il sent la menthe, non… le jasmin, je ne sais pas ce qu'il sent. Il sent bon, c'est ma seule affirmation.

Puis, sa respiration change de rythme, ses épaules font des soubresauts. Je m'accroche à ses épaules, attirant son visage vers mon cou. Je couvre sa nuque de ma main.

Martin pleure dans mes bras.

CHAPITRE 14

LA RÉALITÉ

Depuis l'incident dans la noirceur, je n'ai pas revu l'ombre de Martin. Après quelques minutes, serrés l'un contre l'autre dans un silence ébranlant, il s'est détaché de moi, s'est excusé, puis il est parti, me laissant indubitablement, irrémédiablement amoureuse de lui.

Trois jours complets ont passé sans nouvelles. Entre-temps, j'aide Magalie comme je peux à la garderie et je cherche un nouvel entrepreneur pour terminer mes travaux. Je ne pourrai pas demeurer chez Magalie éternellement, bien qu'elle me l'ait offert maintes fois.

Je cherche aussi du travail.

– Prends ton temps Manon, vraiment, tu ne nous déranges pas, au contraire.

Je ne lui ai pas raconté la séquence émotion avec son frère, mais je sais qu'elle se doute que quelque chose s'est passé entre nous. Si elle ne le savait pas, elle me parlerait de lui.

Sébastien, par contre, est plus « premier degré » quand il s'agit de complications dans les relations humaines.

– Qu'as-tu fait à mon ami, Manon ? Il ne se montre plus la face !

– Je n'ai rien fait.

– T'es certaine ? insiste-t-il.

– Oui, je suis certaine.

– Ah bon! Alors tu seras surprise d'apprendre que pendant ton absence, il a été un vrai tyran avec son équipe. Je me suis poussé, j'étais dans ses jambes. Il a travaillé sans arrêt jusqu'à ton retour.

J'ouvre la bouche pour laisser glisser mon flot de questions, mais je me tais. J'adore Sébas, mais c'est une grande gueule sans filtre.

Monique vient souvent faire un tour. Elle a un nouvel amoureux, Léandre. C'est un homme dans la cinquantaine, très bien conservé, qui n'a d'yeux que pour elle. C'est rafraîchissant de voir le bonheur planer au-dessus de la tête des gens qui le méritent.

Pendant des années, les premières où j'ai connu la famille Guitard, Monique avait du mal à couper de cordon ombilical de ses enfants. Magalie m'a souvent rebattu les oreilles, me racontant la dernière œuvre de possessivité maladive de sa mère. Puis, Monique est tombée malade. Les rôles se sont inversés. Magalie s'est laissé emporter dans le tourbillon incessant des traitements et des visites chez les spécialistes. Un jour, Martin a pris les choses en main, libérant sa sœur avant qu'elle n'y passe, elle aussi.

Je vois encore Magalie, ses cernes bleus et jaunes autour de ses beaux yeux verts, elle avait maigri, si c'était possible, ne sachant plus à quel saint se vouer. La maladie s'en est tenue au stade 2, mais on a craint une éventuelle progression. Magalie a dormi avec sa mère des semaines durant.

Depuis cet épisode, je n'ai eu vent d'aucun commentaire négatif au sujet de sa mère. Monique est devenue un joyau précieux. Toute sa mésaventure a modifié son comportement avec ses enfants. Comme quoi les gens peuvent changer.

Maintenant, Léandre complète son bonheur et, pour couronner le tout, il est gentil pour de vrai, pas seulement avec Monique.

Martin est devenu un homme bon, là-dessus je n'ai aucun doute. Un gars qui vous pleure dans les bras sans retenue ne peut pas être mauvais. Mais Martin n'est pas *gentil*. Pas avec moi, en tous les cas, pas comme Léandre peut l'être. Chez celui-ci, c'est naturel. Il me rappelle mon père. Je me plais à croire que j'ai hérité du charme et de l'humour qu'il avait. C'est lui qui m'a enseigné à rire de moi-même, à être vraie. C'est un art de savoir reconnaître ses faiblesses et ses forces. Je sais que je ne peux pas danser, mais je peux désormais manier la truelle, et ça, ce n'est pas rien.

Je gazouille sur plein de sujets, mais en réalité, mon vrai problème est dans mes tripes et dans mon cœur. Je suis amoureuse, ça, je l'ai déjà dit. Mais aussi, j'ai mal dans le ventre, dans les bras. Je ne peux rien faire pour m'en libérer. Il s'est glissé dans mon cœur par ses larmes qui ont coulé dans mon cou, entrant dans les pores de ma peau. Je suis prise au piège, il m'est complètement impossible de le sortir de chaque cellule de mon corps.

Mais il n'est pas gentil avec toi. Pas comme Léandre avec Monique, pas comme Sébastien avec Magalie. Pas comme ton père… Il n'est pas cool comme eux. As-tu seulement eu une conversation désinvolte avec lui? Avez-vous déjà ri ensemble de la même chose?

Non…

Je me parle à moi-même pour me convaincre de passer à autre chose. J'ai trouvé un entrepreneur en construction ce matin, référé par Rodolphe. Il vient de Sainte-Barbe, mon patelin. Dommage que ma mère n'y habite plus, car j'adore Sainte-Barbe, j'y ai passé mon enfance. Où sont passées les belles années où je faisais de la soupe avec des boules vertes d'herbe à poux?

Bref, je cherche le papier jaune sur lequel Rodolphe m'a transcrit ses coordonnées. Voilà ma première coupure avec Martin. Je dois me réapproprier mon indépendance, c'est symbolique pour moi.

Réjean Philie viendra demain matin pour une nouvelle estimation. Cette fois-ci, je ne laisserai personne déchirer mon papier.

Réjean Philie a les cheveux presque noirs, le visage rectangulaire, allongé à la verticale, et le teint basané. Ses yeux sont si noirs qu'on y distingue mal sa pupille, ses lèvres trop minces n'enlèvent rien à la beauté de son visage. Il doit avoir la quarantaine.

Il se présente avec une poignée de main rassurante et un sourire franc. Propre malgré les éternelles bottes de travail – tous les hommes que je côtoie depuis mon arrivée ne portent que ça – , il a davantage l'air d'un avocat que d'un entrepreneur en construction.

Mais je m'écarte du sujet.

La première chose que je fais après les présentations formelles est de montrer mon papier chiffonné à Réjean. Celui des *cochonneries*. Ce sera son premier test.

Il prend la feuille de ma main, l'ouvre en tirant sur les côtés de façon à pouvoir lire, entre les plis, la longue liste qui s'étale devant ses yeux. Il doit faire un peu de presbytie, car il éloigne le document de son visage, au plus loin que la longueur de son bras lui permette. Je vois ses lèvres minces bouger tandis qu'il lit tout bas les marques et codes que j'ai écrits à la sauvette dans les allées du *Home Depot*.

– C'est bon. Je peux installer tout ça. C'est sûr que je devrai aller voir de quoi il s'agit vraiment. Moi, les codes, ça ne me dit pas grand-chose.

Il regarde autour de lui alors que nous avons marché vers le milieu de ma future cuisine.

– Le plan est déjà fait, dit-il. Le reste, ce n'est que les mesures, puis l'installation.

– Mais que pensez-vous de mes choix ? C'est de la qualité ?

Il remonte le papier et, du bout de son bras, lit de nouveau mon gribouillage.

– Comme je vous disais, il faudrait que j'aille voir en magasin.

Je suis perplexe. Très perplexe, même. Je lui demande tout de même un devis pour l'installation de ma cuisine, incluant les armoires, l'évier, la robinetterie, la céramique murale, en plus de mes planchers.

J'ai décidé d'oublier la salle de bains du bas pour l'instant, celle de l'étage est terminée. Ce qui est vital, c'est la cuisine. Je ne peux pas vivre sans ma cuisine. Même si je n'ai pas encore vu la couleur des factures pour les poutres d'acier.

Vingt minutes plus tard, il me remet un papier rose décoré à l'effigie de sa compagnie «Installateur Philie, Cuisines et salles de bains».

Papier rose en main, je dis à Réjean – c'est lui qui a insisté pour que je l'appelle ainsi – que je dois avoir deux autres évaluations avant de prendre une décision. Je le remercie de s'être déplacé, je le regarde s'en aller, visiblement déçu de ne pas avoir obtenu le contrat sur-le-champ.

Comme si je n'allais pas comparer.

Il a presque eu raison de le croire, parce que j'ai vraiment failli l'engager, tellement je suis lasse de mon cirque. Je me sens comme la femme du phoque en Alaska qui fait tourner des ballons sur son nez.

Entre-temps, mon héritage s'évapore plus rapidement que prévu. Je commence à penser, à vraiment penser que je dois me trouver un boulot.

CHAPITRE 15

LA CONFIANCE

Les jours suivants, un nouveau plan mijote dans ma tête. J'ai beaucoup d'expériences de travail. Avec mes trente-cinq ans bien sonnés et ma large expertise en adaptation rapide à un nouveau boulot, je suis parvenue à apprendre vite. J'ai aussi compris comment me faire engager sur-le-champ, dès la première entrevue. Certains appelleraient ça de la chance, moi j'appelle ça du talent, ainsi qu'une connaissance méticuleuse des principes de base. Je connais tous les trucs ; ne pas tourner le dos à l'employeur même en fermant la porte derrière soi, se tenir le dos bien droit, ne révéler aucun tic verbal ou gestuel, répondre aux questions de façon succincte, mais directement, regarder l'interlocuteur dans les yeux avec un sourire dans la pupille et à peine sur les lèvres. Laisser son subconscient se convaincre qu'il doit vous engager, qu'il n'a simplement pas d'autre option que de vous choisir, vous, sur-le-champ. Non, pour moi, trouver du travail, c'est fastoche.

C'est toujours plus facile quand on n'est pas difficile.

Si ma situation financière n'est pas encore dramatique – merci grand-maman –, elle n'est pas très rassurante non plus.

Hormis ma fameuse cuisine qui me ronge les sangs, je dois encore peindre mon boudoir et mon salon, ainsi qu'une des chambres du haut. L'autre, je l'ai terminée de peine, d'orgueil et de misère. La salle de bains principale, merci à Patrick !, celle-là est terminée. Mettons une moyenne de deux cents dollars par pièce en couches de base et couleur, pinceaux, contenants, rouleaux, rubans à découpage, etc., c'est déjà mille deux cents dollars. Et ce, si je le fais moi-même. Ce qui n'est pas de bon augure.

De plus, voilà plus d'une semaine que Martin ne se montre pas, que pendant ce temps, je me joue mentalement ce que je dirai, ou ne dirai pas, à quel point je serai si calme et si discrète que je me ferai toute petite pour qu'il ne voie pas ce qui a changé, dans mes yeux et sur ma peau. Plus d'une semaine que je me prépare à cacher à quel point je suis désespérée et que je me ronge de l'intérieur devant une montagne beaucoup trop haute pour ma petite personne...

L'estimation de Réjean Philie pour la céramique et l'installation des armoires montait à deux mille huit cents dollars. Et ça ne compte pas le prix des «cochonneries» que je prévois faire installer.

C'est donc à coups de milliers de dollars que mon héritage s'envole, ne me laissant pas grand-chose pour mes vieux jours ou pour passer l'hiver. Même si Patrick ne prenait pas cher, son séjour m'a tout de même pesé.

Tout ça, ce n'est que l'intérieur de la maison.

Je dois faire remorquer la carcasse de voiture accidentée qui pourrit sur mon terrain. Je dois aussi clôturer, faire niveler le terrain, mettre de la tourbe, changer le balcon, les bardeaux... De plus, l'hiver approche, telle une menace.

Donc, je parlais de trouver un travail. Si j'étais un peu désinvolte, c'était *avant* la dernière énumération de cette liste qui ne fait que s'allonger.

– Manon se cherche un travail! fait la voix enjouée de Sébastien du fond du salon, alors que Martin pose le pied dans le vestibule. Tu ne connaîtrais pas quelqu'un qui se cherche une fille extraordinaire et bonne travailleuse?

Et paf.

Sébastien vient de souffler sur mon château de cartes.

Comme si j'avais besoin de son aide.

L'automne avance et le Québec a sorti ses manteaux. Martin retire le sien en me regardant d'un air que je ne lui connais pas. Est-ce un sourire? Comment peut-il être si beau? Il a toujours été remarquable, on parle de Martin Guitard, tout de même, il y a une base, mais là, il est... il est...

Zéro pour l'objectivité. Je l'ai déjà avoué, je suis amoureuse de cet homme. Je dois prendre de grandes inspirations, je vais manquer d'air. Il faudrait ouvrir une fenêtre. C'est exactement ce que je m'applique à faire lorsque Magalie intervient.

– Manon, on gèle! Qu'est-ce que tu fais?

– Tu ne trouves pas qu'on manque d'air ici?

Je l'ai déjà dit, Magalie est d'une rapidité hors du commun, surtout lorsqu'il s'agit de lire en moi comme dans un livre ouvert.

– Oh!

Je lui rends son regard, la suppliant, l'implorant de ne pas prononcer un seul mot qui me trahirait. Comme toujours, Magalie comprend vite.

– T'as raison, ça sent le bacon. Ouvrons la fenêtre pour quelques minutes.

Mes lèvres esquissent un «merci» reconnaissant et soulagé.

– Je peux t'aider, Manon, dit Martin.

– Je suis capable d'ouvrir la fenêtre toute seule, dis-je du tac au tac.

– Je veux dire pour un emploi.

J'ai envie de pleurer.

De joie, de honte...

D'amour?

– Non, Martin. Ça va aller. Merci.

C'est la bonne réponse, non? «Ça va aller», même si c'est archifaux. C'est ça qu'il fallait dire. J'en suis certaine. C'est vrai en plus. Ça *va* aller! J'ai fait ça des dizaines de fois, déjà!

Néanmoins, Martin est habitué à essuyer mes rebuffades, et fait donc semblant de ne pas m'avoir entendue.

– J'ai besoin de quelqu'un pour prendre mes appels, tenir mon agenda, faire mes soumissions, les factures, tout ça... Tu penses que tu pourrais faire ça?

Je dois être en train de le regarder avec des yeux brillant de reconnaissance parce qu'il me sourit. Mais, très vite, je me raidis.

– Non, Martin.

– Pourquoi pas?

C'est difficile, je veux lui dire oui. Je veux *tellement* lui dire oui.

– Parce que si je travaille pour toi, je dois te facturer la même chose que ce que tu m'as facturée. C'est-à-dire *rien*. Malheureusement, j'ai besoin d'un vrai emploi. Un qui vient avec un chèque de paye que je puisse accepter. Alors, non, Martin, je ne peux pas travailler pour toi. Mais je peux t'aider, avec un portable, le soir, les fins de semaine... les heures où je ne serais pas à mon vrai boulot.

– Vingt-cinq dollars de l'heure. Tu t'installes dans mon bureau, aux heures normales, du lundi au vendredi. Un vrai contrat de travail, noir sur blanc.

Magalie et Sébastien s'éloignent, mais pas trop loin, en bons spectateurs qu'ils sont, à cet instant précis.

– Pourquoi tu fais ça, Martin?

Ma voix est un murmure. Évidemment, je n'ai pas la force de refuser une telle offre. Ni les moyens ni le temps.

– Parce que j'ai besoin de quelqu'un. Je ne te fais pas la charité, Manon.

– Pourquoi n'as-tu pas engagé quelqu'un depuis tout ce temps, alors?

J'insiste sur cette question. Je reçois une réponse qui me laisse muette.

– Parce que je n'ai trouvé personne en qui j'avais entièrement confiance.

Suis-je si faible, pour encore une fois me retrouver à la merci de mon ennemi juré – désormais prince charmant de mes rêves les plus fous –, Martin Guitard?

Oui. Je dois l'avouer. Je suis coupable d'opportunisme et de débilité. Avais-je le droit de refuser son offre ? *Oh que oui !* Ce n'est pas comme si j'avais des enfants à nourrir. Je n'ai à m'occuper que de moi-même.

Pour l'amour de Dieu, Manon, t'aurais pu aller travailler ailleurs.

Mais me voici devant l'ordinateur de Martin, sur la chaise de Martin, avec les piles de dossiers de Martin. De plus, j'ai Martin lui-même en chair et en os, à moins d'un mètre de moi, assis sur un tabouret de bois.

– Ç'a l'air d'un fouillis, mais tu vas vite t'y retrouver, me dit-il, la main sur le dossier de sa chaise de cuir. Celle que j'occupe, hum ! je veux dire la chaise de Martin, celle sur laquelle je suis assise. Sa main est sur mon dossier.

Et il a *confiance* en moi.

– OK. Ce n'est pas grave, j'ai vu pire.

Il passe une longue heure à m'expliquer comment il travaille, comment il gère ses employés, ses contrats, ses heures et ses dépenses. Il sait que je ne saurai pas tout la première journée, et me rassure sur ce point. Aujourd'hui, je prends les appels et je note les messages. Il me dira quoi faire par la suite.

Demain. L'autre demain. Si tout va bien, la semaine d'après.

– Tu veux que j'arrive à quelle heure, hum, le matin ?

Il fronce les sourcils, réfléchissant.

– Neuf heures, ça te va ?

– Oui.

Comme il s'en va, vers la porte, me laissant seule dans le bureau de sa grande maison de Saint-Zotique, je lance de nouveau, comme si on rejouait la scène d'un même film une seconde fois.

– Martin !

– Oui ?

– Merci. Encore une fois, merci.

CHAPITRE 16

GRIS POUSSIÈRE

J'ai engagé Réjean Philie pour installer mes armoires bon marché. Il est arrivé le jeudi matin vers 7 h, comme je le lui avais demandé, car depuis que je travaille, je n'ai plus une minute à perdre.

– Je vais commencer par aller chercher le matériel, après avoir pris les mesures, me dit-il. Alors, vous voulez l'arrangement simple ?

– Oui, ce mur complet avec un comptoir en L, jusqu'ici, dis-je en lui montrant avec mon pied là où il doit s'arrêter.

– L'évier ?

– Dans l'îlot. Non ! Finalement, devant la fenêtre.

Si je m'attends à une quelconque aide pour apporter une réponse franche à mon dilemme, je suis à sec avec Réjean Philie. Sans même sourciller, il passe à la question suivante.

– Le lave-vaisselle ?

– Je n'en aurai pas.

– Vous ne voulez pas une entrée déjà faite, juste au cas ?

– Oui, vous avez raison.

Je suis sortie de la maison presque trop tard pour arriver à l'heure chez Martin. Il est assis à ma place habituelle, c'est-à-dire devant son propre ordinateur. J'ai peine à le regarder tellement il m'intimide. J'ai soudain une révélation. Je n'ai jamais pu regarder

Martin Guitard, soit par haine, soit par amour, soit par fascination. Je n'ai jamais éprouvé de sentiment tiède à son égard.

Il est toujours aussi beau, assis sur ma chaise, mais ses yeux sont contrariés. Il n'a pas l'air content de me voir arriver.

Mon règne s'achève déjà?

– Philie est chez toi?

– Comment sais-tu ça? que je demande en déposant mon sac.

– Il a baissé son prix?

Je plisse les yeux.

– Alors, c'était toi?

– Je le sous-traite depuis trois ans. On a déjeuné ensemble, il y a deux jours. Naturellement que c'était moi, Manon, je ne voulais pas te laisser payer le prix fort! Tu n'as même pas négocié!

Je ne réponds pas tout de suite, je ne m'assois pas tout de suite à ma place devant son ordinateur non plus, bien que Martin se soit levé pour me céder la place. Au lieu de m'installer, je pianote le dessus du bureau.

– Vas-tu toujours faire ça, Martin?

– Faire quoi?

– Suivre mes actions à la trace... me protéger...

Il ne me répond pas. Il se contente de mettre sa casquette, son coupe-vent, marmonnant un «je reviens ce soir» tout en ouvrant la porte de bois un peu trop fort pour cacher son impatience.

Je passe la journée à répondre au téléphone. Je n'aurais jamais imaginé le nombre d'appels que Martin pouvait recevoir en quelques heures. Des locataires de ses immeubles, des nouveaux clients qui ont des travaux – toujours urgents – à faire, des entreprises, petites et moyennes, etc.

Surtout, je me demande comment il a pu dégager du temps pour moi. Ça semble impossible.

Vers 17 h, après avoir discuté avec madame Tremblay – qui aura soixante-douze ans dans deux semaines – de son problème de robinet qui coule, avec monsieur Martel, directeur de l'entretien ménager du cégep, puis avec madame Sawyer pour son toit à refaire, entre autres conversations intéressantes, je décide que ma journée est terminée.

Dans le peu de temps libre que j'ai eu, j'ai créé un fichier Excel à plusieurs colonnes : les noms de chaque personne ayant téléphoné, la raison de leur appel, le degré d'urgence, leur numéro de téléphone, leur adresse. J'ai fait un onglet différent pour les locataires, un pour les clients résidentiels, un autre pour les commerces...

Il semble que je ne pourrai pas montrer ma création à Martin aujourd'hui, on dirait bien qu'il rentrera tard ou pas du tout.

Peut-être qu'il m'évite.

Je n'aurais pas dû lui poser cette question présomptueuse.

« Me protèges-tu, Ô mon Prince charmant ? »

Oui, je crois qu'il m'évite.

Assurément.

Comment ils disent les ados... *FAIL TOTAL* ?

Arrive le samedi, et l'installation des armoires est suffisamment avancée pour me donner une idée du résultat final.

C'est vrai que ces armoires-là n'ont pas la gueule d'une page de magazine de décoration. De la simple mélamine blanche, sans poignées – j'en poserai plus tard, car celles que je veux sont très chères – sur des caissons blancs. On est loin des lattes de bois naturel.

– Ça fait illusion, dis-je.

– Oui, moi j'aime bien, dit Réjean Philie les mains sur les hanches.

– Pour le prix que ça m'a coûté, c'est même très beau.

Il sourit.

– Je suis bien d'accord avec vous, Madame Lachance. Mais pour la céramique, avez-vous choisi la couleur ? J'y arrive bientôt.

– Bleu royal, les petits carrés genre mosaïque.

– OK, et pour le plancher ?

– Les tuiles rectangulaires, couleur gris poussière, je vous ai mis le code.

– Gris…

– Comme la poussière, fais-je avec un grand sourire. Je ne passe pas le balai très souvent.

Réjean lève les mains.

– C'est vous le boss, moi je n'ai rien à dire de vos choix.

– Merci, Réjean.

– De rien, Madame Lachance.

Réjean Philie a continué à travailler tout le week-end, si bien que, le dimanche soir, toutes les armoires sont installées. Maintenant seule dans ma cuisine à moitié terminée, j'ai un vague sentiment de tâche accomplie. Et ce, selon mes moyens et à mes conditions.

J'époussette de la main mon comptoir de mélamine en soupirant. C'est vrai, j'aurais aimé avoir du granite avec des armoires de bois «sur mesure», mais ainsi va la vie. Ce n'est pas ce genre de détail qui gâchera mon bonheur.

Voilà Rodolphe qui passe. Un dimanche soir, c'est opportun. Il se cherche du travail pour la semaine qui vient, probablement.

– Je suis content de te trouver ici, me dit-il alors que je lui ouvre la porte.

– C'est normal, c'est chez moi.

– Je peux entrer, Manon?

Je recule en tenant la porte et il passe. Il prend rapidement ses aises, on voit bien le grand nombre d'heures qu'il a passées ici jusqu'à maintenant.

– Ça avance, dit-il. Ça commence à avoir l'air d'une vraie maison.

– Oui, ça commence.

– J'aime tes armoires, ça donne un look moderne.

– Merci.

– C'est ça, la céramique que tu vas mettre au-dessus du comptoir?

Il montre les boîtes qui gisent sur le sol, toujours fermées.

– Oui.

– Je peux voir?

– Rodolphe, qu'est-ce que tu veux?

– Bah, euh! Si un mec ne peut plus causer...

– Eille! Tu n'es pas venu juste pour *causer* avec moi. Qu'est-ce que tu veux? T'as besoin de quelque chose?

Rodolphe fait partie de ces personnes qui semblent nées sans orgueil. Que je le rejette une fois, ç'a passé comme dans du beurre. Que je me prive de ses services sur le plan du travail, ça, il a moins aimé. Sa bourse en étant affectée.

– C'est que...

– C'est que, quoi?

– Je suis venu t'offrir mes services.

– Je t'ai déjà dit que je n'en avais plus besoin.

– Pourquoi as-tu engagé ce gars-là? J'aurai pu faire tout ça pour bien moins cher.

Il n'a pas tort. J'aurais pu penser à lui. Mais je ne l'ai pas fait.

– C'est vrai?

– Oui.

– Alors, dis-moi, tu sais installer un plancher de bois franc?

Il hésite quelques secondes.

– Oui.

– T'es certain? T'en as installé combien?

– Je n'en ai jamais installé.

– Ce n'est pas beau de mentir.

– Je n'ai pas menti, je suis certain d'être capable.

– Tu m'aideras avec la peinture, d'accord?

Il hoche la tête, penaud. Il doit avoir besoin d'argent rapidement et avec moi, il était gâté.

– Manon?

– Oui?

– Sortons ensemble.

CHAPITRE 17

LES CANCANS ET LA STATUE DE SEL

Rodolphe s'est vite ravisé, quand il a vu mon air.

– Je veux dire, allons prendre un pot.

– Tu veux dire une bière.

– Oui.

– Ce n'est pas de refus. Où veux-tu aller?

– Pourquoi pas la B.O.? As-tu mangé?

C'est déjà l'heure du souper et le dimanche soir, à Valleyfield, tout est bien tranquille. Nous décidons d'y aller à pied, l'air d'octobre est vivifiant sans être carrément froid, aussi bien en profiter.

Pour les inconnus, nous passons pour un couple qui profite d'une soirée romantique. Après tout, Rodolphe n'est pas de désagréable compagnie. N'est-ce pas lui qui m'a presque charmée à la première rencontre? Puis, à la seconde rencontre, lui qui a visé dans le mille au sujet de Martin. Sauf qu'il s'y est pris trop tôt.

Rodolphe doit avoir un sixième sens.

– Dis-moi, Manon, quelque chose m'intrigue. Tu permets que je te pose une question indiscrète?

– Demande toujours. On verra si je veux y répondre.

– OK. Mais ne te fâche pas d'accord?

– D'accord.

– Depuis quand couches-tu avec Martin?

Puis, sûr de l'évidence de l'objet de sa question, il continue sur sa lancée.

– Parce que je me disais, pour quelqu'un qui déteste le mec, elle est bien disposée à accepter toutes ses offres.

J'arrête de marcher, abasourdie par ce que je viens d'entendre. Enragée aussi. Ah! Ce Rodolphe!

– D'où tiens-tu ces conneries?

– Bah! Tout le monde le sait, c'est un secret de Polichinelle.

– Qui ça, *tout le monde?*

– Sa sœur, sa mère, Sébas, ses employés... Tout le monde quoi!

Et il fait un cercle dans l'air avec ses mains.

– T'as entendu Magalie parler de ça?

– Comme d'un fait divers, oui!

Je viens de perdre l'appétit. Je dois me rappeler que c'est à Rodolphe que je parle, il peut avoir amplifié les cancans juste pour le plaisir de voir ma réaction. Magalie qui penserait que je couche avec son frère et que c'est comme ça qu'il me rend la vie facile? Non, je ne peux pas supporter qu'on pense ça de moi! Surtout quand je me décarcasse à travailler honnêtement et que je ne me plie pas à ses moindres désirs. Et qu'il ne se passe RIEN.

Je suis amoureuse du gars. Je ne suis pas sa maîtresse. Grosse différence! Toutefois, je ne peux pas crier ça à Rodolphe. Aussi bien aller me jeter en bas du pont du canal tout de suite. Surtout que Martin n'a aucune idée de mes sentiments. *Vraiment* aucune idée. De plus, pour l'heure, j'aimerais bien que ça reste ainsi. Il ne manquerait plus qu'il sache ça...

– Je n'ai jamais couché avec Martin. Même pas embrassé. Il n'y a rien de ce genre entre nous.

– Ah non?

– Non.

– J'aurais pourtant juré.

– Pourquoi est-ce que ça t'intéresse tant? Ce n'est pas tes affaires.

Je le rabroue, pourtant, une lumière éclaire ses pupilles.

– Mais alors, ça change tout !

– Quoi ?

– S'il n'y a rien entre toi et Martin, deux options s'imposent.

– Ah oui, hum, lesquelles ?

– La première, ma préférée, c'est que Martin fait tout ça par culpabilité envers toi.

– T'es un génie, Rodolphe.

Et comme s'il ne m'avait pas entendue…

– J'aime la première option, parce que je peux te courtiser.

– Bon… voyons voir la seconde option, dis-je en roulant les yeux.

– La seconde option, et celle-là est décidément très peu probable…

Il y a des moments où je l'apprécie – même si, très souvent, je lui enverrais une baffe –, car il est très théâtral dans sa façon de s'exprimer.

Et puis, il me change les idées.

– C'est quoi, la deuxième option ? Jette-moi à terre.

Il lève l'index devant son visage.

– Oh ! Mais je vais te jeter à terre, ma très chère Manon.

– OK, mais c'est quoi ?

– Le grand amour, celui qui vous empêche de copuler comme des singes. Celui qui vous fige l'un devant l'autre comme des statues de sel. Si c'est la deuxième option, le gars est dans un sérieux pétrin. Les femmes se remettent de ce genre d'événement dans leur vie, mais pas les hommes.

Il me regarde de ses grands yeux, il cherche un signe quelconque qui me trahisse. Puis, il enroule son bras mince autour du mien.

– Mais allons-y pour la culpabilité, parce que je n'ai jamais vu Martin Guitard dans le pétrin.

– Moi non plus, dis-je en tapotant son avant-bras, moi non plus…

Les jours de la semaine qui vient de s'achever furent très occupés. Depuis cette conversation que j'ai eue avec Rodolphe, dimanche soir dernier, ses «options» m'ont trotté dans la tête. Heureusement, le téléphone n'a pas arrêté de sonner, et Martin a été très peu présent.

Une des rares fois où il a été là, je lui ai montré le document que j'avais créé pour ses rendez-vous et ses soumissions. Depuis les derniers jours, j'ai travaillé très dur à le rendre aussi complet que possible. Résultat? Un monstre, un monument, la huitième merveille du monde. OK, je m'emporte encore. C'est tout de même un document plein de couleurs, de formules avec de multiples onglets détaillant les prix des sous-traitants, les frais fixes, les factures, les reçus...

Bref, j'ai mis de l'ordre là où il croyait déjà en avoir.

Je crois qu'il est content.

Il a eu l'air content. C'est dur à dire.

J'ai aussi un secret.

J'ai vu les frais qu'a engendrés son court séjour de travail «bénévole» dans ma maison. Mercredi après-midi, alors qu'il y a eu une accalmie momentanée, j'ai fait un tableau Excel permettant de calculer, avec les taux horaire des employés et ceux que lui-même demande en moyenne pour ses propres services. C'est à coup de milliers de dollars que Martin investissait dans ma maison. J'ai finalement vu les factures pour les poutres d'acier. J'ai grincé des dents, mais j'ai pris les montants en note.

Si je l'avais laissé terminer la maison entière, je n'aurais jamais pu le rembourser.

Il est arrivé tel un cheveu sur la soupe, juste comme je terminais mes savants calculs. J'ai rapidement fermé le document sans le sauvegarder.

Parmi les messages que j'ai pris durant ma première semaine, il y en avait trois assez perturbants. Une Sophie, une Stéphanie, une Isabelle. Toutes sans communication détaillée, juste un «Dites-lui que Sophie a téléphoné» ou «C'est Stéphanie, mais

je vais l'appeler sur son portable, ne vous donnez pas de mal»
ou «Qui êtes-vous? – Je suis la réceptionniste et vous? – Isabelle.
– OK, je lui dirai que vous avez téléphoné, oui, trois fois, c'est ça.»
Soupir…

Je lui ai remis les messages sur des petits papiers verts. Il les a
pris sans les regarder, les a mis dans la poche arrière de ses jeans.
Ah! Si j'étais celle qui fait son lavage, je connais des petits papiers
couleur sapin qui disparaîtraient.

Le soir, je retourne encore chez Magalie, même si ma maison
est presque habitable. Disons que si j'étais seule au monde, je
m'en accommoderais bien. Mais il y a un hic! Je n'ai aucun
meuble. Pas même un pouf pour y déposer mes pieds fatigués
le soir.

Je n'ai vraiment rien!

Nothing, nichts, nada!

J'habitais avec Serge jusqu'à l'achat de ma maison. Je suis
partie le menton haut, en laissant tout derrière moi. Je venais
d'hériter, je me sentais riche! Je devais aller faire un tour chez
Brault et Martineau choisir ça, et ça, et ça, et ceci et cela. J'allais
claquer les doigts, les meubles allaient apparaître dans ma
maison. J'allais tout payer *cash*. Maintenant, je vais prendre un
crédit sur trente-six mois sans intérêts comme tout le monde. *Si*
le prêt passe.

Mais avant tout ça, il me faut des planchers de bois dans
le salon. Patrick a sauvé celui des chambres, Dieu merci! Mais
le salon est toujours sur le contreplaqué. J'ai pensé mettre un
plancher flottant de qualité ordinaire, puis le regard de Martin
est apparu dans ma mémoire, ce fameux jour où il m'a redonné
ma liste de matériaux bon marché avec une telle expression de
dédain que j'en brûle encore de honte.

Non, il me faut du vrai de vrai bois franc.

Je dois préserver un bout de ma dignité.

Je demanderai à Réjean demain, s'il fait aussi la pose des
planchers, je ne peux pas croire que je n'y aie pas songé avant.

Donc, je disais que je retourne chez Magalie tous les soirs. C'est vrai et c'est tant mieux parce que je sais qu'elle apprécie que je m'occupe d'Iris. La petite est fatiguée le soir, donc fatigante. J'essaie d'arriver suffisamment tôt pour donner à souper à son enfant, pour ainsi laisser Magalie respirer un peu plus librement.

Je sais, par contre, que je tape sur les nerfs de Magalie quand je veux l'aider. Je-ne-fais-pas-les-choses-comme-elle. Ni aussi vite ni aussi bien.

Mais je m'en fous, je suis vraiment en train de me lier d'amitié avec Iris, et ça, c'est important.

– Oui, tu l'aimes matante Manon, hein, mon beau bébé d'amour ?

Le rire d'un jeune enfant devrait être mis en conserve, il est sain, profond et magique.

CHAPITRE 18

MES ACHATS

Dans mes emplois passés, le vendredi était une journée consacrée à la simple joie qu'elle soit la dernière de la semaine. Depuis que je suis assise dans ce fauteuil, le vendredi est la journée la plus triste. J'entre le matin, je salue Martin qui déguerpit aussitôt. Je m'installe, me laissant croire à moi-même qu'il est pressé parce qu'il est en retard, et non pour éviter de traîner en ma présence.

Ce serait vraiment trop nul.

Ce n'est pas une statue de sel, c'est Speedy Gonzalez que je croise le matin. C'est ahurissant.

Ce matin, j'en ai marre.

Je le vois mettre son manteau, sa casquette, ses bottes, prendre son énorme trousseau de clés, puis pousser la porte et sortir.

Or, ce matin, je me plante sur son chemin. Histoire de voir ce qu'il va faire, comment il va réagir.

– Manon, je dois sortir…

Je suis stupidement debout devant la porte, aucun mot de ce que j'avais préparé ne sort de ma bouche. *Martin, arrête de courir, tu vas te taper une crise cardiaque, tu sais, passé l'âge de trente-cinq ans, on est à risque et, si tu continues à ce rythme-là, tu vas t'en péter une belle.*

Ou :

Martin, j'aimerais que tu passes quelques minutes avec moi avant de partir. J'aimerais regarder tes yeux, apprendre à connaître

143

les lignes de ton visage. Tu sais, je ne t'ai jamais regardé assez long-temps pour me souvenir de l'ensemble de tes traits. J'ai surtout vu ta nuque, ton dos ou le cuir de mes souliers.

Ou :

Martin, je t'aime, allons faire l'amour sur ton divan.

– Manon ? Ça va ?

– Hein ! Bien sûr. Excuse-moi, pendant un instant, j'ai cru que tu avais oublié ton iPhone. Mais tu l'as bien. Il est dans ta main.

Il lève sa main, regarde son téléphone et ses yeux reviennent sur moi.

– T'es sûre que tu te sens bien, Manon ?

– Oui ! Bien sûr. Bonne journée !

En me tassant, mes épaules se voûtent lorsqu'il passe la porte et qu'il referme derrière lui. Je perds mon temps, encore une fois. Voilà une semaine qui se ferme, je crois que c'est le signal pour passer à autre chose. Je ne peux pas rester des semaines à chasser les sourires et quelques minutes de discussion, à espérer un regard, un signe quelconque que tout ce qui bout dans ma poitrine n'est pas à sens unique.

Puis, pour me donner espoir, je pense à la théorie de la statue de sel. Moi j'en suis une, une vraie de vraie.

Martin pourrait-il…

Non, Martin Guitard n'est jamais dans le pétrin.

Vers 2 h de l'après-midi, je suis si lasse que j'ai envie de pleurer. Pour me donner du pep, j'ai donné le feu vert à Réjean pour le plancher du salon. «J'achève celui de la cuisine» qu'il m'annonce, vous pouvez aller acheter vos électroménagers et les faire livrer demain. »

Parfait, quelque chose à faire ce soir, tout de suite après le travail. Je fermerai boutique à 17 h et filerai vers le premier magasin de meubles qui offre des modalités de paiement convenables.

Animée d'une nouvelle énergie, car je sens l'heureux moment de mon indépendance arriver, je dresse une liste des articles de base dont j'ai besoin :

Réfrigérateur : ~~700 $~~ 200 $ usagé

Fourneau : ~~500 $~~ 100 $ usagé

Table et chaises de cuisine : ~~800 $~~ 100 $ usagé

Lit *Queen* : 1 200 $ (je dors en étoile) ah non, pas un lit usagé, c'est ici que commence ma dignité.

J'irai au magasin à un dollar pour la coutellerie.

Je vais me passer de divan pour l'instant et me servir de mon ordinateur comme télévision, chaîne stéréo et téléphone.

Me voilà prête à commencer ma nouvelle vie !

Le samedi matin, je tourne en rond dans ma cuisine. Malgré le vacarme de la scie circulaire de Réjean, j'ai un sentiment de paix et de plénitude. Comme prévu, j'ai tout acheté hier soir et l'ensemble de mes nouveaux avoirs arrive aujourd'hui. Je n'ai qu'une envie, aller faire mon premier ravitaillement à l'épicerie et me vautrer dans mon nouveau lit... Un détail me sort de ma rêverie, je n'ai pas de draps, pas de couvertures, d'oreillers...

– Réjean, je dois sortir. Vous pourrez répondre quand ils arriveront avec mes meubles, s'il vous plaît ?

J'enclenche le mode *drive* et j'appuie sur l'accélérateur. J'ai toujours détesté ce genre de magasin, mais aujourd'hui, la grande surface sera ma meilleure alliée. J'ai besoin d'un trousseau de jeune mariée.

Dans le stationnement, j'attrape un des paniers bleus et je me rue vers la porte automatique. Tout y passe, draps, couette, oreillers, gants de toilette, serviettes, rideau de douche ? Non, Patrick m'avait convaincue d'installer une paroi vitrée contre ma baignoire, parce que ça fait plus chic qu'un rideau. Et c'est vrai, mais en ce moment, j'aimerais bien avoir ces cinq cents dollars pour équiper ma maison. Mais ce qui est fait est fait.

Je ne suis pas encore à sec. Mais je suis prévoyante et je commence à me sentir au pied du mur. Il faut trouver toutes les façons possibles d'économiser... surtout que je ne prévois pas travailler pour Martin très longtemps. La nuit a porté conseil, j'en suis venue à la conclusion que je dois m'éloigner de lui, sortir de ses affaires, me laisser désirer.

En résumé, je me ronge l'intérieur comme si j'avais dix-sept ans à nouveau, et ça, ça ne peut pas être sain.

Donc, je pousse mon chariot rapidement. J'ai même trouvé un adorable service à vaisselle turquoise et blanc. Pour le reste, le magasin à un dollar est à côté de la grande surface. Génial, je vais revenir à la maison – *la maison!* – équipée pour commencer à vivre.

Je continue de rouler avec mon panier bleu et j'attrape au passage un T-shirt noir de *Sex in the City*. Je suis Carrie Bradshaw, je fais des emplettes! Le T-shirt est quatorze dollars, une aubaine.

Mon panier déborde en arrivant à la caisse. La dame devant moi a un chat. Je le sais parce qu'elle a trente boîtes de *Miss Miew* à passer. Elle brise ma cadence, en les déposant une à une sur le tapis noir de sa main tremblante. Impatiente, je me mords l'intérieur de la joue et ma jambe droite attrape la danse de Saint-Guy.

– Pardon, Mademoiselle, je ne suis pas rapide.

– Mais non, ça va, Madame, avez-vous besoin d'aide?

– Non, ça va, j'ai fini.

La caissière soupire bruyamment. De mon côté, à la suite des trois phrases que nous avons échangées, la dame au chat est ma nouvelle amie, je ne supporte pas qu'on soit impoli avec elle.

– T'as autre chose à faire?

Je lui ai dit ça pas très gentiment, à la caissière aux cheveux de trois couleurs. Platine, brun, noir, trois mèches très distinctes et visiblement saturées de fixatif couvrent ses cheveux châtains. Elle a manifestement une très mauvaise coiffeuse.

– Non, fait-elle en me lançant un regard de mort.

– Alors, arrête de soupirer, Madame est une cliente et sans clientes, tu n'as pas de travail.

Elle pince les lèvres, mais ne réplique pas. Quand arrive mon tour, je la vois rouler des yeux discrètement devant l'ampleur de mes achats.

– Cinq cent soixante-quinze et cinquante-trois.

Wow! J'aurais peut-être dû laisser tomber le T-shirt. Avais-je vraiment besoin de tous ces détergents? Et les films en DVD... Oui, me convaincs-je, puisque je n'ai pas encore fait brancher Internet...

Mon for intérieur grince lorsque je glisse ma carte bancaire dans la fente.

– L'autre côté.

– Quoi?

– Il faut la glisser de l'autre côté.

– Ah oui, merci.

Une chance sur deux de passer la carte du bon côté et je la manque à tous les coups. Et avec une si mauvaise moyenne avec la chance, j'achète encore des billets de loterie lorsque le lot dépasse trente millions. Et j'ai vraiment espoir! Le petit billet blanc et bleu me donne encore un petit rêve éveillé, l'espoir de ne plus jamais calculer mes sous noirs.

Mais je m'égare.

Mon vrai problème s'en vient.

Je passe devant le commis lui brandissant ma longue facture attestant que je n'ai pas fait de vol à l'étalage, puis je file au parking.

Avant de commencer mes achats, je n'ai pas pensé une seule seconde que ma voiture n'a pas de vrai coffre. En plus, j'ai des piles de boîtes de céramique sur mon étroite banquette arrière.

Je suis nulle, je n'en reviens pas.

Je n'ai pas de place pour rapporter mes achats.

C'est dans ce genre de moment qu'on est heureux d'avoir un portable. Martin m'a donné un appareil quelques jours auparavant, celui d'un employé congédié. Le téléphone est programmé pour n'appeler qu'un seul numéro, le sien.

Cette pensée me glace le sang et j'invoque tous les saints du ciel. J'aurais appelé Magalie, elle serait venue me délivrer, et on aurait ri de ma sotte situation pendant des jours. Mais Martin? Il fait quoi le samedi?

Le fait que je n'en aie aucune idée me remet sagement à ma place. Je connais ses informations confidentielles, je connais son passé de mécréant, la couleur de ses yeux, la forme épatante de ses fesses dans ses Levis, mais je n'ai aucune idée de ce que Martin fait de ses week-ends. Nous n'avons jamais discuté, bavardé...

Je sais! Je vais l'appeler et lui dire de m'envoyer Magalie. Ni vu ni connu.

Ça sonne.

– Martin Guitard!

– Hum, Martin, c'est Manon.

– Salut, Manon.

– Martin, est-ce que tu peux demander à Magalie de venir me retrouver dans le stationnement du centre commercial, s'il te plaît?

– Pourquoi?

– Hum, on avait prévu de faire les magasins ensemble et elle... hum, j'ai oublié de confirmer avec elle. Alors, je l'attends et je ne sais pas si elle sait que je l'attends.

– Magalie est à Vaudreuil, chez ma mère avec Iris.

– Ah...

– Manon, t'es sûre que ça va?

– Oui...

– On ne dirait pas. Écoute, je suis sur Monseigneur-Langlois, ce n'est pas loin. As-tu besoin de quelque chose?

– J'ai besoin de ton camion...

Il n'a pas ri. Mais l'embarras que j'ai ressenti lorsqu'il est arrivé, me trouvant debout avec un panier plein à ras bords et une voiture n'ayant même pas le quart de la place pour accueillir mes achats, est indescriptible.

– J'ai besoin d'aide.

Je ne bredouille pas, je marmonne.

– Je vois ça.

Il porte ses chaussures à bout d'acier même le samedi. Il travaille le samedi, ça répond à ma question. Il doit travailler le dimanche aussi. Logique.

Mes bacs de plastique, mes plantes et ma table de nuit sont déposés rapidement dans le coffre ouvert de son énorme pick-up et je le vois partir, orgueil au tapis.

Martin a roulé plus vite que moi, car à mon arrivée, mon bazar est déjà empilé au milieu de ma cuisine neuve et Martin discute avec Réjean Philie.

– Qui veut du café? J'ai une nouvelle cafetière.

Réjean me dit que ce n'est pas de refus et Martin me regarde.

– Martin, tu veux un café?

– OK.

OK, alors il restera un peu. On pourra bavarder comme de vieux copains, je pourrai le remercier…

Le voilà qui saisit une planche. Non! *Ne touche à rien, s'il te plaît!* Mais mes protestations mentales n'ont aucun effet sur lui. Le voilà encore qui se penche et attrape la cloueuse. D'un geste habile, il aura placé trois planches sans même avoir l'air de mesurer ses gestes. Il a ça dans le sang.

– Martin!

– Oui?

– Tu n'es pas venu pour ça, je suis certaine que t'as autre chose à faire.

– Non, ça va.

– Tu prends quoi dans ton café?

– Un peu de lait.

Je retourne à la cuisine et je devine qu'il me suit, car ses bottes sont lourdes. Je dépose sa tasse sur le comptoir neuf et je saisis la mienne, y trempant doucement mes lèvres.

– Tu n'as pas de table.

– La livraison arrive. Frigo, four, table, lit…

– Tu dois être contente.

– Je suis surtout soulagée.

Il regarde autour, mes armoires, ma céramique, mon comptoir. Il pince les lèvres.

– Ce n'est pas si mal, finalement, ta cuisine.

Il dit ça sérieusement, me regardant dans les yeux. *En plein dans les yeux.* Cette fois-ci, je n'hallucine pas.

– Vivrais-tu ici?

Ma question est sortie de mon stupide subconscient, comme si je parlais à Magalie, l'espace de quelques secondes. Je la regrette aussitôt.

Il dépose sa tasse en souriant et regarde vers la fenêtre, comme si un ami imaginaire l'appelait.

– Il faut que j'y aille.

– Oui, hum, merci de t'être dérangé, Martin.

– Ça m'a fait plaisir.

CHAPITRE 19

MONSIEUR GUITARD

Le lundi matin suivant, un homme âgé d'une cinquantaine d'années sonne à la porte. Martin n'est pas là, car il travaille chez madame Parenteau – c'est moi qui l'ai envoyé là d'urgence. À cause d'une marche brisée, la pauvre dame risquait de se faire très mal. Je lui ai proposé d'envoyer son employé blond aux yeux doux, dont je connais maintenant le prénom, Émeric, mais Martin a décidé d'y aller lui-même. «Tu as l'air de l'aimer, Madame Parenteau, je vais aller voir pourquoi.» Martin me surprend une fois de temps en temps avec un sens de l'humour subtil. Je suis heureuse d'avoir tenu bon, notre complicité est timide, mais bien présente. Je la comparerais à une danse jazz sur un rythme lent. Mon café a dû être bon, il est de meilleure compagnie depuis samedi.

Donc, j'ai cet homme à la porte. Grand et charpenté, ses cheveux presque noirs sont striés de quelques mèches blanches. En ouvrant la porte vitrée, bien que je n'aie jamais vu cet homme de ma sainte vie, je le reconnais tout de suite, c'est monsieur Guitard père.

– Bonjour, entrez, dis-je.

– Vous laissez entrer les gens facilement.

– Je sais qui vous êtes.

Monsieur Guitard hausse un sourcil. Maintenant, c'est Magalie que je vois dans sa mimique.

– Pardon ?

– Vous êtes le père de Martin, non ?

Celui qui a quitté Monique pour une femme plus jeune. Je vous ai croisé une ou deux fois, vous ne m'avez pas vraiment regardée, j'étais boulotte, ça doit être pour ça !

– Oui, vous avez l'œil.

– Voulez-vous un café ? Je peux appeler Martin et lui dire que vous êtes là…

Monsieur Guitard retire son paletot.

– Merci, je prendrais bien un café. Noir. Mais n'appelez pas Martin, je vous en prie.

Il s'exprime bien, le paternel ! Et pourquoi ne pas appeler Martin ?

– Oh ! Alors, en quoi puis-je vous être utile ?

Quel caméléon linguistique je fais… d'abord Rodolphe, puis monsieur Guitard. Je dois être nerveuse ou intimidée. Ou les deux.

Ma main tremble un peu quand je lui tends sa tasse de café. Je fais ça vite, il n'est jamais bon de trembler devant un inconnu.

– Merci, me dit-il, assis sur la chaise de cuir devant mon bureau de travail, où je vais reprendre place.

– De rien.

– Je suis venu voir comment va mon fils. Comme il ne me parle pas, j'ai pensé que sa petite amie me le dirait.

– Oh ! Mais…, je ne suis pas sa petite amie. Je travaille pour Martin, c'est tout.

Monsieur Guitard dépose lentement sa tasse sur le classeur à sa droite. Il se penche vers moi.

– Martin n'a jamais voulu engager qui que ce soit pour s'occuper de ses affaires. Vous devez être plus que ça.

– Il a dû devenir trop débordé. D'ailleurs, avec tout ce qu'il brasse en même temps, c'est impossible de ne pas avoir quelqu'un…

– Non, hum ! vous vous nommez comment ?

– Manon.

– Alors, Manon, écoutez-moi bien. Martin ne laisse personne s'occuper de ses affaires. C'est d'ailleurs moi qui le lui ai recommandé.

– J'ai cru comprendre qu'il ne vous parlait plus?

– Oui, malheureusement.

– Depuis quand?

– Septembre.

– C'est récent.

– Je dois savoir comment se portent les affaires, les contrats et comment il gère son temps. Avez-vous son horaire et ses bilans financiers?

– Quoi? Mais ce sont des informations confidentielles.

– Je suis l'associé «silencieux», je suis en droit de réclamer toutes ces informations.

– Alors, demandez-les à Martin. Je ne suis pas autorisée à vous donner quoi que ce soit, Monsieur Guitard, même s'il est votre fils.

– Je suis en droit de les demander, pourtant. Mon fils le sait très bien, il aurait dû vous en avertir.

Si Martin me protège, alors je le protège aussi. L'homme continue à me regarder et, visiblement, il attend que j'abdique.

– Monsieur Guitard, si Martin refuse de vous parler présentement, je crois que vous devriez partir. Ce n'est pas approprié de venir parler de Martin avec moi en son absence. C'est chez lui, ici.

Il plisse les yeux, je vois bien qu'il n'aime pas mes propos et qu'il n'est pas habitué à être remis à sa place.

– J'ai bâti cette maison.

– Mais c'est chez lui.

Suis-je encore devant une montagne trop haute pour moi? Je suis bien chez Martin ici, non? *NON?*

– Manon, je comprends que vous ne connaissiez pas les «dessous» de la vie de Martin, aussi, vous ne devriez pas vous avancer sur des terrains glissants. Par exemple, mon droit d'être ici et de prendre des nouvelles de mon propre fils et de ses affaires.

153

Il faut que j'explique ici à quel genre d'homme je fais face. Il est imposant, non seulement par sa charpente de colosse, mais par son immense confiance en chaque mot qu'il prononce. Je crois comprendre qu'il réclame sa part de la vie et de l'intimité de son fils. Est-il un de ces hommes qui prennent leur progéniture pour un prolongement d'eux-mêmes?

Je ne sais pas comment les mots sont sortis de ma gorge, probablement mon éducation libérale, ou mon amour pour l'homme qu'est devenu Martin, ou les deux. Mais monsieur Guitard se souviendra de moi.

– Monsieur Guitard, je suis employée par Martin et par Martin seulement. Je n'ai aucune obligation de vous tenir au courant de sa vie et comme je suis sur mon lieu de travail et que je me sens menacée, j'ai aussi amplement le droit d'appeler la police, que vous ayez ou non construit cette maison. Alors, je vous prierais de sortir immédiatement. Si vous désirez communiquer avec votre fils, vous avez certainement son numéro de cellulaire.

Et là, je ne bouge plus, je ne cille plus, je ne respire plus. J'ai les poings serrés, je suis debout, droite comme un piquet. Mes oreilles sont tellement chaudes que j'en transpire. *Allez-vous-en sans histoire…*

J'ai la main sur le téléphone, mais monsieur Guitard est rapide, pour un quinquagénaire. Il attrape mon poignet avant que je ne lève le combiné.

– C'est donc vous, *Manon Lachance.*

Il appuie sur chacune des syllabes de mon nom, insistant sur le «chance».

– Pardon?

– Quand j'ai vu votre nom sur plusieurs factures, passant comme des «dépenses», j'ai bien vu qu'il y avait quelque chose de louche. J'aimerais vraiment savoir comment vous vous y êtes prise pour obtenir tout ce que Martin vous a donné.

– Je n'ai rien demandé. Martin m'a aidée comme on aide un ami. C'est tout.

– Ça fait de moi votre ami aussi. .

– Monsieur Guitard…

– Non, Manon Lachance. Non, souligne-t-il plus gravement. Avec tout ce que nous avons investi en vous, je crois que j'ai le droit de m'adresser à vous comme à la simple employée que vous dites être. Et, si je peux me permettre, je vous aurais crue plus grande et plus féminine.

J'en ai assez entendu, j'ai la nausée. Je commence à voir le portrait final. Monsieur Guitard tient les cordons de la bourse de Martin et celui-ci refile ses trucs en douce. C'est clair. C'est facile de donner ce qu'on n'a pas. Quelle idiote je fais ! Tout ce temps, Martin s'est montré généreux sur le dos de son père ! C'est donc ça… Je remercie le ciel de ne pas avoir agi sur le coup des émotions…

– Papa.

Oh-mon-Di-eu. Martin est là. Mon cœur est en croisade dans mon estomac, ça brûle, ça grince…

Monsieur Guitard s'incline poliment devant moi et se retourne vers son fils, que ni lui ni moi n'avons entendu entrer.

– Papa, va-t'en. S'il te plaît.

Mais monsieur Guitard ne l'entend pas de cette manière. Il brandit son index et le pointe vers Martin. Si je n'avais pas suivi quelques cours de psycho dans mon jeune temps, je ne pourrais pas définir ce geste comme étant de l'intimidation. Pourtant…

– J'ai entièrement le droit d'être ici. Tu le sais aussi bien que moi. Ceci est ma maison, dans les faits et sur papier. Et il n'y a pas un document d'avocat qui va changer ça.

Martin fouille dans ses poches, il sort son porte-clés et en jette une sur la table. Il s'avance vers moi, débranche l'ordinateur portable qu'il glisse sous son bras et me prend par la main.

– Viens, Manon, sortons d'ici.

ᔕᔕᔕ

Vingt ans plus tôt

Émile Guitard était assis bien droit sur son fauteuil de cuir, meuble plus cher que la voiture d'occasion de la famille québécoise à revenus moyens. Derrière son bureau plus colossal et lustré que sa voiture neuve ornant son garage triple, Émile trônait, tel un sire. Son fils, debout devant lui, serrait les dents.

– Pinsonneault a plus de points que toi.

Martin, les cheveux encore humides et emmêlés, tenait son sac de hockey, dont l'odeur de sueur mêlée au caoutchouc s'échappait à travers la fermeture éclair. Il venait de marquer deux buts, le tournoi était presque terminé. Il restait une partie, l'écart serait serré, mais son équipe s'était rendue à la finale, et ce, en grande partie grâce à lui.

– Je sais, mais…

Émile frappa sur son bureau.

– En deuxième période, alors que Thibault avait la rondelle, trois coups de patins et tu l'avais. Coin gauche, filet ouvert.

– Il était plus loin que ça.

– Non, c'est toi qui étais distrait.

Martin pinça les lèvres sans desserrer les dents.

– J'avais mal au genou.

– Maurice Richard ne s'est pas retenu de jouer avec passion et il était pas mal plus amoché que toi! Guy Lafleur a eu plus de blessures en une semaine que tu en as eu dans ta vie.

– Bravo pour eux.

– Tu ne feras jamais rien de bon.

Émile reprit son verre de whisky et montra la porte à son fils.

ᴸᴸᴸ

Quatre ans plus tôt

– Nous allons vendre l'édifice de la rue du Marché. J'ai un acheteur.

Martin dévisagea son père en secouant la tête.

– Nous ne pouvons pas vendre.

– Nous vendons, tu m'entends ?

Martin desserra sa cravate et s'accouda à la rampe de l'escalier de pierre.

– Nous n'allons pas aller vendre un édifice à un autre pauvre imbécile qui ne saura pas ce qui l'attend. Et je n'abandonnerai pas ces pauvres gens.

Émile alluma une cigarette et, relâchant un nuage de fumée blanche, montra l'enseigne de la cour municipale.

– Tu as été génial tantôt. Tu pourrais faire tellement plus, si t'avais un peu de couilles.

Martin se redressa pour descendre vers la rue sans regarder son père.

– J'ai menti, papa, il n'y a rien de génial là-dedans.

Émile Guitard s'élança à sa poursuite, serra les doigts sur la manche grise de son fils, forçant celui-ci à se retourner.

– Depuis quand est-ce que tu as une conscience, toi ?

Martin soutint le regard hargneux d'Émile.

– Depuis toujours, papa. Lâche mon bras.

Son regard était menaçant. Émile rabaissa son bras, relâchant son emprise.

– Je refuse de vendre un immeuble infesté de souris avant de régler le problème. On a six locataires qui attendent que la situation se règle, il y a deux mères célibataires, dont une avec un bébé de trois semaines, qui vivent dans des conditions inacceptables. Nous ne pouvons pas les laisser comme ça.

– C'est insalubre, fit Émile, inspirant sa boucane grise avec passion.

– Alors, on va rénover.

– Tu me fais perdre mon temps, Martin.

– Qu'est-ce que t'as tant à faire de ton temps, papa ? Je vais m'arranger, ça ne t'empêchera pas d'aller jouer au golf.

– C'est toi l'imbécile. En affaires, il n'y a pas d'amis, et encore moins de pitié.

– Dans ta vie non plus, apparemment.

– Fais attention à ce que tu dis, Martin. N'oublie pas que c'est moi qui t'ai construit. C'est moi qui détiens la majorité des parts. Te prendre pour le philanthrope de la ville ne te mènera à rien.

Martin sourit en regardant le trottoir. Les mains dans les poches, il releva la tête vers son père, le transperçant de son regard bleu.

– Tu crois que j'ai mis tous mes œufs dans ton panier, papa? Tu penses vraiment que ma vie est calquée sur la tienne?

– Quoi? Mais de quoi tu parles?

– Rien, je ne parle de rien du tout.

ᴎᴎᴎ

Martin tremble de rage devant son camion, alors je le traîne vers ma voiture.

– Allons chez toi, Manon, pas chez ma sœur.

– OK.

Je ne le contrarie pas et je file vers Valleyfield. Je longe le boulevard Monseigneur-Langlois, je tourne sur Fabre et je glisse ma voiture au pied de ma galerie de bois, rue Saint-Isidore.

J'ai plusieurs questions, des tonnes, mais je me tais. Il n'a aucun besoin d'un interrogatoire, il a besoin d'une amie. Et c'est ce qu'il aura. Quoi qu'il ait fait. Quoi que son père puisse vouloir me faire croire. J'ai confiance en Martin.

J'ai confiance.

Vraiment.

Tout se passe si rapidement dans ma tête. Je ressasse les faits, les contrats, tout le travail que Martin génère sans aide. Tout le revenu que ce jeune entrepreneur récolte à lui seul, je l'ai bien vu de mes yeux vu! Je n'ai pas vu la couleur du nom de son père depuis ces deux dernières semaines!

Magalie ne parle jamais de son père. Martin non plus. Après ce que j'ai vu ce matin, ce n'est pas surprenant...

Quand on entre dans une maison vide, ce qui frappe en premier est l'écho de chaque bruit, de chaque craquement de plancher. Heureusement, ce matin-là, je n'entends pas le son diffus que j'entendais encore quelques jours plus tôt. Ma maison commence à prendre forme.

– Magalie m'a dit les couleurs que tu voulais et j'avais une copie de ta liste.

– Quoi?

Sa voix tremble, mais je ne sais pas si la rage contre son père y est encore présente, il semble plutôt étranglé par l'émotion.

Hier, Magalie a insisté pour que je reste avec elle toute la journée et que je prenne un *break* avec mes rénovations. «Tu as besoin de te changer les idées, de regarder ça avec une meilleure distance», m'a-t-elle chanté pour finir par me convaincre de rester à coucher alors que j'ai maintenant un lit. Mon lit. Dans ma maison.

Là, je viens de comprendre pourquoi.

Ma cuisine est entièrement finie. Je vois mon salon de loin, non seulement mon plancher de bois franc est-il complètement installé et verni, mais j'ai une causeuse grise, un sofa trois places assorti et une table à café. Exactement ceux que j'avais encerclés, avec Magalie, dans le catalogue plus tôt cette semaine.

Elle m'a bien eue.

– Il reste ta chambre à finir, on n'a pas eu le temps, c'était censé être une surprise. Pour ton plancher, j'ai pris du vernis à l'eau, ça dure moins longtemps, mais ça sèche plus vite et il n'y a pas d'odeur. J'appliquerai le vrai vernis plus tard. J'ai pensé que tu devais en avoir plein ton casque, des rénovations.

– Qui a payé pour tout ça?

Il ne me répond pas et marche vers le salon, comme s'il vérifiait si tout était en place. Je le suis, lui saisissant l'avant-bras.

– Martin! Qui a payé?

Il regarde ma main sur son bras. Il prend mes doigts entre les siens et les caresse doucement.

– Moi.

Les larmes affluent sous mes paupières, c'est trop d'émotions pour une seule matinée. *Il n'y a rien de gratuit dans la vie, Manon. Peu importe comment tu obtiens ce que tu as.* J'entends ma mère me parler, ses paroles dansent dans ma tête, m'empêchant d'apprécier le geste de Martin.

Je me suis retournée, alors il ne voit pas mon expression. Je suis sous le choc, j'oscille entre plusieurs émotions. Mon cœur risque d'exploser tellement je l'aime. Pourtant, je ne peux pas me laisser emporter. Et les larmes qui coulent sur mes joues, je ne pourrai pas les cacher longtemps.

Pour la première fois depuis des semaines, je sens ses mains sur moi, elles glissent sur mes épaules, doucement, comme s'il avait peur de me toucher. Je sens mon manteau glisser sur mes bras.

Une fois mon manteau dans ses mains, Martin le pose sur la table.

– Il te faudra une patère… Oh! Manon, ne pleure pas.

Il doit avoir vu mes épaules se courber et mes bras se croiser sur ma poitrine, complètement refermée sur moi-même.

– Martin… Tu me diras combien tout ça a coûté, je vais te rembourser. Il faut que t'arrêtes de faire ça. Ton père…

– Pourquoi? Mon père n'a pas un mot à dire. Ce que t'as vu, c'est de l'intimidation à la Émile Guitard. Mon père est comme ça, il tient les gens par ce qui est matériel et par la force. Je t'assure que je vis de mes propres moyens, je ne lui dois absolument rien, c'est même le contraire. Je voulais juste te faire plaisir, Manon. T'aider…

– C'est ça! Exactement ça! Il faut que tu arrêtes d'essayer de m'aider, Martin. Selon ce que je viens de voir, tu n'as même pas de maison toi-même et t'es là, à faire la mienne, comme si c'était la tienne et…

– Manon…

– Laisse-moi parler, Martin!

– Vas-y.

– Je ne comprends pas ton comportement ! Tu vas me rendre folle. Tu fais des choses si… incroyables pour moi. Tu vas au-devant de mes besoins, de mes erreurs, et en même temps, on n'est même pas des amis, Martin ! Tu ne m'as jamais parlé ! Tu n'as jamais passé de temps avec moi. Et je suis… oh Martin…

– Manon, je…

Mais je le coupe, je ne vois plus clair.

– Ça n'a pas de bon sens ! Il ne faut pas que ton père te prenne ta maison ! Et puis, je ne crois pas ce qu'il a dit. Il cherche à te prendre tes biens ? Il veut contrôler ta vie ?

– Manon…

– Tu lui as envoyé des papiers d'avocat, c'est ça ? Tu essaies de t'émanciper ? Je vais t'aider, je vais trouver les failles dans la loi… C'est lui qui t'a enseigné à être méchant, pendant toutes ces années…

– Manon !

– Quoi ? que je crie, beaucoup plus fort que je ne l'aurais voulu.

– Arrête de parler de mon père, ce n'est pas lui mon problème, c'est toi !

Là, je me tais. Je suis un problème, je le savais, je l'énerve tellement. Je le vois soupirer et ébouriffer ses cheveux bruns comme s'il allait vraiment se fâcher.

– Tu veux que je démissionne… ce n'est pas grave, je peux me trouver un autre boulot rapidement, tu sais, ce n'est pas comme si j'avais bes…

– Je suis amoureux de toi.

– Quoi ? redis-je du fond de ma gorge, ma voix ne sortant plus.

– Je t'aime.

– Tu… tu… non, c'est impossible. Tu ne me connais pas, tu m'évites, je te tape sur les nerfs. Tout ce que t'as fait, c'est parce que tu te sens coupable !

– Non.

– Non quoi ? Martin, ce n'est pas des plaisanteries à faire. Tu veux vraiment m'achever. Je m'attends à la facture de tout ce que je te dois d'une journée à l'autre.

– Arrête, Manon. Il n'y aura jamais de facture.

– Tu cherches une place où habiter parce que tu n'as plus de maison ? Il y a d'autres façons de trouver un lit, Martin...

J'ai frappé bas. Pourquoi ai-je fait ça ? Me reste-t-il tellement de rancœur inavouée que je ne suis pas capable de prendre ses mots pour la réalité ? L'adolescente déchue est-elle donc toujours en moi ?

– Tu ne me crois vraiment pas...

– J'aimerais tellement te croire, Martin. Je...

Ses mains remontent sur mes épaules et finissent sur mon visage, ses doigts sont sur mes tempes, ses paumes, sur la ligne de ma mâchoire et ses pouces essuient mes larmes.

– Chuuutt..., fait-il, près de ma bouche. Maintenant arrête de parler pendant quelques secondes et écoute-moi. Manon, regarde-moi.

Je lève les yeux vers lui, le cœur à l'envers, je suis éblouie par son beau visage. Ses yeux autrefois si mesquins sont désormais pleins d'une sorte de noblesse et d'une maturité que seuls ceux qui ont connu l'adversité peuvent atteindre. Mais qu'est-ce qu'il a pu grandir, depuis toutes ces années ! Par quelle sorte de calvaire est-il donc passé ?

Ses yeux cherchent les miens, j'appuie momentanément mes paumes sur mes paupières pour éponger le trop-plein de larmes. Je respire pour me calmer.

Sa voix est un murmure.

– Je t'aime tellement que ça fait mal. Je suis démoli quand je pense à toutes les conneries que je t'ai fait subir... Je croyais que ça allait passer, qu'on pourrait faire la paix, et qu'en t'aidant, je pourrais me sentir mieux. Mais j'ai perdu le contrôle. Tout ce que je fais, depuis des semaines, c'est pour toi, ou en fonction de toi. Et pour la première fois de ma vie, j'ai vraiment tenu tête à mon père. Grâce à toi. Depuis la semaine dernière, je t'évite parce que j'ai eu peur de me perdre. Eh oui, tu me tapes sur les nerfs, tu n'es pas facile à vivre, t'es vraiment, vraiment... chiante, et je dois veiller sur toi comme sur une enfant...

Je relève les yeux, il est à quelques centimètres de moi et pourtant, ses mains sur mon visage et pourtant, c'est comme s'il ne me touchait pas encore. J'entends Rodolphe en sourdine. *Le grand amour, celui qui vous empêche de copuler comme des singes. Celui qui vous fige l'un devant l'autre, comme des statues de sel... Les femmes se remettent de ce genre d'événement dans leur vie, mais pas les hommes.*

– Tu te sens comme une statue de sel? que je lui demande.

Il hoche la tête sans quitter mon regard.

– Rodolphe t'a raconté ça à toi aussi, à ce que je vois.

– C'est pour ça que tu n'as jamais essayé de me... hum! de me toucher?

Il hoche la tête de nouveau, mais ses yeux quittent les miens et se concentrent sur ma bouche. Il s'approche lentement, je suis en transe, je dois dire quelque chose de génial.

– Je...

Mais il pose ses lèvres sur les miennes, et j'oublie de parler, de lui dire que je l'aime aussi, que je veux être avec lui pour l'éternité, et toutes les folies qu'on dit lorsque l'amour nous propulse très haut. Mon corps ne me fait plus mal, les muscles de mes bras cessent enfin de tirer, j'ai le visage de Martin entre les paumes de chacune de mes mains, il me consume sans retenue, je savoure ses lèvres, sa langue, ses joues, son cou, je peux finalement glisser mes doigts dans ses cheveux bruns. J'ai longtemps voulu les lui arracher un à un et le faire souffrir.

Maintenant qu'il me donne tout le pouvoir du monde de lui faire mal, je n'ai qu'une idée en tête, celle de veiller à son bonheur.

ÉPILOGUE

Martin a échangé mes armoires de cuisine de mélamine pour du vrai bois. C'est la première chose qu'il a faite après s'être assuré que mon comptoir soit en granite. Il a remorqué lui-même la carrosserie accidentée de ma cour et a installé une clôture. Lorsque le printemps est arrivé, une haie de cèdres s'est dressée tout autour de ma cour arrière. Il a changé le toit, la façade extérieure et mon balcon. Patrick est venu l'aider les week-ends.

Il n'a pas pu changer le quartier, mais il m'a entourée de la plus belle petite maison qu'une femme puisse souhaiter avoir.

Autour de ma table de cuisine, le samedi après-midi, Magalie, Nadine et moi prenons tranquillement le thé, en berçant Iris et Carmin, le poupon de Nadine et Patrick. Il est superbe, j'ai rarement vu un bébé aux yeux aussi bleus.

Un jour, moi aussi j'aurai des bébés, mais avant, il faudra terminer les rénovations.

Un an plus tard, j'abdiquerai, car je finirai par comprendre qu'il y aura toujours un bout de mur à boucher ou à défoncer, un clou à planter, une poutre à changer, et ce, surtout lorsque nous vendons nos maisons au fur et à mesure que nous les rénovons.

Monsieur Guitard a vraiment repris la maison de Saint-Zotique, il y vit seul. Magalie lui rend visite tous les six mois.

Magalie est tombée enceinte une seconde fois, elle a eu un merveilleux petit garçon qu'elle a nommé Paulin.

Rodolphe est toujours célibataire.

Et Martin et moi vivons heureux dans un perpétuel désordre de poussière de plâtre et de sciure. Je trouve encore des clous, des vis, des douilles, partout, même dans ses poches de jeans, mais aucun papier vert...

LIVRE II

SUZIE ET L'HOMME DES BOIS

PROLOGUE

LA CRÈME BRÛLÉE,
C'EST MEILLEUR QUE LE SEXE

Je voudrais tellement être comme mes sœurs. Elles sont amusantes, souriantes, mariées!

Je suis l'éternelle célibataire. Grande, mince, une musculature athlétique apparente sous ma peau bronzée par les heures passées au grand air. Ce sont mes interminables enjambées de course qui ont sculpté mon corps. Mon cou et mon nez sont un peu longs, mes cheveux, un peu raides. Par contre, mes yeux sont magnifiques, félins, mais accusateurs. On me l'a souvent reproché.

– Tu devrais te détendre plus souvent, Suzie, me dit Sophie. Tu es belle quand tu souris.

Sourire à quoi? Pour qui? Qu'est-ce que ça donne? Contrairement à elle, je n'ai aucun talent d'actrice. Pourtant, j'essaie. Je crispe les joues, j'étire les lèvres, je montre mes dents.

– Comme ça?

Sophie me lance un air incrédule.

– Tu n'es pas sérieuse, là?

Mes joues retombent, je veux pleurer.

– Comment tu fais, Sophie?

Je vois le menton de ma sœur se plisser, ses paupières se lever. Elle a pitié de moi.

– Je ne sais pas trop. Ça doit être parce que je ressens beaucoup d'amour pour tout ce qui m'entoure. J'aime la vie. C'est simple au fond, dit-elle.

– J'aime la vie moi aussi, pourtant, dis-je.

Ma sœur semble avoir une idée, son visage s'illumine.

– Imagine que tu es dans un grand restaurant, qu'une crème brûlée, fraîchement préparée au chalumeau devant toi, te sera servie dans les secondes qui suivent.

Je regarde le plafond, je tente de voir l'image. Mes lèvres se soulèvent naturellement pour former un rictus de bonheur.

– Ça y est Suzie, tu l'as. Ne bouge pas.

Ma sœur lève son appareil et le flash m'éblouit.

CHAPITRE 1

BLANCHE-NEIGE
ET LES DOUZE VAGABONDS

Je me suis fait avoir comme une amatrice. J'aurais dû me mêler de mes oignons, ne pas intervenir lorsque Maïté Roy, l'amie de ma sœur, a laissé tomber les frères Grondin.

– J'ai promis à Guillaume de travailler ici tout l'été !

Nous étions au bar Chez Guillaume, Maïté commençait à aimer les pourboires de son nouveau job de serveuse improvisée.

– Maï, nous aurons douze gars à nourrir sur ce projet. Tu nous laisses tomber à la dernière minute, a dit Philippe Grondin, le mari de Sophie.

– Je n'ai rien promis.

– Tu as pris l'avance sur ta paye, a fait Max Grondin, l'autre frère, visiblement ennuyé par son attitude.

– Je la rendrai !

– Pourquoi te dégonfles-tu, Maïté ? Je croyais que tu étais heureuse d'être la seule femme avec tous ces hommes ? a dit Max, sarcastique.

– Je ne me dégonfle pas, seulement, Guillaume a besoin de moi et…

– Typique !

Ça, c'est moi. *Typique !* D'un seul mot, je me suis retrouvée dans les plus beaux draps de ma vie.

Tous les regards se sont tournés vers moi, alors que je mâchouillais le bout du parasol miniature de mon cola diète. Je me croyais très intelligente.

– Ah non, pas elle qui va s'en mêler! Quoi, Suzie? a demandé Maïté.

– Je disais seulement que c'est du «Maïté Roy» tout chié. Te désister à la dernière minute parce que tu as peur de tes propres engagements. Tsk, tsk.

– De quoi te mêles-tu, Suzie Bertrand?

– Tu ne termines jamais ce que tu commences!

Non, mais c'est vrai quoi! Elle a deux BAC en suspens, un en théologie, l'autre en philosophie. Elle m'énerve, ça paraît?

– Qu'est-ce que tu en sais? Et puis, tu irais, toi, servir de bonniche à douze hommes qui sentent la transpiration?

– Ce n'est pas moi qui me suis engagée à le faire.

– Réponse facile! s'est insurgée Maïté.

– Non, c'est toi qui as la réponse facile: J'ai promis à Guillaume»

J'ai imité sa voix, le diapason à la hausse pour mieux lui ressembler.

– Je te défie de prendre ma place, a-t-elle articulé avec arrogance.

– Ta place où?

– Avec les douze babouins.

– J'irai, ai-je dit.

– Quoi? se sont exclamés en même temps Max et Philippe.

Tâchant de prouver que j'avais le cran pour le faire, j'ai avalé ma bière cul sec, puis j'ai déposé mon verre vide avec force sur la table.

– J'irai faire la cuisine à vos hommes. Dites-moi l'heure et le jour.

– OK, ont dit les frères Grondin à l'unisson. Super. Sœur Simone sera enchantée.

Voilà, le sort en était jeté.

Qui est sœur Simone ?

– Hum, c'est où, votre truc ?

– Dans la réserve faunique de Mastigouche, à quarante-cinq kilomètres dans le bois.

J'ai ravalé ma salive.

ᕈᕈᕈ

Nom d'un chien, étais-je soûle ? Les douze babouins sont des ex-détenus ! Je l'ai appris après. Maïté n'est pas si simplette, elle ne m'a pas précisé ce détail ! Pourtant, dans trois petits jours, un homme nommé Frank Thibault viendra me chercher.

Philippe a tenté de tout m'expliquer, mais j'ai écouté d'une oreille distraite. « Frank a organisé ce groupe avec l'aide du ministère de la Justice et quelques organismes à but non lucratif. Tous les hommes qui y participent ont fait du temps derrière les barreaux ».

– Je salive à l'idée de me retrouver là, ai-je marmonné.

Philippe n'est pas fou, il ne veut pas m'ouvrir la porte pour que je puisse me dérober. Il a ignoré mon sarcasme.

« Frank sera responsable de ta sécurité et de te procurer tout ce dont tu auras besoin. Sœur Simone te dira quoi faire. »

Je n'ai jamais cuisiné pour un si grand nombre de personnes. Toutefois, Philippe m'a rassurée sur ce point. « Gros chaudron, gros ragoût, tu le remplis à ras bord. » Il exagérait légèrement, évidemment. « Gros four à bois, grosse pizza. » Bon, j'ai vu le portrait. Ça ne peut pas être si difficile.

Sœur Simone te dira quoi faire.

J'espère qu'elle est gentille. Si elle sort un bâton, je courrai. Je suis entraînée pour ça.

Philippe a ajouté « Ce Frank, hum… il va te paraître un peu difficile, mais ne te fie pas à ta première impression et ne fais pas ta snob avec lui, ça ne marchera pas. »

J'ai peine à comprendre ce qu'il insinue par là. Je ne suis pas snob.

Je suis à peine une coche en dessous de la reine, selon Sophie.

ᴧ ᴧ ᴧ

Trois jours plus tard, au petit matin, je suis assise sur le divan de Sophie, valises à mes pieds. Alors que ma sœur cadette dépose un café devant moi, des voix graves se font entendre de la verrière.

Je ferme les yeux, passant les mains sur mon visage si fort que j'en étire la peau de mes joues.

– Ça va aller, dit Sophie en tapotant mes genoux. Ils sont gentils.

Sophie le connaît déjà, ce mystérieux Frank, puisque la compagnie de son mari, Philippe Grondin, a pris le contrat de transport du chantier. Ce programme est né de longues discussions entre les deux hommes.

Je me lève lorsque Frank Thibault apparaît. Il me regarde de haut en bas, je fais de même.

– Frank, je te présente Suzie, dit Sophie.

– Ce n'est pas elle, sur la photo, dit-il.

– Quelle photo ?

Quand je vois Sophie rougir, je sais d'office qu'elle n'a pas les mains propres.

– La photo que j'ai prise, celle où tu imaginais une crème brûlée, elle était trop belle. Je l'ai envoyée à Philippe. Je n'ai jamais pensé qu'il pourrait la montrer !

– Tu as fait quoi ? Je t'ai dit que je n'aime pas que ma photo circule sur Internet !

– Je suis désolée.

– Trop tard, dit Frank, les gars l'ont vue. Ils seront déçus.

Son sarcasme me plie le cœur en deux.

– Bon, allons-y! dit-il, comme s'il acceptait d'adopter un chien galeux.

Je fulmine, mon orgueil est au tapis. Je m'étais mise en frais pour ce nouveau départ. Avoir suivi ma première idée, je me serais cachée sous un habit de jogging trop large. Au lieu de quoi, j'ai mes plus beaux jeans, mon magnifique chandail rouge, échancré sur la poitrine. Je sais aussi que je ne suis pas entièrement nulle. C'est du moins ce que j'essayais de croire jusqu'à ce que Frank Thibault se moque de moi.

Les mains moites, je ravale ma rancœur en saisissant mes valises. L'arrogant Frank, du haut de son mètre quatre-vingt-dix, fait un signe rapide au jeune homme qui se tient en retrait derrière lui. Facile d'être insolent quand on a l'air de Mickey Rourke dans ses bonnes années.

– Mike! Mets ses valises dans le camion, s'il te plaît. Combien en as-tu apporté? Es-tu une descendante directe d'Elizabeth Taylor?

– Je vois que vous avez décidé de me détester.

– Je ne sais pas pourquoi vous dites ça, Majesté, dit Frank.

– Pardon?

– Elizabeth Taylor, n'était-elle pas une princesse?

– C'était une actrice, dis-je entre mes dents.

– Même chose.

CHAPITRE 2

LE SERPENT AU GRAND CŒUR

– Tu es chanceuse, il n'y a pas encore de moustiques à cette période de l'année. Là, c'est ton lit, m'annonce Frank, lorsque nous entrons dans le gîte.

– Le lit vide à côté du mien, c'est pour qui?

– Personne jusqu'à maintenant. Je n'ai pas encore réparti les chambres, mais ça viendra. Tu auras un colocataire.

– UN colocataire? Vous allez me faire partager ma chambre avec un homme? Pourquoi pas avec sœur Simone?

Frank Thibault sourit. J'essaie de feindre l'indifférence, mais il a une de ces auras qui me chatouillent les sens. De ses bottes de cow-boy à ses lunettes d'aviateur, son style semble avoir été acquis au fil des années. Justement, combien de ce temps a-t-il passé en taule? Qu'a-t-il fait? Agressé une mémé dans une ruelle? Ah! Je parie que c'est ça.

J'espère que ma porte se verrouille. Merde, j'ai oublié ma bombonne de poivre de Cayenne. Est-ce que les pistolets à pulsions électriques sont en vente libre au Québec?

– Nous lui laissons sa propre chambre, dit-il.

– Mais…

– Tu obligerais un homme à coucher au sol juste pour ne pas l'avoir dans la même pièce que toi?

– Si le problème survient, JE coucherai sur le plancher, dans le petit salon.

– Ce n'est pas un salon, c'est mon bureau. Le reste de tes affaires est sur le perron, bonne chance.

– Mais il y a un divan…

Ma protestation meurt sur mes lèvres, car il a touché sa casquette en guise de salutation et tourné les talons.

↘↘↘

Je défais mes valises lentement. Le plus longtemps je reste dans ma chambre, le mieux je me porte. J'ai vingt-quatre heures pour me préparer. La plupart arrivent demain. Pour l'instant, seuls Frank Thibaut et Mike Leduc sont présents. J'ai donc le temps de me conditionner mentalement. Je n'ai pas encore croisé la fameuse religieuse, je ne sais pas si j'ai hâte.

Ma première valise, je la laisse de côté. Contenant mes sous-vêtements, T-shirts et pantalons, c'est la moins importante. J'aligne les trois suivantes sur le lit. La plus lourde contient mes bouquins. J'empile les titres sur la table de chevet, tous de croissance personnelle, évidemment.

Je sors de ma poche secrète un petit étui de soie que j'agite doucement. Je place mon sac de couchage sur mon matelas où je saupoudre à parts égales quelques pincées de sel de mer. Que ce sel éloigne le négatif ! J'ouvre un second fourreau, je pince délicatement entre mes doigts le talisman représentant l'étoile de David et l'œil de Dieu. Pour ma protection.

Je cherche sans succès dans mon encyclopédie la pierre miraculeuse à placer sous le matelas du lit avoisinant. Une pierre qui saurait me préserver d'un colocataire indésirable. À défaut de sombrer dans la magie noire, je mettrai le mobile de porcelaine à ma porte pour le bruit qu'il fera si un intrus se présente.

Avant que je n'aie pu installer l'objet, ma porte s'entrouvre dans un grincement sourd. Je glisse rapidement le petit sac de soie dans ma poche.

Un chat noir se faufile entre mes jambes. Je l'appellerai Destin.

↶↶↶

Le vent frappe à la fenêtre. Les branches se laissent secouer par la nature qui chiale encore. Il pleut, indubitablement, puisque le mois de mai n'est pas encore terminé. Je serre mon oreiller contre mon corps. Je sens enfin Morphée m'atteindre quand le tintement aigu de la porcelaine qui s'entrechoque me fait sursauter. Impossible que ce soit la brise puisque la fenêtre est fermée. Deux ombres s'approchent, tentant visiblement de ne pas faire de bruit. Je tressaille et cherche à allumer ma lampe de chevet. Ma main frappe le vide. L'électricité n'existe pas dans ce trou perdu.

– Qui est là ? je demande aux ombres.

– Elle est réveillée !

Même terrorisée, je suis proactive. Je me lève en trombe, fonçant sur le premier intrus sans demander mon reste. Nous tombons de tout notre poids sur le lit vide et je sens un corps masculin contre ma chemise de nuit de flanelle, des mains fortes sur mes hanches, une haleine de menthe sur ma joue… puis une voix désormais familière à mon oreille.

– Si tu voulais te coucher sur moi, tu n'avais qu'à le dire plus tôt, Miss Taylor.

– Pardon ?

Le faisceau lumineux d'une lampe de poche éclaire le visage rieur de Frank Thibault. Ses yeux bruns me paraissent noirs dans le contre-ombrage.

– Que faites-vous dans ma chambre ?

Je pose la question d'un ton acide pour lui en mettre plein la gueule.

– Tu peux te relever ? ricane-t-il, nullement impressionné.

Je suis reconnaissante à la noirceur de cacher le fait que je rougis jusqu'aux oreilles. D'instinct, je suis restée couchée sur l'homme qui, pourtant, me glace la colonne vertébrale. Je n'ai pas senti de chaleur humaine depuis si longtemps. C'est ma peau qui se fait traître.

Sans le faire exprès, en me redressant, j'appuie mes mains sur ses épaules. Elles sont solides, larges, attirantes. Ce n'est pas ma faute s'il fait si noir, je cherchais le matelas! Ces doigts qui entourent ma taille, c'est un accident aussi?

– Lâchez-moi!

– Je t'aide, arrête de te plaindre.

Je me tapis sur mon lit. Je cherche le pan supérieur de mon sac de couchage. Je tends la main au plancher, car c'est là que j'ai déposé ma lanterne.

Ma lumière de fortune éclaire deux hommes. Frank et un inconnu. L'odeur de bière qui flotte dans la pièce doit provenir de lui. Frank sentait la menthe quelques secondes plus tôt.

– Mauvaise nouvelle, dit-il.

– Quoi encore?

– Voici ton nouveau colocataire, Bob.

– Bob le Serpent, ajoute l'inconnu avec un rire épais.

Même si la nouvelle me broie les artères, j'essaie de rester calme. J'élève ma lanterne pour détailler l'homme. Sa bedaine n'a d'adversaire que sa barbe brune, plantée sur ses joues picotées de vieilles cicatrices sûrement dues à une acné sévère. De petits yeux rieurs, des cheveux frisottés, des paupières enflées, son cou perdu sous le gras.

– Non.

– Comment ça, non? Tu ne peux pas refuser, Suzie, dit Frank le parfait salaud.

– J'ai dit non.

– C'est lui ou c'est moi, alors. Je peux me sacrifier. Ce sera difficile, mais pour mes hommes, je ferais n'importe quoi, dit Frank.

– NON! Plutôt dormir dehors!

Lorsque Frank sourit, ça m'inquiète. Ses pommettes hautes, ses sourcils arqués comme s'il se moquait de tout, ses yeux bruns légèrement en amande sont entourés de cheveux châtain clair en boucles souples. Tout pour m'exaspérer, il représente le rêve de mon adolescence.

– Nous avons une tente, annonce-t-il.

– Quoi? dis-je.

– Une tente! Nous pouvons te l'installer tout de suite.

– Mais… il pleut.

Frank rigole. Je commence à croire que ma présence l'amuse. On dirait qu'il se sert de moi pour se divertir. Si, au moins, c'était pour me divertir, moi aussi.

– Alors, c'est Bob ou la tente. Que choisis-tu?

Je suis fatiguée, il doit être près d'une heure du matin. Bêtement, j'ai envie de dire «toi Frank, prends sa place». Cette pensée, si brève, inacceptable et stupide puisse-t-elle être, me ramène de nouveau à mon orgueil gisant sous mes semelles. Je me ressaisis rapidement. Je lève le menton.

– Je prends la tente.

C'est là que Bob, d'un seul souffle, me réconcilie avec l'humanité.

– Euh, Frank, je peux aller dans la tente. La demoiselle a peur de moi. Laissons-la dormir.

Ça n'en prend pas davantage pour que je me sente monstrueuse. Mes petits démons me crient de murmurer un rapide «merci, Bob», de me recoucher, de laisser le géant dormir sous la pluie, puisqu'il se porte volontaire. Pourtant, ma conscience me tient par le cœur, je me lève tel un soldat.

– Non. OK. Bob, tu peux dormir ici. Ce n'est pas la peine de la sortir, je reste aussi. Je suis désolée, je suis épuisée, je ne sais plus ce que je dis.

Je ne peux pas lire toute l'expression des traits de Frank, mais je vois qu'il hoche la tête.

CHAPITRE 3

MADEMOISELLE, VOULEZ-VOUS LAVER ?
LA VAISSELLE, LA VAISSELLE...

Bob s'est installé rapidement. Il a laissé son sac de couchage sur le matelas pour se coucher tout habillé. Il semble être habitué aux nuits improvisées, car il s'est endormi en quelques secondes. Le chanceux.

Malheur à moi, cœur trop tendre, de l'avoir accueilli ! Bob, sur le dos, échange un ronflement intense avec l'air ambiant. On dirait qu'il accorde le rythme de sa respiration avec celui des branches qui se frôlent autour du gîte. Rrrrrrrraaa, rrrrrrrrrre, rrrrrra, rrrrrrre.

Je tâche de me convaincre que les vibrations que je ressens de seconde en seconde sont favorables pour sombrer. Rrrrrrraaa, rrrrrre, rrrrrra, rrrrrre.

Je ne sais pas combien de temps j'ai passé à attendre le sommeil lorsque la lumière du soleil commence à chatouiller la vitre. Comme cela fait des jours que je n'ai pas vu un rayon franc, je suis heureuse que la pluie ait finalement cessé. Il aurait fallu que je dorme. Ce soir, je choisis la tente, c'est certain.

– Tu n'as pas dormi, n'est-ce pas ? dit Bob le Serpent.

Vais-je mentir ? Mes cernes doivent atteindre mes genoux.

– Non, pas vraiment.

– J'ai ronflé ?

– Juste un peu.

Un rire forcé venant de l'extérieur de la chambre attire notre attention.

– Espèce de menteuse. Bob, tu es un train.

Je vois le pauvre Bob rougir sous sa barbe. Frank Thibault est dans le cadrage de la porte, sa chemise bleue ouverte sur un T-shirt gris moulant une large poitrine, ses jeans usés sur ses bottes.

– Shhhhh, dis-je, battant l'air de ma main. Ce n'est pas sa faute. Laissez-le tranquille.

– Ça va, Mademoiselle Suzie, je suis habitué. Il a raison, fait Bob en grattant sa barbe.

Vu à la lumière du jour, Bob est presque mignon sous ses défauts esthétiques. C'est un bon jack, il faut lui donner ça.

– Appelle-moi Suzie, dis-je, lorsque Frank s'est éloigné pour accueillir de nouveaux arrivants.

– Je ne peux pas, dit-il.

– Pourquoi pas?

– Frank a été catégorique. Pas de familiarité avec Mademoiselle Suzie, qu'il a dit.

– Quoi? De quoi il se mêle? C'est à moi d'en décider!

Il me prend pour un spécimen auquel il ne faut pas s'attacher ou quoi?

– Apparemment non. Il a dit que vous diriez ça, ajoute Bob avec un sourire.

– Tu ne vas pas me vouvoyer en plus?

– OK, je vais vous tutoyer.

– Merci. Effectif maintenant.

– D'accord. Tu n'es pas comme ta photo, dit Bob.

– Non, je sais.

– Tu es plus belle en vrai.

Lundi matin, sœur Simone n'est pas encore arrivée. Il paraît qu'elle allait voir le médecin. Je suis donc seule.

J'ai la nausée, mais je suis satisfaite du premier repas que j'ai préparé. J'ai utilisé deux grands chaudrons, fait revenir le jambon dans une tonne de beurre, ajouté les patates coupées en dés, les carottes, en rondelles, les oignons et hop! de l'eau pour tout humecter, foulard sur le nez pour ne pas sentir les vapeurs de la viande qui frit.

Les hommes se sont pressés vers midi, tous crasseux et suintants. Cette saleté de pluie a eu raison du soleil matinal. Elle a rendu la vie dure aux travailleurs. J'ai finalement compris, au travers des conversations, qu'ils construisent des barrages pour empêcher les lacs naturels de s'étendre vers les sections protégées. Ils ouvrent certaines sources pour évacuer l'eau. De quoi les occuper longtemps, je crois. Je l'espère, car sait-on jamais ce que ces malfaiteurs en rémission pourraient faire s'ils étaient oisifs. Tous les cristaux de la terre ne suffiraient pas pour m'en protéger!

Ils défilent devant moi avec leur bol. Je force un sourire pour remplir ma louche et verser la fricassée chaude dans chaque contenant.

– Merci, Mademoiselle Suzie, dit le premier, ça sent bon.

Je me retiens de grimacer. Si sœur Simone n'est pas là dès demain, le menu changera drastiquement. Du tofu, des fèves, des pois chiches. Je devrai négocier avec Frank pour obtenir les bons aliments. Je sais que ce n'est pas gagné d'avance. Il piquera une crise. Au point où j'en suis avec lui, je m'en fous.

Malgré tout, pour cette première journée, je me suis bien débrouillée. Dans le passé, je n'ai que joué avec les grands concepts économiques, les chiffres, les virgules entre les zéros. Je n'ai jamais «nourri» qui que ce soit, même pas un bébé. Cette notion est nouvelle pour moi. Interagir avec d'autres humains, apprêter ce qu'ils mangeront, me salir les mains. Je commande mes propres repas d'un traiteur spécialisé. J'ai adhéré au végétarisme depuis que je suis en âge de me nourrir par mes propres moyens. Comme j'habite toujours avec ma mère, je l'ai convertie. J'avoue, j'ai un peu forcé la note, je ne pouvais pas sentir l'odeur du steak.

Je n'ai jamais quitté la maison familiale. Mon père l'a fait bien avant moi. Nous étions toutes petites lorsqu'il a claqué la porte. Sophie et Brigitte avaient peur de le voir revenir. Moi, je savais qu'il avait jeté ses clés à la mer.

Je sais que mes sœurs me regardent de haut. Mariées, heureuses, elles ne peuvent pas comprendre. Je vis dans ma tête. Je cours par besoin. Je lis tout ce qui me passe sous la main, sauf les romans d'amour. Je ne bois pas d'alcool, j'évite le sucre, je fuis les hommes. Il me reste un seul vice. Il est caché dans une poche secrète de ma valise.

L'homme est toujours devant moi, son bol chaud en main. Il se racle la gorge pour me sortir de la lune.

– De rien... hum...

– Jean Gravel, Mademoiselle.

– Jean, je répète machinalement, confirmant que j'ai saisi son prénom.

– Grouille-toi, Gravel, on a faim, nous aussi! Mon nom est Stéphane Gagnon. Ça sent bon. C'est quoi?

– Une fricassée de jambon, dis-je au grand maigre.

Je les ai comptés, ils sont bien douze, comme les apôtres. Frank Thibault; Bob le Serpent; Jean Gravel; Stéphane Gagnon; le grand roux se nomme Serge Goyette; Maurice Momo Paradis; Richard Killer Plante; Patrice Lafortune et Mike Leduc. Il y a les jumeaux Lacasse, JF et JP, mais je n'ai aucune idée de qui est qui, et Gaétan Martel.

J'ai une mémoire d'éléphant pour les noms. Comme je n'ai rien d'autre à faire que cuisiner et compter les arbres, je me promets d'apprendre l'histoire de chacun d'eux. Un autre de mes nouveaux efforts pour me rapprocher de mes semblables.

J'avais ma propre compagnie avant de faire faillite. J'étais la reine de mon domaine en gestion de portefeuilles, tout roulait, mes clients étaient contents de voir leurs actifs fructifier. Puis, ce fut la débandade. Un de mes sous-traitants s'est graissé la patte. J'ai perdu mon identité dans l'écroulement de mon château. Je m'étais crue solide, insaisissable, mais j'avais tout faux. On m'a retrouvée en petite boule dans mon lit.

J'ai retrouvé mon équilibre tranquillement, consommant tous les livres d'épanouissement personnel édités au cours des cinq dernières années comme d'autres avalent des pilules. Je me suis mis des cristaux dans les poches, les manches. Je me suis fait des tisanes pour tenter de lire mon propre avenir dans les feuilles laissées au fond de la tasse. J'ai porté un talisman. J'étais en peine, mon cœur était cassé. Je n'avais pas entretenu de liens amicaux avec mes congénères, je me suis donc retrouvée seule du jour au lendemain.

Ma présence ici, bien que j'aie tenté de me convaincre que je l'avais suscitée par erreur, par mon impulsivité à toujours avoir raison, est loin d'être un acte manqué. Je ne vaux pas mieux qu'eux tous, mes nouveaux amis. Moi aussi, je sors de prison. Que je l'aie moi-même créée, verrouillée, et que j'en aie jeté la clé n'y change rien.

J'essaie de m'améliorer. Je sais que mon caractère introverti me suivra toute ma vie, j'espère toutefois le déjouer. Je veux découvrir une autre partie de moi-même. Cette fille qui aime, qui rayonne de bonheur. Elle doit bien être quelque part. Je refuse de croire que c'est parce que je n'ai pas encore rencontré la bonne personne. J'ai pensé que la réponse était peut-être dans les arbres. Eux n'ont pas besoin de se faire dire qu'ils sont majestueux pour le devenir.

Il a été entendu que l'heure du souper sera improvisée. Les hommes jasent devant un feu de camp, font griller des saucisses, boivent du Pepsi, du café et du Perrier. Je leur ai fait une énorme salade. Certains n'en avaient pas mangé depuis des lustres.

– J'avais oublié qu'il existait un quatrième groupe alimentaire, lance Gaétan le beau blond.

– Après la viande, les céréales et les Jos Louis, il y a les légumes, confirme Serge Goyette en levant un sourcil.

– Merci, Suzie. Je ne savais plus ce que goûtait le concombre, reprend Gaétan.

– Remerciez Frank, dis-je, c'est lui qui l'a apporté.

Frank mange en silence, assis à demi sur le dos d'une chaloupe retournée, ses longues jambes croisées devant lui. Lorsque je prononce son nom, il relève la tête pour sourire.

– Hé, Frank! Tu ne viens pas jaser avec notre seule demoiselle? l'interpelle Serge. Je pensais que...

– Laisse-le tranquille, intervient Bob le Serpent.

Après une nuit et une journée, je commence à apprécier Bob. Je l'ai observé, c'est le type qui calme la sauce. C'est le sage de la bande, davantage même que Momo, qui semble en être le doyen.

J'attends que Frank ait terminé son repas pour l'aborder. Il n'est pas question que je passe les prochaines semaines à cuisiner en retenant ma respiration. Sœur Simone n'avait qu'à être là. Sans elle, c'est moi qui décide.

Je suis heureuse que Bob et Gaétan se soient portés volontaires pour nettoyer. Je n'avais pas pensé qu'ici il n'y avait pas de lave-vaisselle. Dommage qu'aucun fabricant n'ait songé à en inventer un qui fonctionne au gaz naturel. Après le lunch, j'ai lavé treize assiettes, treize fourchettes, treize bols. Je me suis imaginée comme une femme de cultivateur des années trente, tant de travail pour si peu de récompense.

CHAPITRE 4

TÊTE-À-TÊTE AVEC
LE CHEF DE LA MEUTE

Le mardi matin, je détache les yeux de Frank qui lit à nouveau ma liste. Il se gratte la tête, fronce les sourcils, plisse les lèvres. Ça fait trois fois qu'il refait le même manège, tout ce que je veux, c'est une réponse à ma requête !

– Tu es vraiment folle, Suzie. Max Grondin m'avait averti, j'aurais dû le croire.

– C'est oui ou c'est non ?

– Si c'est non ? demande-t-il.

– Je ne peux pas cuisiner de la viande.

Il me redonne le papier, ses yeux bruns jaugeant les miens plus intensément que je ne peux le soutenir.

– OK, dit-il.

– Vraiment ? Vous savez, je connais les endroits pour tout trouver à prix raisonnables. Ce n'est qu'à Laval, il faudrait y aller aujourd'hui. Est-ce que les gars ont besoin de vous sur le chantier ?

– C'est Maurice qui dirige. Moi, je suis gestionnaire. On part dans dix minutes.

Je serre ma liste sur ma poitrine, heureuse de ma petite victoire, étonnée d'avoir gagné si facilement. Je croyais qu'il ferait un avion de ma feuille pour viser le lac. Ce n'est peut-être pas si différent que ce qu'il est habitué de manger ? Nouilles de riz brun, poulet de soja, cinq livres d'asperges, trois litres d'huile d'olive, brie, camembert, quinze artichauts, dix livres de tofu, quinoa… J'ai l'air confiante, comme ça, mais je ne peux m'empêcher de me demander si sœur Simone approuvera.

᠃᠃᠃

Le camion est énorme, sale et bruyant. Je monte sur la banquette avant avec l'impression de grimper dans un manège de parc d'attractions. Aucune surface propre, tant pis, mon postérieur sera crotté.

– La marche est haute.

– Oui, dit Frank.

– Le banc est poussiéreux. Je ne fais que le dire, ça ne me dérange pas.

– Tu es chanceuse que j'aie contraint les gars à t'appeler mademoiselle, tu sais.

– Pourquoi avez-vous fait ça ?

Question dont il me tarde de connaître la réponse. Il jette un coup d'œil de mon côté. Mes jeans désormais presque aussi sales que les siens, mon T-shirt blanc, mon foulard rouge sur mes cheveux bruns, courts, en mèches folles autour de mon visage doivent former un drôle de look. C'est Brigitte qui a choisi ma coiffure «pratique pour le bois».

– Pour ne pas avoir à leur rappeler que tu es une femme.

– Parce que ça ne paraît pas à l'œil nu ?

Il rit sans quitter le chemin étroit des yeux.

– Ce n'est pas ça.

– J'ai donc l'air d'une femme ?

– C'est quoi ton problème ? Tu n'es pas une petite fille innocente. Pourquoi poses-tu une question comme celle-là ?

Franchement, il me tue, cet homme.

– Laissez faire. On a une longue route, pourquoi ne me racontez-vous pas votre histoire ?

– Que veux-tu savoir? soupire-t-il.

– Vous êtes dans un groupe d'ex-détenus. Vous n'avez pas l'air d'un agent de sécurité qui s'est mis copain-copain avec ses prisonniers.

– Ah non? J'ai l'air de quoi?

– De l'un d'eux. Non, pire, vous avez l'air du chef de la bande.

– Je crois que tu n'as pas compris le but de ce groupe, dit-il en regardant toujours devant lui.

J'ai laissé tomber mon ego en montant dans le camion. Ce n'est pas ma faute s'il a un sale caractère. Je me suggère de simplement le faire parler. Je me dis que plus j'en saurai, moins je serai vulnérable.

– Expliquez-moi.

Il regarde au loin, visiblement passionné par son projet. Il étale l'histoire patiemment.

– J'ai organisé ce groupe pour resserrer les liens entre ces hommes qui reviennent de loin. La première condition pour faire partie de ce programme est d'avoir exprimé une volonté sincère de réinsertion sociale. Tous les hommes que tu as vus ont fait du «temps». La plupart sont d'anciens toxicomanes, des alcooliques. Certains ont été violents, d'autres ont commis des vols ou des fraudes. Ils ont payé leur dette, dit-il comme pour amoindrir la teneur grave de ses propos.

– Bref, ce sont de bons gars?

– Tu ne comprends vraiment rien, dit-il en secouant la tête.

– Vous? Vous êtes quoi dans tout ça?

– Moi, je suis l'organisateur. Je suis responsable de leur séjour. Ils sont là parce que personne ne voulait les engager. Voir un gars capable de travailler en train de vendre de stupides stylos, ça me donne la nausée.

– Vous avez vendu des stylos, vous aussi?

J'ai regretté ma question avant même de l'avoir terminée.

– Désolée, je n'ai rien dit.

– Ça va.

– Vous allez me dire ce que vous avez fait pour aller en taule ?

– Non.

– C'était grave ?

– Je n'ai pas tué, ni violé ni volé, si c'est ce que tu veux savoir.

Pour la première fois, je remarque les muscles de ses avant-bras, ses mains aux doigts veinés qui serrent le volant. Je mens. J'ai tout vu à la première seconde, pas plus tard qu'hier matin, chez Sophie. Seulement, j'étais si prise par mon orgueil blessé que j'ai vite tenté d'en faire abstraction.

– Combien de temps avez-vous fait ?

– Dix-huit mois, libéré pour bonne conduite.

– Ah.

– Et toi ? Miss Taylor, pourquoi es-tu cachée dans le fin fond du bois ?

– Ne m'appelez pas comme ça, s'il vous plaît.

– Si tu cesses de me vouvoyer.

– Je vous vouvoie par politesse.

– Non, tu me vouvoies pour me faire chier.

Il a raison. C'en est perturbant, je ne pourrai jamais rien lui cacher. Je me sers du vouvoiement comme bouclier contre son charme menaçant. Je dois être folle. Plus il est direct, plus il m'attire. S'il me croit « princesse affectée d'une âme de snob », il sera désamorcé. Je suis brillante, moi aussi.

Il sourit. Je respire mieux. Sa tête dodeline au rythme des bosses sur la voie escarpée. La mienne aussi.

– Je me suis fait prendre pour accepter de venir ici, je n'ai pas eu le choix, réponds-je en ignorant sa boutade sur mon niveau de langage.

Il rit à nouveau, se frottant le menton. Du coup, je remarque que sa mâchoire est carrée, son cou, élancé et solide à la fois. Il est beau, le gars, je ne peux pas lui ôter ça. Il a même des cuisses de GI Joe. Ça donne le goût de les toucher pour vérifier si ce n'est pas du plastique sous le denim.

– Ce sont des conneries, Suzie, on a toujours le choix.

Je le sais, ça. Seulement, je n'ai pas envie de lui cracher mes secrets. Exactement comme lui n'a aucune intention de m'avouer les siens. Je gage que c'est du plastique ! Ha !

A-t-il vraiment dit mon prénom ?

– De façon générale, je vis avec mes principes. Crois-moi, j'en ai à la tonne. Par exemple, de tenir parole, même si j'ai relevé un défi sur un coup de tête.

– Tu es là sur un coup de tête ?

– En quelque sorte, avoué-je.

– Moi aussi, dit-il.

~~~

Je l'ai traîné dans mes boutiques favorites, bougeant rapidement pour choisir les aliments. Les marchands m'ont dévisagée les uns après les autres tant les quantités d'aliments étaient décuplées comparativement à mes habitudes. « J'ai une gang à nourrir », ai-je expliqué succinctement, avec un brin de fierté. Frank a tout chargé dans le camion sans remontrances.

– J'avoue être étonnée, Frank, dis-je à notre retour.

Il tend les bras vers la boîte du pick-up pour ramasser les sacs.

– Étonnée de quoi ?

– Ben, je pensais que tu ne voudrais pas manger végé, tu sais, et que les gars me prendraient la tête.

– Les gars vont critiquer, c'est sûr. Moi, je n'en ai rien à foutre. Je ne vis pas pour manger, je mange pour vivre. Tu comprends ?

J'incline la tête, sincèrement surprise de sa réponse.

– Je comprends, dis-je en détournant le regard.

Ne jamais sous-estimer les gens. J'aurais au moins appris ça aujourd'hui.

CHAPITRE 5

SŒUR MÉCHANTE

La seconde nuit, j'ai dormi dans ma chambre, avec Bob le Serpent ronfleur comme compagnon. Je l'ai battu au bâton, tellement j'étais fatiguée de mon labeur, sombrant avant lui dans un sommeil de plomb.

La troisième nuit, celle du mardi au mercredi, je l'ai passée à rêver de Frank Thibault. Je me suis réveillée toutes les heures. Ses mots repassaient sans cesse dans un carrousel d'images. «Coup de tête, je mange pour vivre, on a toujours le choix, payé leur dette, c'est des conneries, tu fais ça pour me faire chier.» Je crois que j'ai parlé dans mon sommeil, car, au petit-déjeuner, les gars m'ont regardée avec un subtil sourire aux lèvres. Ceux qui m'ont entendue ont dû raconter ça aux autres. C'est pire que des femmes, douze hommes entre eux.

Le camp est divisé en trois bâtiments. Gîte A, ma chambre avec Bob, celle de Frank; gîte B, Jean Gravel, les jumeaux, Stéphane Gagnon, Momo et Killer; gîte C, Mike Leduc, Serge Goyette, Patrice Lafortune et Gaétan – le beau blond – Martel. Sœur Simone aura le chalet au bord de l'eau. Il paraît que Frank a insisté.

Les gars se réunissent autour d'une table ronde. C'est là que je leur sers à manger. La cuisine est loin d'être adaptée aux besoins d'un aussi grand groupe. J'ai deux brûleurs et un petit réfrigérateur, tous alimentés au gaz naturel. L'aspect de la conservation de la nourriture me décourage. Mes légumes vont faner rapidement sans mes plats Tupperware, je dois trouver une façon de pallier ce problème.

Ma deuxième difficulté concerne mes temps libres. Je ne sais pas si c'est le grand air qui me fait cet effet, mais je ne ressens pas l'envie de me plonger dans mes bouquins habituels. J'opterais plutôt pour un roman du terroir, ou quelque chose dans le genre. Une de ces histoires d'antan qui nous rappellent ce qu'était réellement la vie à la dure. Tant pis. De plus, évidemment, mon iPhone n'a plus de pile. Angry Birds et mes émissions me manquent, c'est terrible. J'aurais bien assommé quelques cochons verts avec un tire-pois en écoutant *La Galère*.

En attendant l'arrivée de sœur Simone, je tourne en rond dès que mes corvées sont terminées. Voilà trois jours que je suis ici. J'ai donné mon accord pour un mois. Un mois! J'ai été folle.

À quel point fallait-il que je sois malheureuse dans ma vie pour accepter de m'isoler un mois entier? Je fuis quoi au fond? Ma solitude? Ma mère? Ma grande déprime.

On ne peut pas se fuir soi-même.

Peut-être pas, mais on peut s'éloigner des miroirs, du regard des autres. De notre propre perception de ce regard des autres. On peut changer l'air qu'on respire. C'est ce que je suis en train de faire. Du coup, cet air commence à me rappeler que j'y suis allergique. Tous ces arbres, ce pollen. Quelque chose pétille au fond de mon nez. Ah non! Atchoum! Où est ma loratadine? Je saisis un mouchoir, m'en couvre le nez, puis je cours fouiller dans mes valises. Je soulève, lance, dégage les vêtements, je creuse les poches cachées. Rien n'y fait. Je n'ai pas mes pilules. Je suis la pire des idiotes.

J'éternue de nouveau. Mes yeux piquent. La seule solution: me coucher et espérer que ça passe. D'expérience, je sais que ça ne servira à rien, que j'ai besoin de médicaments. Mes éternuements ne feront qu'empirer de façon exponentielle. Je suis déjà chanceuse que ç'ait pris autant de temps avant de se manifester.

Au pire, il me reste une chose à faire. Ça fait deux jours que j'y résiste, je vais tenter d'éviter cette avenue à tout prix.

Voilà. Si je ne bouge pas la tête, tout va bien. Je respire par la bouche, je clos les paupières. J'ai mouillé un gant de toilette pour le placer sur mes yeux.

– Il y a quelqu'un?

La voix de Frank accompagne un rire de femme.

– Suzie? fait-il encore.

– Je suis ici.

– Es-tu malade? demande-t-il.

– Des allergies, je n'ai pas apporté mes médicaments.

– À quoi es-tu allergique?

– Aux arbres.

Je ne vois pas son air, mais je l'imagine incrédule, irrité, impatient.

– J'espère que c'est une blague!

– Pourquoi inventerais-je une stupidité pareille?

– On ne sait jamais. Je te présente sœur Simone. Ma sœur, voici Suzie Bertrand.

Je relève la tête et le gant de toilette pour la regarder. Rien à faire, mes éternuements n'arrêtent pas. J'ai eu le temps d'entrevoir une femme grande, maigre et coiffée avec soin. On dirait moi dans trente-cinq ans.

Excellent timing pour me taper une crise d'allergie. Frank soupire.

– Tu peux m'écrire le nom de ton médicament? J'enverrai quelqu'un te le chercher au village.

Je me couche sur le côté pour griffonner Claritin Extra-Fort et Tampons Playtex. Il saisit le papier sans vraiment lire ce que j'ai écrit et le glisse dans sa poche.

– Sœur Simone?

La femme revient devant ma porte. Sans sourire, elle lève un sourcil.

– Oui?

– Enchantée de vous rencontrer. Je suis désolée de n'être pas plus en forme.

– Tout ça, c'est dans ta tête. Quand on ne veut pas travailler, on se croit malade.

– Pardon ?

Incertaine d'avoir bien entendu, je suis abasourdie par ses accusations. Moi ? Ne pas vouloir travailler ? Il doit y avoir erreur sur la personne !

– Tu m'as bien comprise. Ce n'est qu'un petit rhume, il n'y a pas de quoi alerter Frank et l'envoyer courir au village.

– Ce n'est pas un rhume, ce sont des allergies.

– Aux arbres, oui. Bien sûr. J'ai compris. Lève-toi.

C'est ironique. Comme la bonne sœur me donne le goût de l'étriper, l'adrénaline née de ma frustration débloque mon nez et libère mes sinus. Momentanément, je suis guérie, je respire librement.

Je cours à la salle de bains. Ou plutôt, salle de douches, car, assurément, il n'y a pas de bain ici. Je piétine une serviette laissée au sol. Elle est déjà sale, les hommes ont dû passer dessus avant moi.

– Tu vas la laisser là ?

– Pardon ?

– La serviette, tu vas marcher dessus sans la ramasser ?

– Nnnnon, hum. Non, bien sûr.

Les mains sur les hanches, sœur Simone me regarde avec ses yeux de prédateur. Deux grosses billes noires sous des sourcils qui n'ont jamais vu la pointe d'une pince à épiler. Elle me fait penser à madame Germain, mon professeur de quatrième année. Une matrone qui ne vous laisse pas le temps de respirer que vous êtes déjà vaincu. J'avais peur d'elle.

Ma famille me prend pour une dure à cuire. Normal, je suis la plus âgée, la moins belle, la plus intelligente des trois filles. Je devais avoir cet air suffisant pour détourner l'attention de mon complexe de fille laide. De cette façon, je m'assurais que les deux princesses que je couvais d'un regard envieux malgré moi me respectent. Ç'a fonctionné jusqu'à l'âge adulte.

Sophie, la plus jeune, a décelé ma comédie. Bonne âme qu'elle est, elle ne me l'a jamais reproché. À part ces trois années de silence pendant lesquelles elle s'est débattue pour montrer à tous qu'elle pouvait réussir seule. Elle s'est plutôt bien débrouillée puisqu'elle s'est déniché un mari riche et beau. Philippe Grondin, son patron, est tombé follement amoureux d'elle. En même temps que son petit frère d'ailleurs, Sylvain. Deux beaux imbéciles heureux à se mordre l'intérieur de la joue devant leur assistante administrative. Elle a choisi le plus beau, le plus puissant.

Ces trois ans pendant lesquels Sophie ne m'a pas adressé la parole m'ont tuée. Même si c'était à l'époque où ma vie professionnelle allait bien, son absence me trouait l'esprit. Aujourd'hui, elle me manque encore plus. Elle aurait su quoi dire à sœur Simone, elle l'aurait facilement désamorcée!

Brigitte, l'enfant sandwich du foyer des Bertrand, ma chère sœur cadette, blonde, belle et incontrôlable. Elle a passé plusieurs années en Australie à faire des galipettes pour finalement revenir au Québec enceinte. On croirait qu'elle a la chance collée au derrière, car le père l'a suivie jusqu'ici, lui jurant un amour éternel ainsi que son intention de s'installer avec elle là où elle le souhaiterait.

Moi, je suis dans le bois, le nez en chou-fleur, les yeux irrités dans une salle de bains sans électricité avec une bonne sœur qui réussit à me retirer le peu de bien-être que j'avais acquis depuis mon arrivée.

Je ramasse la serviette souillée, la lance sur le comptoir. J'arrache le rouleau de papier hygiénique de son socle, je cours à ma chambre, je glisse la main dans ma cachette secrète, avant de sortir en courant du gîte.

CHAPITRE 6

LA FUGUEUSE REPENTIE

Si je m'éloigne du camp, personne ne le saura, personne ne le sentira. Je passerai inaperçue.

Il a tellement plu durant les derniers jours que tout est mouillé. Quitte à m'asseoir sur une roche humide, je suis tout de même grisée par mon escapade. La face de sœur Simone valait cent piastres. Si elle croyait que j'allais rester là, à attendre ses ordres, elle s'est joliment trompée. Pour aujourd'hui, du moins.

Heureusement, il fait relativement chaud. Je me souris à moi-même, heureuse de ma propre hardiesse. Je sors le joint bien tassé que j'ai roulé en cachette dans ma chambre, je tapote ma poche de jeans pour y trouver mon briquet.

– Aaaaaah !

Je soupire pour les arbres géants et pour ma paix retrouvée, expirant la fumée trop odorante pour être discrète.

Engourdie par l'effet quasi immédiat du cannabis, je mouille mon index de ma salive. Excellent, le vent souffle vers l'est, l'odeur ne devrait pas se rendre jusqu'aux chalets. Les rayons du soleil traversent les branches aux feuilles naissantes. Déjà, mon visage se détend. Mes symptômes incommodants s'envolent avec la fumée.

J'avais tellement besoin de ce moment de répit. Je sais que je ne peux pas revenir tout de suite au gîte. J'empeste la culpabilité. Mon coupe-vent plié en quatre devient un oreiller. Le rocher est suffisamment plat pour que je m'y installe. Je n'ai pas à attendre longtemps pour m'endormir.

ⵥⵥⵥ

J'ouvre les yeux sur une noirceur inquiétante. Combien de temps ai-je dormi, combien de mètres ai-je marché pour me rendre jusqu'ici? Cent, cinq cents? Davantage? Dans quelle direction?

La nuit est fraîche, je saisis à tâtons mon coupe-vent que j'enfile nerveusement. Immobile pour écouter les sons environnants, je suis déjouée autant par le vent qui frappe les feuilles que par les gouttes d'eau qui commencent timidement à fendre l'air. La pluie sera une ennemie de taille, pire encore que la noirceur. Si le mercure chute, car en mai, les nuits en forêt ne sont pas chaudes, je suis bonne pour me taper les pires heures de ma vie. Nerveuse, j'enroule les doigts sur le bijou artisanal qui pend à mon cou. Dommage qu'aucun cristal, aussi pur soit-il, ne puisse ni contrôler la température ni servir de boussole.

On m'a toujours répété que si je me perds, il ne faut pas m'éloigner de mon emplacement initial. Il ne faut pas s'enfoncer. Je crois que je sais par quelle piste je suis arrivée. Si je pouvais voir le décor, je saurais sûrement où aller!

Les nuages, totalement indifférents à ma situation, continuent à se tordre de gouttelettes. Frank Thibault doit fulminer. La bonne sœur doit être satisfaite. Bob le Serpent doit s'inquiéter. Mon étrange ami n'acceptera pas ma disparition, il tentera de me retrouver, j'en suis convaincue. Pourvu qu'il ne se perde pas, lui aussi.

J'éternue, puis encore, et encore. J'essuie mes narines de ma manche. Au point où j'en suis, au diable la bienséance. Un éclair anime le ciel. Je n'ose pas pleurer, je sais que je mérite mon sort.

ⵥⵥⵥ

Je n'ai aucune idée de l'heure qu'il est. Minuit? Peut-être. La pluie vient de cesser. Je n'ai pas bougé de mon rocher. Voilà des heures que je marche en cercles autour des trois mêmes arbres, avec l'intention de me garder active, de ne pas perdre ma chaleur. Je suis fatiguée. Et plus rien à fumer.

Mon estomac tire son mal dans tous les sens. Il me suggère de grignoter un tronc d'arbre tellement il a faim. Je ne peux pas me permettre de friser la folie pour une seule nuit dans les bois! Dès que la lumière du jour se pointera, je sais que je pourrai retrouver mon chemin. Je trouve étrange que personne ne soit venu à ma recherche. Les hommes sont sûrement rentrés depuis plusieurs heures. Ils savent que je ne peux pas être partie au motel du coin! Frank s'est peut-être trouvé soulagé de me voir déguerpir.

Je dois attendre environ une autre heure avant d'entendre des pas. Du moins, des crissements réguliers parmi les branches mortes. Mon Dieu, faites que ça ne soit pas un loup curieux! Pire, une meute entière!

– Suzie?

– Oui! Je suis là! Je suis là!

Je pleure de joie. Je marche à pas si rapides vers la voix que je trébuche sur une racine et je tombe de tout mon long dans la boue.

– Suzie, est-ce que tu es blessée?

C'est Gaétan Martel. Le beau blond à la voix un peu nasillarde. Il déclenche son avertisseur sonore pour annoncer aux autres de cesser les recherches. Si j'en avais eu un, de ces machins-là, je ne me serais pas retrouvée dans un tel pétrin!

– Non, non, ça va. Je suis seulement gelée jusqu'aux os.

– Frank va te tuer.

– Comment ça?

– Il tourne en rond comme un lion en cage depuis des heures. Les gars ont eu peur de lui! Nous sommes partis dans tous les sens à ta recherche!

– Ben, voyons! Il est resté dans le gîte, je suppose?

– Frank? Non, ce n'est pas son genre. Il est parti dans l'autre direction. Que faisais-tu si loin d'ici?

Alors que nous jasons, il me tient par le bras, car la piste est encombrée par les branches et les flaques de boue. Je me colle à lui malgré moi tellement j'ai froid.

– J'ai voulu prendre l'air, réponds-je innocemment.

᠕᠕᠕

Mon retour se fait dans un bordel qui me rend honteuse de mon escapade involontaire. Les gars sont mouillés, fatigués, énervés. Ils me connaissent à peine. Nous avons échangé quelques phrases polies depuis trois jours, sans plus. Pourtant, à ma vue, ils se sont tous levés en trombe.

– Où étais-tu? Es-tu blessée?

Ces deux questions résument le brouhaha que cause mon arrivée. Il est près de deux heures du matin. Je trace un regard circulaire dans la pièce. Frank n'est pas là.

– Où est Frank?

Alors que les gars se consultent du regard en haussant les épaules, la porte s'ouvre derrière nous, le vent entre avec Frank. Sous son imperméable jaune, il semble immense. Le regard noir qu'il me lance me paralyse.

– Je, hum, je me suis endormie, je suis désolée

Il ne me regarde plus, il retire son manteau, l'eau dégoutte partout. Ses bottes sont pleines de boue, ses jeans, souillés.

– Tu t'en vas demain, dit-il en secouant ses cheveux en bataille.

J'aurais dû être soulagée. M'en aller d'ici après quatre jours à combattre mes envies de télévision, de confort, à m'ennuyer de ma sœur, de ma mère. Ne pas avoir à affronter sœur Méchante. Pour toutes ces raisons, j'aurais dû être heureuse de me faire mettre à la porte. Au lieu de cela, je me sens projetée dans le vide. J'ai besoin d'être ici. Je le sais, je le sens. Ces hommes-là sont attachants. Personne ici, à part Frank lui-même et sœur Simone, ne m'a jugée ou fait sentir comme une vieille fille sans intérêt. Bob m'a même laissée entendre que j'étais belle !

Je ne pleure pas souvent devant les gens. Sœur Simone est debout, toujours droite comme un piquet à ma gauche. Je ne la regarde pas, mais je sais qu'elle a les deux yeux braqués sur moi, qu'elle enregistre tout ce que je fais pour s'en servir contre moi plus tard. Je m'en fiche ! Mes larmes coulent.

– Frank, s'il te plaît. Je ne veux pas m'en aller. Je n'irai plus me promener toute seule dans le bois. C'est promis.

Il relève la tête et fait signe aux hommes d'aller se coucher. Sœur Simone reste là, comme si les ordres ne la concernaient pas.

– Gaétan, tu veux bien raccompagner sœur Simone à son chalet, s'il te plaît ? dit-il.

Il parle à Gaétan, mais c'est sur moi qu'il pose les yeux. J'entends déjà Bob ronfler. C'est un nouveau record, ça lui aura pris trente-cinq secondes pour s'endormir. Sœur Simone me lance un regard froid avant de suivre le jeune homme blond qui lui ouvre galamment la porte.

– Merci, Gaétan, dis-je, juste avant qu'il ne disparaisse dans la nuit.

CHAPITRE 7

TOUS POUR UNE !

Frank est debout devant moi, immobile. Jamais un homme ne m'a regardée de cette façon auparavant, je ne sais pas quoi faire, où me mettre, quoi dire. Il est en colère. Enfin, je crois. Ses pupilles sont dilatées, ses poings, serrés. Il va me frapper ou quoi ?

La seule lumière qui nous éclaire provient des lampes au gaz. Je vois davantage une silhouette contrastée de peau luisante de pluie et de flanelle à carreaux qu'un homme prêt à me jeter par la fenêtre. Je devrais tirer ma révérence, courir à mon lit pour le laisser se calmer. Pourtant, je reste là, prête à défendre ma position.

– C'était un incident isolé…

Il avance vers moi. J'avale ma salive, ramassant tout l'air possible pour calmer mon cœur qui bat la chamade.

– J'ai eu peur, avoue-t-il.

– Peur d'avoir à expliquer à mon beau-frère comment tu aurais réussi à perdre une fuyarde en forêt ? Ce n'est pas ton problème, Frank.

– Oui, ça l'est !

– Je suis une adulte responsable de mes actes. Ce n'est pas un groupe de louveteaux à qui on enseigne le maniement du canif à trois lames ici ! C'est la jungle ! Chacun pour soi !

– Non.

– Comment ça, non ?

– Tu l'as dit, c'est la jungle, mais ce n'est pas chacun pour soi. C'est tous pour un ! N'importe lequel des membres de cette équipe, parce que c'est ce que nous sommes, se serait perdu, nous aurions tous risqué nos vies pour le retrouver.

Ce disant, il fulmine. Je prends conscience qu'il a raison. Je n'ai réellement rien compris. J'ai toujours affronté la vie seule. Je ne sais pas travailler en groupe, encore moins en comprendre l'esprit.

– Je compte dans l'équipe ?

Son front se plisse sous ses boucles qui dégoulinent encore. C'est presque à se demander s'il est attendri par ma question innocente.

– D'où sors-tu donc, belle Suzie ?

– De nulle part, comme tu vois…

Je m'apprête à m'excuser de nouveau, mais les mots meurent dans ma bouche puisque sa main a déjà atteint ma nuque pour me tirer à lui. Ses lèvres se posent sur les miennes, elles sont si chaudes que je me rends compte à quel point je suis gelée et bien naïve. Je ne l'ai pas vu venir. Je frissonne des pieds à la tête, non plus de froid, mais de surprise. Il me plaque contre son corps. Après toutes ces fois où il m'a fait sentir comme une moins que rien, je devrais lui en vouloir, profiter de cette proximité pour le mordre jusqu'au sang. Mais, femme séduite pardonne vite, voilà une nouvelle expression à mettre dans le *Larousse*.

– Tu es gelée, souffle-t-il à mon oreille. Tes vêtements sont mouillés, tu vas être malade.

– Non, ça va.

Sans vraiment s'éloigner, il détache les boutons de mon chemisier. C'est la première fois depuis des années qu'un homme qui m'émeut vraiment touche ma peau. Ses grandes mains sont aussi brûlantes que ses lèvres et couvrent mes épaules humides avec douceur.

– Tu dois retirer tes jeans, dit-il.

Nous sommes en plein milieu de la pièce centrale qui tient lieu de salon. Bob ronfle à tue-tête. Je suis dans un état qui frôle la folie. N'importe qui pourrait entrer, je m'en balancerais. Les mains de Frank m'habillent, ses lèvres frôlent mon oreille. Je suis presque nue, seuls mes sous-vêtements tiennent encore.

– Tu es belle.

– Tu as dit que j'étais laide.

– Je n'ai pas dit ça.

Je suis en désavantage. Je suis vulnérable, ma peau est froide, je tremble.

– Viens.

Avant ce soir, je ne m'étais pas suffisamment approchée de Frank pour connaître son parfum ou les détails de son visage. J'avais eu plutôt tendance à détourner le regard de son corps d'homme viril. Il n'était pas pour moi. Aucun homme n'était pour moi. Frank-l'arrogant-Thibault était totalement hors de ma sphère. Pourtant, ce sont bien ses mains à lui qui me touchent, son haleine qui se mêle à la mienne. C'est bien lui qui est là pour moi ce soir. Il aurait tellement pu tirer avantage de la situation. Pourtant, non.

ᴸᴸᴸ

Le jeudi, au petit matin, je suis toujours dans le lit de Frank, enveloppée dans ses couvertures. Je sens l'odeur du café, j'entends des voix. Celle de Frank résonne particulièrement à mes oreilles. Que vais-je lui dire, comment agir désormais? Je dois aller dormir, a-t-il dit.

– Elle dort encore, elle?

La voix de sœur Simone. Décidément, je ne m'en sortirai pas vivante. J'ai presque envie de sortir nue comme un ver, rien que pour la voir faire une crise cardiaque.

– Pourquoi est-elle dans ton lit, Frank?

– Elle avait froid. Le poêle à bois est plus proche.

– Tu es trop gentil. Cette fille cherche à profiter…

La bonne sœur n'a pas le temps d'aller au bout de sa pensée, les gars commencent à entrer. Je dois me lever. Je cherche mes vêtements d'un regard circulaire dans la chambre, puis je me fige. Ils sont au salon. Au moins, j'ai mes sous-vêtements. Je recale ma tête dans l'oreiller, découragée. Je devrai attendre que les hommes partent vers le chantier avant de sortir, le drap enroulé autour de mon corps comme dans les films américains.

Je les entends batifoler, manger, arroser sœur Simone de compliments sur les crêpes qu'elle leur fait. J'entends la vieille femme glousser de plaisir. Péché d'orgueil, ma sœur ! Cette folle aura raison de mes bonnes intentions d'être plus gentille avec mon entourage. Si seulement vous saviez à quel point je ne suis pas une menace…

La porte s'ouvre, je relève la couverture par réflexe. Frank entre et referme derrière lui. Il me semble tout à coup si grand, si beau, si fort. On se calme, Suzie Bertrand. Ne laissons pas un incident d'un soir empiéter sur une relation aussi saine que celle que tu as entamée avec cet ex-malfaiteur dont tu ne connais ni les pensées ni les crimes. Feindre l'indifférence est beaucoup plus sécuritaire pour ta santé mentale. Cet homme-là peut te conduire à la crise absolue. Tu ne sais même pas si c'est un évadé de psychiatrie ou un bandit sans scrupules. Il faut considérer cela avant de oh ! mon Dieu. Il me sourit.

– Tu pourrais m'apporter mes vêtements ?

– Tiens, dit-il en me tendant une robe de chambre bleu marine.

– Merci.

– Bon, j'y vais, les gars m'attendent.

~~~

Je me pointe à la cuisine avec un sourire mal déguisé. Sœur Simone me regarde comme si j'étais une plaie à suturer. Elle torche le comptoir avec une énergie qui, visiblement, cherche à démontrer que je n'ai pas, moi aussi, la sueur au front d'avoir récuré les chaudrons toute la matinée.

– Il reste des crêpes ?

Je pose la question en me forçant pour ne pas pouffer de rire.

Je ne lui laisse pas le temps de me répondre, je suis déjà dans la salle de bains pour sauter dans la douche.

L'eau est tiède, puis chaude, puis froide. J'entends les tuyaux vibrer. Ha ! C'est Simone qui fait exprès d'utiliser le peu d'eau chaude dont nous disposons. À la guerre comme à la guerre. Rien ne peut retirer mon sourire de ma face. Je me sens forte physiquement et mentalement. Aujourd'hui, elle ne me détruira pas.

L'heure du lunch arrive rapidement puisque j'ai traîné au lit comme sous la douche. Vers 11 h 30, les hommes entrent un à un. Sœur Simone a décidé de faire deux rôtis de bœuf, avec pommes de terre jaunes et carottes. C'est donc ça qu'elle avait dans son gros sac. J'ai un haut-le-cœur rien qu'à y penser, mais je ne dis rien. S'il fallait qu'elle sache ma position sur le sujet, elle se mettrait à faire du boudin et des cœurs de poulets. Non, aussi bien me taire.

Je mets mon tablier et je m'apprête à sortir un des rôtis pour le couper en tranches lorsque Bob s'approche, me retirant le couteau de la main.

– Je vais le faire, dit-il.

– Non, Bob, ça va aller, dis-je même si mon teint passe au vert.

– J'insiste.

– OK. Je vais mettre la table.

C'est gentil, il faut l'admettre. J'ai les fourchettes et les couteaux en main, je m'apprête à les placer sur la table lorsque Gaétan passe derrière moi, son geste semblable à celui de Bob.

– Je vais mettre la table, annonce-t-il.

– Non, Gaétan, c'est à moi de le faire.

– Ça me fait plaisir, m'assure-t-il.

C'était quoi, ce clin d'œil? Pendant ce temps, sœur Simone lave les chaudrons, personne ne se lance à son secours. Personne à part moi.

– Laissez-moi faire la vaisselle.

Elle m'ignore ouvertement, frottant encore plus fort avec sa laine d'acier. Si je ne connaissais pas son attitude envers moi, je dirais qu'elle est très travaillante.

– Sœur Simone, allez donc vous reposer, je m'occupe de tout ça.

– Je ne suis pas là pour me reposer. Je fais mon ouvrage.

Lorsque je lui touche l'avant-bras de la paume, je crois l'avoir brûlée tellement elle réagit vivement. La mousse de l'eau de vaisselle va de part et d'autre de l'évier.

– Ne me touche pas! Tu n'es qu'une... une...

Putain? Est-ce ce qu'elle n'ose pas dire? Croit-elle que je suis ici pour me taper chacun des hommes?

– N'êtes-vous pas mariée au Seigneur, sœur Simone? N'êtes-vous pas censée être charitable et ne pas juger votre prochain?

Les plis de son visage sont creusés si profondément qu'on pourrait croire qu'il va se refermer sur lui-même. Ses lèvres pincées forment une ligne droite sous son nez un peu long. Ah! Un nez comme le mien.

– Je suis allée à la messe quelques fois dans ma vie. Même si je ne partage pas vos croyances, j'essaie d'être gentille. Alors, allez-vous me laisser, oui ou non, faire la vaisselle?

– Sœur Simone, fait Patrice Lafortune de sa place à table, laissez Suzie vous aider, voyons.

– Allez, Sœur Simone! font les autres.

Elle voit bien qu'elle n'a pas le choix. Les gars forment un front commun convaincant. Sans me regarder, elle retire ses gants de caoutchouc, les place avec soin dans l'armoire sous l'évier, puis sort de la cuisine la tête haute. Même si elle ne daigne pas poser son regard sur moi, je ne peux m'empêcher de la regarder partir, de la suivre des yeux lorsqu'elle descend les marches de bois, de tendre le cou pour la voir marcher maladroitement sur le sable de la plage qui sépare notre gîte de son petit chalet isolé. Lorsqu'elle devient une ombre derrière le rideau de sa fenêtre, je me retourne vers le groupe. Goyette me fixe, les bras croisés, Gaétan porte une main à sa bouche comme pour cacher un sourire moqueur, et Patrice Lafortune soupire d'exaspération.

– T'en fais pas avec elle, Suzie, c'est une vieille frustrée, déclare ce dernier.

– Ne dis pas ça, Patrice, on ne connaît pas sa vie.

Puis, je les contemple tour à tour. Ils sont de mon côté et ça me touche. Pourtant, bien qu'elle soit désagréable – OK, carrément chiante –, je ne peux pas supporter de la voir bafouée.

Juste comme je termine ma phrase, Frank se manifeste derrière moi dans un raclement de gorge peu discret. Il garde encore sur son visage cet air impassible qui me tourmente chaque fois. Les gars retiennent leur rire, alors que moi, je me retourne pour frotter le fond de la grande casserole avec application. Ça m'occupe les mains en plus de me permettre de cacher mon visage avec mes cheveux.

Je ne sais pas s'il me regarde, ni ce qu'il pense de moi. Pour l'instant, malgré ma discorde avec sœur Simone, je savoure l'amitié nouvelle que les hommes viennent de m'offrir. *Mon équipe*, paraît-il.

CHAPITRE 8

PEACE AND LOVE, SŒUR SIMONE!

Je n'ai pas revu sœur Simone de l'après-midi. Je me sens coupable d'avoir pointé indûment son choix. Après tout, qui suis-je pour lui faire des remontrances? Elle a donné sa vie pour les autres, fait vœu de pauvreté. Elle est peut-être fatiguée, frustrée, qui sait?

Je décide de marcher jusqu'à son chalet. J'ai besoin de discuter avec elle, de tenter de comprendre ce qu'elle ressent. Peut-être aussi, je l'espère, stopper le flot de venin qu'elle me lance à la moindre occasion.

Le sable de la plage est mou sous mes pieds. Comme la journée est plus chaude que prévu, j'ai remisé mes bottes de pluie bariolées, les remplaçant par des sandales pour la première fois de l'année. Rien que sentir les grains entre mes orteils me fait tout drôle.

Le chalet est si tranquille qu'on le croirait inhabité. Je monte les marches qui bruissent à chacun de mes pas. Certaine qu'elle m'aura entendue arriver, je me permets de tirer délicatement la porte-moustiquaire. Agenouillée devant son lit, les coudes sur le matelas, la bonne sœur se croit seule. Soit elle est en transe, soit elle prie.

Je reste immobile près de la porte, je n'ose pas bouger. Je ne peux pas rester là trop longtemps. M'introduire dans l'intimité des gens m'a toujours causé un sérieux inconfort. Je n'ai jamais lu les journaux intimes de mes sœurs, je n'ai jamais écouté aux portes. J'ai toujours eu peur d'entendre quelque chose de méchant à mon sujet. Peut-être ai-je peur d'entendre sœur Simone penser? Je vois bien qu'elle prie, mais je serais surprise que ce soit pour mon âme.

– *Hum*.

Je passe à un cheveu de dire «Amen», mais je m'abstiens. Elle relève la tête, se retourne, me voit plantée là.

– Je peux vous parler quelques instants? je demande, devant son mutisme.

Elle se lève, s'avance, puis pointe la causeuse démodée à l'autre bout de la pièce. Je m'y installe, mal à l'aise. Je regrette mon initiative. Je n'ai rien à dire à cette mégère! « Non», me dis-je à moi-même. «Tu vaux mieux que ça. Parle-lui avec ton cœur, il n'y a pas d'autre façon. »

– Je suis venue voir comment vous alliez.

Mon cœur est un génie, maintenant, c'est elle qui ne sait plus quoi faire. Je le vois à la façon dont elle lisse le devant de sa robe de coton.

– Je vais bien, merci.

– Vous êtes partie rapidement, tout à l'heure. Je tenais à vous dire que je ne voulais que vous aider. Vous aviez fait tout le déjeuner, ces excellents rôtis, et…

– Je sais, Suzie.

– Vous savez?

Elle sait quoi, là, exactement?

– Je sais que tu es là pour avoir l'attention des hommes.

– Pardon? Non, hum, vous faites erreur!

– Tu me fais penser à moi, lorsque j'étais jeune. Avant de prendre le voile.

– Ah oui?

– J'étais beaucoup plus jeune que toi, incontestablement, mais mon comportement était semblable. J'avais absolument besoin d'être le centre d'attraction. Si j'avais eu la chance, à cette époque, de me retrouver seule avec une douzaine d'hommes en mal d'amour, j'aurais sûrement sauté sur l'occasion, moi aussi!

Elle parle en regardant le mur derrière moi. Je me demande si elle se souvient que je suis là, devant elle.

– Je n'ai pas sauté sur l'occasion.

Elle me regarde à travers ses lunettes épaisses plantées sous ses gros sourcils.

– Je n'en suis pas si certaine. Tu as au moins trente-deux ans, tu es célibataire, sans enfant, tu n'as jamais eu d'amoureux digne de ce nom, tu as un chat et un grand manque d'affection. Je me trompe?

– Oui, vous vous trompez. J'ai trente-sept ans.

– Tu as l'air plus jeune.

– Merci.

– Ce n'était pas un compliment. Tu veux un thé?

– Non, merci.

Elle se tient raide comme une barre, les jambes placées de biais sous elle, comme si elle allait recevoir la reine. J'essaie d'imiter sa position, j'étire ma colonne vertébrale vers le haut, je décroise les jambes, les place sagement en princesse. Pourquoi je fais ça? Qui est-ce que j'essaie d'impressionner?

– Bon, je vais vous laisser à vos occupations, maintenant que je suis rassurée, dis-je en me levant.

– Assieds-toi, Suzie.

– Pardon?

Elle hausse les sourcils, regarde la causeuse que j'ai quittée. Je me rassois. Je m'en veux à mort de lui obéir, pourtant, c'est plus fort que moi. Je suis intimidée.

– Nous devons convenir de l'attribution de nos tâches.

– Sœur Simone, je l'interromps, racontez-moi comment vous êtes devenue religieuse.

Pour la première fois, je vois de la lumière dans ses yeux.

ᴧᴧᴧ

Simone est devenue sœur de la Charité à vingt-sept ans, c'était il y a près de quarante ans, quelques années avant ma naissance. Ce n'était plus à la mode pour les jeunes femmes, désormais entraînées dans le *peace and love* ou carrément mariées et mères. Elle a été élevée dans une famille très stricte, n'a pas eu le droit de fréquenter les garçons sans chaperon – dans les années soixante ! –, elle était grande, maigre, complexée. Un jour, elle est tombée amoureuse d'un homme. C'était le premier à lui conter fleurette. Il venait de la Gaspésie, il avait un accent à couper au couteau. Toujours est-il que le jeune charmeur s'est baigné dans un baril d'alcool et a tué un homme dans un bar. Légitime défense, a-t-il juré. Bref, il a passé deux décennies derrière les barreaux. Simone ne s'en est jamais remise, elle a pris le voile, est entrée dans les ordres.

Tout de suite, Momo me vient à l'esprit. Il doit avoir environ l'âge de Simone. Maurice Paradis a un accent, c'est le type plutôt effacé, ne se mêle pas trop au groupe, probablement parce qu'il en est le doyen. Je me promets de lui piquer une petite jasette dès la première occasion et de faire la lumière sur cette hypothèse.

Si sœur Simone s'était rendue ici pour lui, ce serait incroyablement romantique. Quarante ans plus tard, des retrouvailles, un amour impossible puisqu'elle est mariée à Jésus, voilà toute une affaire ! Pas besoin de télé !

Examiner la chose me changera les idées.

Je suis heureuse d'avoir réussi à faire sortir Simone de son rôle de mère supérieure quelques minutes pour me raconter son histoire. Mais c'était trop beau, le naturel revient toujours au galop ! C'est elle le chef dans la cuisine, moi, le cuistot. Ce n'est pas exactement ce qu'elle a dit, mais en gros, c'est ça.

Malgré tout, j'ai atteint mon objectif. Je lui ai parlé en tête à tête, je l'ai presque fait sourire, je n'ai pas envie de me lancer dans le lac, ce qui, en soi, est miraculeux.

CHAPITRE 9

À PETITS BONHEURS, GROS PÉCHÉ !

Ce soir, les hommes sont revenus vers 18 h, morts de fatigue. Leur nuit gâchée par mon escapade a hypothéqué leur sommeil, en plus d'alimenter leurs conversations. Pour me faire pardonner, je m'applique à leur faire le pouding au chocolat que je comptais cuisiner plus tard. Sœur Simone me laisse faire sans poser de questions. Ça n'aura pris que vingt-quatre heures pour avoir un semblant de paix tacite entre nous. Mes pilules et mes tampons sont apparus sur mon lit dans la journée. Ce doit être Bob, il devait aller au village. Je le remercierai plus tard.

Je commence à comprendre le *pattern*. Ils jasent autour du feu de camp, ignorent les moustiques et profitent de cet instant pour se « thérapiser » entre eux.

Je n'ai jamais assisté à leurs conversations, préférant leur laisser le privilège du huis clos masculin. Ils se placent toujours de la même façon, en un cercle imaginaire hermétique. Ce soir, il y a quelque chose de différent. De concert, ils ont tassé leurs chaises de façon à accueillir deux personnes supplémentaires. Sœur Simone et moi.

Je ne sais pas si c'est stratégique, mais je suis entre Gaétan et Bob, les deux hommes qui me consacrent désormais une amitié particulière. À l'opposé, Frank. Sept têtes nous séparent à ma droite, six à ma gauche. Sœur Simone est placée à côté de Maurice. Ce n'est pas sans attiser mon intérêt. Je l'ai dit, ça me permettra de ne pas observer Frank, ce visage trop beau éclairé par les flammes follettes.

– Moi, j'aimerais savoir ce que tu faisais dans le bois hier soir, Suzie?

C'est Serge Goyette qui pose la question, sourire en coin, l'œil plein de sous-entendus.

– Je voulais marcher un peu.

– Pourquoi avoir quitté le sentier? demande encore Goyette.

– Je ne pensais pas être allée si loin. J'ai vu une grosse roche, j'ai pensé que c'était un bon endroit où m'asseoir.

– Tu t'es endormie sur un rocher?

– Qu'est-ce que ça peut te faire, Goyette? demande Bob le Serpent, mon galant sauveur.

– Je trouve ça bizarre, que quelqu'un s'endorme dans le bois, en plein après-midi de printemps, à un moment où les ours sont particulièrement affamés.

– Les ours? dis-je spontanément.

Tous sauf Frank éclatent de rire. Son regard soutient le mien au-dessus du feu, puis il se lève et marche vers le gîte, les mains dans les poches.

– Excusez-moi.

Comme je marmonne mes paroles, je marche d'un pas décidé pour suivre Frank.

– Qu'est-ce qui se passe entre ces deux-là?

– Mêle-toi de tes affaires, Goyette, gronde Bob.

À la cuisine, Frank ramasse les verres qui traînent, les plàçant côte à côte sur le comptoir.

– Laisse faire ça, c'est mon travail!

Il ne me répond pas. Ce qu'il peut être difficile à suivre, on dirait une femme! Il boude ou quoi?

– Frank, je te parle! Qu'est-ce que tu as?

Il continue avec les foutus verres, fait couler l'eau, sort le savon.

– Frank Thibault! Réponds-moi, merde!

Enfin, il arrête l'eau, se retourne. Ce visage, qui m'apparaissait si détestable il n'y a pas trois jours, est désormais la source de mon cœur qui se serre, de mes sens qui désespèrent. Pourquoi m'a-t-il touchée ainsi, la nuit dernière. Il m'a complètement changée, en l'espace de quelques minutes.

– Ça ne marche pas, Suzie.

– Tu veux être seul ? OK… je te laisse.

– Non. Tu ne comprends pas. Tu ne peux pas rester ici, au camp.

– Encore cette chanson-là, Frank, c'est emmerdant, à la fin ! Vous avez besoin de moi !

– Sœur Simone est amplement capable de tout faire.

Ses bras sont croisés sur sa poitrine, il est sur la défensive. Son ton est calme.

– C'est faux ! Douze hommes, c'est trop ! Elle n'a plus vingt ans !

– Nous l'aiderons.

– Pourquoi veux-tu te débarrasser de moi ?

– Je ne voulais pas m'embarrasser de toi depuis le début. On t'a imposée ici.

Je cherche un quelconque signe dans ses yeux qui le trahirait. Une petite lueur de «je regrette de te faire souffrir, ce n'est pas toi, c'est moi», ou n'importe quel autre baratin qu'on balance après une histoire d'un soir !

– Tu as peur que je tombe amoureuse de toi, c'est ça ? Je ne suis pas si conne, je n'ai pas dix-sept ans…

Il secoue la tête en regardant le plancher, puis met la main dans sa poche de chemise. Ce qu'il lance sur la table d'un geste expéditif me laisse muette. Mon cannabis, il l'a trouvé.

– C'est bien à toi ? C'est au moins trois grammes, j'imagine que tu tiens à les récupérer, au prix que ça coûte.

– Ne me regarde pas comme ça, ce n'est pas comme si tu n'en avais jamais consommé dans ta vie. Ne me juge pas.

– Je ne revendique pas la perfection, mais tu n'as pas encore compris ce qu'on fait ici, c'est pour ça que tu dois partir.

Il passe une main impatiente dans ses cheveux presque blonds avant de pointer le feu de camp du menton.

– Ces hommes que tu connais à peine, ils sont ici pour travailler sur eux-mêmes, se rebâtir. Sans drogue, sans alcool, sans mensonge. Tout ce que j'ai monté, ce sur quoi j'ai travaillé, ce que j'essaie de leur inculquer, tu le balaies de la main !

Il redresse la tête pour me regarder.

– Je ne te juge pas, Suzie. Je sais que ta vie n'a jamais été «en marge». C'est peut-être même ton seul écart depuis que tu es petite. Ce n'est pas de toi qu'on parle, c'est d'eux. De moi.

Je saisis le petit paquet. Mes trois grammes de bonheur. Je les retourne entre mes doigts, fixant Frank entre mes cils. Je ne suis pas une consommatrice assidue, tout de même, ça me fait mal au cœur de gaspiller. Je pourrais garder un tout petit morceau de rien... Non ! Allez Suzie, tu es capable de le faire. C'est sérieux, ce qu'ils font ici.

Sous son regard grave, j'entreprends d'ouvrir la cellophane, puis d'en sortir le feuillage vert moulé en paquets. Une bonne sorte en plus. Misère !

La main ouverte, je marche vers la salle de bains, je lance le contenu odorant dans la cuvette. Je place le plastique vide dans la main de Frank, puis je m'enferme dans ma chambre.

La pénombre commence à envahir la pièce même s'il est encore trop tôt pour dormir. Je m'étends sur le dos, le bras replié sur mon front. Si j'étais chez moi, je tendrais la main vers ma table de nuit, je pourrais allumer la télévision d'un coup de zappette magique. Pourquoi tiens-je donc à continuer à me priver des fantaisies faciles de la vie moderne ? Mes habitudes de vieille fille si précieuses, si commodes. C'est ridicule d'être couchée comme ça, dans le noir, à 20 h. C'est tellement stupide que je ne trouve même pas les larmes pour pleurer sur mon pauvre sort.

Peu importe ce qu'il adviendra de moi demain, je suis vide et le sommeil m'emporte.

CHAPITRE 10

LES SECRETS, ÇA SE GARDE EN GROUPE!

Vendredi me réveille avec une odeur de café qui flotte jusqu'à mon lit. J'ai Bob qui me regarde, le visage bouffi et une tasse dans chaque main. Il me sourit, on dirait qu'il est heureux que je sois là. Ça en fait au moins un, ce simple fait me console.

– Je n'ai pas mis de sucre dedans, fait-il en le déposant sur ma table.

– Merci, Bob. Tu es bon à marier, tu sais ça?

– Non, ne dis pas ça, Suzie.

Il s'assied sur son lit, dépose sa propre tasse, puis croise ses gros doigts, accoudé sur ses genoux.

– Qu'est-ce qu'il y a, Bob?

– J'aimerais te dire ce que j'ai fait. Je veux dire, ce qui m'a mis en prison au départ.

Je me redresse dans mon lit, me penche vers la porte pour la tirer et me rassois en Indien pour lui faire face.

– Tu n'as pas à me révéler quoi que ce soit, Bob.

– Je pense que oui. Je t'aime bien, je veux que tu saches à qui tu as affaire.

– OK…

– J'ai vendu du pot.

– Ah…

– À des mineurs.

– OK…

– J'étais amoureux d'une fille. Elle était plus jeune. Trop jeune, en fait, ajoute-t-il.

– Tu as eu beaucoup de peine.

Je pose ma main sur la sienne en signe de réconfort.

Il se retire promptement, puis se lève d'un bond plutôt agile pour un gars de sa corpulence.

– Je suis désolée, Bob !

– Ce n'est rien, je viens de voir l'heure, Frank va s'impatienter. Je dois partir.

– D'accord. Tu me raconteras ton histoire plus tard, si tu le veux.

Il me fait un rapide signe de tête, me laissant seule avec mon café et mes questions.

🖤🖤🖤

Ma tasse presque vide dans la main, je sors de ma chambre. Les gars jasent autour de la table, sœur Simone est avec eux. Trônant en matriarche au milieu des hommes, elle semble dans son élément. Je suis plus à l'aise, moi aussi, dans mon nouvel environnement. Une acceptation créée par la routine. Ils sont désormais habitués à me voir au petit matin, les cheveux de plus en plus en bataille chaque jour que le ciel nous envoie.

Je porte un T-shirt X large avec un Hello Kitty scintillant en guise de pyjama. Les premiers temps, je m'habillais rapidement avant de me montrer. Maintenant, je sors comme la nuit m'a portée, les jambes nues dans mes chaussettes épaisses. Un silence soudain attire mon attention. Ils me regardent tous.

Ai-je une plume d'oreiller accrochée à mes lèvres ? Non, pourtant. Je suis la direction de leurs regards qui convergent vers un autre point. Frank est là, son trousseau de clés au bout de l'index et du majeur.

– Qu'est-ce qui se passe ?

Je suis inquiète, tout le monde semble sur son départ et personne ne m'a avisée de rien !

– C'est vendredi, nous quittons le camp pour le week-end, personne ne te l'a dit ? fait sœur Simone.

– Non, hum, c'est-à-dire que je n'ai pas vu le temps passer. Frank, c'est toi qui me ramènes à Montréal ?

– Tu feras tes valises, nous partons dans une heure.

Frank agite ses clés, il est déjà à la porte.

– Frank !

Il se retourne. Je pourrais rester là à le regarder pendant des heures. Il faut que je secoue ma transe !

– Est-ce que je fais toutes mes valises, ou seulement mes vêtements à laver ? Je veux dire… je reviens lundi ou… ?

Je ne sais pas ce que les gars savent de notre altercation de la veille, mais j'entends presque leur cou grincer quand ils tournent la tête de Frank à moi, à chacun de nos échanges. Visiblement, leur curiosité est piquée.

– Comme tu veux, dit-il.

Je perçois quelques soupirs de soulagement autour de la table. Je m'attache à eux, moi aussi.

ᴧᴧᴧ

Voilà ! Je n'ai qu'une seule valise à glisser dans le coffre. Elizabeth Taylor dirait que je ne lui fais pas honneur. Je me poste à côté du camion rouge, j'attends Frank et Mike.

J'en suis à me limer les ongles de la main gauche lorsque finalement les deux hommes descendent les marches du gîte. Frank, plus grand, plus costaud, plus grave que le mignon Mike à la face d'ange, marche vers moi sans sourire. Lui qui riait si facilement, il y a seulement une semaine, on croirait qu'il a mangé de la vache enragée au petit-déjeuner. Ça doit être ce qu'on appelle l'effet Suzie.

Je m'apprête à monter derrière, car je vois sœur Simone arrive vers nous avec son petit sac, mais elle bifurque vers une autre voiture.

– Sœur Simone ne vient pas avec nous?

Je demande ça à tout hasard. Mike sourit.

– Momo va l'emmener au couvent.

– Momo?

– Oui, Momo, dit Frank. Ils se connaissent. Tu es prête?

– Tu veux monter devant? je demande à Mike avec un sourire, ignorant la question empressée de Frank.

– Non, tu montes devant, Suzie.

– Mike peut aller devant, je dormirai derrière.

– Mike ne vient pas avec nous, il voyage avec Goyette. Je ne suis pas un taxi, tu montes devant.

Je regarde Mike, ignorant délibérément Frank à nouveau.

– Vous allez à Montréal?

– J'habite à Pierrefonds, Goyette, à Pointe-Claire.

– Je vais chez ma sœur à L'Île-Bizard, c'est dans le même coin. Tu crois que Goyette accepterait de me prendre avec vous?

Mike blêmit tout à coup, sa tête semble entrer entre ses épaules. Il jette un coup d'œil à Frank.

– Moi, ça m'est égal, Frank, si Suzie veut venir avec nous

– J'ai affaire à L'Île-Bizard. Monte Suzie, cesse tes enfantillages.

La voie est escarpée jusqu'à la sortie de la réserve. Nous avançons en silence, Frank gardant ses mains solidement serrées sur le volant, moi, forçant mes paupières à rester closes. Feindre le sommeil, voilà une bonne solution devant le malaise.

– La pluie a enfin cessé, dit-il au bout d'environ quinze minutes.

– C'est vrai, je n'avais pas remarqué. Nous aurons du beau temps pour la fin de semaine.

– Tu iras à Québec?

Je cligne les paupières en relevant la tête.

– Pourquoi me demandes-tu ça?

– C'est là que tu habites non ? Avec ta mère.

– Comment sais-tu ça ?

Alors là, je suis agacée ! D'où sort-il ces informations ?

– Philippe m'a raconté. Je sais que tu as toujours vécu chez ta mère, jamais vraiment sortie de là, ajoute-t-il avec un demi-sourire.

– Ce n'est pas vrai, je suis allée vivre à Montréal l'an dernier à temps partiel

Je dois contenir ma frustration, la honte m'étreint la gorge. Je ne veux pas que Frank Thibault connaisse ma pauvre vie de vieille fille ! Je maudis Philippe et sa grande trappe. N'est-il pas censé être parfait, lui ? Le prince que ma sœur adore comme s'il s'agissait du bon Dieu ! J'ai toujours cru qu'il ne parlait pas. Peut-être est-ce seulement à moi qu'il ne parle pas. Ha ! Je vais lui en mettre plein les oreilles, moi, d'avoir raconté ma vie aux étrangers.

– N'écoute pas Philippe, il ne me connaît pas vraiment.

– Il m'a dit que tu étais d'une intelligence supérieure à la moyenne et que tu avais un grand cœur.

Il se distrait à mes dépens, son sourire grandit et il ne se retient même pas pour carrément s'esclaffer. Les larmes montent rapidement à mes paupières. Pourquoi ? Je n'en sais foutrement trop rien. De surprise face à l'opinion que Philippe a de moi, de soulagement, de tristesse de ne pas l'avoir su plus tôt, d'agacement devant l'attitude perverse de Frank à se jouer de mes sentiments !

Nous croisons une voiture noire, Frank braque la camionnette pour l'éviter de justesse. Les chemins sont étroits par ici.

– Comme je le disais, ne l'écoute pas. Il ne sait pas de quoi il parle.

– Je crois le contraire.

– Ah oui ? Alors, pourquoi me traites-tu comme si j'étais une tache ?

– Je ne te traite pas comme si tu étais une tache, dit-il alors que nous croisons un autre sentier entre les arbres.

– Frank, sérieusement !

Il décélère. Oh non ! Il s'arrête !

– Que fais-tu ?

Je tiens le bouton pour baisser ma vitre, j'ai chaud, j'ai besoin d'air. Devant nous la route est plus large, je pourrais facilement descendre pour marcher un peu. C'est d'ailleurs une bonne idée ! Je m'apprête à ouvrir la portière lorsqu'il embraye et tourne dans un petit sentier au travers une rangée dense de conifères.

– Ce n'est pas le chemin vers la ville.

– Non. C'est un autre chalet.

– Tu as quelque chose à y faire ?

Entre deux coups de volant, il me considère avec attention alors que le camion s'immobilise sans crier gare. Son regard brun, empreint de cette intensité désormais familière, mais toujours aussi troublante, passe sur moi tel un rayon X. Il semble réfléchir, hésiter, puis sa main serre brusquement le levier de vitesses.

– Nous faisons demi-tour.

Portée par une envie de le suivre qui ne me ressemble en rien, je ne riposte pas. Pourtant, malgré cet élan irrépressible, mon instinct me crie de m'accrocher à quelque chose, n'importe quoi, qui me donnerait ne serait-ce qu'un infime sentiment de quiétude. Mes doigts, soudain fébriles, cherchent le gri-gri qui gît au fond de la poche de mes shorts en jeans. L'amulette sculptée dans une pierre semi-précieuse normalement froide est chaude et douce au toucher. Curieusement, l'objet, pourtant anodin pour le commun des mortels, me rassure.

Je n'aime pas perdre le contrôle des événements, de ma vie. Il faudra vite que je prenne une décision. Soit je pique une crise de panique tout de suite, soit je décide de faire confiance à ce repris de justice dont je ne saisis pas tout. C'est l'un ou l'autre. Prise entre deux eaux, je demeure stoïque et j'essaie de respirer normalement.

Nous roulons plusieurs kilomètres avant que ne réapparaissent les trois gîtes au bout de la route. L'endroit est désert, ils sont tous partis depuis plus d'une heure. Je pense à mes vêtements sales que je voulais laver, à la télévision que j'avais le goût de regarder en paix, à la musique qui me manque. Je le regarde sortir du camion, en faire le tour. Ma portière s'ouvre sous la pression de ses doigts. Il se penche au-dessus de moi, détache ma ceinture de sécurité, puis m'offre sa main.

– Suis-moi, dit-il.

J'effleure ses doigts qui attrapent les miens, je marche derrière lui vers l'escalier de bois. Malgré toutes les peurs que je m'invente à qui mieux mieux, je m'attends, ou plutôt, j'espère qu'il me plaque au mur, couvre mes lèvres des siennes, mette ses mains partout sur moi, déchire mon chemisier Qu'est-ce qui me prend, bon sang? Au lieu d'obtempérer à mes désirs muets, il me libère pour ouvrir la porte et me dit d'attendre.

– Qu'est-ce que tu fais?

Il me fait signe de ne pas bouger, de me taire. Le cœur encore paralysé, je reste droite comme un piquet. Très vite, je constate que quelque chose ne va pas. Une bruine faible commence à s'approprier l'air ambiant, le ciel se couvre, les pas de Frank se font de plus en plus rapides à l'intérieur.

– Monte dans le camion, verrouille les portières! dit-il en me tendant son porte-clés.

– D'accord…

– Fais ce que je te dis!

Je cours me mettre à l'abri sans discuter. Je le regarde passer du gîte A au gîte B, au C à grandes enjambées. Il serre les poings, semble se parler à lui-même. Aucun doute, quelque chose l'a mis hors de lui.

Il revient prendre place au volant, je le regarde sans poser de questions.

– L'endroit a été fouillé, annonce-t-il finalement.

– On dirait que tu le savais!

– J'avais un pressentiment.

Je m'attends à ce qu'il se calme et m'en dise un peu plus, mais il me regarde d'un drôle d'air.

– Est-ce que tu caches des choses, Suzie?

Alors là, c'est trop fort! Mais pour qui me prend-il? Une criminelle peut-être? Ah!

– Moi? Il y a une douzaine d'hommes qui ont fait de la prison et tu me pointes du doigt?

– C'est ta chambre qui a été fouillée. Tes tiroirs, tes valises. Que cachais-tu d'autre? J'aurais dû m'en douter! Personne ne jette sa drogue dans la toilette sans en avoir ailleurs!

Il frappe son volant. «Comment ai-je pu tomber dans le panneau si facilement?» dit-il entre ses dents.

– Quel panneau? Ah… Tu me traites de menteuse? Va te faire foutre!

Tirant sur la poignée avec force, je m'époumone, enragée.

Vrai, je suis hors de moi. Vrai aussi, je saisis cette chance pour décharger sur lui la nervosité qui m'étreint. L'envoyer paître a quelque chose de libérateur. De plus, c'est l'occasion ou jamais de prendre mes jambes à mon cou. Au revoir, la décision de lui faire confiance ou de m'en méfier, je n'ai qu'à fuir la situation, comme toujours!

– Qu'est-ce que tu fais?

– Puisque tu cherches tant à me prendre en défaut, je vais chercher mes affaires!

Telle une enragée, je marche rapidement dans le sable, manque de tomber en trébuchant sur une roche, me redresse, puis attrape la rampe de l'escalier. L'assaut de la pluie est de plus en plus franc, je suis trempée en quelques secondes. La porte-moustiquaire cède sous la pression de ma paume, mais celle menant à l'intérieur est verrouillée. J'essaie quand même de sonder la poignée à quelques reprises. Même si l'impulsion de déguerpir m'exhorte à simplement prendre mes valises, je dois prouver mon innocence. Comment? Aucune idée, puisqu'il pourra dire que ce que je cachais a été trouvé.

Je m'arrête pour respirer, adossée au mur de bois. Tout cela est ridicule. Un des gars aura fouillé mes valises dans l'espoir de trouver quelque chose à fumer, le mot s'étant sûrement répandu parmi le groupe. Ce n'est pas surprenant, Frank aurait dû y songer avant de m'accuser.

Il monte les marches une à une, lentement. Son regard est plongé dans le mien. Il n'y a rien à faire, nous avons un lien, désormais. Coincés l'un avec l'autre. Il passe son temps à m'attirer, pour ensuite me repousser. C'est un tango étourdissant. Je ne suis pas assez forte pour suivre la cadence, je suis trop sensible pour jouer à ce jeu dangereux. Ce n'est pas pour rien que j'ai toujours choisi la quiétude au détriment de ma vie amoureuse.

Je ne sais pas quelle sorte de vie il a, hors de cette réserve faunique, quel passé il cache. Tout ce que je vois, ce sont ses yeux marron qui me liquéfient. J'abandonnerais davantage que quelques pousses de cannabis pour être avec lui. Je ris toute seule. Qu'ai-je tant à laisser tomber, au fond? À part mes habitudes encrassées dans les replis de mon célibat chéri?

Je l'ai bien mérité, mon vieille-fillisme. Chaque jour, chaque soir aurait pu être une occasion de badiner au bureau, de flirter dans les bars, d'accepter les offres qu'on m'aurait présentées, de répondre aux avances. Avant de choir, lors de cette faillite, de me morfondre, brisée en dix morceaux, j'étais la meilleure du monde, du haut de mon piédestal. Je regardais mes sœurs comme si je valais mieux qu'elles. Quelles idiotes! me disais-je, surtout lorsqu'elles m'empruntaient de l'argent. Les hommes, c'était la même chose, tous des imbéciles.

En fait, j'avais cette frousse irrationnelle d'être touchée, connue, aimée. Je l'ai encore, cette peur. Sauf que là, j'ai faim. Il faut que je pense à autre chose.

– C'est verrouillé, dis-je.

– Je suis désolé, dit-il.

– Alors, redonne-moi la clé!

– Je veux dire que je m'excuse. Je n'aurais pas dû t'accuser.

Croisant les bras sur ma poitrine, je souris, c'est plus fort que moi. Je pointe la porte nerveusement.

– J'aimerais voir l'état de mes affaires. J'ai des trésors là-dedans, tu sais.

– Je sais.

– Comment ça, tu sais ?

– Ici, les secrets, ça se garde en groupe.

– Tu... hum... tu sais pour mes... trésors ?

Mon Dieu ! Mes cristaux ! Ils ont dû en mourir de rire dès que j'ai eu le dos tourné !

– Oui. J'espère seulement que tu ne m'as pas jeté un sort. Il ne manquait que ton balai.

– Je ne suis pas une sorcière !

Le rire qu'il émet est doux, presque imperceptible.

– Ça dépend pour qui.

CHAPITRE 11

DANGER, OURS VAMPIRE !

La véranda sent le charbon de bois. J'espère sincèrement qu'il s'agit du feu de ce matin, avant que les gars quittent la place. Nous sommes nez à nez. Je suis une sorcière, lui, un homme des bois. Dur, impassible, vivant, il semble éternel. Je veux qu'il le soit, pour moi, pour ma vie tout entière. Si quelqu'un venait à passer et à briser le charme, je le tuerais de mes propres mains.

Ça dépend pour qui. Mon Dieu, si j'ai un quelconque minuscule pouvoir sur cet homme, alors faites qu'il me prenne, ici, maintenant. J'ai trente-sept ans, pourtant, je suis gauche comme une gamine. Qu'est-ce qu'il attend ? Je dois emmagasiner de l'air, mes poumons sont vides. Je lève une main vers sa joue. Je suis grande, pourtant, je dois me casser le cou pour le regarder. Sa peau est douce sous mes doigts. Il se penche, je sens son souffle sur mes lèvres, sa main sur ma taille.

– François-Jacques Thibault ?

Il ferme les yeux, collant son front au mien. Avant de se retourner vers la voix, il étreint ma taille contre lui, me poussant solidement entre son corps et le mur du chalet.

– Non, vous faites erreur, dit-il à l'étranger.

L'homme regarde le papier qu'il tient dans sa main en fronçant les sourcils.

– Savez-vous où je pourrais le trouver ?

– Que lui voulez-vous ?

– Je suis le garde forestier. Je dois aviser monsieur Thibault et tous les occupants des chalets qu'un ours a attaqué un homme dans les environs. Nous le cherchons toujours.

– L'homme?

– Non, l'ours.

– Qui est l'homme?

– Un randonneur qui avait loué le camp Sorcier. Il est grièvement blessé.

– Est-ce que nous pouvons vous aider?

– Non. Nous vous demandons de rester à l'intérieur le plus possible, jusqu'à ce qu'on puisse le localiser. On le soupçonne d'avoir la rage, on ne comprend pas pourquoi celui-là en particulier est agressif avec les humains. Trop de sang a coulé depuis hier, déjà.

– Ce n'est pas un vampire, c'est un ours, je marmonne pour que seul Frank m'entende.

– Nous garderons l'œil ouvert, dit-il d'un ton sérieux.

– Un coup de sirène suffira pour nous aviser que vous l'avez vu passer.

– Sans problème.

– Restez-vous tout le week-end?

– Oui, répond Frank.

– Oui? je répète dans son dos alors que sa main caresse ma taille. OK, oui, dis-je.

Et ma lessive?

Quelle empotée je fais. En échange de deux jours, seule avec monsieur Fantastique, je peux bien porter trois fois les mêmes bobettes si ça se trouve! Je peux faire face à n'importe quel ours vampirique!

Tant que mon héros me protège.

Après deux jours enfermé avec moi, il me jettera probablement dans la gueule de l'ours. C'est un risque à prendre.

ᴸᴸᴸ

Le temps se couvre encore – maudit soit le mois de mai québécois! – mais cela ne change rien à nos plans, puisque nous devons rester à l'intérieur. Hé oui, pauvre moi, je suis prisonnière entre quatre murs en compagnie d'un homme terriblement désarmant, qui ébranle chaque fibre de mon corps, qui me fait devenir si étrangère à moi-même. Qui sait ce qu'il adviendra de ma vertu? Je me raconte des blagues, ça me détend. Où est mon sel de mer? Il me semble que si j'en éparpillais un peu partout, je me sentirais mieux!

Frank déverrouille la porte et nous entrons rapidement. Il peut sûrement voir à mon air que j'ai une question à lui poser. J'en ai des milliers! En fait, pour l'instant, je n'en ai qu'une.

– T'es-tu donné tout ce mal pour que nous soyons seuls?

Il marche vers le poêle à bois, il a dû sentir lui aussi que l'air est frais et humide. Il s'agenouille pour prendre les quelques bûches qui restent, puis les place une à une dans la bouche du fourneau antique. J'imprègne cette scène dans ma mémoire, comme un souvenir rare et inattendu dans ma vie monotone. Je ne sais pas ce que je représente pour lui. Je suis soit une erreur de passage, un passe-temps temporaire, soit une curiosité à explorer.

Il frotte ses mains l'une contre l'autre en se redressant, se retourne vers moi.

– C'est évident, non?

Pour toi, ça l'est!!!!

– Oui, hum! j'imagine. J'aimerais savoir… ce que tu veux.

Il émet un rire léger, les poings sur les hanches, il est beau dans le contre-jour.

– Tu devrais plutôt te demander ce que toi, tu veux, Suzie. Ce que moi je veux, ce n'est pas ton problème.

Je me suis assise sur la causeuse, les jambes retenues par mes bras repliés contre mon corps. Lentement, je redescends de mon périple vers la folie névrotique. Peut-être devrais-je me contenter de simplement jaser avec lui. Je suis capable d'être très cartésienne, si je me concentre. Poser les questions directement, garder les choses simples devrait être une bonne façon de commencer.

– Je veux te comprendre, finis-je par murmurer.

Il s'assied à mes côtés, je suis surprise de sa familiarité sereine et soudaine. Nos rapports ont toujours été tendus, remplis d'animosité. Là, son expression est différente. Contre toute attente, sa proximité me calme, une sensation de déjà-vu traverse mon esprit, mon sang se réchauffe. La confiance s'installe d'elle-même, pour l'instant présent, un moment à la fois.

– Viens ici, dit-il en saisissant mon avant-bras doucement. Arrête de penser, OK?

Je le laisse m'attirer à lui, jusqu'à me retrouver assise sur ses genoux, comme une enfant. Cette position pourtant platonique m'étourdit davantage que d'être nue. Je ressens une paix qui m'enivre, que je ne comprends pas. Lorsque de sa paume il caresse ma joue pour coller ma tête à son épaule, j'ai une bouffée de chaleur. De l'autre main, il prend la mienne et nos doigts se joignent. Je ne comprends rien. Ai-je besoin d'analyser? Non, pas pour quelques heures…

– Es-tu bien, comme ça? demande-t-il.

Aucun son ne sort de ma gorge, je suis prise dans une bulle de bonheur. Ce doit être une farce! Dans quelques secondes, il se relèvera et redeviendra cet homme sévère que j'ai connu toute la semaine.

– Bob est amoureux de toi, m'annonce-t-il, contre toute attente.

– Bob? Il t'a dit ça?

Alors que je lui fais un air incrédule, il hoche doucement la tête, enroulant distraitement une mèche de mes cheveux sur son index.

– Oui, il m'a dit ça.

– C'est ridicule.

– Pourquoi serait-ce ridicule?

Bien des raisons, mon pauvre Frank. Tu ne peux même pas t'imaginer!

– Il ne me connaît pas.

– Tu ne crois pas au coup de foudre?

– Non.

– C'est dommage.

– Es-tu en train de me convaincre de regarder Bob d'un œil nouveau?

– Non.

Ses doigts descendent le long de mon bras pour jouer avec les miens alors que notre conversation n'a aucun sens. Je sens son souffle sur ma tempe, son torse qui monte et descend doucement. Je me souviendrai toujours de son parfum. J'enregistre tout.

– Gaétan aussi est amoureux de toi, dit-il.

– Ah oui?

– Oui.

Après quelques secondes de silence, j'entre dans son jeu.

– Sœur Simone est folle amoureuse de toi.

Je sens son corps qui vibre d'un fou rire. Je m'esclaffe avec lui, ma main monte sur sa poitrine. Il porte un T-shirt sous sa chemise, c'est dommage. Alors que mes pensées coquines me font rougir, deux mains solides me saisissent par les aisselles, me soulèvent de tout mon poids et je retombe assise à cheval, face à lui, les jambes repliées sur le coussin, mes deux paumes sur ses épaules, mon front contre le sien.

– Tu vas me trouver ridicule, souffle-t-il. J'ai vraiment eu peur, lorsque tu as disparu dans le bois.

– Je ne le referai plus.

D'instinct, mes mains se posent sur son visage, mes pouces caressent sa lèvre inférieure, l'incitant à entrouvrir la bouche. Ses doigts sont sous mon chandail, frôlant mon dos, puis dans mes shorts de denim.

– Frank…

Il prend mes poignets dans une main, en les élevant au-dessus de ma tête, et, de sa main libre et entreprenante, il défait les boutons du tissu qui couvre mes seins. Si j'avais mis un soutien-gorge ce matin, il n'aurait pas pu découvrir mes mamelons hérissés d'impatience aussi rapidement. Sa bouche s'attarde sur la courbe menue de ma poitrine, m'arrachant un soupir que je ne peux pas contrôler.

– Tu es belle, dit-il en laissant redescendre mes bras.

– Je suis ordinaire.

Il porte mes doigts à sa bouche, j'en profite pour placer un index autoritaire sur ses lèvres. Je ne veux pas entendre le baratin du gars aveuglé par son désir. Plus beaux seront ses mots, pire sera ma chute lorsque la réalité me frappera en plein visage. Non, pour l'instant, je porte des œillères ; le moment présent, sa force, sa beauté, ce désir qu'il a de moi, rien d'autre n'a d'importance. Lorsque j'enlève mon index et pose finalement mes lèvres sur les siennes, je le laisse explorer l'intimité de ma bouche, donnant, moi aussi, libre cours à la pulsion qui m'habite tout entière.

– Pourquoi ?

Il a posé cette question entre deux baisers. J'ignore sa question du mieux que je le peux, mais il me saisit le visage, me forçant à répondre.

– Pourquoi quoi ? je rétorque, impatiente.

– Tu n'arrêtes pas de te rabaisser, je veux savoir pourquoi.

– Je ne sais pas de quoi tu parles.

Il cherche à briser le charme, pourquoi il fait ça ? N'est-ce pas lui qui m'a dit d'arrêter de penser, il n'y a pas dix minutes ?

– Qu'est-ce que tu fais ?

Ma voix est un soupir lorsqu'il referme l'encolure de mon chandail.

– Tu n'es pas prête. On arrête là.

C'est une blague, il ne peut pas être sérieux, c'est impossible. Pourtant, lorsque son expression se durcit sous mes yeux, que ses mains deviennent inertes, je glisse d'instinct vers l'autre coussin de la causeuse, la mort dans l'âme.

CHAPITRE 12

LE LOURD PASSÉ
DE L'HOMME DES BOIS

Le temps que le ciel m'accueille dans son firmament béni des dieux et qu'il me recrache parmi les simples mortels, là où l'on ressent la douleur et la faim, il est passé midi, j'ai le ventre vide et l'esprit évaporé.

Lorsque Frank est embêté ou fâché, il tend à passer sa main dans ses cheveux. Il se prend la tête, carrément. Parfois, ce sont les gars qui l'embêtent, le plus souvent, c'est moi, apparemment.

– Frank, j'étais prête. Je ne comprends pas pourquoi tu fais tout un plat du fait que j'aie de la difficulté avec les compliments. Je suis comme ça, c'est tout.

– Personne n'est «comme ça», Suzie, soupire-t-il.

Je secoue la tête, je le vois venir, il va vouloir aller chercher les tréfonds de mon âme, me psychanalyser!

– Ce n'est pas à trente-sept ans qu'on va commencer à me fouiller le cerveau pour en sortir les bibittes!

– Tu as trente-sept ans?

Il est traumatisé, je le vois dans ses yeux. J'ai le cœur noué. Ça y est, ça vient de s'éteindre. Il vient de se rendre compte que je suis une «couguar», une vieille peau! Je me dirige vers la porte, découragée. Aussi bien aller me faire sucer le sang par le vampire à poils courts qui hante les bois avoisinants.

– Suzie, qu'est-ce que tu fais?

– Je m'en vais prendre une marche. Je manque d'air.

Il me rejoint en deux enjambées, claquant la porte avec son pied alors que j'en tirais la poignée.

– Tu viens de te rendre compte que tu as failli baiser une mémé, je suis désolée, j'aurais dû te montrer mes cartes avant de te laisser me toucher.

– C'est quoi cette fabulation? dit-il à un seul pouce de mon visage.

– Ce n'est pas de la «fabulation», tu as changé d'air quand tu as su mon âge. Tu es très imprévisible, exigeant, changeant Frank. Je ne sais pas quoi faire, ni comment le faire.

– J'ai trente-neuf ans, je me sentais mal de séduire une jeune femme visiblement sans expérience, dit-il au-dessus de moi alors que je me concentre à nouveau sur la poignée. Maintenant, lâche cette porte.

Je ne bronche pas. Il ne peut pas toujours gagner.

– S'il te plaît, ajoute-t-il.

– Mais... tu es vieux, dis-je sans le regarder.

– Oui, et j'ai perdu beaucoup trop de temps.

Il est à quelques centimètres de mon dos, alors je n'ai qu'à pivoter pour me blottir contre sa poitrine. Ses bras me prennent, nous restons serrés l'un contre l'autre pendant plusieurs secondes.

– Tu dois avoir faim, murmure-t-il.

– Il ne reste pas grand-chose à manger.

– J'aimerais bien découvrir qui a bien pu fouiller dans tes affaires. Si je mets la main dessus...

Mes doigts tracent un chemin sous ses mèches châtaines, un geste pourtant simple, mais combien émouvant. Cette intimité soudaine me trouble.

– N'y pense plus. Ça peut être n'importe qui.

– Tu veux rester ici, ou aller chez ta sœur comme prévu?

– Restons ici et mangeons l'ours, dis-je en lui lançant un clin d'œil.

– Je croyais que tu étais végétarienne.

– Tu as raison. Il y a une boîte de soupe aux pois dans l'armoire.

ᙁ ᙁ ᙁ

J'aimerais savoir ce qu'il a fait de si mal pour mériter des mois derrière les barreaux. Le mystère de son passé m'agace. Ce n'est pas parce qu'une simple caresse me fait tout oublier que la question ne revient pas à la seconde où il n'est plus dans mon champ de vision. Une fille a le droit de savoir.

Nous sommes enfermés dans le gîte depuis ce matin. Nous avons eu le temps de presque faire l'amour, presque faire la guerre, presque manger un vrai repas. Le reste du temps, nous le passons à nous regarder dans le blanc des yeux, à jouer avec nos doigts, nos mots, nos lèvres. Mon expérience avec Frank Thibault est comparable au personnage qu'il incarne, parfois douce, parfois étourdissante, toujours imprévisible. Depuis des heures, je n'ai pas une seule fois ressenti de panique, pas même un seul instant d'angoisse. Nous rions ensemble, je découvre qu'il a un sens de l'humour très vif, sarcastique, auquel je me surprends à répondre avec la même vivacité d'esprit. Je me laisse croire que ce que je vois présentement est le vrai François-Jacques Thibault.

– Pourquoi m'as-tu dit que j'étais laide, quand tu es venu me chercher chez ma sœur ?

– Je le répète, je n'ai pas dit ça.

– Tu as dit que les gars seraient déçus !

Son sourire pincé cache mal un fou rire coupable.

– J'ai vraiment dit une chose pareille ?

– Tu m'as fait de la peine, tu sais.

– Je voulais dire qu'aucun ne pourrait t'approcher sans me passer sur le corps.

Nous sommes allongés sur son lit, face à face, habillés, nos têtes sur le même oreiller.

245

– J'imagine qu'on s'habitue à mon visage. C'est sûr qu'à côté de Sophie je suis terne, dis-je comme si je pensais tout haut.

– Sophie a l'air d'une enfant.

– Elle est très belle, non?

– Jolie.

– On ne me la fait pas, celle-là. Sophie est une beauté de la nature, tout le monde le sait, toi y compris.

– À quoi essaies-tu de te mesurer, Suzie? As-tu seulement une petite idée à qui tu parles, là?

– Non. Aucune idée, en fait.

Il se redresse et s'assoit contre le mur, je me vautre sur lui. Je ne vois plus son visage, puisque je suis assise entre ses jambes, ma nuque sur sa poitrine. C'est peut-être mieux ainsi.

– J'avais tout ce que je voulais, commence-t-il, n'importe quelle femme, voiture, maison, voyage...

– Comment?

– Je suis millionnaire, Suzie.

– Ah...

– Ne sois pas si surprise.

– Mais tu as l'air si... homme des bois, si mauvais garçon.

– Merci. J'aime mieux ça que tronche.

– Tronche, toi?

– Je fais partie des développeurs d'applications que tu retrouves sur chaque téléphone intelligent de la planète.

Il me raconte ça comme s'il me disait qu'il était enseignant au primaire. Son histoire, il me la met grosse pour que ce soit évident qu'il me raconte n'importe quoi. Je me prends pourtant à imaginer que tout cela est véridique. Sa voix grave à mon oreille pourrait me parler de martiens sur la lune que je voudrais les voir, juste pour le plaisir d'entrer dans son univers imaginaire.

– Bref, j'avais tout. J'ai encore tout, d'ailleurs, mais j'ai changé.

– Alors, ce camp, ce groupe d'hommes, ça vient de toi, au fond, pas d'un programme gouvernemental?

– Mettons 1 % gouvernemental, 99 % Frank.

Je me retourne vers lui, soudainement incapable de ne pas me montrer incrédule.

– Arrête de me faire marcher, Frank. Raconte-moi ta vraie histoire.

Il place un oreiller dans le creux de ses reins, ses bras me tiennent solidement.

– Mon histoire est triste. Je n'ai jamais vraiment connu mes parents, j'ai été ballotté d'une famille d'accueil à l'autre, j'ai bu, j'ai fumé.

– Alors, c'est la drogue qui t'a amené là?

– Je fumais des Player's Light, dit-il en souriant.

Je ris doucement dans son épaule. Frank Thibault a le sens de l'humour, j'ai peine à y croire.

– Un jour, une amie a été agressée par un gars que je connaissais vaguement.

– Il l'a violée?

– Il l'a droguée, violée, laissée pour morte.

– C'est horrible!

– Elle a refusé de porter plainte, elle avait peur de lui et de sa gang. Il avait des fréquentations dangereuses.

– Ne me dis pas que tu as…

– … pris la justice entre mes mains, oui.

Son histoire me laisse sur une impression mitigée. Émue par son courage, mais attristée par ses pauvres décisions. Stupéfaite serait un meilleur terme. Il semble si ancré, si solide, calme, comment a-t-il pu un jour être aussi impulsif? Ça prend un cœur d'une générosité absolue et dépouillé de tout égard pour sa propre sécurité pour agir ainsi. Ça prend aussi un esprit un peu fou, non?

– Je me suis souvent battu, durant l'adolescence, je n'ai jamais eu peur des coups. Je me pensais invincible. J'étais le justicier. Bon, la cocaïne aidait, évidemment. J'étais Superman, rien n'était à mon épreuve.

– J'ai l'impression que c'est encore vrai.

– Sauf que maintenant, je prends mes décisions à jeun.

Il raconte ça avec un détachement qui me touche. Suis-je en présence d'un être peu commun ou d'un délinquant manipulateur ? Une chose est sûre, Frank est un passionné qui n'a pas la frousse lorsque les événements se déchaînent. Ce qui m'effraie dans tout ça, c'est que, n'ayant rien vécu d'aussi intense, il me trouve ennuyante à mourir.

Ses doigts tièdes passent de mes cheveux à mes joues, il attrape de son index une larme que je tentais de camoufler.

– Suzie, je ne raconte pas tout ça pour te faire pleurer

– Ton histoire est troublante, Frank. Je suis touchée que tu me fasses confiance. Je veux dire…

– Je sais ce que tu veux dire. Je ne parle pas de moi facilement. C'est peut-être parce que je n'ai rien de facile à raconter.

Notre conversation coule lentement. Chaque fois que l'un de nous ouvre la bouche, c'est sur un ton songeur. Cet instant d'intimité nouvelle, de confidences éprouvantes, je le prends comme un présent qu'il ne déploie pas à tous les vents.

– Tout ce que tu fais ici, pour ces hommes, c'est extraordinaire.

Il soupire dans mes cheveux, je sens son corps dans mon dos qui se recroqueville pour m'enlacer.

– Je ne suis pas un saint, loin de là. Il y a encore quelques drôles d'idées qui me passent par la tête.

– Comme celle d'être ici, avec moi ? fais-je en souriant, pour alléger l'atmosphère.

– T'avoir à moi seul pour deux jours, c'est un privilège. Un cadeau tombé du ciel.

– Tu es le plus beau parleur qu'il m'ait été donné de rencontrer. Je n'en crois pas un traître mot.

Il ne rit pas de mes protestations railleuses, il me serre encore plus fort contre lui. Plusieurs secondes passent.

– Le gars est resté handicapé, dit-il gravement.

CHAPITRE 13

LE RIDEAU DE DOUCHE ENDIABLÉ

Je ne lui ai pas demandé les détails sordides de ses actes. Même si je me laisse emporter par ses fabuleuses histoires, je tente de me souvenir que je suis dans les bras d'un homme potentiellement dangereux. Frank Thibault est émouvant, certes, mais je dois garder en tête que c'est aussi un être imprévisible, une bombe à retardement. Le simple exercice de me ramener à cette réalité constitue pour moi un effort herculéen. Je n'ai qu'une envie, croire qu'il est un ange descendu du ciel juste pour moi. Peu m'importe qu'il soit un ange déchu. C'est pourquoi, pour l'instant, je ne veux pas en savoir plus. Il s'est pris pour un héros, a écopé de trois ans de prison, a purgé la moitié de sa peine. Il est libre depuis trois ans. De quoi vit-il? Je n'en sais rien. Il me raconte qu'il est riche, c'est de l'humour noir, ça j'aurai au moins appris à le reconnaître. Il vit probablement de ses gros bras, à travailler dur.

La conversation s'est égarée sur les histoires des gars, dont il m'a résumé les méfaits. Nous nous sommes assoupis en cuillère dès que la nuit nous a plongés dans le noir.

Serge Goyette a fait trois vols à main armée. Il s'est vite fait prendre, c'est un grand nerveux, il n'a pas su rester calme.

Gaétan Martel a soutiré quelques dollars à plusieurs personnes. Vols d'identité en série. Il s'est fait prendre lorsqu'il a fait réparer son ordinateur. Il suit maintenant des cours en informatique, de quoi l'aider à trouver de nouveaux trucs pour tromper les gens. J'ai peur pour la société, honnêtement.

J'ai finalement découvert le pot aux roses concernant Momo. Il a tué un homme en légitime défense, mais le jury ne l'a pas cru. Frank m'a fait jurer de ne pas dire aux gars qu'il était le grand amour de sœur Simone. J'en étais certaine! Maintenant, comment agir pour que sœur Méchante ne sache pas que je connais tous ses petits secrets?

Les jumeaux entraient chez les gens par effraction. Ils changeaient leur décoration, leurs meubles d'emplacement. «La prison pour ça?» ai-je demandé. Oui, lorsque tu le fais chez les policiers qui t'ont arrêté la semaine d'avant pour trafic de drogue et que tu ligotes leur chien.

Eh ben!

Je ressasse tout ça dans ma tête, je ne peux pas me rendormir. J'ai la respiration tranquille de Frank dans mon cou, sa main sur mon ventre. Je pourrais m'habituer très rapidement à ça. La chaleur humaine. Celle de Frank.

La dernière fois que j'ai eu un corps contre le mien, j'avais vingt-cinq ans, ç'a duré six mois. Il s'appelait Alain Durand, il était intelligent et beau, mais insensible. Il m'a plaquée pour une belle Anglaise. Par la suite, ma carrière a pris toute la place. En goûtant à l'argent, j'ai perdu l'envie des autres. Quand j'ai essayé à nouveau, les hommes ne m'appréciaient pas, puisqu'ils m'ont laissée les uns après les autres. J'ai appris à lever le nez, à paraître au-dessus de tout ça. Ma mascarade ne tient plus la route.

$$\sim\!\sim\!\sim$$

Le samedi matin, malgré l'air frais, on peut ressentir la chaleur d'un été précoce nous accompagner vers le petit-déjeuner. J'ouvre les yeux avant lui, je suis toujours entre ses bras, il sent bon, il est aussi beau qu'hier. Dommage que nous ne soyons pas dans un feuilleton américain, j'aurais l'apparence d'une fille prête pour un gala. Au lieu de quoi, je sais que mes cheveux sont hirsutes, que mon haleine est une horreur et que mes paupières sont enflées. Je tends mon corps, tout juste suffisamment pour glisser hors du lit – que nous n'avons même pas défait – sans faire de bruit et courir vers les toilettes.

Vive le bois! On n'y porte aucun maquillage et faire autrement serait ridicule. Aucun œil de raton laveur dans ce miroir, c'est déjà ça de gagné. Je brosse mes dents à toute allure, car je l'entends déjà fermer une armoire. La douche est sale, les hommes l'ont attaquée de front toute la semaine, laissant des traces de boue et de crasse. D'aucune façon, je ne puis même penser y mettre le gros orteil avant de l'avoir lavée de fond en comble. Je m'y acharne pendant plusieurs minutes, la bouteille de Vim d'une main, la brosse de l'autre. Lorsque finalement je pose un pied sous le jet d'eau, la porte s'ouvre.

Mon premier réflexe est de crier au meurtre. Je suis nue pas qu'à moitié, ma main gauche est encore sur le rideau, la droite sur le panneau de métal blanc, ma jambe gauche dans la douche, la jambe droite sur le ciment gris qui sert de plancher. Je prends une grande inspiration, puis je me dérobe sous les gouttelettes aussi gracieusement que possible. Je suis cool. Il ne cille même pas, se contentant d'enlever sa chemise et de déposer une tasse de café sur une des tablettes.

– Tu vas rester là?

J'essaie de conserver un ton neutre, comme si je parlais de la météo.

Je déplace le rideau pour constater qu'il brosse ses dents en chantonnant. C'est un curieux moment d'intimité qui me met dans un état second. Maudite soit la nature féminine, de toujours penser au futur, de vivre dans le «et si un jour», de rêver qu'un homme beau et masculin, tout droit sorti d'une annonce de Right Guard, partage notre miroir de salle de bains! C'est pourtant exactement ce qui m'arrive.

Sauf que, dans mes rêves les plus fous, l'homme en question est un héros qui n'a pas de casier judiciaire, pas de sang sur les mains. Le Robin des Bois des temps modernes que j'imaginais avait le potentiel de se montrer fort et bestial, il ne l'avait pas fait dans la réalité!

«Il est resté handicapé.»

Cette phrase passe en boucle dans ma tête depuis hier avec la trame sonore de *Twilight* «tatatatam» en musique de fond, cette scène lorsque Edward regarde Bella et qu'il n'a qu'une envie, celle de la manger tout rond. Je tressaille malgré la chaleur de l'eau qui coule sur mes cheveux. Je dois arrêter de penser, de l'imaginer avec un couteau à la main. Qu'a-t-il vraiment fait à cet homme? Pourquoi n'ai-je pas eu le courage de lui poser carrément la question?

Je vois le visage rieur de ma sœur Brigitte qui me répondrait: «Parce que tu es dans le déni, ma belle, tu préfères ignorer les faits. On fait toutes ça, lorsqu'on tombe en...»

«Lorsqu'on tombe en quoi?» aurais-je demandé, si la conversation avait eu lieu. Elle aurait ri. Elle attend cet instant depuis si longtemps. «Un jour, tu perdras la tête et toutes tes certitudes s'envoleront. Tu appelleras ça la folie, moi j'appellerai ça l'amour.»

Ah! Suzie! Arrête de penser!

– Ça va, là-dedans?

– Oui... pourquoi?

– Tu te parles toute seule.

Ce n'est pas vrai? Je suis vraiment en train de perdre la tête. Je déplace le rideau de quelques centimètres. Je suis à la fois soulagée et déçue qu'il soit encore tout habillé. Il a de la mousse à raser sur le visage, un rasoir jetable dans la main. Un rasoir! Arrête Suzie. Arrête Suzie. Arrête.

Je coupe l'eau un peu à regret, je suis nerveuse. Avec quoi vais-je m'essuyer?

– Je peux avoir une serviette, s'il te plaît?

Le rideau s'ouvre dans un *woosh* qui me fait battre les cils et porter les mains à ma poitrine.

– Viens.

Le drap de bain est ouvert entre ses mains, il attend que je sorte.

– Je ne te mangerai pas, Suzie.

– Tu, hum, tu aurais pu me le donner sans ouvrir le rideau.

Son sourire me grise, cet homme est une drogue. Je finirai en enfer.

– Pourquoi aurais-je fait une chose pareille? demande-t-il en m'enroulant tout entière.

– Pour être un gentleman.

– J'accueille ma belle dans mes bras pour la sécher et je ne suis pas un gentleman?

Sa belle? Je n'ai jamais été la belle de qui que ce soit. Même pas celle de mon père!

– Je… je suis ta *belle*?

J'ai les cheveux dégoulinants, le visage mouillé, je suis nue sous la ratine blanche, je tremble comme une enfant. L'image doit être amusante. Il saisit une nouvelle serviette – où les prend-il donc? On se croirait à l'hôtel! – et la place sur ma tête, frottant doucement mes boucles brunes.

Pour toute réponse, il place un index sous mon menton en déposant un baiser sur mes lèvres. Je vais tomber, où est le mur? Mes bras sont emprisonnés sous le tissu, mes jambes ruissellent encore, j'ai besoin de me sécher, de m'habiller, de me secouer le cerveau, de calmer mon cœur et mon corps. Ôtez cet homme de ma vue, je vais m'évanouir!

C'est comme s'il avait lu dans mes pensées, car mes pieds viennent de quitter la terre ferme. Qui est-il? Je suis en sécurité, j'arrête de paniquer. Je viens de dormir dans ses bras, de passer toute une semaine avec lui. Il est ami avec mon beau-frère, il fait partie de la famille!

Ça tourne comme ça, dans ma tête, tout le temps.

– Tu as peur, dit-il en me déposant sur son lit.

– Ça paraît tant que ça ?

Il fait glisser la serviette de mes cheveux, la pose sur sa table de chevet.

– Il faudrait que je sois un imbécile pour ne pas le remarquer.

– Je me bats contre moi-même, tu n'as pas idée.

Alors que je parle, ses doigts glissent distraitement sur ma poitrine, là où la serviette fait un V.

– Tu veux que j'arrête ?

Il détend lentement la pression que le tissu fait contre ma peau. Mes épaules se dégarnissent, je frissonne contre lui.

– Tu es si belle, dit-il d'une voix rauque. Ne me dis pas d'arrêter.

Le tissu descend, se délace lentement. Bientôt, je sens l'air sur mes seins, sa main qui frôle doucement ma peau. Je libère mes bras du drap pour attraper ses épaules, son cou. Je suis nue, il est habillé, je veux sa peau ! Je tente de tirer sur le bas de son chandail, mais il plaque ma main dans le matelas au-dessus de ma tête.

– Nous n'avons pas de condom, dit-il.

Je veux protester, lui dire que ce n'est pas grave, que je peux, moi aussi, être créative. Mais il est plus difficile de lui donner mes caresses que de négocier avec un mur de briques. J'essaie de tirer sur le col de son chandail, de mordre les coutures pour qu'elles cèdent, mais il prend ma bouche alors que sa main entrouvre mes cuisses. Puis, je suis prise dans un abîme où ma tête n'a plus sa place, seuls mes instincts primitifs existent encore. Je lui donne toutes les permissions. Je suis incapable de resserrer mes jambes ; d'une main, il tient mon genou gauche, de l'autre, il explore mon intimité comme un conquérant. Encore, encore sont les seuls mots qui approchent mes lèvres. La finalité est brutale, ai-je vu des étoiles ? Oui, c'en était, j'en suis sûre.

Alors que je retombe sur terre, j'ouvre les yeux sur un visage aimant, heureux.

– Tu as faim ? demande-t-il près de ma tempe.

– Je n'ai pas dit mon dernier mot, Frank. Ne crois pas t'échapper.

– Je suis plus fort que toi, m'avise-t-il alors que je tire sur le bouton de ses jeans.

– Tu n'es pas si fort que ça, dis-je en m'y prenant à deux mains pour ouvrir sa braguette.

CHAPITRE 14

LA QUESTION QUI TUE

Le samedi soir, nous décrétons qu'il n'y a vraiment plus rien à manger. Aussi bien faire face à l'ours maniaque. « L'homme a dû avoir peur et fuir », dit Frank.

– Si tu penses que je vais tenter de faire un show devant un ours trois fois gros comme toi, tu te trompes.

– Il le faudra pourtant.

– Je cours vite.

Il me prend dans ses bras, pose ses lèvres sur mon front. « Ça va, je le ferai, moi. »

– Faire quoi, exactement ?

– Parler fort, annoncer notre présence pour l'impressionner.

– Non ! Tu vas courir avec moi !

– Ce n'est pas comme ça que ça fonctionne, Suzie. Si tu cours, il te prendra pour une proie.

– Je ferai la morte.

– Alors, il sera ton roi et décidera de ton sort.

– Je ne sortirai pas d'ici.

– Nous devons aller chercher de la nourriture.

Je suis têtue, quand je m'y mets.

– Je resterai ici.

– Pas question, dit-il.

Je lève mon visage vers lui en souriant. De son index, il retire la mèche de cheveux qui ombrage mon œil. Il ouvre la bouche pour parler, puis pince les lèvres.

– Qu'allais-tu dire ?

– Rien.

– Tu en es sûr ?

Il me serre à nouveau dans ses bras. Il devrait arrêter de faire ça, j'y prends sérieusement goût. Je n'ose pas parler d'avenir avec lui, encore moins de sentiments. Je ne me permets même pas d'analyser la panoplie d'émotions que cet homme a générée en moi depuis les dernières vingt-quatre heures !

– La nuit dernière, c'était la première fois que je ne faisais pas de cauchemar depuis les cinq dernières années, finit-il par admettre.

Je ravale ma salive, je n'ai rien à répondre à ça.

ᴧ ᴧ ᴧ

Nous avons décidé de conduire jusqu'à L'Île-Bizard. L'ours ne s'est pas montré la face lorsque nous sommes sortis du chalet. J'ai tout de même couru à ma portière tellement j'avais des fourmis dans les jambes.

– Je t'ai dit de ne pas courir, gronde Frank.

– C'est plus fort que moi !

Le chemin vers la ville est paisible. Je suis dans une bulle de bonheur que seule la providence pourrait briser si elle me lançait une pelletée de malheurs par la tête. Ça ou mes propres pensées illusoires. Je suis la reine de l'autosabotage. Nous ne parlons pas beaucoup, tous deux perdus dans nos pensées respectives. J'aimerais bien lire les siennes. J'ai plusieurs questions à lui poser, pourtant, je n'ose pas. Si la réponse brisait la magie ? S'il m'annonçait qu'il planifie de partir à l'autre bout du monde, vivre une vie de bohème ? S'il me racontait une histoire si terrible que je ne pourrais plus le regarder en face ? Je continue de penser, puis je me fige. Il est peut-être marié. Qu'en sais-je ? Lui ai-je posé la question ? Non !

– Ça va, Suzie ?

– Es-tu marié, Frank ?

Son rire me soulage.

– Ce n'est pas mon genre.

Sa réponse me fait tomber de haut. Pas son genre ! Voilà donc à qui j'ai affaire !

– As-tu quelqu'un dans ta vie ? Hum ! je veux dire à l'extérieur de la forêt.

Ses doigts tapotent le volant. Je ne sais pas si c'est de nervosité ou d'impatience devant mes questions directes.

– Tu cherches à savoir si tu es une aventure de passage ?

Ma respiration devient saccadée, on dirait que tout mon sang est descendu à mes orteils. Lui qui a l'habitude d'être si direct évite de répondre clairement à mes questions, se donne du temps pour choisir ses réponses. Le coup classique du gars qui s'apprête à mentir !

Ça va, ne réponds pas.

– C'est quoi ton problème, Suzie ?

– Tu contournes mes questions.

– Pas du tout !

– C'est facile, pourtant. Ce sont des questions fermées. C'est oui ou non.

– Pourquoi cherches-tu le trouble ?

– Tu te défiles encore ! Tu vois ?

– Les femmes sont toutes les mêmes, grommelle-t-il. Je croyais que tu étais différente. Ça n'aura pris que quelques heures pour que tu retournes mes paroles contre moi. Je ne t'ai rien promis, Suzie.

C'est le coup de massue. Ma bulle éclate, mon cœur se dégonfle comme un ballon. Je le vois clore les paupières pendant un instant, ses doigts crispés sur le volant. Il sait qu'il vient de m'éteindre.

ᴧ ᴧ ᴧ

Sophie m'attendait sur le perron. Lorsque j'ai finalement pu recharger mon iPhone et avoir une ligne, je lui ai annoncé mon arrivée.

– Ta voix est bizarre, Suzie, est-ce que ça va ?

– Oui, ça…hum !… va.

Nous arrivons enfin devant la maison et je sors en trombe. «Merci», dis-je à Frank avant de traîner Sophie à sa chambre à l'étage.

– Qu'est-ce qui se passe ? demande ma sœur en s'asseyant à mes côtés sur son lit grandeur King.

– Oh ! Sophie !

– Quoi ? Ne me dis pas que les gars t'ont fait la vie dure ? Ha ! Quand Philippe saura ça, il va les…

– Non ! Les hommes sont adorables.

– Adorables ? répète Sophie, incrédule.

– À part la bonne sœur frustrée, je n'ai eu aucun problème. Je suis aussi surprise que toi, honnêtement.

– Alors, quoi ?

– Frank.

– Ah ! Je le savais ! Vous vous êtes engueulés ? J'avais pourtant dit à Philippe de lui calmer le pompon à celui-là !

– Non, Sophie, arrête.

Déposant une main légère sur son bras, je lui sers mon regard éploré.

– Ne me dis pas… Frank et toi ?

Je hoche la tête en serrant les lèvres et le menton, retenant mes larmes sous le regard médusé de ma sœur.

– Mais c'est merveilleux, Suzie !

– Je ne crois pas. En fait, oui, en un sens, il était gentil.

– Était ?

Mes épaules s'affaissent sous le poids de la confession de ma déception. Penser au pire était déjà insupportable, le dire tout haut est carrément innommable.

– C'était temporaire. Il me l'a clairement dit.

Sophie change de position pour mieux me faire face. Je reconnais son agitation, elle a sa posture de fille qui prend les choses en main. Ma sœur ne me laissera pas pleurer mon malheur, elle va danser sur la table avec un chapeau à plumes s'il le faut pour me dérider.

– Attends, ça fait combien de temps que ça dure?

– Il est quelle heure, là?

– Dix-neuf heures.

– Alors, environ trente heures.

Les yeux quasiment sortis de ses orbites, elle se cambre de surprise, bouche bée.

– Tu veux dire que votre «histoire» a commencé hier matin?

– Ne te moque pas de moi, Sophie.

– Je ne ris pas de toi, voyons… Écoute, il faut redescendre, j'ai mis une lasagne au four quand tu as téléphoné. Tu dois être affamée.

– Je ne pourrai rien manger.

Elle me considère, les paupières mi-closes, avant de me frotter vigoureusement le dos de sa main.

– Viens. Tout va s'arranger, tu verras.

ᴧᴧᴧ

Au rez-de-chaussée, les hommes sont en grande conversation. Ça fait drôle de voir Philippe avec Frank. Dans un rêve un peu fou, Sophie et moi avons chacune un prince, nous sommes voisines, nous élevons notre marmaille côte à côte à nous flatter mutuellement la bedaine. Soupir. Pour l'instant, je cherche brièvement le regard de Frank, mais n'arrive pas à l'obtenir. Je rage intérieurement, pire, je me déchiquette les entrailles tellement j'angoisse. Décidément, il aura ma peau, cet homme mi-ange, mi-démon! Depuis qu'il est entré dans ma vie, je vis de seconde en seconde, déambulant sur une corde raide que je ne sais pas contrôler.

– Les gars ont travaillé comme des fous, raconte-t-il, ce fut une première semaine très productive.

– Même Mike? demande Philippe.

– Surtout lui, il voulait faire ses preuves.

Blablabla. Les hommes sont ainsi. Capables de faire abstraction des sentiments des femmes et de parler de choses totalement inintéressantes. Frank sait très bien que j'ai le cœur blessé, il sait qu'il vient de dire les mots qu'aucune femme ne veut entendre. «Je ne t'ai rien promis.» Il n'y a pas grand-chose qui puisse être pire que cette réplique à une question pourtant simple. As-tu une blonde?

C'est peut-être mieux comme ça. Après-tout, il a fait de la prison, c'est un type qui peut être dangereux. Non, je suis chanceuse au fond. Ne me promets rien, Frank Thibault, je n'aurai pas à vivre des déceptions.

Je relève la tête et j'approche de Philippe pour lui faire la bise.

ᴧ ᴧ ᴧ

– Plus que trois semaines dans le bois, Suzie! m'annonce Philippe. Je suis impressionné que tu ne sois pas revenue avant.

Sophie me tend un verre de vin rouge, que je refuse d'emblée, fidèle à mes habitudes. Puis, mon regard se porte sur Frank. Sa seule présence me perturbe, j'ai le moral au plancher. Puis, ragaillardie par l'idée d'engourdir mes émotions néfastes, je lève la coupe jusqu'à mon nez. Ce soir, je me soûle, c'est décidé. Qu'il aille au diable.

Mon beau-frère, qui semble attendre une réponse à son allusion concernant ma totale incapacité à m'adapter à la nature brute, ne perd pas un seul de mes clignements de paupières.

Maintenant prise dans l'étau de l'attention générale, je gazouille une vérité plate à révéler, sautant sur l'occasion pour interpeller celui qui m'ignore depuis notre arrivée.

– J'ai failli. À deux reprises. N'est-ce pas, Frank ?

Ce dernier me regarde, totalement impassible. Je déglutis une gorgée de vin en déviant mon attention vers ma sœur.

– Je suis contente que tu aies survécu, bafouille-t-elle, mal à l'aise.

Le souper s'est passé dans un brouhaha d'assiettes, four-chettes, rires et verres vidés rapidement. Frank, évidemment, buvait du Perrier. Ses cheveux teintés de mèches blondies par le soleil, tirés vers l'arrière, changent son apparence. Plus mondain, poli, et distant, cette version urbaine et léchée de Frank me rend triste. Il est où mon homme des bois à cet instant ? Il s'est méta-morphosé en une créature impénétrable au sourire figé. Ébranlée et déprimée, je saisis mon verre encore et encore, le liquide coule jusqu'à mes veines, engourdissant ma raison au passage.

Je crois que j'ai abusé. La table tourne, le visage de ma sœur est flou. Max est arrivé avec une bouteille de rhum brun. Voilà qui gonfle les probabilités de m'enliser dans les complications.

Il ne m'a rien promis, alors moi non plus !

À boire, aubergiste !

CHAPITRE 15

DU TOFU VENU DE MARS

J'ai la bouche tellement pâteuse que je crois que je vais vomir. Ma tête est lourde, douloureuse, c'est l'enfer. Je tâtonne ma poitrine, je porte encore le même chandail qu'hier, les mêmes jeans. J'ai dormi en soûlonne. Je tourne la tête, juste pour voir, mais je sais que je suis seule. Frank a dormi ailleurs, c'est certain. Tout est terminé. Même si ce n'était pas le cas avant notre dernière conversation, là, ça l'est! C'est sûr.

C'est encore ma foutue peur de me faire abandonner qui a refait surface! Saboter mes relations, je l'ai fait si souvent que je n'en compte plus le nombre. Je savais que m'enivrer ferait fuir Frank. Qu'est-ce que j'ai fait? J'ai bu plus que ma piètre capacité à assimiler l'alcool me le permet.

Je devrais me lever, prendre une douche, rafraîchir ma cervelle et descendre. La porte s'entrouvre sur le visage soucieux de Sophie.

– Suzie, est-ce que tu vas bien?

– Entre.

– Je t'ai apporté un café.

– Merci Ne me regarde pas comme ça, s'il te plaît!

– OK, dit-elle en baissant les yeux vers le plancher.

– J'ai dit des conneries?

Hésitante, elle relève la tête prudemment.

– Quelques-unes.

Je ne bois jamais! Je sais, facile à dire, mais je le jure. Seulement, jamais quelqu'un qui me connaît depuis à peine une semaine ne me croira. J'ai dû passer pour une alcoolique en puissance. Et Max avec sa bouteille de rhum, il m'a fait passer pour un clown!

– Qu'ai-je dit?

Sophie ouvre la bouche, puis la referme en la camouflant de sa paume. Je vois dans sa pupille que quelque chose de troublant cherche à franchir ses lèvres. Du coup, je me lève lentement pour accuser réception de la fatalité qui rend ma sœur, normalement loquace, muette d'embarras. Alors qu'elle hésite encore et encore, avalant sa salive difficilement, mon cœur s'emballe. Là, j'ai réellement peur.

– Sophie, raconte-moi, ne me fais pas languir…

– Tu lui as dit que tu l'aimais, me coupe-t-elle brusquement.

Je viens de me vider de mon oxygène, mes doigts se sont plaqués sur mes paupières déjà lourdes de lendemain de veille. Je vais mourir de honte. Le pire qui pouvait arriver est arrivé. Je pense que je vais vomir.

– Sacrament!

– J'aurais dû t'empêcher de boire, dit-elle.

– Je ne t'aurais pas écoutée, tu le sais bien. J'ai dit quoi d'autre?

– Que tu aurais préféré te faire manger par l'ours que d'être avec lui.

– Misère!

– Tu l'as traité de vaurien.

– OK, arrête.

– Il a répondu que tu faisais pitié…

– Je t'en supplie, tais-toi…

– OK.

– Où est-il?

– Il a dormi sur le divan du salon. Je crois qu'il est dans la cuisine avec Philippe.

– Je ne peux pas retourner là-bas, Sophie.

– Est-ce que tu l'aimes?

– N…oui…

– Alors, tu retournes là-bas.

– Il ne voudra pas, c'est sûr.

– Oui, il voudra. Fie-toi à moi.

Ma petite sœur me fait cet air décidé que je reconnais avec attendrissement. Je sais qu'elle va lui parler. Que va-t-elle lui dire pour me permettre de sauver la face? Aucune idée.

Alors que moi j'ai des cristaux totalement inefficaces, ma sœur, elle, a une baguette magique très puissante.

ᴧᴧᴧ

Les sacs de victuailles sont lourds, mais je les porte sans dire un mot. Le coffre du camion chargé à ras bord, nous partons vers la réserve faunique pour une nouvelle semaine.

Évidemment, je garde le silence durant tout le trajet. Frank fait de même, les yeux rivés sur la route. Je n'ose même pas toucher aux boutons de la radio, ni à ceux de l'air conditionné, bien que je sois frigorifiée. J'endure mon mal en silence.

Nous arrivons au camp vers 15 h. Frank prend quatre sacs d'un seul coup pour les porter à la cuisine, j'en prends deux et je le suis. Nous nous croisons dans les escaliers, je vais à droite, il fait de même de son côté, nos regards ne se rencontrent pas. C'est le néant total, j'ai hâte que les autres arrivent.

À 20 h 48, Bob le Serpent rapplique avec Serge Goyette. Heureuse de voir des visages familiers, je me rue sur la galerie pour les accueillir.

– Bob! Tu as passé une belle fin de semaine? Ah! Salut, Serge.

Bob semble surpris de mon accueil. Il n'a aucune idée à quel point j'ai envie de me suspendre à son cou et de pleurer sur son épaule.

– Ça va, Suzie? Tu as les yeux rouges.

Il se penche vers mon oreille.

– As-tu encore fumé ? demande-t-il en chuchotant.

Je lui flanque une taloche amicale.

– Bien sûr que non, dis-je en feignant d'être vexée.

– Alors, tu as pleuré ?

Sa question suffit pour que mes lèvres reforment ce rictus fâcheusement incontrôlable qui précède les larmes. Je cache mon visage de mes mains, j'évite de coller mon front à sa poitrine, même si c'est ce que j'ai envie de faire. J'ai déjà assez de problèmes sans offrir de fausses joies à mon cher Bob. Son sac dans la main, il m'entraîne vers notre chambre.

– Dis-moi qui t'a fait de la peine, je vais lui casser la gueule.

– Personne. C'est moi, j'ai été idiote.

– Je le connais ?

– Pourquoi penses-tu qu'il s'agisse d'un homme ?

– C'est toujours un homme, dit-il en caressant mes cheveux.

– Tu ne le connais pas.

Des pas, la porte qui s'ouvre sur une voix familière.

– Bob, on a besoin de toi, il faut couper du bois.

– OK, j'arrive.

Frank est encore dans l'encadrement de la porte lorsque Bob se retourne vers moi avec ses yeux bienveillants.

– Cesse de pleurer, je reviens dans quelques minutes, OK ?

Je lève les yeux vers Frank, espérant qu'il n'écoutait pas. Son regard brun est sur moi, sévère et glacial. Je ferme les yeux pour me convaincre qu'il n'existe plus.

Lundi matin, les hommes partent tôt, non sans avoir été avertis du danger de l'ours qui rôde toujours. Frank s'assure qu'ils comprennent l'importance de demeurer en groupe. Alors qu'il précise cette recommandation, son regard se pose sur moi une brève fraction de seconde. C'est la première fois qu'il semble se soucier de ma présence depuis notre arrivée. Il mène les hommes vers la sortie sans se retourner. Du coup, il n'est pas encore 7 h que je suis seule avec sœur Simone. La tête dans le frigo, elle se parle à elle-même.

– Qu'est-ce qu'elle a encore acheté, celle-là?

– C'est de moi que vous parlez, sœur Simone?

Elle sort un morceau de tofu encore emballé, le regarde comme s'il s'agissait d'une souris morte.

– Tu comptais faire quoi avec ceci?

– Un macaroni chinois. J'ai aussi des noix de cajou et des nouilles de sarrasin.

– Tu penses leur faire avaler ça comment?

Je la regarde avec toute la patience de l'Univers.

– Laissez-moi cuisiner, aujourd'hui. Ils vont adorer, vous verrez.

« Laissez-moi me convaincre que je ne suis pas la pire des perdantes. »

– D'accord, s'exclame-t-elle à ma grande surprise.

– Merci, dis-je en reprenant la brique de tofu de ses mains maigres.

Le lunch se déroule relativement bien, jusqu'à ce que Goyette décide de poser des questions.

– C'est quoi cette viande?

– Du tofu.

– Du quoi? C'est un animal ou un martien?

Les gars rient. Le fait qu'ils mangent mon mets végétarien à pleines cuillerées me rassure. Pour expliquer, je prends un air expert.

– C'est une pâte blanche issue du caillage du lait de soja.

Goyette jette sa fourchette.

– Du lait caillé? Tu nous fais manger du lait pourri?

Frank frappe la table, tous se retournent.

– Tu n'as jamais vu du tofu, espèce d'inculte? Il remplace la viande, c'est excellent pour la santé. Ferme ta gueule et mange.

– Ce n'est pas la peine de te fâcher Frank, je plaisantais…

Lorsque Frank se lève, contourne la table ronde et dépose son assiette sur le comptoir, les gars le suivent un par un sans discuter. Même si j'ai le cœur écrasé par un étau, je me redresse à mon tour pour les encourager à s'en aller sans desservir.

– Laissez vos assiettes, je m'en occupe.

Bob passe derrière moi et me serre les épaules de ses grosses mains. Momo regarde sœur Simone avant de suivre le groupe. Frank est déjà dehors.

ᗷᗷᗷ

La semaine passe à un rythme atrocement lent. Sœur Simone a apporté un Scrabble, idée géniale qui m'a sauvé la vie.

Je suis inquiète chaque fois que je vois les gars sortir. Je pense à l'ours fou. Bob me rassure le mardi soir. «Nous sommes douze et nous sommes bruyants. Il ne s'attaquera jamais à un groupe.»

Un jeune renard maigre vient me rendre visite. Il s'approche doucement, place une patte timide sur la première marche de l'escalier. Je lui lance un peu de macaroni chinois non réclamé, il l'avale en deux secondes, puis s'enfuit dans la nature.

– Il ne faut pas nourrir les animaux sauvages, dit sœur Simone.

– Je sais.

– Alors, pourquoi le fais-tu?

– Je ne sais pas.

Pour apprivoiser celui qui ne veut pas l'être. Je pense à Frank. Comme le renard, il est si proche et si loin à la fois. Il s'engouffre parmi les arbres de la même façon.

– Sœur Simone, je peux vous poser une question indiscrète?

– Ça dépend laquelle.

Nous sommes à table, le mercredi après-midi, elle vient de placer un mot de quatre-vingts points. Incapable de me concentrer, je suis loin derrière. Les grandes questions existentielles me hantent. Ça doit être la menace de la quarantaine qui agite mon cerveau. Je regarde cette femme qui dépasse la soixantaine, je suis triste pour elle.

– Si vous aviez la chance de vivre un grand amour, laisseriez-vous le voile ?

– Je vis déjà un grand amour.

– Je ne parle pas du saint ciel. Je voulais dire, quelque chose de plus humain.

– Je sais.

Je baisse les yeux sur mes lettres de bois. Ma relation avec sœur Simone est un mélange de respect et de confrontation. Je ne sais pas si je devrais alimenter cette conversation, mais il y a comme une force céleste qui m'y pousse ! Serais-je devenue la messagère du Saint-Esprit ? C'est ça, ou c'est le diable.

– Allez-vous quitter les ordres ?

– Je ne sais pas, murmure-t-elle.

– Pardonnez-moi d'insister. Je trouverais dommage que vous n'eussiez pas considéré toutes vos options.

– Mes options ?

– Oui. Pour le reste de votre vie.

– J'ai abdiqué mon droit d'avoir des options le jour où j'ai pris le voile.

– Vous avez fait ce choix, il y a quarante ans. Je suis certaine que le bon Dieu vous pardonnera de vouloir vivre votre, hum ! vie de femme.

– Ma quoi ? À l'âge où je suis rendue !

– Je parle de simple tendresse humaine, ma sœur. Si c'est tout ce que vous désirez.

Sa bouche demeure ouverte tellement elle est saisie. Je constate quelques plaques rouges sur son cou et sur ses joues. Le sang lui monte à la tête. C'est dommage que nous n'ayons aucune boisson alcoolisée ici, cette femme a besoin d'un remontant. Avec un raclement de gorge, elle brasse les lettres de bois restantes pour en choisir trois. On dirait que le sujet est clos.

– Toi, vas-tu faire quelque chose ? demande-t-elle.

– À quel sujet ?

– Bob, il est amoureux de toi par-dessus la tête.

Je me racle la gorge à mon tour, manquant m'étouffer avec mon verre d'eau.

– Je vous assure que ce n'est pas le cas.

– S'il ne t'intéresse pas, arrête de lui donner l'impression du contraire, ordonne-t-elle en ignorant ma protestation.

– C'est mon ami !

– L'amitié entre les hommes et les femmes est une chose bien compliquée, et frivole, si tu veux mon avis.

– Qu'est-ce que vous en savez ? Je croyais que votre vie avait été vouée à Dieu.

Simone se lève en repoussant sa chaise un peu trop brusquement pour ne pas dévoiler son impatience.

– Momo, c'était votre fiancé, n'est-ce pas ? je demande, sans la regarder.

C'est Belzébuth qui me fait parler ! Libérez-moi !

– Ne l'appelle pas comme ça.

– Je suis désolée. Venez vous asseoir, je vous en prie.

– Ne le répète à personne, dit-elle en reprenant place devant moi.

– Non, bien sûr...

Soudainement, son masque de raideur tombe, sa lèvre inférieure se met à trembler.

– J'ai affreusement peur.

Les voilà, les grandes révélations. Il était temps que ça sorte.

– Peur de quoi ?

– De décevoir Dieu, ma mère supérieure... Ma vie entière n'aura plus de sens.

Je laisse passer un silence respectueux avant de lui envoyer en vrille le fond de ma pensée.

– Et d'admettre que vous avez pris le voile par dépit ?

Elle me considère quelques instants, ce n'est pas le temps de bafouiller une excuse pour mon cran, elle me mangerait toute crue. Non, je reste de marbre.

– Oui. Admettre que je me suis cachée pendant quarante ans, c'est horrible.

– Mais, vous venez de le faire ?

– Je viens de faire quoi ?

– Admettre que vous vous êtes cachée.

On dirait que Simone pleure pour la première fois depuis quatre décennies. Ses épaules sont courbées, son visage est défait. Elle sort un mouchoir de l'intérieur de son soutien-gorge. En toute autre circonstance, le geste m'aurait tiré un sourire moqueur, mais pas aujourd'hui. Je tiens son avant-bras que je caresse de mon pouce.

– Je crois que vous devriez retourner au couvent et prendre une décision.

– J'irai.

Ma voix se fait grave pour insister.

– Demain matin.

– Si tôt ?

– Oui. J'ai perdu suffisamment de temps, dit-elle.

– En effet.

Ça doit être le sarcasme céleste qui fait de moi la conseillère matrimoniale d'une bonne sœur. Je ne sais pas si j'aurais dû.

Qui suis-je pour dire aux autres comment gérer leur vie ? C'est d'un comique à mourir de rire.

CHAPITRE 16

DANS LA BOUETTE JUSQU'AUX GENOUX

Le jeudi matin, sœur Simone part avec Maurice. Celui-ci me fait un clin d'œil que je fais mine de ne pas comprendre, car j'ai les yeux de Frank plantés sur moi.

Il m'a évitée avec une aisance surprenante depuis le début de la semaine. Je lui ai rendu la tâche facile en me terrant dans ma chambre très tôt le soir. Bob et moi avons pris l'habitude de jaser dans le noir.

– Tu sais, Bob, j'ai quelqu'un dans ma vie, ai-je fini par avouer, même si c'est un mensonge gigantesque.

J'ai bien quelqu'un dans ma tête et dans mon cœur, mais dans ma vie ? Loin de là !

– Celui qui te fait pleurer ? Pourquoi n'en parles-tu jamais ?

– Parce que c'est compliqué. Et ce n'est pas sa faute.

– Comment est-ce que ça peut ne pas être sa faute ? demande-t-il.

– C'est moi qui ai tout gâché. Je pleure sur mes propres bêtises.

– S'il est pour toi, vous passerez au travers.

– Tu crois ?

– Oui, bien sûr. Si c'était moi, je te pardonnerais n'importe quoi.

Le silence s'installe quelques secondes. Je suis émue, personne ne m'a jamais dit une chose aussi gentille auparavant.

– Bob, tu sais que je ne…

– Je sais que tu n'es pas attirée par moi, termine-t-il à ma place. Ça ne m'empêche pas de t'espérer quand même. J'ai le droit, non?

– Je t'aime aussi, tu sais, seulement pas comme ça.

– Je vais casser le cou de celui qui te fait de la peine.

– Alors, c'est mon cou que tu dois casser, dis-je en souriant.

– Bonne nuit, Suzie.

– Bonne nuit, Bob.

Quelques secondes passent.

– Suzie?

– Oui?

– C'est moi qui ai fouillé dans tes affaires.

– Pourquoi as-tu fait ça?

– Je voulais fumer. Il t'en reste?

– Non.

Je ferme les yeux et…

– Suzie?

– Oui, Bob.

– Je vais attendre que tu dormes avant de ronfler.

– Merci, Bob.

ᴖᴖᴖ

Le vendredi matin arrive à la pointe d'une semaine qui m'a complètement bouleversée. D'abord Frank, lui, je n'en parle même pas, puis Simone qui m'a donné sa confiance, puis Bob, qui m'avoue son amour inconditionnel. Je l'aime comme un frère, vraiment, il est l'un des meilleurs amis que j'aie eus dans ma vie.

On dirait que les derniers jours ont pesé sur les épaules de tout le monde au camp. Ceux qui ont une blonde ont hâte de la retrouver, ceux qui n'en ont pas ont hâte d'aller s'en chercher une. Le bois n'est pas fourni en rencontres féminines.

Je n'ai pas su ce que Sophie avait dit à Frank pour le convaincre de me ramener ici. J'ai hâte d'arriver à L'Île-Bizard pour lui poser la question. En attendant, je nourris Charlotte la renarde une dernière fois, avant de partir. Je sais qu'il s'agit d'une femelle, car ses mamelles sont enflées.

Je suis surprise de constater que Frank a nettoyé son camion. Ça sent le citron et la poussière a disparu. Si j'avais eu le moindre espoir, je me serais laissée aller à croire qu'il l'avait fait pour moi. Ç'aurait été me flatter pour rien de penser une chose pareille.

Au bout de quinze minutes, du ton le plus normal possible, j'entreprends d'animer la conversation en me réfugiant derrière un sujet facile : la météo. Comme la tension est à couper au couteau, celle-ci me servira d'ustensile pour manger ma misère !

– On annonce beau pour le week-end.

– Ah oui ? Tant mieux.

Je suis dans une salle de torture. Il est à moins de vingt centimètres de mon épaule gauche, je sens son eau de Cologne, je perçois la chaleur de son corps par mes tripes. Les bosses de la route me donnent la nausée, le soleil frappe sur la vitre de ma portière avec une force difficile à endurer. Je sais que la conversation est terminée lorsque je le vois monter le volume de la radio. Décidément, j'ai encore un mur de briques à mes côtés. Où est mon gri-gri ? J'ai vraiment envie de le lui lancer à la tête.

Pourquoi m'as-tu laissée revenir ? La question brûle mes lèvres. Je me suis promis de ne pas la poser. Je suis à la veille de flancher tellement j'ai mal.

Je descends la vitre, j'ai besoin de respirer de l'air frais. Si un peu du silence des arbres qui nous entourent pouvait entrer dans la camionnette, ma migraine pourrait peut-être s'atténuer.

Est-ce moi qui hallucine, ou les sapins défilent plus rapidement que d'habitude ? Ma nausée doit me donner cette impression. Je lance un regard de biais à Frank, je vois aussitôt que sa mâchoire est serrée, ses doigts sur le volant aussi. C'est bien lui qui accélère ! Pourquoi roule-t-il si vite ? Sûrement parce qu'il a hâte de se débarrasser de moi, l'emmerdeuse qui pose trop de questions et à qui il n'a rien promis. Les courbes arrivent trop vite !

– Frank, tu peux ralentir, s'il te plaît ?

Il soupire en levant le pied légèrement de l'accélérateur.

– Qu'est-ce qui te prend ? Tu es devenu fou ou quoi ?

– Non, je connais bien le chemin, c'est tout.

Il me lance un regard presque aimable, mon cœur ne fait qu'un bond lorsque devant nous se dresse le plus énorme des cerfs d'Amérique que j'aie vu de ma vie.

– Frank ! Attention !

En manquant l'animal de quelques centimètres, nous dévions de la route à la suite de la brusque pression que Frank a dû appliquer sur les freins pour l'éviter. Nous roulons entre les arbres et l'herbe haute pendant quelques mètres, puis le camion s'arrête dans une énorme flaque de boue.

J'ai les mains sur les yeux, je respire si fort que mes épaules ont des soubresauts. Plus de peur que de mal, je ne ressens aucune douleur, tous mes membres semblent intacts. Je libère mes yeux, regarde mes mains, elles tremblent à un rythme incontrôlable. Frank ! Mon Dieu, faites qu'il ne soit pas blessé !

– Suzie ! Est-ce que ça va ?

Je veux lui répondre que oui, je vais bien, mais je pleure. Mes satanées larmes coulent à torrents, je ne peux pas les retenir. Il a l'air de s'en être tiré sans heurts, j'en suis heureuse. Je sais que c'est une réaction nerveuse normale, je veux quand même arrêter et parler, au moins pour dire que je vais bien.

Il est sorti du camion, en a fait le tour. Il ouvre ma portière. Ses mains se posent sur mes joues, ses yeux sont effrayés.

– Réponds-moi, est-ce que tu es blessée ?

– Non ! Et toi ?

– Moi, ça va.

Il détourne le regard et s'adosse au camion, portant la main à son front. Il se penche pour regarder les dommages.

– Nous n'avons rien heurté, mais nous sommes pris dans la boue jusqu'aux genoux.

– Nous allons devoir marcher alors.

– Oui.

– Je te suis.

Je suis morte de trouille, évidemment, certaine que l'ours-vampire nous pistera pour nous avaler tout rond. Toutefois, je me fais forte et je ne dis rien. Je regarde au sol, la boue est si épaisse qu'on ne voit que le bout des herbes noyées dans l'eau brunâtre et marécageuse. Dire que je porte des bottes de marche que j'ai payées trois cents dollars! Adieu, le beau cuir brossé. Ça m'apprendra à me détourner de mes principes et à acheter un produit animal! Bref, je mets un pied dans la boue, puis l'autre. Il avait raison, j'en ai jusque sous les rotules.

Nous suivons les traces que nous avons laissées en nous enfonçant. Au bout d'une centaine de mètres pénibles, le sentier se révèle devant nous. Je suis maculée jusqu'aux fesses, mon corps entier est en sueur, mais je suis soulagée. Un semblant de civilisation est tracé, nous n'avons qu'à suivre le chemin. Au moins, nous ne sommes pas perdus.

Combien de kilomètres avons-nous à marcher? Quelle heure est-il? Allons-nous croiser quelqu'un? J'ai faim!

Je me tais malgré mon impatience. Cela ne sert à rien de m'énerver. Il doit être encore plus en furie que moi. C'est son camion qui est dans le marécage, et non le mien.

– Qu'est-ce que tu fais? demande-t-il lorsque je sors mon iPhone pour le brandir en l'air.

– Rien. C'était ridicule d'essayer. Marchons-nous vers le gîte ou vers l'entrée de la réserve?

– Le gîte est plus près, c'est là qu'on va.

Nous marchons près de deux heures pour finalement voir l'enseigne qui mène au sentier du camp. Je n'ai jamais été si heureuse de voir une petite pancarte brune peinte à la main.

J'ai le goût de courir, ça fait si longtemps que je n'ai pas fait de jogging.

Un petit sprint final pour arriver à la porte m'éloignerait de Frank et me rapprocherait plus rapidement de mon but : une douche tiède.

J'accélère le pas, je sautille, je m'élance. Je vois la galerie au loin, je sens déjà l'eau savonneuse sur ma peau, le verre d'eau à mes lèvres puis, j'entends la voix horrifiée de Frank.

CHAPITRE 17

TROP DE COURAGE
POUR UN PEU D'AMOUR…

Il lance une énorme roche à la masse noire qui me poursuit. L'ours est presque sur moi lorsque je sens la main de Frank sur ma taille. Il me lance de toutes ses forces dans un buisson. Je me fais mal en tombant, mes genoux, mes côtes, mon coude droit, les os de mon poignet gauche grincent, mais c'est le moindre de mes soucis. L'animal est énorme, debout sur ses pattes postérieures, il lance un cri dominant, semblable à celui de Frank.

Je me lève en panique et je hurle.

– Va-t'en, espèce de gros ours-vampire à la con!

J'ai cassé une branche d'arbre en me relevant, je lui brandis le feuillage au museau.

– Tiens, prends ça, espèce de salaud!

Frank, de son côté, saisit plusieurs pierres pour les lui lancer. L'ours nous domine de sa taille, son mufle pointu va dans tous les sens. Sa gueule dégouline de bave, signe définitif de sa faim. Je lève ma branche, toujours solidement serrée dans ma main, au-dessus de ma tête pour me faire plus grande. J'ai l'air d'un chef de bande de Pygmées faisant la danse de la pluie, mais je m'en fiche. Frank lance ses munitions de toutes ses forces. Enfin, l'ours finit par abdiquer. Il abaisse ses pattes antérieures et disparaît dans la forêt.

Nous nous retrouvons seuls, face à face, à deux mètres de distance, essoufflés, sales et terrifiés. Le regard qu'il posait sur moi il y a quelques heures a changé, j'y aperçois la tendresse de nos bons moments. Maintenant, c'est moi qui en ai assez.

Il s'approche, un peu chancelant, la main sur le cœur. Il semble vouloir me prendre dans ses bras, je recule. Toujours animée par la force qui m'a fait foncer sur l'ours, ma voix est méconnaissable.

– Ne m'approche pas ! Tu viens de me faire souffrir une semaine entière, et pour quoi ? Une simple question ! Totalement légitime qui plus est !

– Nous venons d'affronter un ours et tu me parles d'une vieille conversation ? Quelle question ?

Je renifle, les yeux équarquillés, sans comprendre.

– Quoi ? fais-je entre deux souffles.

– De quelle question parles-tu ? répète-t-il, totalement sérieux.

– Tu plaisantes ?

– Pas du tout.

– Ce n'est pas la peine, le sujet est clos.

Je pivote vers le chalet. N'importe quel ours, loup, monstre ou homme pourrait se mettre en travers de mon chemin qu'il perdrait sa tête.

ᒇᒇᒇ

Je me suis assise sur mon lit pour me calmer. Avec l'apaisement lent de mes nerfs, mes blessures deviennent sensibles, mes muscles tendus par la peur commencent à me faire mal. Ma peau brûle de partout, j'ai une couche de boue sur tout le corps, en plus d'avoir l'odeur du marécage poisseux imprégné sur mes jambes.

J'entrevois Frank dans l'embrasure de la porte, torse nu, une serviette sur les hanches. Oh ! Mon Dieu ! Il a une énorme écorchure sur la poitrine. Il tient une serviette rougie de sang. Je ne savais pas que l'ours l'avait atteint ! C'est moi qui aurais dû avoir cette balafre !

– Frank ! Ta blessure !

Il m'arrête en levant une main, puis il secoue la tête et marche vers sa chambre. Je veux courir derrière lui, panser sa blessure, lui dire que tout est ma faute.

Quel gâchis !

Nous aurions pu être heureux un peu plus longtemps, sans toute l'insécurité de la maudite folle que je suis ! J'aurais pu simplement attendre qu'il me parle de lui, tenter de comprendre d'où il vient, où il en est dans sa vie. Voir avec le temps si nous sommes compatibles, si nos vies peuvent s'entremêler… Mais NON, il fallait que je teste mon territoire, comme si j'y faisais mon nid… au bout de vingt-quatre heures ! J'ai quel âge, déjà ? Presque deux fois les dix-neuf ans des jeunes femmes qui agissent ainsi.

Je n'ai pas mes valises, tout ce que j'ai à porter est le pyjama que j'avais laissé sous mon oreiller. Je ferais aussi bien de sauter dans la douche, j'empeste comme l'enfer.

ᘓ ᘓ ᘓ

J'ai beau tenter de l'ignorer, c'est peine perdue. Je crois que mon poignet est sérieusement foulé. Il enfle à vue d'œil. Je sais qu'il y a une trousse de premiers soins sur une tablette de la salle de bains. Il doit bien y avoir un bandage ou cette compresse magique qui devient froide lorsqu'on la manipule. Bingo, tout y est ! J'enroule le tissu flexible autour de ma main. J'ai placé la compresse glaciale là où l'enflure est prononcée. Maladroitement, je me serre de ma bouche pour le tenir en place alors que j'insère les petits crochets de métal. J'avale trois comprimés d'acétaminophène. Je devrais pouvoir pour endurer mon mal jusqu'à demain.

Frank est devant le feu de camp avec dans sa main une torche dont les flammes éclairent son visage. De l'autre, il grille deux saucisses sur le bout d'une branche dégarnie de ses feuilles. J'ai pris une chemise de chasse qu'un des hommes a laissée traîner, j'ai enfoui mes mains dans les manches trop longues pour contrer la fraîcheur de la nuit.

– Je peux m'asseoir avec toi ?

Il se lève sans lâcher sa torche et déplie une chaise qu'il dépose devant moi, près de la sienne.

– Merci, dis-je, mais pourquoi tiens-tu un flambeau, comme ça ?

– Les ours ont peur du feu, m'explique-t-il en le plantant dans le sol pour s'en libérer les mains.

Le crépitement du feu est le seul son qui nous entoure, à part une chouette qui hulule à quelques mètres au-dessus de nos têtes. Je regarde Frank tirer sur les saucisses presque brûlées. Il place l'une d'elles dans une assiette avant de me la tendre.

– Je ne mange pas de viande.

– C'est du tofu. Je l'ai cuit sur ta branche anti-ours.

Je mange en silence alors que lui se contente de regarder son assiette. Le silence entre nous est en train de devenir une vieille habitude. À part la météo, nous sommes à court de sujets ces derniers temps. S'il me jase du temps qu'il fait ce soir, je pique une crise.

Le timbre de sa voix est un peu rauque lorsqu'il reprend la parole. Je retiens ma respiration pour bien le comprendre tellement il s'exprime bas.

– Je n'ai pas de blonde, pas de femme, pas de maîtresse, aucune amie imaginaire à l'extérieur de cette forêt, dit-il.

Il continue à se raconter sur ce même ton bas, toujours en fixant les flammes. Je me retranche dans le fond de ma chaise, hypnotisée par le grésillement du bois rouge et orangé.

– J'ai battu le gars avec mes poings. Il a sorti un couteau, l'arme s'est retournée contre lui. J'ai cassé son poignet, une fracture ouverte, il a perdu l'usage de sa main.

Il me vient un frisson dans le dos. La vue du sang me cause toujours un malaise, même en pensée.

– Je suis désolée.

– Je me suis rendu moi-même à la police.

– C'était courageux.

Il prend quelques secondes pour raviver les flammes en poussant les bûches. Son sourire faible me touche droit au cœur, j'ai le goût de le serrer dans mes bras, de lui dire qu'il a fait la meilleure chose.

– Oui et non. Je me suis fait peur à moi-même. La vengeance, ce n'est pas aussi satisfaisant qu'on le croit, dit-il avec un sourire triste. On a l'impression qu'on peut devenir un monstre. L'adrénaline et un énorme ego mélangés à quelques substances, c'est un cocktail désastreux.

Il me lance un regard franc, ses sourcils sont froncés, sa bouche, serrée.

– Je voulais que tu saches tout.

Merci…

– Pourquoi?

– Parce que tu as peur de moi. Tu crois que je suis une espèce de délinquant sans conscience.

– Je n'ai jamais cru une telle chose, pourtant.

– Tu l'as dit. Tu ne t'en souviens pas, tu étais ivre.

– Alors, je ne le pensais pas, je n'étais pas moi-même.

– Tu as aussi dit que tu m'aimais.

Il ne me regarde plus, de nouveau concentré sur les flammes. Le plus rapidement possible, j'entreprends de changer le sujet de cette conversation embarrassante.

– As-tu nettoyé et pansé ta blessure?

– Oui.

– Je suis désolée. C'est ma faute, je n'aurais pas dû courir. Tu m'as sauvé la vie. Merci.

– Si nous avions frappé cet orignal…

– C'était un cerf d'Amérique.

– Ce cerf d'Amérique, alors. Nous serions en très mauvais état. C'est toi qui l'as vu. Merci.

– De rien, dis-je.

Je ne sais pas de quoi mon visage a l'air, blotti dans une grosse chemise à carreaux à la lumière d'un feu de camp, mais le sien est paisible. Ses cheveux ondulent autour de sa tête, comme s'il avait vingt ans. Pourtant, ses traits expriment une sagesse que j'ai rarement vue.

– Nous allons faire quoi, pour ton camion ?

– Attendre dimanche soir. Dès que quelqu'un arrivera, je pourrai aller téléphoner pour une dépanneuse.

– Tu n'as pas l'air stressé.

– Ce n'est que de la tôle. Tu n'es pas blessée, c'est tout ce qui m'importe.

ᶺᶺᶺ

J'étais troublée, morte de fatigue et confuse. Je me suis levée avant lui, maladroitement, je dois le dire, pour aller me coucher. Dans mon lit, seule. Je l'ai entendu rentrer environ vingt minutes plus tard. Il a fait quelques pas devant ma porte, s'est immobilisé, j'ai cessé de respirer, puis, il est parti. Quand j'ai entendu le bruissement de son matelas, j'ai compris qu'il ne tenterait pas de m'approcher.

Nous marchons littéralement sur des œufs, nous jaugeant comme si l'autre pouvait s'enfuir au moindre faux pas. C'est mieux ainsi. Tout s'est passé trop rapidement.

C'est dangereux, de faire durer cette danse psychologique. Plus je l'observe de loin, sans oser le toucher, plus il ressemble à un rêve inaccessible, et plus je le réinvente dans mon imagination. Il devient alors ce héros des temps modernes, prêt à se jeter littéralement devant un ours pour me sauver des griffes du monstre. Oh, mais attendez, il l'a bel et bien fait.

Ce que je veux dire, c'est que c'est enfantin, à mon âge, de me créer un prince qui n'existe pas dans la réalité. Il n'est qu'un être humain imparfait, après tout. Qu'il ait sacrifié dix-huit mois de sa vie pour une amie ne veut pas dire qu'il soit un surhomme. Loin de là. Qu'il ait monté ce groupe, pour tenter de donner une vie nouvelle à des ex-détenus qui, sans lui, auraient vécu de l'aide sociale sans vraie possibilité de se rendre utiles, n'en fait pas un saint. Du moins, je sais que son passé est loin d'être admirable. Drogue, violence, promiscuité.

Ce qu'il fait à l'extérieur de cette réserve, de l'automne au printemps, je n'en ai encore aucune idée. À voir sa musculature, je dirais qu'il fait des travaux physiques. Garagiste, éboueur? Peu probable. Au fond, ça m'importe peu. Mais mon Dieu, faites que ce soit légal!

La nuit est avancée, il doit être 2 h lorsque la douleur me sort du sommeil. J'allume ma lanterne pour défaire le bandage. On dirait que l'enflure a diminué. Malheureusement, le sac a tiédi, il est bon pour la poubelle. Le congélateur que nous avons ici n'est pas assez puissant pour faire de la glace. Je devrai me contenter d'un jet d'eau froide.

Alors que l'eau coule sur ma main, j'entends du bruit provenant de sa chambre. Je coupe rapidement le jet, je colle mon bras contre mon corps et je retourne à ma chambre sur la pointe des pieds. Je refais mon bandage rapidement, je ne veux pas qu'il sache que je suis blessée avant l'arrivée des gars. Ça ne servirait à rien de causer des remous pour une foulure. Mon petit doigt me dit qu'il marcherait des kilomètres pour trouver du secours, ce qui implique croiser notre ami Yogi. Ah non! Pas question! Je me recouche après trois autres comprimés contre la douleur.

ᴧᴧᴧ

Au petit matin, il est plus rapide que moi à la salle de bains. Je l'entends remuer les objets, je me demande bien ce qu'il fabrique. Jusqu'à ce que j'entende son appel.

– Suzie! Peux-tu venir ici, s'il te plaît?

J'ai toujours la robe de chambre qu'il m'avait prêtée – je la garde en souvenir! Je l'enfile rapidement, mettant ma main gauche dans la grande poche.

– Tu as besoin d'aide?

– As-tu eu besoin de la trousse de premiers soins? C'est ça, ou elle a été fouillée par un castor.

– Hum, non... hum, en fait, quand j'ai vu ta blessure, j'ai tenté de voir ce qu'il y avait à l'intérieur qui pourrait t'être utile.

Le regard qu'il me lance est scrutateur. On dirait qu'il a un détecteur de mensonges intégré à sa prunelle.

– Je t'avais dit que je m'en étais occupé, dit-il gravement.

– Oui. Bien sûr. Je voulais juste aider...

– Merci, dit-il.

Je tire ma révérence avec un petit sourire embarrassé. Fiou! Il m'a crue!

ᴸᴸᴸ

Je dois avouer que cacher une main blessée n'est pas comme camoufler du cannabis. Mon bras est attaché à mon corps! Je ne peux pas le glisser sous mon matelas en attendant qu'il guérisse. Je continue donc de porter la grande chemise à carreaux trouvée la veille. Pour l'instant, il n'y a vu que du feu. Tout fonctionnait à merveille jusqu'à ce que nous nous asseyions pour le petit-déjeuner.

J'ai été chanceuse, il a pris l'initiative de le faire. Des crêpes, super, on peut les manger à la fourchette, d'une seule main.

– Tu ne prends pas de sirop d'érable?

– Non, ça va aller, c'est bon nature.

Ouiiiiiiiii, j'en veux du sirop! Seulement, ça impliquerait de déposer ma fourchette pour saisir la bouteille. Il a un œil de lynx, je dois garder la gestuelle la plus naturelle possible. Pareil pour le beurre, ça m'obligerait à utiliser mon couteau. C'est sec un peu, mais j'ai faim. Je me contente d'admirer la marre de liquide brunâtre et appétissant qui s'étend dans son assiette.

Je prie le Seigneur qu'il ne m'ait pas pris en grippe en lui soutirant une de ses fidèles religieuses, car j'ai besoin de la grâce du ciel pour ne pas avoir à faire la vaisselle. Je fais mine de me lever, d'aller vers l'évier avec mon assiette sale, mais Frank arrête mon geste, une main sur mon avant-bras.

– Je vais le faire, dit-il.

Merci, doux Jésus.

ᴧᴧᴧ

Nous passons la journée du samedi en chaloupe. Il rame lentement, grimaçant à l'occasion, probablement à cause de son égratignure. Je tiens la canne à pêche de ma main valide, me gardant bien de me servir de celle qui est blessée. Je suis une végétarienne ouverte d'esprit, je mange du poisson. Si poisson nous pêchons! Ça ne mord pas fort. Je m'en fous, il est dans mon champ de vision, avec moi dans une barque, il ne peut pas s'enfuir. Pendant ces quelques heures, je respire librement.

Lorsque le soleil est à son zénith, nous retournons sur la rive. Il y a un camp abandonné sur une des îles que nous croisons, il est immense. Le balcon qui l'entourait est percé, il pendouille tristement sur les longues mauvaises herbes. Il me tend la main pour me hisser au-delà des marches manquantes. Une fois en équilibre sur le bois franc usé, il la garde dans la sienne.

– Fais attention où tu mets les pieds, dit-il.

Nous ne sommes visiblement pas les seuls visiteurs à être passés à cet endroit. Des bouteilles de bière traînent partout. On dirait un gîte un peu comme le nôtre, mais qui s'est dégradé au fil des ans. C'est dommage, j'ai rarement vu un si beau foyer de pierres. Il est énorme. Il y avait un bar, plusieurs chambres. Était-ce un endroit secret? Peut-être un refuge de motards lugubres. Ça y est, je m'invente encore des histoires. C'était un camp de pêcheurs, voilà tout. Aucune route ne se rend à cet endroit, seuls les bateaux y ont accès.

L'idée me fait sourire. À la question «Qu'ameneriez-vous sur une île déserte?», j'aurais répondu: «L'homme qui me fait vibrer. Frank Thibault, personne d'autre.»

Je suis complètement barjo. Je suis en amour par-dessus la tête avec un homme dont je ne connais même pas le mode de vie, le métier, la famille Je ne sais même pas s'il habite Montréal, Trois-Rivières, Québec ou Tombouctou. Je donnerais mon âme au diable – quoique ce soit déjà fait – pour retrouver cette toute petite dose de la magie que nous avons vécue avant que je ne me mette à faire du sabotage intensif.

Je suis ma pire ennemie. Ma peur et ma tête forment un malheureux mélange de pensées sordides qui s'accumulent en contaminant mes bonnes intentions de rester zen. Je suis incapable de garder les choses simples! Il est là, je suis là, c'est simple, non? Pourtant, pour une vieille fille comme moi, rien ne l'est. On dirait qu'il faut que je trouve la faille qui le fera fléchir. Plus facile de voir venir le malheur, de m'y préparer. Je ne serai pas surprise lorsqu'il aura autre chose à faire que d'être amoureux de moi. Chose que je calcule comme impossible, puisqu'elle ne s'est jamais produite. Mais j'oublie mon pauvre Bob. C'est de lui que j'aurais dû tomber amoureuse. Il m'aurait bien traitée, je n'aurais jamais douté de lui. Nous sommes des amis avant tout. N'est-ce pas là la meilleure base pour une relation de couple?

Je laisse tomber sa main en faisant mine d'être très intéressée par les graffitis sur les murs, par les détails de l'architecture, par le fait que certaines des bouteilles laissées en plan ne sont plus produites depuis au moins vingt ans. Il marche avec moi, sa paume dans le creux de mon dos. Je dois être d'un sexy d'enfer avec cette chemise trois fois trop grande. Il est là quand même, son grand corps près du mien.

Ça ne durera pas. Dès la première minute où nous reprendrons nos vies respectives, quand je serai retournée chez ma mère, que j'aurai lentement refait surface dans le monde des finances pour me réapproprier mon nom et ma réputation, je ne pourrai plus me laisser attendrir. Comment rebâtir ma carrière tout en étant continuellement déconcentrée parce qu'un joli cœur m'a conté fleurette lors d'une escapade au fin fond des bois, un vendredi matin?

– Regarde, je crois que nous venons de tomber sur une famille de ratons laveurs, annonce-t-il.

Je me retourne pour voir et nos visages passent à un cheveu de se frôler. Il tend la main vers mon bras gauche Non! Pas cette main-là! Je recule d'un geste brusque qu'il interprète comme un rejet. Il a entièrement raison, on dirait que je le repousse. Son expression se durcit, je baisse les yeux. Il s'éloigne vers le perron, alors que moi, j'ai un tas de cendres à la place du cœur.

🐾🐾🐾

Je regarde la tête châtaine qui m'attend en bas. Rien à faire, c'est à lui que mon cœur appartient. Si je pouvais simplement le tenir à un bras de distance, si nos vies cessaient de s'entremêler, je pourrais peut-être éviter le carnage émotif dans lequel je me balance chaque minute.

Il est de mauvais poil, c'est aussi bien ainsi, il se tiendra loin. Mon poignet m'élance, je retiens mes grimaces de douleur.

– Suzie? Tu descends?

Il a sauté de presque deux mètres, dans les herbes, en bas du vieux balcon. Il me tend les bras. S'il pense que je vais aller me jeter dans la gueule du loup, il se goure entièrement. Autoprotection oblige, je dois descendre seule.

– Il faut que tu t'enlèves de là.

– Arrête de lambiner, je vais t'attraper.

Il soupire, les mains sur les hanches.

– C'est que, j'ai un peu peur des hauteurs. Si j'allais de l'autre côté, il me semble que c'est moins haut.

– Le plancher n'est pas solide de l'autre côté. Allez, saute. Je suis là.

J'ai peur de quoi? Des hauteurs? Pas du tout. J'ai fait du plongeon à l'université. Je suis une athlète accomplie! Non, j'ai peur de lui. Si je lui tombe dans les bras, je retombe dans cette zone où tout devient flou, où je n'ai plus de contrôle. Je veux garder ma tête pour les deux prochaines semaines. Voilà la vraie Suzie. Je suis contente de voir que je suis encore capable de m'affirmer!

Sans mentionner que j'ai peur pour mon poignet.

– Je ne veux pas que tu m'attrapes, Frank.

– Pourquoi pas?

– Parce que.

– Suzie, je vais perdre patience.

– Enlève-toi, je te dis.

– Suzie, grince-t-il, cesse tes enfantillages.

– Je te l'ai dit, je ne veux pas que tu m'attrapes!

– Je suis assez solide, je ne me blesserai pas. Allez, saute.

– Je ne veux pas être dans tes bras.

On dirait que je viens de l'assommer, car il met une main sur sa tête en reculant d'un pas.

– C'est quoi ton délire?

– Écoute, ce n'est pas du délire, c'est seulement que, si je tombe dans tes bras…

– Si tu tombes dans mes bras, quoi?

– Laisse faire, tasse-toi, s'il te plaît.

– Suzie, dis-moi ce qui te met dans cet état.

– Tu vas te moquer de moi. Tasse-toi donc!

Il croise les bras sur sa poitrine avant de camper ses jambes solidement. On dirait le gardien des portes d'un roman fantaisiste.

– Non.

Je monte ma main droite à ma joue, complètement figée. Je suis ridicule. J'aurais simplement dû passer par l'autre côté! Maintenant, je suis prise à mon propre piège.

– J'ai peur de te faire mal, tu as une sérieuse cicatrice.

– Tu mens comme une gamine. Dis-moi la vérité.

Il est impossible, cet homme! Faudra-t-il que je lui dise que je suis radioactive pour qu'il s'enlève ou quoi? Voilà une excellente idée. J'ai peur de l'expression qu'il va me faire, je ferme les yeux avant d'attaquer.

– Si je tombe dans tes bras, je ne voudrai plus en ressortir, voilà, tu peux rire de moi, je m'en fous!

Il hausse les sourcils, un sourire se dessine sur ses lèvres.

– Tu me trouves ridicule.

– Oui, un peu.

– Alors, tu te tasses maintenant?

– Je peux attendre des heures.

Il est de béton, je n'en crois pas mes oreilles. Il faut que je le protège de lui-même. Tant qu'à m'être dénudé le cœur, aussi bien m'assurer que ce soit clair.

– Tu seras pris avec moi. Tu es conscient de ça?

– Allez, Juliette, saute.

Un sourire incontrôlable s'ajoute sur mon visage.

– Tu as pensé à apporter des condoms?

– Un paquet de vingt-quatre.

– Quand les as-tu achetés?

– Ta sœur me les a donnés.

– C'est donc de ça que vous avez discuté?

– Elle n'a pas discuté, elle les a mis dans mon sac, puis elle m'a menacé.

– Menacé de quoi?

– De ne pas te ramener ici, si je n'étais pas certain de mes sentiments.

– Quels sentiments?

– Suzie, tu me donnes un torticolis, vas-tu, oui ou non, sauter dans mes bras?

Je saute, c'est bien certain, quelle folle ne le ferait pas? Je suis même tombée gracieusement, exactement comme une fée.

– Tu en as mis du temps, dit-il en posant ses mains sur mes joues.

Ma voix est un murmure, comme si j'avais une peur bleue de gâcher l'instant.

– Ce n'était pas si simple, tu es un vrai menhir, tu sais.

– Toi, une entêtée.

Je vois mal les traits de son visage à contre-jour, je dois incliner la tête pour qu'une branche feuillue serviable fasse obstacle aux rayons invasifs. Ah, le voilà, le regard intensément brillant qui m'intimide et me sécurise à la fois. Je le connais depuis si peu de temps, comment résister à l'élan qui me gonfle le cœur et qui met des mots beaucoup trop importants sur mes lèvres? Je ne résiste pas, il sait déjà, pourquoi me retenir?

– Je t'aime tellement, si tu savais…

Je savais que je pleurerais, je le savais. Je déteste pleurer devant un homme! Il essuie mes larmes de ses pouces, embrasse mon front, mes paupières humides.

– Ça te fait pleurer de m'aimer?

– Arrête de te moquer.

– Tu viens de me dire que tu veux être dans mes bras pour toujours, j'ai le droit de dire que tu es cinglée. Tu ne me connais pas, après tout.

– Tu comprends ma peur, alors.

Il cherche mes lèvres, le baiser est profond et doux.

– Je t'aurais attendue des heures, je ne plaisantais pas.

Des gouttelettes de sueur marquent soudainement son front, je le vois avaler sa salive difficilement.

– Frank, il y a du sang sur ton chandail. Ta plaie, c'est plus grave que ce que tu m'as laissée le croire!

– Non, non, ce n'est rien.

– Vite, il faut rentrer!

ᴧᴧᴧ

Une fois devant la chaloupe, je prends conscience que nous avons un réel problème. Je refuse de le laisser ramer, pas question de lui causer une hémorragie! Toutefois, avec mon bras blessé, je ne peux pas ramer non plus.

– Tiens ta plaie, appuie dessus!

– Je sais…

Il embarque d'un mouvement aisé malgré son inconfort. J'hésite à le suivre. Il me regarde.

– Tu viens?

– Tu ne peux pas ramer, Frank…

– Oui, je le peux.

– Non, dis-je fermement, tu ne peux pas!

– C'est moi ou toi, alors. Honnêtement, la barque est difficile à contrôler.

– Frank…

– Qu'est-ce qu'il y a?

J'ai le front aussi moite que le sien. Dans ma chute, j'ai appuyé mon poignet sur son torse. Sur le coup, je n'ai rien senti tellement j'étais émue, mais là je sens mon pouls passer de mes doigts jusqu'à mon coude. À regret, je sors ma main de ma poche, je lève ma manche.

– Mais qu'est-ce que…

– Hier, mon poignet a été foulé, hum! je crois.

Rapidement, il saute dans l'eau jusqu'aux genoux pour me rejoindre.

– Ce n'est pas foulé, c'est cassé! dit-il après avoir défait mon bandage. Pourquoi ne m'as-tu rien dit?

– Je ne voulais pas que tu retournes dans les bois pour aller chercher de l'aide. Je voulais attendre à ce soir, quand les gars arriveraient…

Il est hors de lui, je le vois à ses narines qui frémissent. Pendant que nous gaspillons de précieuses minutes, il continue de perdre du sang.

– Voici ce que nous allons faire. Je vais ramer.

– Mais…

– Non. Arrête. Je peux le faire. Je rame et tu tiens mon pansement du mieux que tu le peux en appuyant très fort, d'accord?

Je hoche la tête tristement.

๛๛๛

Je suis installée entre ses jambes, la tête appuyée sur son flanc, ma main droite exerce une forte pression sur le côté gauche de sa poitrine. Il a mal, je le sens à son souffle court. Je n'arrive pas à tenir le pansement convenablement. Le plan est un échec.

– Arrête de ramer, Frank. Attendons de croiser quelqu'un.

– Ce n'est pas la rue Saint-Denis ici, nous pouvons y passer des jours!

– N'as-tu pas une espèce de feu d'artifice que tu peux lancer en l'air?

– Oui, mais en plein jour, ce n'est pas très efficace. Et qui le verra? Notre ami l'ours?

Il dit ça en caressant mes cheveux.

– Je suis désolée.

Pour toute réponse, il frôle mon front de ses lèvres.

๛๛๛

Je ne sais pas combien de temps s'est écoulé lorsque nous croisons finalement une chaloupe munie d'un moteur. Je me lève dans la barque, je brandis mon bras. «Hé! Ho!» Après quelques cris, les pêcheurs finissent par nous apercevoir.

– Il a besoin de soins médicaux. Tout de suite! Notre camion est enfoui dans la vase. Pouvez-vous l'emmener à l'hôpital?

C'est moi qui prends les choses en main, car Frank est visiblement affaibli. En temps normal, je n'aurais probablement pas eu le temps de placer un seul mot.

L'homme à la barbe blanche se gratte la tête en regardant le sang qui s'étend sur le chandail de mon compagnon.

– Oui, bien sûr, dit-il.

– OK, merci. Merci beaucoup.

J'ai passé deux heures à appuyer sur le nouveau pansement que monsieur Surprenant nous a sorti de sa trousse de secours.

– Vous auriez dû aller à l'urgence hier, grommelle-t-il, alors que nous sortons de la réserve.

– Il est dur avec son corps. Il se prend pour Superman.

– Très drôle, dit Frank.

Malgré la tendresse qui m'habite dès que je pose les yeux sur lui, je fronce les sourcils.

– Il n'y a pas d'autres explications pour ta négligence.

– Je voulais rester seul avec toi, murmure-t-il, ce n'est pas compliqué.

– Tu es resté dans ta chambre!

– Et toi dans la tienne.

– Comment as-tu fait pour ramer aussi longtemps ce matin?

– J'étais motivé. Et puis, j'avais bien pansé ma plaie.

– Pas si bien que ça, apparemment.

– Regardez qui parle, mademoiselle au bras cassé, fait-il.

– On ne meurt pas d'une cassure, mais on peut mourir d'une hémorragie.

– Je suis plus solide que ça, voyons…

Il lève son visage vers le mien pour atteindre mes lèvres.

– Je n'ai pas eu la chance de te dire que je t'aime, murmure-t-il avant de tomber dans les pommes.

À l'hôpital de Trois-Rivières, on l'a piqué contre la rage, puis on a recousu sa plaie en bonne et due forme. On lui a administré des calmants. Je le soupçonne d'avoir plu aux infirmières, car il est passé très rapidement du triage aux traitements médicaux.

– Pas question de retourner travailler pour au moins une semaine, Monsieur Thibault, a gloussé l'infirmière prénommée Julie. Vous, c'est trois semaines, Madame Bertrand, ajoute-t-elle en pointant mon attelle.

Monsieur Surprenant est retourné à la réserve, alors j'ai dû appeler Philippe à la rescousse.

– Où habite-t-il?

– L'Île-Bizard, m'annonce Philippe en souriant.

– Quoi? Tu habites là?

Je ne peux pas m'empêcher de lui demander une confirmation de cette étonnante information, même s'il est un peu dans les vapes.

– C'est notre voisin, me confie Sophie.

Je suis vraiment confuse.

– Pourquoi as-tu dormi sur le divan chez Sophie, alors?

Nous sommes sur la banquette arrière de la Volvo de Philippe. Il est tard, je vois son visage tranquille éclairé par les lumières de la route.

– Parce que c'est là que tu étais.

– Ivre morte et hostile...

– Et alors?

Il saisit doucement ma joue pour coller ma tempe à son épaule.

CHAPITRE 18

PETITES CULOTTES SUR ABAT-JOUR

Philippe se gare devant une maison encore plus grande que la sienne. Toute en pierres des champs, ses lumières extérieures éclairent un parterre rocailleux qui annonce la présence de fleurs vivaces dès que l'été sera vraiment entamé.

Je suis carrément bouche bée. Je lui lance un regard médusé, mais son profil ne se déride pas. Pour lui, c'est un simple retour au bercail.

– Après toi, chuchote-t-il à mon oreille.

– Mais, tu es sûr qu'on peut entrer là ?

– Bien sûr, c'est ma maison.

Il me prend la main, déverrouille, puis, d'un geste rapide, entre le code du système d'alarme.

– Nous sommes chez toi, là ? La police n'apparaîtra pas pour nous passer les menottes ?

Il rit, visiblement attendri par mes questions.

– Tu ne m'as vraiment pas cru, alors ?

– Croire quoi ?

– Je t'ai dit que j'étais une tronche.

– C'était donc vrai ?

– Bien sûr que c'était vrai !

– Pourquoi m'as-tu fait marcher ?

– Tu t'es fait marcher toi-même. C'est toi qui as dévié du sujet.

– Alors, ton passé trouble de bagarreur, les familles d'accueil ? C'étaient des histoires pour que je m'attendrisse sur ton sort ?

– Ça t'a attendrie ? demande-t-il, surpris. Tu es une drôle de fille, Suzie. Normalement, mon passé fait fuir. Pas mon présent.

Il s'avance vers moi, je recule d'instinct. Je suis brouillée, rien n'est clair dans ma tête.

– J'ai l'impression que je ne sais pas à qui je parle ! J'avais décidé de t'aimer malgré ton passé, pour toi-même. Et ce « toi-même » n'est pas celui que je croyais !

Il secoue la tête, passe une main dans ses cheveux. On dirait qu'il a envie de rire. Ce n'est pas drôle ! Je suis épuisée, désorientée, et il rit !

– Tu aurais préféré découvrir que j'habite un petit appartement merdique ?

– Non, bien sûr. Mais tu aurais pu m'avertir ! Là, je suis prise de court. Je déteste être prise de court, Frank. Ça me déstabilise.

– Tu cherches la stabilité, donc.

– Non ! Oui, ce n'est pas ça que j'ai dit !

– Tu préférais un délinquant ?

– Oui ! Hum… non ! Arrête !

– Tu aurais voulu que je sois pauvre, rustre et con ?

– Arrête

Il est devant moi, nous sommes encore debout l'un devant l'autre. Il lève une main pour caresser mes cheveux, je perçois une légère grimace de douleur sur son visage.

– Tu as mal, quelle sotte je fais.

– Le divan…

– Oui, viens.

Je place quelques coussins pour qu'il s'étende confortablement. Le soupir qu'il laisse planer dans l'air me fait sentir exécrable. J'aurais dû y penser avant.

– Ça va, comme ceci ?

Il agrippe ma main et me force à m'étendre au creux de son épaule.

– Je vais te faire mal.

– J'ai connu pire. Shhhhh…

– C'est du vrai cuir ?

Je pose la question après quelques secondes à le laisser caresser mes doigts en silence.

– Oui. Tu pourras le changer si tu veux.

– Pourquoi le changerais-je ? C'est ton cuir.

– Je t'ai dit que je m'en fichais. Si ça te dérange, on le change, c'est tout.

– C'est vrai que ça manque de mobilier ici. Et c'est à se demander si tu connais d'autres couleurs que le gris, le blanc et le marron.

– Tu en mettras, toi, de la couleur. Tu peux même mettre ta boule de cristal sur la table à café.

– Arrête, ce n'est pas ton genre de truc.

– Non, mais c'est le tien. Je veux te voir partout où je regarde.

– C'est dommage que j'habite à deux heures d'ici. J'aurais pu refaire ta déco en entier. Je pourrais te faire un sacré décor.

Il rit en grimaçant de nouveau. Je rigole avec lui.

– Désolée de te faire rire. J'oublie tout le temps que tu es blessé. Ça fait mal ?

– Seulement quand je ris.

– J'arrête alors.

– Tu vas rester longtemps chez ta mère ? demande-t-il.

– Je n'habite pas chez ma mère, mais bien avec ma mère.

– Elle a besoin de toi ?

– Non, pas vraiment. Plus maintenant.

– Elle avait besoin de toi avant ?

– C'est une longue histoire qui t'ennuierait à mourir. Bref, elle a un nouvel amoureux. Il est arrivé dans la maison une semaine avant mon départ pour le bois.

– Ça explique ta fuite.

– Un peu oui.

– J'imagine que tu ne veux pas retourner vivre là.

– Il est gentil, Edgar. Ça ne me dérange pas.

– Edgar ? Le mec s'appelle Edgar ?

– Cesse de rire, tu vas te faire mal.

Quelques secondes s'écoulent encore, un ange passe.

– J'aimerais que tu habites ici, Suzie, dit-il d'une voix rauque.

– Quoi ?

– C'est bien l'entente qu'on a conclue près du balcon aujourd'hui même, non ?

– Frank, on se connaît depuis deux semaines. Je parlais métaphoriquement.

– Pas moi. Tu as dit que tu ne pourrais pas quitter mes bras, je t'ai prise au mot.

– Shhhhh, dors maintenant. Les médicaments qu'ils t'ont donnés sont trop forts.

– Tu vas rester ?

– Oui.

– Pas métaphoriquement ?

– Non.

Je murmure mes mots en passant un index léger sur sa mâchoire. Du coup, il semble s'assoupir. Ses paupières sont closes, sa respiration se calme. Le simple fait de pouvoir le regarder dormir, finalement tranquille, avec un feint sourire au coin des lèvres, est troublant.

Je crois qu'il dort, mais je me trompe. Ses mains, toujours vives, saisissent mon épaule, puis mon visage.

– Tu vas foutre le bordel dans ma maison aseptisée, n'est-ce pas ?

Un petit rire s'échappe de ma gorge, sa candeur doit être due aux médicaments. Il n'a même pas ouvert un œil.

– Je vais mettre des cristaux partout, de la poussière sur tes planchers, de la vaisselle sale dans ton évier.

– Tes petites culottes sur mes abat-jour ?

– Et mes soutiens-gorges sur tes poignées de portes.

Ouvrant soudainement les yeux, il sourit, dévoilant ses dents blanches.

– Sœur Simone va flipper.

– Pourquoi?

– Parce que c'est ma mère.

ET ILS VÉCURENT HEUREUX, ENFIN

Je n'aurais jamais cru que Simone puisse me faire un tel honneur. Pourtant, je suis là, à ses côtés, alors que, dans son tailleur gris confectionné par un designer que Sophie lui a suggéré, elle prononce les vœux qu'elle aurait dû faire quarante ans auparavant. Frank se tient à la droite de son père, ses cheveux clairs peignés vers l'arrière. Je commence à percevoir la ressemblance entre les deux hommes. Ce nez droit, cette bouche aux lèvres pleines. J'imagine que Momo avait les cheveux blonds avant que la neige s'installe, qu'il était plus grand, avant que son destin ne lui courbe l'échine.

Une chorale de vingt religieuses entonne un chant ancestral. Je lance un coup d'œil vers les bancs, et je vois Bob le Serpent pleurer d'émotions. Serge Goyette lui applique un coup de coude embarrassé.

Le célébrant est un cardinal, rien de moins pour l'ex-religieuse. Simone prend Maurice pour époux devant le Dieu qu'elle a servi toute sa vie. Son sourire est rayonnant, ses yeux n'ont plus rien de sévère. Lorsque les nouveaux mariés sont officiellement déclarés, le baiser est sobre, mais sincère.

L'an prochain, ce sera mon tour de faire pleurer le gaillard.

LIVRE III

LA NAUFRAGÉE URBAINE

CHAPITRE 1

MON NOUVEAU JOB

« Concentre-toi sur ton travail. Ne fais qu'une seule chose à la fois. Tu es dans un bar, pas dans un hôpital, tu ne tueras personne même si tu fais une erreur. C'est très simple. Respire. Il n'est que 20 h, encore cent vingt minutes avant la cohue, tu as le temps de te préparer mentalement. »

Je tire une dixième fois sur ma jupe, pour tenter de dissimuler le trou qui s'est formé dans mon bas de nylon. Fébrile, je m'applique à essuyer avec un torchon gris les dernières gouttes d'eau savonneuse sur une coupe à cognac. Personne ne regardera là, derrière ma cuisse gauche, très haut, presque sous la fesse.

– Ton bas est déchiré.

Splatch! Le verre glisse de ma main. Mille morceaux s'étalent sur la tuile.

– Bravo.

– Maxence, tu m'as fait une de ces peurs !

– J'ai vu ça. Attends, je t'aide. Tu t'es coupée ?

– Non !

Maxence est un ami d'enfance, il est aussi mon nouveau patron. Je rougis de honte lorsqu'il étire son grand bras vers le placard pour sortir le balai.

– Relaxe, Flavie, personne ne te mangera ce soir.

La main droite sur ma hanche maigrichonne, j'arque un sourcil. Maxence bafouille.

– Tu me scrutes avec ton regard de cochonne. Tu me fais dire des cochonneries… Euh! je veux dire, des conneries.

– Mon *quoi*?

Je m'examine dans la glace, j'ai déjà reçu ce commentaire auparavant. Des yeux grivois et une voix de chambre à coucher. Si au moins je chantais la mélodie qui vient avec le titre.

– Fais seulement attention, certains clients pourraient mal interpréter tes petits airs. Ce n'est pas un bar gay, ici. Je veux dire, les hommes te regarderont toi, et non moi!

– Je me demande encore pourquoi tu n'as pas ouvert un bar mauve, justement.

– Je déteste les stéréotypes, je te l'ai déjà expliqué cent fois. Et ce n'est pas le quartier…

Il a raison. Son orientation sexuelle n'a rien à voir avec son identité, Maxence se fait un point d'honneur de passer inaperçu. Au grand malheur des femmes qui le courtisent.

– Si le client est intéressant, j'ai le droit de le draguer?

– Non. Tu peux lui faire dépenser son fric, ça oui. Ne pars avec personne, compris?

– Et si on commande un cocktail que je ne sais pas préparer?

Maxence sourit.

– Tu les connais tous par cœur.

– Et si je fais une erreur en rendant la monnaie?

Il jette les éclats de verre à la poubelle sans cesser de me regarder. Deux mèches châtaines tombent sur ses sourcils, les autres vont çà et là, vers le plafond. Contrairement à moi, Maxence a un coiffeur.

Il soupire, puis me pose un baiser sonore sur le front.

– Tu ne te tromperas pas.

– Mais, c'est ton argent!

– Justement.

Je me scrute une nouvelle fois dans le miroir. Je n'aurais pas dû insister pour m'habiller *sexy*. Maxence avait pourtant précisé que je pouvais rester moi-même, en Flavie, *grunge* et gitane.

J'ajuste le bustier qui me colle à la peau sous mon chemisier blanc, ample et quasi transparent. Ah! L'inconfort de la coquetterie vaine. Un jour, je me promets de comprendre comment on s'y fait.

CHAPITRE 2

CÉLIBATAIRES EN CAVALE

Dernier jeudi d'avril, deux semaines plus tard

C'est une ruche de mâles; je peux presque humer la testos-térone qui flotte dans l'air ambiant. Série de la Coupe Stanley: septième match de hockey entre le Canadien de Montréal et les Bruins de Boston, dernière période, le score est 2-2. Si on perd, c'est la saison de golf qui commence pour nos valeureux Canadiens. Les billets nous auraient coûté les yeux de la tête si Vanessa n'avait pas eu de «contacts».

Nous sommes assis dans la section des sièges rouges, c'est une chance folle d'être aussi près de la patinoire en ce moment de la saison. Le partisan à ma gauche se lève toutes les deux minutes, il crie à s'époumoner comme si l'arbitre pouvait l'entendre. Le but était bon, non? Il ne semble pas de cet avis. Il n'aura plus de voix demain, c'est certain. Il est si captivé par le déroulement de la partie que je prends le pari qu'il ne s'opposera pas à un peu de fumée.

Tâchant d'être tout de même polie, je lui pose la question, même si je sais qu'il ne m'entendra pas.

– Ça vous dérange si je fume?

Une main féminine frappe ma Gauloise qui tombe entre les bancs.

– Eille! Ça coûte cher!

– C'est interdit dans les endroits publics depuis 2005, Flavie ! Des Gauloises, en plus. *Beurk* !

Ma meilleure amie Vanessa Picard, blonde comme la lune de mai, belle comme une rose, fait un sourire embarrassé à l'homme.

– Désolée, ça ne se reproduira plus.

Le gars se rassied, ça doit être une pause dans le jeu. Si je suivais la partie, je saurais exactement.

– Ce n'est rien.

Le timbre de sa voix me branche sur 110 volts. Je me casse le cou pour le regarder. *Waow !* C'est lui, c'est l'homme de mes rêves. Brun, solide, un nez bien dessiné sous un front volontaire, des yeux noisette d'une profondeur mythique. Je vendrais mon âme au diable.

– Vous attendez votre conjoint ?

Je me retourne de nouveau, le cœur battant, car cette question en est une d'intérêt. Je cherche son regard.

Il n'est pas sur moi, son foutu regard. Il est sur Vanessa.

À quoi bon ?

– Oui, nos maris arrivent bientôt.

– Ah, d'accord.

En disant ça, il exprime sa joie haut et fort. On vient de marquer. C'est 3-3.

Vanessa émet son rire cristallin, se penchant vers l'avant pour lui adresser la parole, car je suis assise entre elle et lui.

– Elle ment, nous sommes célibataires.

– Deux filles célibataires au hockey. C'est de la stratégie ?

Il s'adresse à nous sans quitter la glace des yeux. Étonnant qu'il parle, le match est spectaculaire, la foule, en délire. Évidemment, je m'empresse de protester.

– Non ! C'est notre sport favori.

Il consulte silencieusement Vanessa pour savoir si je raconte des bobards.

– Elle ment encore.

– Êtes-vous occupées après la partie ?

– Nooon, gazouille mon amie.

Me voilà le chaperon de service. Il est beau, grand, probablement riche. Il veut Vanessa, c'est clair.

– Allons prendre un verre ! propose l'autre.

Le petit bedonnant qui l'accompagne cherche mon attention.

Vanessa me supplie avec une moue. Elle est consciente que je suis lasse de ses conquêtes faciles.

Le bruit environnant me permet de parler à Adonis sans être entendue.

– Je sais que Vanessa est belle, mais elle est en peine d'amour. Du genre à pleurer dans cinq minutes.

Le gars rit. Il croit que j'invente n'importe quoi. Pourtant, c'est la vérité.

– Fais-tu toujours ça ?

Je fais comme si je ne comprenais pas.

– Quoi ?

– Saboter les prises de ta copine.

Je tire une autre cigarette, la donne à Adonis.

Je surveille Vanessa. Depuis que son amoureux l'a laissée tomber, elle est mal en point.

Déjà, si elle acceptait de suivre mes conseils, de penser à elle… Seulement, Vanessa, ben, c'est Vanessa. Elle se sent coupable de chaque erreur possible. Ce qui est le plus ahurissant, c'est que ça ne dure jamais longtemps, il y a toujours un preux chevalier pour rappliquer. Elle les repousse tous, évidemment, toutes ses pensées sont focalisées sur une seule personne, l'impressionnant Dereck Alcaroz. Encore aujourd'hui, c'est le même manège qui recommence !

Même si elle paraît charmante ce soir, ce n'est qu'un mirage qui ne se poursuivra pas. Vanessa éblouit, lorsqu'on ne la connaît pas. Ça peut prendre des semaines avant qu'on en vienne à la conclusion qu'elle n'est, en réalité, qu'une femme ordinaire, plus sensible que les autres, qui manque de confiance en ses capacités.

Pourtant, malgré le fait qu'elle n'entretienne pas les conversations, qu'elle ait le regard éteint, qu'elle soit désintéressée par ce qui l'entoure, les vautours comme celui qui se trouve à ma gauche n'y voient que du feu. Elle est attirante, point à la ligne. Après ça, on se demande pourquoi les filles comme moi sont découragées.

– De toute façon, tu n'aurais pas couché avec elle ce soir, dis-je à l'inconnu, sûre de moi.

– Mais avec toi, oui?

Je la prends comment, cette supposition? J'ai l'air facile?

Il doit faire partie de ces chasseurs qui fonctionnent aux statistiques. Si ça ne marche pas avec une, on tente de séduire la suivante. Il est si beau, je suis tentée d'être gentille. Au fond, je ne suis pas mieux que lui! Je dois être bien faible, puisque je ne résiste pas au serpent à sonnettes.

– Les chances étaient meilleures.

Il hausse les épaules.

– Tu n'es pas mon genre.

«Ça, je le sais. Tu ne me regardes même pas dans les yeux.»

– Je ne suis le genre de personne, dis-je en soufflant une bouffée.

Vanessa me cogne le flanc, son visage est crispé. Est-elle un peu verte?

– J'appelle la sécurité si tu n'éteins pas, menace-t-elle.

– Hé, vous en bas! Écrasez ça! Ça empeste! font des voix venues d'en haut.

Ignorant les râleurs, Adonis me regarde finalement, un sourire en coin.

– C'est quoi ton nom?

– Flavie Lamontagne, et toi?

J'expire des cercles grisâtres. Ça fait drôle de fumer à l'intérieur. Il y a au moins sept ans que je n'ai pas tenté le coup. On dirait que d'avoir un «ami» qui fait le «mal» avec moi me donne du cran.

– Mathieu Latour. Merci pour la Gauloise, ça me rappelle Paris.

Il inspire lentement la fumée bleue.

– Ton amie s'appelle comment ?

– Tu ne lâches pas, hein ?

– Hé !

Il tend le bras pour tirer une mèche blonde. Je n'ai pas rêvé, Vanessa est carrément verte, l'odeur la rend malade.

– Comment tu t'appelles ?

– Vanessa.

– Ton amie dit que tu es en peine d'amour, c'est vrai ?

Hé ! Pas correct !

– T'es un con.

– Tu n'es pas mieux.

– Pourquoi tu fais ça ?

Il me regarde droit dans les yeux, je tâche de ne pas me laisser intimider, même si mes ongles s'enfoncent profondément dans mes paumes.

– Je n'aime pas les cachotteries.

Je ne connais pas ce Mathieu Latour, pas certaine de vouloir en découvrir plus sur le personnage.

– Ne te venge pas sur une innocente victime. Sois un homme.

– Fais attention, tu ne sais pas à qui tu parles.

– J'imagine très bien.

– Ah ouais ?

– Ouais !

Nous sommes nez à nez, à un millimètre de nous avaler tout rond. Ce qu'il sent bon, le goujat ! Je suis la première à baisser les yeux.

– Tu es bien facile à distraire pour un match pareil. T'es carencé affectif ?

Je le vois serrer les poings. Ah ! Aurais-je frappé là où ça fait mal ? Un bobo à l'orgueil ? Je m'attends à une répartie vive qui me fermera le clapet, mais elle ne vient pas. Il se concentre sur la partie jusqu'à ce que Montréal laisse un passer autre but dans son filet sans répliquer. Fin de la saison de hockey.

Alors que tout le monde se lève dans une ambiance de mort, Vanessa m'agrippe le bras avant de vomir sur la tête du gars devant elle.

Elle m'avait pourtant avertie qu'elle ne se sentait pas bien.

Il y a des gens qui fuient les situations orageuses, d'autres les embrassent comme des opportunités. Mathieu fait partie de la seconde catégorie.

Ça n'aura pris que deux temps, trois mouvements pour que le jeune homme souillé se retourne, prêt à tuer. C'est Mathieu qui lui fait face. Il m'a enjambée pour donner son verre vide à Vanessa.

– Hé! C'est dégueulasse!

La victime du dégât proteste. Il a raison. Moi, j'aurais alerté les pompiers.

– Un accident, y a pas de blessé, va te laver, lance Mathieu.

Vanessa pleure, je savais que ça arriverait. Cette jeune femme, très professionnelle au travail, sanglote pour une éclaboussure de bile. Le monde est à l'envers, je ne le dirai jamais assez.

– Je suis désolée, s'égosille-t-elle.

Elle semble avoir peur, comme si on allait la battre. Quiconque ne la connaîtrait pas croirait qu'elle en rajoute un peu. Moi, je sais qu'elle préférerait se flageller que de salir quelqu'un avec son dégobillage.

– Quand on ne sait pas boire, on ne boit pas! rage le gars plein de vomi.

– Elle n'a pas bu, va te laver, tu empestes, réponds-je.

Il veut m'étrangler, il a raison. Mathieu me fait une tête! Quoi? Moi aussi, je peux l'envoyer se laver.

– Ça va?

Avec une douceur infinie, Mathieu entoure Vanessa d'attentions comme un chaton perdu. Regardez bien, si je vomis, moi aussi, personne ne se fendra en quatre pour m'aider.

– Viens avec moi.

Il saisit son bras et part avec elle. Je suis seule avec le gars qui s'essuie, il veut ma peau. L'accompagnateur de Mathieu a décampé, tant mieux.

Le gars qui tente d'essuyer sa tête fait un peu pitié, je trouve.

– Je suis désolée. Je vais t'aider.

J'ai des lingettes parfumées dans mon sac, j'en sors une pile du paquet.

– Prends ça.

Il saisit une épaisseur considérable de lingettes blanches avec humeur. Je le regarde discrètement alors qu'il se bat avec ses cheveux, son col de chandail et le fluide fétide.

Je sais, je n'ai vraiment pas l'air du genre, mais je veux un enfant. À défaut d'avoir le père, j'ai les accessoires de la mère parfaite. Qu'ai-je d'autre dans mon sac? Un hochet. Il sert à calmer les bébés récalcitrants des divorcés qui n'ont pas songé à munir leur progéniture d'un divertissement instantané. Ça engage la conversation. Les papas du week-end sont repérables aisément. Ils sont vulnérables, des cibles faciles.

Est-ce que je veux absolument un amoureux avec des enfants? Non, franchement, je ne suis pas masochiste. Je ne suis pas née de la dernière pluie non plus. Je sais compter. J'ai déjà vingt-neuf ans. Je n'ai plus tout mon temps.

Je suis consciente qu'au premier abord j'ai l'air de la femme courageuse prête à aller se faire inséminer sans égard pour son statut de mère monoparentale automatique. Détrompons-nous! Loin de moi cette idée.

J'ai trop observé mes copines qui sont mamans. Cernées, blafardes, nerveuses. Si la caféine se vendait en version injectable, elles se piqueraient. Pourtant, ce sont ces mêmes femmes qui ont un discours romantique: «Mes enfants sont l'amour de ma vie!» ou mon préféré: «Un enfant, ça vous remplit l'âme!» En réalité, c'est primitif tout ça. Intra-utérin. Hormonal. Une blague de la nature qui ne cesse de nous mettre à genoux devant son charme, nous, pauvres spécimens du genre XX.

Bref, le hochet, je suis pas loin de le donner au gars qui se lamente encore.

– Hé, toi! fait-il.

– Ce n'est pas ma faute, lâche-moi, OK?

– Relaxe, je voulais te remercier.

– De rien.

– Tu ne vas pas voir ton amie?

Je regarde le drôle de moineau. Un instant fâché, un instant gentil. C'est louche.

– Elle est en bonne compagnie, je crois.

– Mathieu? Elle n'a aucune chance.

Je cligne des paupières. Même front, yeux semblables, bouche aux lèvres pleines, provenant visiblement d'une hérédité commune. Différent genre. Cette version diminuée d'Adonis porte des favoris, des lunettes d'intello, un manteau de velours côtelé. Je dis prof d'histoire.

– Frères?

– Depuis la naissance.

– Tu es le vilain canard?

Il me fait un sourire triste.

– Oui.

– Flavie Lamontagne. Moi, mon «vilain-canarisme» dépasse le cercle familial, il s'étend à toute ma vie sociale.

– Hugo Latour. Enchanté.

Je ne l'invite pas, pourtant il monte d'un gradin pour prendre la place vide de Vanessa. Il y a quelque chose qui me rebute. Je ne saurais dire quoi. Pas de chimie. Ce sont des choses qui arrivent.

– Ne fais pas cette tête-là, je ne te draguerai pas.

– Merci, c'est gentil, franchement.

Il continue de frotter ses cheveux, il a sacrément besoin d'une douche.

– Ne le prends pas mal. Je ne suis pas en bonne position pour séduire une femme, dit-il.

Je fais mine d'être déçue, il a l'air tellement triste. Il semble distrait en regardant la surfaceuse fondre une fine couche de glace usée. L'aréna, qui était électrisé par ses 21 273 supporteurs, véhicule maintenant une atmosphère de funérailles. Tout comme mon humeur, alors que je me retrouve avec un gars dépressif. Je crois que je vais aller me pendre.

Un gobelet de bière tombe du ciel, sur la tête d'Hugo. Décidément. Il donne un coup au verre de plastique, dans lequel restait un fond de liquide ambré. Tout a dégouliné sur ses cheveux, dans son cou, sous son blouson.

– Tu ne réagis pas?

– Bah! J'ai l'habitude. Je suis né pour ça. Je suis un genre de capteur de dégâts.

Je dois avouer que j'apprécie sa candeur. Il est rare, de nos jours, de croiser des hommes qui ne tentent pas de cacher leurs travers, même lorsque ceux-ci sautent aux yeux. Je le considère quelques instants, pensive. Il fait un peu pitié, mais il a l'air digne de confiance. Avec ce qu'il vient de m'avouer, comment pourrait-il en être autrement? Ah! Et puis, qu'ai-je d'autre à faire du reste de ma soirée? Mon amie m'a abandonnée, Hugo semble être mis au rancart, lui aussi. Une idée me vient...

– Allons prendre un café.

Avec un sourire un peu faible, il acquiesce.

Fin de la soirée, après que Hugo s'est lavé tant bien que mal avec le savon à main du Centre Bell, nous discutons dans un café Second Cup. Très vite, je découvre – sans surprise – que sa vie est un mélange de gâchis et de déceptions. À l'instar de Vanessa, il est en peine d'amour, ses yeux sont cernés, il est blême. On dirait que je n'ai que de ça autour de moi. C'est dommage, car il serait attirant s'il n'était pas manifestement aussi fragile, en plus d'être gentil. Pas autant que son frère, mais en haut de la liste.

– T'as une meilleure amie, Hugo?

– Non, pas vraiment.

Je l'observe, le menton dans la paume. Il a l'air intelligent, équilibré en plus.

– Ça pourrait être moi. Je suis à court d'amis.

Il me regarde, perplexe. Il découvre lentement que je ne pense pas comme un adulte normal. Pour moi, l'amitié peut aussi être un coup de cœur, sans être nécessairement un long échange calculé. Nous discutons depuis plus de deux heures, je crois que Hugo commence à saisir mon point de vue, puisqu'il accepte de jouer le jeu.

– OK. Mais il y a des conditions à remplir avant. J'ai des questions, annonce-t-il.

Je l'observe se prendre le menton comme si tout ça était sérieux. Il est *cool*, mon nouvel ami.

– Comme une entrevue ?

– Non, pas vraiment, dit-il.

– Quoi, alors ?

– Pour savoir dans quoi je me lance, fait-il avec un demi-sourire.

– OK. C'est quoi, tes questions ?

Je suis tout ouïe. Ça ressemble à un flirt élaboré, pourtant, je sens que non.

– T'as bien mentionné que tu voulais un enfant ? demande-t-il.

– Oui.

Depuis le début de notre discussion, je lui ai étalé ma vie, mes rêves, et surtout, mes illusions.

– Le père, il est important dans ton plan ?

Je le regarde, pas sûre de comprendre où il veut en venir.

– Oui…

– Bon, alors, tu désires un bambin ou le grand amour ?

– Les deux.

– Tu ne comprends pas ma question. Si on te donne le choix. Tu prends l'enfant ou le grand amour ?

Hugo parle beaucoup avec ses mains. Elles sont le troisième personnage de notre échange.

– Tu veux dire que si nous prenons l'exemple d'un candidat paternel stérile, mais qui m'aime d'un amour infini et que je l'adore?

– Oui, et tu n'as pas le droit d'adopter. C'est l'un ou l'autre. Pas les deux. Le prince ou l'enfant.

– Pourquoi me poses-tu une question pareille?

– Je veux savoir quelle sera ma mission, sourit-il.

– Ta quoi?

Il prend une gorgée de son café au lait qui, depuis le temps que nous sommes ici, doit être froid. Ses mains sont fines pour un homme de sa stature. C'est un attribut que je remarque souvent.

– Il y en a toujours une, tu vois? Quel est ton rôle avec ton amie Vanessa?

– Je l'aime, c'est tout. Pas de mission.

– Faux!

Je touche son bras avec une mine confiante.

– Je te jure.

Il secoue la tête, très convaincu de son affirmation.

– Archifaux. Ta tâche est de la surveiller pour qu'elle ne tombe pas de nouveau dans la déprime. Elle te permet de croire que tu as fait ton devoir de «bonne» amie.

– Et son devoir à elle?

– Te donner l'impression d'être utile.

– C'est n'importe quoi, Hugo!

– Non, je te dis. Alors?

Le prince ou la progéniture, je dois choisir.

– L'enfant.

– Pourquoi l'enfant? demande-t-il.

Ah! Évident!

– Lui ne me quittera jamais.

– Il n'y a aucune garantie, même si c'est le tien. Il peut être ingrat, tu peux être une mauvaise mère.

Je pince les lèvres, comme si cette conversation était d'une importance majeure pour la suite de ma vie.

– OK, disons que nous retirons la menace d'être abandonnée de l'équation.

– Alors, tu prends quoi? L'homme ou le bébé? insiste-t-il.

Je soupire.

Je suis ennuyée.

– L'homme, bien sûr.

Il me tapote le dos.

– Allez, ce n'est pas grave, tu achèteras un chien.

CHAPITRE 3

PROBLÈMES DE RICHES

J'ai la clé de l'appartement de Vanessa. Je crèche chez elle, le temps de me trouver une location. J'avais une maison appartenant à mes parents. Rien dans la vie n'étant gratuit, ma mère a cru s'être offert le droit de prendre des décisions à ma place. Je suis partie un soir de printemps, le menton en l'air, ma fierté à fleur de peau. Petite valise. Vieille copine, merci pour ton divan. Je vais tâcher de faire ça vite.

Trois mois plus tard, je suis encore sur le sofa-lit de mon amie. Je n'ai pas trouvé d'appartement abordable qui n'ait pas de défaut grave.

– Vanessa?

Je chuchote, si elle dort, je ne veux pas la réveiller. La pauvre, elle fait de l'insomnie. Elle refuse de prendre des somnifères. Je lui dis sans cesse, pourtant : le sommeil, c'est la vie.

Elle sort de sa chambre, le visage rouge.

– Qu'est-ce qui se passe?

– J'avais un message de Dereck.

L'ex qui rapplique. Qu'advient-il de Mathieu «Adonis» Latour?

– Que voulait-il? Attends, je m'en fiche de Dereck, je veux savoir pour Mathieu.

– Dereck demande à revenir.

– Comme tu lui as dit «va te faire foutre», nous pouvons maintenant discuter de ce qui est arrivé entre toi et Mathieu?

Elle ne l'a pas envoyé se faire foutre, évidemment.

Au fond, suis-je un peu jalouse de Vanessa ? *Pas qu'un peu.* Je ne le dirai jamais tout haut, mais elle le sait. Elle sait aussi que je sais qu'elle le sait. Vanessa est une forme d'ange de douceur et de blondeur. Elle n'a pas conscience de toute l'ampleur de sa beauté. Le problème avec Vanessa Picard, c'est qu'elle est fragile.

Je constate que Hugo a raison. C'est vrai que je la protège depuis l'adolescence, je connais toutes ses peurs. Elle pourrait conquérir le monde d'un seul sourire. Au lieu de quoi, elle s'enlise dans ses noires pensées. Il y a quelqu'un, quelque part, qui lui a laissée croire qu'elle ne valait rien. Si un jour je mets la main sur cette personne, je lui fais sa fête.

Ça lui a fait perdre Jacques Lambert, puis Dereck Alcaroz. Deux hommes qui vous mettent la mâchoire à terre. Jacques, l'enfant terrible des affaires, un grand brun d'une carrure enviée par ses congénères, gentil, vif, avenant… Marguerite Casgrain-Picard, la mère de Vanessa, une grande dame, a eu tôt fait de décider que Jacques était son futur gendre. Marguerite a toujours été aussi autoritaire que snob. Lorsque Jacques a finalement trouvé sa vraie Juliette – elle s'appelle vraiment comme ça en plus –, Marguerite a inutilement tenté de chercher des torts à la pauvre fille. Ses efforts sont restés vains, puisque Juliette est parfaite.

On pourrait penser que Marguerite est la seule responsable de l'insécurité de Vanessa. Pourtant, non, au contraire. Pour les avoir vues évoluer au fil des ans, je sais qu'il n'existe pas mère plus fière de sa progéniture.

Vanessa dira que, vue de l'extérieur, leur relation peut sembler enviable, mais que, de l'intérieur, c'est un drame sans fin. Peu m'importe, moi j'admire un duo magnifique. Elles sont belles, intemporelles, gracieuses et très élégantes. Ma mère à moi a plutôt l'air d'une femme qui s'est laissé abuser par les années. De plus, Vanessa a un métier formidable, une demeure digne d'un magazine. Moi, je suis Flavie la tortue, je traîne ma maison sur mon dos, je dors où je peux poser mon sac.

Bref, Vanessa a répété les mêmes erreurs avec Dereck que celles commises avec Jacques. Testant d'office leur «amour» qu'elle voulait inconditionnel jusqu'au bout de leur patience. Elle a lu trop de romans sentimentaux, elle cherche son héros infaillible.

– Que disait-il dans son message?

Vanessa compose le code de son cellulaire. La voix profonde de Dereck résonne.

«J'ai un billet d'avion, j'arrive demain. Hum! bon, c'est ça. Je te vois vers l'heure du souper. Pas besoin de venir me chercher à l'aéroport. Je prendrai un taxi. Bon, OK, bye.»

– Il hésitait, dit-elle. Qu'en penses-tu? Sa voix était bizarre, non? Il ne veut pas vraiment revenir. Il a juste peur que je trouve quelqu'un d'autre? Il vient me surveiller, tu crois?

Je la regarde babiller comme une enfant. Je ne sais pas. Qui suis-je pour deviner ce qui se trame dans la tête de l'intense Dereck Alcaroz qui ne m'a jamais vraiment adressé la parole, à part pour me dire «passe-moi le beurre»?

Le gars mène la grande vie. C'est un pilote de ligne, il vit entre Toronto, Montréal, et d'autres importantes villes du monde. Quelqu'un peut m'expliquer comment Vanessa réussit à l'habiter comme ça? Il finit toujours par revenir. Elle m'a eue également, je dois l'admettre. Je la couve malgré moi. Dois-je en plus la protéger de Dereck? Ah non, alors! Qu'ils s'arrangent. Moi, j'appelle ça des problèmes de riches.

J'ai une vie aussi.

Non, en fait. Pas vraiment.

Personne ne pense à moi jour et nuit, personne ne compte sur moi. Même pas Vanessa. Si je n'étais pas là, une autre copine de notre cercle prendrait la relève. Toutes de grandes âmes, mes amies.

J'ai des études derrière la cravate par contre. Ah ça, oui! Je suis ferrée jusqu'au cuir chevelu. J'ai une maîtrise en philosophie. Je fais quoi, avec ça? Je sers des cocktails rue Saint-Denis.

Dereck arrive demain, il n'a pas encore sorti toutes ses affaires de l'appartement de Vanessa. Au point où ils en sont, il est impossible de prédire ce qu'il fera. Elle est physiothérapeute, lui, conquérant du ciel. Moi, granola jusqu'à la moelle, perdue dans ce monde trop grand.

Je suis un mélange d'Uma Thurman et de Meryl Streep, on y ajoute un foulard enrobant des mèches auburn un peu folles, une veste de suède – du faux évidemment – des jeans trop longs, aucun maquillage sur un visage anguleux. Je ne suis pas végétarienne, toutefois. Ce n'est pas faute d'avoir essayé, seulement, c'est trop d'engagement pour moi.

Je suis éphémère. Je me pointe le nez un peu partout, je frôle les projets, je me questionne, brasse des milliers de nuages, pour ensuite me défiler juste à temps. Souvent, quelqu'un arrive pour me sauver de moi-même.

Quoi qu'il en soit, je pense que l'heure est venue pour moi de trouver un appartement.

Le lendemain, je laisse Vanessa à sa joie de revoir son homme pour sonder les annonces dans la rubrique «appartements à louer» sur Kijiji.com. Je suis dans le même Second Cup, au coin de Peel et de Sainte-Catherine, que celui où j'ai passé des heures avec Hugo Latour l'autre soir.

Mon iPhone est mon unique luxe. Je pourrais manquer de nourriture pour le conserver. C'est mon lien avec le monde, mon seul jouet quoi! Vive le wifi, ça évite de gaspiller mon minuscule forfait Internet. Comme c'est relativement calme pour un dimanche matin, j'ai deux tables à moi seule. Je relève ma jupe paysanne pour étendre mes longues jambes blanches sur la chaise qui me fait face.

Ai-je réellement cru Hugo lorsqu'il s'est porté volontaire pour être mon ami? Non, bien sûr. Nous avions un peu bu, et le café était fort pour l'heure tardive. Il y avait des papillons dans l'air, c'était le genre de soirée qui vous fait soupçonner l'existence des fées. Un étranger avec aucune tige de connaissances communes s'enfuit dans l'oubli dès le dernier regard. C'est dommage, tout de même, car il était vif d'esprit, comique, coloré. De plus, pour une fois, je sais que celui-là ne cherchait pas à fouiller dans ma culotte.

Vanessa m'a dit que le sublime Mathieu l'avait laissée devant le wagon de métro, à la station Lucien-L'Allier. Deux baisers sur les joues, aucune promesse de contacts ultérieurs. Elle a dû pleurer sur son épaule au sujet de Dereck. Elle fait toujours ça. Le pire, c'est que les gars l'écoutent comme s'ils avaient une chance de jouer les surhommes. Ils aiment ça, au début, tenir le rôle du tout-puissant sauveur de la belle. Au *début*, oui. Seulement, ça ne dure pas.

J'ai un message sur Facebook, Hugo qui m'invite à prendre un café. «J'y suis déjà. Même table? D'accord.» Il arrive dans dix minutes. Habite-t-il au centre-ville? Tant de questions à poser.

Je regarde la liste de logements à louer, il y en a des dizaines. Presque tous pour le 1er juillet, jour de déménagement du Québécois nomade. On est début mai, presque deux mois encore. Je n'ai plus de voiture, je dois trouver près d'une station de métro, d'une épicerie, d'un café.

Voilà Hugo qui apparaît à contre-jour. On dirait qu'il a grandi depuis vendredi. Il se penche pour me faire la bise, il sent bon, il est frais rasé et ses yeux sont rieurs. Il porte des tongs noires, il fait un peu froid pour se sortir les orteils. Il doit être plus solide que moi. J'ai toujours mes bottines.

– Salut, je suis content de te voir.

Je regarde la rue à travers la vitrine par réflexe, comme si je tentais de deviner d'où il arrive.

– Tu habites près d'ici?

– Sur le Plateau.

Ah! Je le savais. Le Plateau Mont-Royal abrite son lot de gens intéressants. Je veux vivre là, un jour. C'est mon rêve. Ça et rencontrer l'âme sœur. Je vise le Plateau en premier, c'est plus réaliste que de penser trouver le prince charmant.

– Je ne suis pas surprise.

Il sourit.

– Je ne suis pas surpris que tu ne sois pas surprise. J'ai la gueule, non?

– Moi aussi, j'ai la gueule. Je vais chercher là.

Il se frotte les mains par réflexe, je remarque qu'il le fait souvent, il semble un peu anxieux de façon générale. Le klaxon d'un impatient retentit dans la rue, ça me porte à rire. L'une des raisons pour lesquelles je n'ai plus de voiture. Non, pas vrai. La raison est que je n'ai plus un rond. Je me plais à croire que c'est par choix.

– Tu regardes pour un appart?

– Oh, mon Dieu! m'écrié-je, ignorant sa question. Mille cinq cents dollars par mois pour un quatre pièces? Ils sont fous?

Il rit doucement.

– C'est dans les prix. Mais console-toi, parfois, ça inclut les pièges à souris.

Je suis découragée. Je fais mine de pleurer lorsque soudain, PAF!, une trouvaille énorme.

– Oh, il y en a un ici, trois pièces, six cent quatre-vingt-cinq dollars par mois... à l'angle de Rivard. Tu crois que c'est une attrape?

– J'allais t'en parler.

J'ai les yeux ronds.

– De cet appartement?

– Oui, mais il y a une longue liste d'attente. Tout le monde le veut, évidemment. Mon frère prend tout son temps, on dirait qu'il aime l'attention.

Un coup de chance qui m'arriverait, à moi? Je me pince!

– L'immeuble appartient à ton frère? Celui que j'ai vu? Mathieu?

– Ouaip. J'essaie de l'avoir pour moi, j'habite le haut. Il refuse de m'entendre, soupire-t-il.

– Vilain canard...

Il porte ses mains à son visage, fait glisser ses paumes sur ses joues.

– Ne le souligne pas, c'est déjà assez douloureux.

– Alors, je peux poser ma candidature, tu crois?

Il s'esclaffe ouvertement, tapant la table au passage.

– Essaie toujours. T'as de l'argent? Il exige trois mois d'avance. Juste pour réserver.

– Il n'a pas le droit de faire ça. Je suis certaine que la Régie du logement ne le permet pas!

Hugo me répond en bâillant.

– Mathieu s'en fiche. Il charme les commis ou paye les amendes, il en fait à sa tête. Il lui en faut plus que ça pour se laisser impressionner. Alors? Tu es blindée ou non?

– C'est plus de deux mille dollars. C'est des centaines de cocktails à servir, dis-je pensive.

– Je peux peut-être… t'aider.

Une sirène de police retentit. Est-ce un signe de me méfier? J'ai toujours été superstitieuse, je suis à l'affût.

Il se tait avant que mes yeux ne rejoignent les siens.

– Pourquoi ferais-tu une chose pareille? Tu ne me connais même pas.

Il s'avance au-dessus de la table, les coudes sur le formica, le menton dans les paumes, il agite ses longs cils d'un air sarcastique. Je n'avais jamais remarqué à quel point ses dents étaient blanches.

– Parce que mon frère me fait royalement chier.

CHAPITRE 4

RUE RIVARD

Ça n'a pris que cinq minutes à Hugo pour me convaincre. Punaise, au prix demandé, pour être en plein sur le Plateau, à deux pas du métro, presque sur Mont-Royal, à côté de Saint-Denis, là où les restos mettent du brie dans leurs sandwichs, des aubergines grillées, et de la sauce trois-poivres sur des bagels frais du jour. Je serais folle de ne pas tenter ma chance. C'est au milieu de ces gens qui lisent le *VOIR* et sont attentifs aux lancements de bouquins. Là où l'on a l'impression de revenir en 1975, tellement les passants ne suivent aucune mode, et toutes les modes. Là où chaque coin de rue offre un magasin de livres, de disques, de bottes de cow-boy de seconde main. Ironiquement, avant, c'était le quartier pauvre de Montréal, maintenant, c'est à la fois huppé et fond de baril. Deux mondes se côtoient.

Bref, je visite le logement à 14 h. C'est lundi et il pleut. Hugo m'attend devant la porte vitrée, près du stand de sirop d'érable qui allèche le touriste printanier. Pas de chance s'il est là en mai; on se croirait à Londres.

Il me fait la bise. Il est peigné sur le côté, à la Bieber.

Je me sens comme un imposteur. Aurai-je vraiment les moyens de débourser ce montant tous les mois? Il faut foncer, l'argent arrivera. C'est ce que je me répète en boucle. Ma vie nomade doit s'arrêter ici, je suis fatiguée. Ce que j'appelais «liberté» jusqu'à la semaine dernière est devenu un boulet à ma cheville. Je veux planter ma tente sur du parquet, et payer ma propre facture d'Hydro-Québec.

Zut, y a ça aussi. Les factures d'électricité. Depuis longtemps, le seul compte qui porte mon nom est tamponné *Rogers* pour l'iPhone que mon père m'a offert. Toute mon existence est dedans. Je suis en sevrage de Facebook, je m'impose une stricte retenue, ma dépendance commençait à me faire peur.

– C'est toi qui me fais visiter?

Je me retiens pour ne pas ébouriffer sa mise en plis. Je me demande ce qu'il fait dans la vie pour être disponible en pleine journée, un lundi. Je le saurai bien le moment venu.

– Mathieu est en France.

Ce sont sûrement mes cigarettes qui lui ont rappelé Paris. Il a dû avoir une envie folle de traverser l'Atlantique. Des fois, j'aime me laisser croire que j'ai une influence sur le destin des gens.

– Évidemment.

J'ai roulé les yeux au plafond comme si je connaissais Mathieu depuis des lustres, que je tenais comme une certitude ridicule qu'il soit en Europe. Hugo sourcille devant mon commentaire, mais ne relève pas la question. Je devine que Mathieu prend l'avion comme je monte dans le bus.

– Je te garde pour le déjeuner, si tu veux bien.

Son offre tombe à point, j'ai faim, justement.

– Évidemment, souris-je.

Nous croisons une femme plutôt maigre en traversant l'avenue du Mont-Royal, elle marche, main tendue devant. Hugo fouille dans sa poche.

– C'est gentil.

Il me fait une mine triste.

– C'est Jane, une *toxico*, je lui donne toujours assez pour un café. D'après moi, elle n'en a plus pour longtemps.

– Mais... on ne peut pas la mettre en thérapie?

Hugo sourit à ma question naïve.

– Faudrait qu'elle le veuille. Viens.

J'ai le cœur serré, mais je prends gaiement le bras que m'offre galamment Hugo. Nous marchons quelques minutes, il s'arrête devant un bâtiment de briques brunes. Typiquement montréalais, escalier extérieur, bâti en hauteur, collé sur d'autres édifices.

– J'habite à l'étage. Celui qui est libre, c'est ici en bas.

Il sort de sa poche un énorme trousseau de clés. Il doit en avoir une dizaine.

– C'est toi le concierge, ou tu as des immeubles?

– Tout appartient à mon frère.

Je suis à un cheveu de m'exclamer «il a tout ça?», mais Hugo est déjà à l'intérieur.

Au premier abord, il fait sombre. Normal, il n'y a qu'une fenêtre dans le salon double, séparé par une arche au sommet de laquelle deux anges nus de plâtre semblent prier pour nos âmes. Un long couloir mène à une cuisine aux placards blancs. Une porte-fenêtre au cadre de bois donne sur une petite galerie ainsi que sur une cour de quelques mètres qui, elle, s'ouvre sur une ruelle. La voisine a oublié de décrocher ses sous-vêtements de la corde à linge avant que la pluie ne les imbibe. On se croirait dans un roman de Michel Tremblay. C'est à se demander si la grosse femme d'à côté est enceinte*.

Je remarque que dans tout l'appartement il règne un capharnaüm. Apparemment, l'ancien locataire n'a pas eu le temps de faire ses bagages, ni le ménage depuis Noël. Des montagnes de bouquins, des caisses de bouteilles de bière vides, un vélo un peu rouillé dont la roue avant est démontée de son cadre. Hugo répond à mon interrogation silencieuse.

– Expulsé.

– Il n'a pas sorti ses affaires?

Hugo agite les clés d'un geste nerveux.

– Mathieu s'est arrangé pour qu'il parte vite.

– Comment?

---

* Tremblay, Michel, *La grosse femme d'à côté est enceinte*, *Chroniques du Plateau Mont-Royal*, Montréal, Leméac ,1978.

Mon nouvel ami me fait une moue qui en dit long. *OK, je ne poserai pas de questions.*

– Alors, tu veux l'appartement ? demande-t-il.

– Oui, bien sûr.

– Tiens.

Il me tend un long papier garni de bleu. Un bail. Mon nom est déjà dessus, il était préparé.

– Mais… ne faut-il pas que je négocie avec Mathieu ? N'y a-t-il pas une liste d'attente ? Ne joue-t-il pas au tyran qui fait damner tous les aspirants à ce logement ?

Hugo me fait un sourire fier et affirmatif à chaque question. On sent bien la rivalité fraternelle. Rivalité dont visiblement Hugo sort rarement vainqueur. J'ai l'impression de servir de batte de baseball.

– Les absents ont toujours tort. Il m'a laissé les clés, les papiers, c'est moi qui décide. Et je décide que tu seras ma nouvelle voisine.

Je repousse sa feuille.

– Non, Hugo. Je veux m'assurer qu'il ne me fera pas de problèmes. À t'entendre, ce n'est pas un homme à provoquer.

Il met une main sur son cœur.

– Je te protégerai au risque de ma vie.

Il sort un stylo de sa poche. On se croirait à la Maison-Blanche, 1962, je suis John Kennedy, et on me force à approuver quelque chose de nébuleux. Il repousse une cannette de bière vide du revers de la main, étend le document sur la table, tire la chaise.

– Il n'est que 20 h en France, je préférerais que tu l'appelles avant, insisté-je.

Il semble agacé par ma résistance. Non vraiment, je dois m'assurer de ne pas signer trop vite.

– Je ne sais pas comment le joindre.

– Mensonge ! Il a un iPhone, je l'ai vu l'autre soir. *Facebooke*-le, au pire. Je signerai cet après-midi. Tu me fais toujours à manger ?

Il est déçu que je ne coopère pas comme il le voudrait. Eh ben, mon gars, c'est la vie.

– Oui, viens, on a des courses à faire.

Oh, mon Dieu que je veux vivre ici ! Des figues fraîches en mai ! Des mangues odorantes. C'est à croire qu'il y a un TGV entre l'avenue du Mont-Royal et les bananiers.

La caissière de la Société des alcools fait les yeux doux à Hugo en glissant notre bouteille sous le lecteur à infrarouge. *Bip*, clignement de paupières, *bip*, poitrine exaltée, *bip*, ça fera 15,95 $.

– Tu as l'air habitué à sa tentative de séduction, dis-je en sortant.

– Imagine quand mon frère passe.

Oui, j'imagine.

Nous avons de la bouffe pour une armée. Nous cuisinons mexicain. Hugo insiste pour faire ses guacamole, salsa et nachos gratinés maison. Crème sure 14 % de matière grasse. Vanessa tomberait à la renverse. Moi, ça ne me dérange en rien. De toute façon, bientôt, je n'aurai plus d'argent pour manger, alors autant faire des réserves sur mes hanches.

On dirait bien que chez Hugo on ne frappe pas avant d'entrer. Deux femmes dans la trentaine, l'une les cheveux platine, épars et raides jusqu'aux épaules, l'autre une tignasse d'ébène qui descend à sa taille, se présentent devant nous. Je pose une main sur le foulard bleu qui serre ma nuque. Ça devrait aller.

– Hugo, chéri ! Tu viens à la partie d'UNO, ce soir ? Chez Lulu, on sera une dizaine.

La blonde me fait un regard plus curieux qu'antipathique.

– Bonjour, moi, c'est Gigi, elle, Amélia.

Je les considère avec scepticisme, sans cacher mon hésitation à décider si je les trouve très belles ou très laides. Elles n'ont rien d'ordinaire, ça, c'est sûr. On dirait Betty et Veronica sur l'acide.

– Flavie, enchantée.

337

Gigi se sent obligée de préciser – bien que je m'en moque –la raison de sa présence ici.

– Nous sommes des amies intimes de Mathieu, mais nous avons vite adopté Hugo, il est si adorable. Il est où, le grand charmeur justement?

Elle me tend une main si délicate que j'ai peur de la casser dans ma paume. Amélia pince de ses doigts fins un morceau de piment rouge, puis le croque en souriant.

– Flavie prend le logement du bas, annonce Hugo.

– Si Mathieu ne s'y oppose pas, renchéris-je.

Gigi me fait un clin d'œil de sa paupière gauche fardée d'un bleu clair que je n'oserais jamais porter. Est-ce la nouvelle tendance? J'en aurais manqué de sérieux bouts lors de ma lecture du *Elle*.

– Il ne faut pas avoir peur de Mathieu. Il ne mord pas.

Les deux femmes se regardent et rigolent. C'est bon, j'ai compris. Mathieu ne les a pas mordues, au contraire!

– Gigi est scénariste, Amélia, comédienne, m'informe Hugo.

– Je travaille rue Saint-Denis, dis-je, au Naufragé.

– Tu chantes? s'enquit Gigi.

– Tu joues d'un instrument? demande Amélia.

Chacune de leurs questions enthousiastes me plie l'échine. Je réponds, le menton presque au plancher.

– Je sers des cocktails.

Elles ont l'art de me mettre mal à l'aise. J'hésite à croire que ce n'était pas volontaire. Je le sais pour avoir déjà fait usage de cette discrète mesquinerie féminine. Je goûte à ma propre médecine. Promesse que je ne le ferai plus jamais.

– Il faut bien vivre, n'est-ce pas, Gigi? fait Hugo en volant à ma rescousse, en lui tendant un Bloody Caesar.

Amélia sort une bière du frigo, elle n'a rien dit depuis son passage sous le cadre de porte.

– Ça oui! fait Gigi la blonde.

Combien de bouteilles de peroxyde pour une décoloration pareille ? Je me le demande bien. C'est une nouvelle mode, la coupe Marilyn passée à la déchiqueteuse ? Je n'ai pas été mise en copie sur le courriel.

– J'ai longtemps servi le café dans les coulisses de TVA, avant d'avoir mon premier contrat, raconte finalement Amélia. Je répondais au téléphone, aussi.

Je ne l'ai jamais vue à la télé, qu'elle se calme avec ses airs de parvenue. Hugo regarde la scène comme on regarde un match de tennis. Ses yeux vont de moi à Gigi, à Amélia.

– Ah, et tu joues dans quoi, Amélia ? Il ne me semble pas...

J'allais dire «il ne me semble pas t'avoir vue, tu fais quoi, l'annonce de Fruit of the Loom ? Tu joues la queue de la grappe de raisin ? Il me semble que tu ferais une belle banane...» Mais elle me coupe la parole. Une chance, au fond. J'aurais regretté ma méchanceté.

– Je fais du doublage, surtout. Je suis la voix francophone de plusieurs vedettes.

– Avec cet accent-là ? fais-je, c'est passionnant ! Comme qui, par exemple ?

La belle noiraude se renfrogne.

– Je préfère ne pas les nommer, si ça ne te fait rien.

Bon, bon. Ça clôt la conversation. Elles s'en vont bientôt, les intruses ? J'en ai déjà plein le pompon. Juste comme je me fais cette réflexion, le portable d'Amélia s'allume. Excellent synchronisme !

– Mathieu ! susurre-t-elle comme s'il s'agissait d'une victoire. On parlait de toi y a pas deux secondes.

Elle me regarde.

– Je te pensais en France ? Ah ! Tu y es toujours ? Comme c'est gentil de me téléphoner...

Hugo tend la main à Amélia, elle lui passe l'appareil à contrecœur.

– Mat, c'est moi. Je fais signer Flavie ce soir (…) Celle qu'on a vue au match de hockey. (…) OK. Non. Oui, je te dis. OK. Bye.

Il rend l'objet inerte à Amélia sans cesser de me regarder.

– C'est bon, il est d'accord.

Gigi et Amélia ne sourient plus.

CHAPITRE 5

LA VENTE-DÉBARRAS

Je suis partie de l'appartement de Vanessa une semaine plus tard. Mélanie Poisson – ma deuxième meilleure amie d'adolescence, celle dont le garage était plein de mes meubles – et Vanessa se sont relayées pour nettoyer avec moi le bordel de mon nouveau chez-moi.

Hugo n'y est pas allé par quatre chemins. «Si tu veux cet appart, tu dois faire le grand ménage. Ça voudra dire te débarrasser de tout ce que tu ne veux pas garder. Vends, donne, jette à la mer, je m'en contrefiche. »

Vendre les affaires d'un étranger comme s'il s'agissait des miennes a quelque chose de farfelu. J'ai la constante impression que le gars va apparaître devant moi pour réclamer son dû. S'il arrive, je lui laisse ma chaise pliante, je décampe vite fait. De toute façon, ce soleil de plomb qui me chauffe le front depuis midi commence à m'étourdir.

Les copines viennent de partir, ça sent le détergent à plein nez, arôme citron, dans toutes les pièces. C'est la faute de Mélanie. Je préfère fondre sous ce ciel violemment aride que d'aller m'asphyxier d'une odeur d'agrume artificielle. Hugo est apparu avec une bière pour moi. Je ne serai jamais trop reconnaissante au destin de l'avoir mis sur mon chemin, cet homme adorable qui n'essaie pas à tout prix de conquérir mes fesses.

Ma peau blanchâtre tourne au rose, je la sens rougir sous cette première lumière estivale. Le mois de mai n'est pas censé brûler, on n'est que le huit !

Le vélo contrefait se volatilise en premier, son nouveau propriétaire est convaincu de pouvoir le réparer. Je n'ai pas eu le cœur de porter une à une les caisses de bouteilles vides consignées à l'épicerie, je les ai empilées à ma droite. Elles ont disparu en cinq minutes. Trois adolescents s'en sont chargés. Les livres sont annoncés à un dollar chacun. Vite fait, un commerçant du coin est passé les prendre. Jusqu'ici, j'ai déjà presque assez de sous pour couvrir la moitié de mon premier loyer.

Je suis assise depuis presque deux longues heures lorsqu'une énorme Jeep noire se gare devant la borne-fontaine. Je me lève d'un élan automatique pour avertir le contrevenant. Je reconnais cette tête, je me rassois rapidement, il n'en a rien à foutre, c'est certain.

– Qu'est-ce que tu fais là ? demande Mathieu Latour.

– Bonjour ! réponds-je, la joue appuyée sur ma main droite. Je vends les trucs qui étaient restés dans mon appartement. Comment était Paris ?

– Ce sont mes « trucs », gronde-t-il.

– Quoi ? Ton frère m'a assurée que je pouvais disposer de tout, que le locataire ne reviendrait pas… C'est même lui qui a tout vidé !

Il pince les lèvres.

– Où est-il ?

– Qui ? Le gars ?

– Hugo !

Je montre le balcon supérieur. J'admire ses jambes musclées au passage. Mathieu Latour porte le bermuda avec une sacrée classe.

Ses affaires. J'aurais dû y penser. Ces valises de cuir doivent valoir une fortune, des manuels de rénovations, un sac de golf, des patins Bauer… Le meilleur était dans un coin du salon. Il a dû les laisser ainsi avant de partir. Pourtant, c'est Hugo qui a trié ce qui était à vendre. Il aurait commis une grande erreur…

Oh! mais ceci n'est pas une gaffe anodine! C'est une déclaration de guerre. Mais pourquoi? À part le fait que Mathieu soit propriétaire de tout, que Hugo n'ait rien d'autre que sa petite face d'ange et un loyer pas cher, que peut-il s'être passé entre eux?

D'où je suis, j'entends leurs éclats de voix, la porte est restée ouverte. Hugo semble s'étendre sur une tirade d'arguments de défense. Pendant ce temps, un jeune homme tend la main vers l'ensemble de golf ADAMS.

– Cinquante dollars, incluant le sac? demande-t-il, les yeux brillants.

Il a l'air trop heureux. Je dois tout arrêter. Un autre curieux arrive, bedaine, cigarette, sueur au front. Celui-là saisit la valise de cuir. Il me la brandit en l'agitant dans tous les sens.

– Dix dollars pour ceci?

– Non. Il s'agit d'une erreur. Rien n'est à vendre, dis-je.

J'ai chaud aux oreilles, mes mains tremblent. Je lève les yeux vers la porte entrouverte de l'appartement d'Hugo, l'engueulade se poursuit. *Venez donc au secours de l'innocente jeune femme qui s'est mis les pieds dans les plats pour vous, bande de rigolos!*

Le passant plus âgé se renfrogne, sa cigarette encore brûlante tombe au sol, ricochant sur son ventre.

– Tu cherches les problèmes? Tu fais une annonce pour ensuite dire que ce n'est pas à vendre?

Ce disant, il brandit ma pancarte faite maison «vente-débarras». Euh… les gars, Hugo… Mathieu… à l'aide… Mes cinquante-deux kilos ne tiendront pas longtemps devant ce mastodonte.

Le spectacle de mon «client» frustré attire de nouveaux passants. Les prix, surtout, sur les objets de luxe captent leur attention. Une autre intruse, dans la quarantaine avancée, s'empare d'un vase. Je mettrais ma main au feu que c'est du vrai cristal. *Hugo Latour, je vais t'étriper.*

– Madame, non. Ce n'est plus à vendre.

De deux doigts dans ma bouche, je lance un sifflement à réveiller les morts. Le temps se suspend, tous s'arrêtent de bouger. Je me surprends moi-même, je ne me souvenais plus que j'étais capable de produire un tel son.

– OK, tout le monde, il s'agit d'une erreur, protesté-je en arrachant ma pancarte des mains de l'inconnu. Rien n'est à vendre ! Je me suis trompée, vous pouvez circuler.

– Hé, petite, tu ne peux pas faire ça, fait le jeune homme qui voulait les bâtons de golf.

– Oh oui, je peux !

La femme tente de s'en aller avec le vase, alors que je me débats avec le golfeur.

– Eille ! Vous, avec le vase ! Au voleur !

Mon alerte n'a pour effet que d'attirer un groupe de badauds. Le samedi, ils fourmillent avenue du Mont-Royal. Je suis encerclée, on dirait que des centaines de doigts s'imbriquent les uns dans les autres pour saisir tous les objets qui se trouvent à mes pieds.

J'ai les deux mains sur les joues, les larmes montent à mes paupières.

Je dévisage l'attroupement, impuissante.

CHAPITRE 6

SAUVETAGE EXTRÊME

Les badauds se contrefichent de mes protestations. Quelques curieux lèvent leur téléphone dans ma direction. Je sais qu'ils filment la scène. Je vais passer pour une folle sur YouTube. Je dégouline de stress et de chaleur. Après cet hiver de merde, j'ai du mal à m'habituer au soleil.

Je veux tout laisser en plan. Qu'ils s'arrangent, les frères Latour! Je m'en balance. Je n'ai qu'à m'installer tranquillement dans mon logement, vivre doucement cette belle journée, aller marcher sur la montagne, faire du lèche-vitrine et permettre à mes nouveaux voisins hyper sympathiques de profiter d'aubaines incroyables.

C'est pourtant plus fort que moi, je ne sais pas abandonner. Du moins, dans ma nouvelle vie, c'est la promesse que je me suis faite. Ne jamais lâcher, changer mes habitudes, respecter ma parole, faire le bien.

Si cela signifie me battre à la place de Mathieu Latour, alors qu'il préfère hurler contre son frère pour avoir mis à vendre ses objets de valeur, c'est ce que je ferai.

Alors que, malgré tout mon renforcement positif mental, les larmes commencent à poindre sous mes paupières, une main atterrit sur le poignet du jeune golfeur, l'écrasant si fort que celui-ci pousse une plainte stridente sous la douleur.

– Lâche mon sac.

Mathieu n'a pas l'air de rigoler, il a un de ces regards sauvages dont on ne veut pas subir les foudres. Le fumeur bedonnant me montre du doigt.

– Hé! Cette fille tente de nous arnaquer!

– Dégagez, laissez-la tranquille.

Qu'est-ce que Mathieu est *sexy* quand il parle entre ses dents!

J'ai à peine le temps de reculer que, derrière nous, Hugo arrive avec un bâton ridicule.

– Partez tous, il s'agit d'une erreur!

Je cède et bats en retraite. J'ai besoin d'aller à l'ombre, de boire de l'eau. Où est mon carton d'effets personnels? Je cours prendre une douche.

Malgré tout, j'ai envie de rire. Hugo, piteux, a préservé les affaires de Mathieu dans son propre salon. Entre son écran plat de 55 pouces et sa table basse en teck s'amoncellent les sacs, cartons, clubs de golf.

– Mais pourquoi ne les apporte-t-il pas chez lui?

Hugo plisse les yeux et les lèvres, heureux de m'annoncer la nouvelle.

– Il n'a plus de chez lui. Je n'ai aucune idée si c'est temporaire ou non.

– Ne me dis pas qu'il est à la rue, quand même.

– Il a quitté sa fiancée, elle devrait partir, mais il ne sait pas quand. Ton appart était le dernier qu'il aurait pu prendre. Là, il doit entreposer ses affaires.

– Tu ne vas pas l'héberger?

Il me regarde comme si j'étais une demeurée. J'avance le menton, les yeux agrandis, surprise de son attitude. En tant que fille unique, je ne connais rien aux relations fraternelles. Avec mes amis, je serais la première à me lancer dans le lac pour leur offrir le gîte et le couvert.

– Ben quoi, c'est ton frère... C'est son immeuble...

– Je paye mon loyer rubis sur l'ongle... la plupart du temps.

Il se renfrogne comme s'il avait cinq ans. Peut-être que ça date de là, cette animosité. Dois-je téléphoner à mon psychanalyste pour lui demander de traiter Hugo Latour?

– Quand même!

– Pas question. Tu ne le connais pas pour croire que je peux tout bonnement lui donner mon divan.

Je lève les mains en l'air.

– Hugo, je suis certaine qu'il n'est pas du genre à coller long-temps. Il a des ressources. Il dort où ce soir?

– Aucune idée et je m'en fiche.

– Mais…

– Complètement!

– Hugo, franchement.

Il a un mouvement d'impatience.

– Ne t'en fais pas pour lui. Il n'a qu'à ouvrir son carnet d'adresses, une nénette l'accueillera sans poser de question.

Il doit être à court de nénettes, car Mathieu est planté devant ma porte la nuit venue. Grand, des épaules de joueur de hockey, une taille svelte sûrement soutenue par des abdominaux sortis tout droit de l'enfer. Où est donc son fan-club ce soir? Ce gars-là ne peut pas se retrouver sans autre ressource que de frapper chez moi. Impossible.

– Ah, tu dois vouloir ton chèque? Trois mois d'avance, c'est bien ça? Tu sais que c'est illégal d'en demander autant?

Mathieu sourit. Il a un sac de sport sur l'épaule.

– Un mois gratuit si tu me prêtes ton sofa.

Je le regarde de haut en bas. Tous ces muscles, cette grâce, ce parfum venu d'un autre monde qui veulent mon hospitalité?

– Je ne comprends pas.

– Ton salon en échange d'un mois de loyer.

Je lève le nez.

– Pour combien de temps?

Alors qu'il hausse les épaules, son sourire en coin achève de me désarmer.

– L'hôtel te coûterait moins cher.

J'ai une main sur la porte, l'autre sur la hanche, je suis d'humeur à le faire languir, car j'ai sué pour lui aujourd'hui.

– Je déteste les hôtels. Je suis crevé. Je peux entrer ?

Je l'accueille, bien entendu ! Je suis surprise d'avoir même résisté quelques fractions de seconde. Comme s'il était un fantôme qui vient hanter mon cocon. Un magnifique fantôme d'amour. Quoique, d'après Hugo, ce soit le diable en personne. Belzébuth ne peut pas être aussi adorable. Hugo a une vieille rancune à régler avec son frère. Je me demande combien de ses blondes sont tombées dans les pommes pour Mathieu ? Ouaip, ça ne doit pas aider aux bonnes relations fraternelles !

Il entre, regarde autour de lui. Mon sofa est à la verticale en appui près de la fenêtre. Des cartons l'entourent, c'est le bordel. Mon lit est dans la pièce adjacente, sans vrai mur pour séparer la chambre du salon. Intimité zéro.

– J'ai passé la journée à vendre tes affaires, je ne suis pas encore installée, dis-je, embarrassée même si je ne devrais pas l'être.

Heureusement, Mélanie et Vanessa ont désinfecté toute la place. Mon bordel gît sur un plancher d'une propreté exemplaire. Maxence m'attend pour 20 h, je dois aller travailler. Je dois gagner au moins assez pour payer ce palace. Ensuite, si je suis chanceuse, je pourrai acheter du pain.

– Merci pour cet après-midi. Je veux dire, pour avoir tenté de protéger mes bâtons de golf.

Il a l'air d'un bon gars, pourtant, mon avis sur la question oscille entre deux extrêmes.

– Je dois aller au boulot. Si c'est trop compliqué de descendre le divan, tu peux aller dormir ailleurs, je comprendrais. Mais, considère que j'ai accepté que tu restes, OK ? Je parle du loyer, bien sûr.

– Merci.

Il me regarde des pieds à la tête. Par les temps qui courent, j'ai besoin de meilleurs pourboires, alors j'ai mis mon *kit* de pétasse, ce qui n'a rien à voir avec la Flavie normale. Mes talons me tuent les mollets, les armatures de mon soutien-gorge piquent ma peau, mon mascara colle mes cils. Ça m'apprendra à choisir la marque en solde. C'est déjà bien que j'en aie, étant donné que j'avais juré ne plus jamais en porter de ma vie. Je ramasse mon sac, tentant de ne pas me pencher devant lui. De face, il verrait dans mon décolleté, de dos, il verrait… bon. Pas besoin d'un dessin.

La soirée est longue. Vanessa est là avec Dereck, ils ont pris la seule banquette placée dans un coin sombre. Il a l'air d'un être sorti d'une autre époque. Depuis tous ces films de vampires, j'observe cet homme d'une nouvelle façon. Est-il vraiment humain? Ses cheveux noirs font une vague trop bien formée sur son front. Il fait partie de ces taciturnes qui vivent leurs émotions à l'intérieur. Il semble capable de se tenir dans une immobilité quasi parfaite. Pour une fille comme Vanessa qui manque de confiance, c'est une plaie. Elle panique trop souvent. Pour rien, visiblement, puisqu'il est encore là.

– Je vous sers quelque chose? lui demandé-je du haut de mes talons noirs.

– Un martini pour moi, dit Vanessa.

Elle est en beauté ce soir. Ce bustier qui ne se décide pas entre le rose et le or, ses bras nus, bronzés comme du miel de trèfle. Je suis une fille, je suis hétéro et je ne peux m'empêcher de l'admirer.

– Un scotch, s'il te plaît, fait Dereck de sa voix grave.

Un scotch pour le mâle alpha. Bien sûr.

– Pas de glace?

Que je brûle en enfer s'il dit oui.

– Surtout pas.

J'ai presque failli obtenir un sourire. Non, mais, est-ce que ça le tuerait de replier le coin de ses belles lèvres vers le haut de temps en temps ?

– Ça vient !

Il est 22 h, c'est désert pour un samedi soir.

– Alors, c'est reparti entre ces deux-là ? demande Maxence en regardant vers Vanessa.

– Je ne sais pas, on dirait bien.

– Comment ça, tu ne sais pas ?

Je connais toujours les détails de la vie de tout le monde, d'où la surprise de Maxence. Souvent avant même la personne concernée. Pourtant, depuis quelque temps, je suis déconnectée.

– Je suis convaincue qu'il l'aime plus qu'elle se permet de le croire, dis-je.

Puis, je me penche plus près du visage de Maxence, pour ajouter en chuchotant :

– Il faudrait qu'il l'épouse. Peut-être cesserait-elle de craindre qu'il l'abandonne.

Maxence tend le cou pour les observer de loin.

– Il n'a pas l'air du genre à se faire mettre la bague au doigt.

Je regarde à mon tour dans leur direction. La paume de Dereck est sur le genou de Vanessa, elle est tout sourire. Pour l'instant tout va bien. Ah, Dereck ! Parle-lui un peu, rassure-la, merde !

J'en suis encore à les reluquer lorsque je sens les doigts tièdes de Maxence sur mon avant-bras.

– Tu ne m'as pas encore invité dans ton nouvel appart, dit mon patron sur le ton de la réprimande.

– Eille, laisse-moi le temps ! C'est un chantier. À moins que tu te portes volontaire pour m'aider ?

– Et me casser un ongle ? Non merci.

– Quand tu fais ta fefille, tu me fais tellement penser à moi, Maxence Leduc.

– Ah ! parce que tu te prends pour une fille, maintenant ?

– Eille, t'es pas drôle! Si tu savais qui dort dans mon salon, tu accepterais probablement de risquer ta manucure.

Maxence me tend les verres, puis les retient vers lui, l'air suspicieux.

– Qui? demande-t-il.

– Mathieu, le propriétaire de l'immeuble. Celui que j'ai rencontré au hockey.

– Le frère de ton nouvel *ami*?

Son ton est hautain. Depuis que je fréquente Hugo, Maxence n'est plus le même. Il sait aussi pour Mathieu-Adonis-Belzébuth Latour. J'ai essayé de lui décrire le personnage sans y arriver réellement. «Un grand bonhomme châtain, yeux bruns, une tête de guerrier pacifique, une aura de politicien charismatique, un démon charmant…» Maxence a levé un sourcil. «James Bond?» «T'es con!» ai-je répondu.

Je hoche la tête avant de tourner les talons avec les boissons pour les servir au couple de l'année.

Je rentre à 1 h 45. J'essaie de ne pas être bruyante, mais c'est difficile avec ces talons. Aucun son, il doit dormir à poings fermés. Le salon est une pièce ouverte sur ma chambre, je n'ai qu'à étendre le cou. Il est là. Il a installé le divan, fait des piles avec mes cartons, et s'est couché tout habillé. Décidément, il n'a aucun égard pour son confort, ses pieds dépassent jusqu'à ses chevilles.

La salle de bains brille malgré la céramique désuète d'une couleur approximative du genre vieux rose. J'ai la chance d'avoir un bout d'étagère de chaque côté du lavabo blanc. Je n'ose pas regarder le petit étui noir posé là, à côté de mon verre Tweety Bird. Je tends un index indiscret vers la fermeture éclair entrou-verte, un peu trop brusquement. La trousse glisse sur le plancher, laissant se répandre au sol rasoir électrique, brosse à dents de voyage, lotion après-rasage, déodorant, dans un vacarme gênant. Apeurée d'être prise en flagrant délit de fouinage, je ramasse le tout, le fourre dans l'enveloppe de cuir. Je le replace à côté de ma bouteille de sels de bain.

Ça fait des années que je n'ai pas eu d'objets masculins sur le bord de mon lavabo. C'est symbolique, pour une vieille fille. Même si lesdits objets de toilette sont là par nécessité et non par romantisme, l'image me plaît. Je me donne le droit de fantasmer. Le sentiment de félicité que procure cette pensée est révélateur. Je suis avide de sécurité. Comment ne pas l'avouer ? L'être humain en moi n'est pas fait pour vivre comme une plume qui se laisse porter par le vent, mes semelles ont besoin de terre ferme, ma poitrine, de chaleur, ma pharmacie, de lotion après-rasage.

J'entends des bruits venant de sa direction. Ça y est, je l'ai réveillé. Une joie malsaine m'envahit. Puis, je me raisonne. *Voyons Flavie, ce n'est pas ton amant qui est couché là, c'est ton proprio.*

Je me dirige vers lui sur la pointe des pieds. Fausse alarme, il dort comme un loir. Autant faire comme lui. Je suis morte de fatigue.

CHAPITRE 7

LE DÉMON EST LÀ

Ma journée devrait ressembler à un amalgame de ménage, triage, emplettes, travail. J'ouvre un œil, ma paupière est lourde, il s'en faudrait de peu pour que je sombre de nouveau. Puis, je me souviens. Je suis à quelques mètres de Mathieu, presque dans la même bulle. Si ce n'était cette cloison imaginaire entre ma chambre et le salon, nous aurions carrément dormi ensemble. Les anges de plâtre nous ont séparés toute la nuit.

Il est sûrement parti pour une quelconque activité lucrative de son importante vie. Il doit avoir un ou deux rendez-vous, déjeuner avec des copains branchés, ou lire *Le Devoir* dans un café décoré d'œuvres d'artistes universitaires endettés qui tentent de vendre leurs toiles incertaines à quatre cents dollars pièce.

– Flavie.

Je relève les couvertures promptement. Mathieu est devant moi.

– Ah, t'es encore là?

Si ce n'est pas de la désinvolture inventée, je me demande bien ce que c'est. S'il peut croire que je suis surprise de le voir, tant mieux.

– Lève-toi, j'ai à te parler.

Nous sommes à la table de la cuisine, je verse mes céréales dans un bol de margarine recyclé, faute d'avoir déballé mon service de vaisselle. Mathieu porte des jeans et un T-shirt blanc, ses pieds sont nus, ses cheveux, encore mouillés. Il a utilisé *ma* douche. On dirait un rêve arraché à une pancarte d'abribus.

– Je dois reprendre cet appartement.

Paf. Juste comme ça, il détruit mon château de sable et de céramique rose. J'ai comme une pierre au fond de la gorge, j'avale difficilement ma salive.

– Tu ne peux pas faire ça !

J'ai la bouche sèche ! Comment me défendre si je ne peux pas parler ?

– Ton bail n'est pas finalisé, je ne l'ai pas contresigné.

Je me lève nerveusement, où sont mes foutus verres ? Encore emballés, évidemment. Je saisis un récipient de yogourt vide. Celui que je gardais pour y verser la peinture. Je le remplis, je dois boire.

– Hugo m'a assurée que tout était conforme. Il m'a aidée à emménager, dis-je entre deux gorgées d'eau tiède.

– Mon frère est un imbécile.

Je dois avoir l'air d'une folle, à m'abreuver ainsi dans un pot de plastique qui me cache le visage jusqu'au front.

– Pourquoi parles-tu comme ça d'Hugo ?

Il s'étire les bras en croix, visiblement blasé. Ses muscles souples sont troublants sous cette peau bronzée. Décidément, ce n'est pas ma journée.

– Parce que c'est vrai.

Hugo avait raison, c'est le diable en personne. De quoi pourrais-je bien l'accuser pour le mettre mal à l'aise ? Ah oui ! j'ai trouvé.

– Tu le trouves trop fragile, c'est ça ? Ah ! j'aurais dû y penser ! Ô toi, l'homme suprême ! Ton frère vit des moments difficiles, figure-toi ! Ce n'est pas facile d'avoir le cœur brisé !

Je gesticule tellement que j'en accroche presque au passage mon café chaud.

– Hugo n'est même pas en peine d'amour, dit-il en croisant les bras.

Waouh. On arrête tout. *Quoi ?*

– Quoi?

– Il est mythomane, affirme-t-il.

Je secoue mes boucles, je ne comprends rien. C'est ridicule, les mythomanes n'existent que dans les films.

– Ben voyons!

– Il invente des histoires pour se rendre intéressant. C'est un jeu pour lui. Sa plus récente copine, c'est lui qui l'a plaquée. L'autre avant aussi. Non sans avoir abusé de sa générosité d'ailleurs. Sa seule ambition est de devenir un gigolo, il ne lui manque que le talent.

Je n'en crois pas un mot! Hugo m'a tout raconté en détail. Il s'est donné corps et âme dans sa dernière relation, elle a fait de lui de la bouillie pour chats. Un gigolo, Hugo, impossible!

– C'est toi, le «mythomane». Pourquoi mentirait-il?

Mathieu soupire, se prend le front.

– Écoute, hum…

– Flavie.

– Oui… Flavie. Je n'ai rien contre toi, mais tu ne peux pas rester ici.

– Tu me fous à la rue?

– Oui.

Il me met à la rue, ne se souvient pas de mon prénom, ne me fait pas de café. Je le déteste.

– Ton frère n'est pas si menteur, donc.

Il me regarde, fait mine de ne pas comprendre.

– Tu *es* méprisable.

Je cherche une porte à claquer, je n'ai que celle de la salle de bains. Les deux mains sur le petit lavabo blanc, je lève la tête sur mon reflet dans le miroir. J'ai les joues en feu, le rouge qui s'y incruste est si profond qu'on dirait que j'ai été giflée. C'est exactement ce qu'il vient de faire, d'une certaine façon. Je dois retenir mes larmes. Ce n'est pas mon genre de pleurnicher dès qu'on m'attaque. Je suis une solide adversaire lorsqu'on s'en prend à ceux que j'aime. Lorsqu'on me vise moi, c'est différent. Je m'écrase comme une galette.

Puis, je souris. «Premier mois gratuit si tu me prêtes ton divan quelques jours.» C'est bien ça qu'il a conclu pas plus tard qu'hier.

J'ouvre la porte promptement. Il est devant moi, appuyé contre le mur du couloir. Avant que je ne puisse lui jeter mes arguments à la figure, il lève une main.

– Je sais, dit-il.

– Tu sais quoi?

– Je t'ai promis trente jours.

J'allais hurler, il coupe mon élan en abdiquant si vite. Presque frustrant.

– Exactement! Bon, alors, j'ai quatre semaines entières pour trouver ailleurs! Gratuitement!

Je spécifie ce point important en levant un index défiant devant son nez.

– Oui.

– Merci, dis-je, un peu déçue de ne pas avoir l'opportunité de le combattre.

Les victoires trop faciles sont parfois amères. Celle-là est bien petite. Je suis la grande perdante dans cet argument.

– OK, fait-il calmement.

– OK! je répète en rageant.

– Je veux quand même le divan.

– Ha! J'ai de la chance que tu n'exiges pas mon lit!

– Voilà une idée séduisante!

– T'es un... serpent.

Oh! mon Dieu, je ne suis pas douée en insultes.

– Il faut que j'habite ici. T'as de la chance que je t'accorde un mois.

Il ne me laisse pas répliquer, il est déjà sorti.

J'essaie de crier assez fort pour qu'il m'entende à travers la porte. Les veines de mon cou sont saillantes tellement je suis en rogne.

– Et je ne veux pas voir de pétasse dans mon salon ! Et pas de fête ! Et tu ramasseras tes chaussettes ! C'est *MON* appart pour un mois, compris ?

Une heure plus tard, je suis chez Hugo, dans sa cuisine. Je l'observe comme s'il était un sujet de recherche scientifique. Ses longs doigts fins manipulent un couteau garni de beurre d'arachide avec une délicatesse infinie, aucune miette n'a atteint la table de bois. Tout est rangé impeccablement. Il a même taillé ses favoris pour qu'ils forment une ligne droite vers les commissures de ses lèvres. Il a une voix veloutée. Il a l'air en pleine forme, ce matin.

Comment aborder le sujet sans être indiscrète ?

– Ton frère dit que tu me racontes des bobards.

Ce n'est pas une question, je ne fais que la conversation.

Hugo laisse échapper son couteau, qui tombe sur sa cuisse et salit son pantalon. Il grimace, puis me regarde, hébété.

– Quoi ?

– Pourquoi m'avoir fait croire que tu es en peine d'amour ? Tu as peur que je me fasse des idées, c'est ça ? Tu peux être honnête, tu sais.

Je suis encore sur l'adrénaline de ma colère contre son frère, j'ai des plaques rouges sur le visage, je n'ai pas retrouvé toute ma salive.

– J'ai vraiment le cœur en miettes.

Hugo me regarde avec tendresse, il attrape une mèche de ma tignasse à la coupe incertaine. Il se lève, saisit une serviette, essuie son pantalon. Je ramasse son couteau sous la table, penaude.

– Je m'excuse, pendant un instant, j'ai cru à un très mauvais plan pour me séduire sournoisement.

J'allais ajouter que je n'avais pas un sou, mais je me ravise à temps. Hugo a les yeux ronds, le front plissé.

– Pourquoi aurais-je monté un tel scénario ? J'ai trente-deux ans ! Rassure-moi et avoue que j'ai assez de charme pour ne pas avoir à faire une chose pareille.

C'est vrai, ça. Il n'a aucune raison de se déguiser en dépressif.

– Je suis d'accord avec toi.

– Mathieu joue avec ta tête, accuse-t-il.

– Il joue avec mes nerfs aussi. Le bail est annulé, il ne le signera pas.

Hugo serre les dents, ses yeux deviennent noirs. Il écrase la serviette en boule et la jette violemment dans l'évier.

– Le connard ! Il va voir de quel bois je me chauffe !

Je me lève avant qu'il ne sorte. Hugo n'est pas de taille contre Mathieu. Il faut le protéger de lui-même.

– Non, calme-toi, je t'en prie. J'ai un mois pour le faire changer d'avis.

– Mathieu ne change *jamais* d'avis.

– Écoute, je veux vraiment cet appartement, je ferai n'importe quoi pour le garder. Il me laisse trente jours pour déménager.

– Je vais t'aider pour deux raisons. La première, tu es adorable. La seconde...

– Parce que c'est toi qui m'as mise dans ce guêpier ?

– Ah, il y a ça aussi. Je suis désolé.

Son air est sincère, pourtant, il redresse la tête avec un sourire. J'ai presque peur.

– Hugooooo ?

– Attends, je réfléchis.

Il fait les cent pas en se frottant le menton, il chantonne des notes incohérentes. Il s'arrête, me regarde, puis reprend son errance entre la table et le plan de travail.

– Oui, je crois qu'il y a quelque chose à faire, dit-il.

– Je ne te suis pas, là...

– Viens habiter avec moi.

CHAPITRE 8

HISTOIRES DE FAMILLE

Nous avons fait un ménage titanesque dans mon appartement. Tout ce que j'avais déballé est replacé dans les boîtes, nous en avons même monté à l'étage. Hugo m'a offert une solution parfaite, je serais folle de ne pas sauter sur l'occasion. Soulagée, enthousiasmée par la tournure des événements, je remercie ma bonne étoile de me sauver les fesses une nouvelle fois.

Bien que j'aie trouvé une solution à mon problème, un élan violent de déprime m'assaille sans crier gare. Encore une fois, je serai la fille qu'on héberge. Je m'étais pourtant promis que, désormais, je vivrais seule, que je me tiendrais sur mes deux pattes, comme la battante que j'espère devenir. De plus, même si je n'en crois pas un traître mot, les paroles de Mathieu au sujet d'Hugo me hantent.

Il est tard lorsque finalement j'arrive presque à dormir. Je suis dans tous mes états, déçue de moi-même et découragée.

Dès son apparition, à je ne saurais dire quelle heure de la nuit, Mathieu marche dans toutes les pièces. Soudainement, la lumière fuse. Il est à moins d'un mètre, je jurerais l'entendre respirer.

– Flavie !

Je mouille mes lèvres avant d'ouvrir les yeux aussi lentement que possible.

– Quoi ?

– Je sais que tu ne dormais pas. Arrête de faire semblant.

– Je dormais. Tu as un problème ?

Je sens le matelas s'affaisser, il est assis à mes pieds.

– Tu as refait tes boîtes, il en manque pas mal…

– Tu me réveilles pour ça ? J'ai un nouvel appartement.

Je m'attends à ce qu'il se lève, qu'il prenne sa place sur le divan. Il est déjà plus d'une heure du matin, mais il reste là.

– Tu peux éteindre, maintenant ?

– Tu as réglé ton problème bien rapidement, je trouve, dit-il.

– Tu devrais me féliciter, n'est-ce pas ce que tu voulais ?

– Tant que tu ne vas pas chez Hugo.

Je me relève pour m'asseoir, ça y est, je suis réveillée.

– Quoi ? Justement…

Il rit pour lui-même, secouant la tête.

– Le morveux !

– De quoi parles-tu, Mathieu ?

– Tu n'iras pas vivre avec Hugo.

– Et pourquoi pas ?

Il jette sur moi un regard autre que celui de son habituelle indifférence, sous lequel je me sens devenir toute petite. Il s'énerve pour ma sécurité ou simplement parce que son frère l'a déjoué ? Je n'ai jamais eu personne pour veiller sur moi de cette façon, le sentiment de sécurité que cet homme me procure est troublant. Surtout que je sais que j'invente de toutes pièces les intentions de Mathieu Latour à mon égard. Il est agacé par son frère, voilà tout. Rien dans sa rage n'est lié à mon bien-être.

– Tu peux rester ici. C'est moi qui vais m'organiser autrement.

Dès qu'il se lève, mon lit redevient froid. Dès qu'il n'est plus dans mon champ de vision, je m'élance pour le suivre. Décidément, quelque chose ne tourne pas rond dans la fratrie Latour. J'aimerais comprendre.

– Mathieu ! Veux-tu bien m'expliquer… je suis confuse !

Il est devant la glace de la salle de bains, brosse à dents dans une main, tube de dentifrice dans l'autre. Pendant cette fraction de seconde où il semble troublé, je sais que je m'invente des scénarios.

– Écoute, Flavie, il y a des histoires de famille dans lesquelles il vaut mieux ne pas entrer. On a tous nos problèmes.

– C'est quoi le tien ?

– Hugo. Ce sera toujours Hugo. Tu m'excuses ? grince-t-il avant d'ouvrir le robinet et de fermer la porte.

Voilà qui me confirme mes pensées. Sa colère n'a rien à voir avec moi.

Le lendemain matin, j'ai couru si rapidement que j'ai survolé les marches pour aller prendre un café avec Hugo. J'ai les cheveux en bataille, lui est peigné, douché, parfumé.

– Sucre ?

– Oui, plein. Merci.

Une tasse blanche remplie à ras bord est vite apparue sous mes yeux.

– Tu es bien tendue.

Il place ses deux mains sur mes épaules, me les masse de si belle façon que je crois ronronner malgré moi. En quoi un homme aussi attentionné peut-il être une plaie, je vous le demande ?

– Alors, on monte tes boîtes ?

Il retire la cuillère de ma tasse, la lance à bout de bras dans l'évier avant de boire mon café.

– C'est de ça que je voulais te parler. Je garde l'appart ! Mathieu partira !

Il s'étouffe, passant à deux doigts de m'atteindre avec le liquide. Trop sucré peut-être ?

– Pardon ?

– Il m'a dit ça en arrivant cette nuit ! N'est-ce pas génial ?

Je cherche quelque chose sur son visage qui trahirait un quelconque indice sur sa réelle réaction. Est-il déçu, fâché, surpris, soulagé ?

– Ah ben ! Alors, c'est super !

Il se racle la gorge, regarde sa montre. Il n'ajoute rien sur le sujet, merde, j'aurais voulu qu'il m'explique.

– À quelle heure travailles-tu aujourd'hui?

– Fin de l'après-midi, pourquoi?

– Mets quelque chose de décent, on s'en va.

CHAPITRE 9

LA FRIPERIE

Son thermos de café à la main, Hugo parle en gesticulant. Nous marchons d'un pas si rapide en direction est, dans l'avenue du Mont-Royal, que je dois presque courir pour garder le rythme. Le lundi matin, l'endroit est différent. Ce n'est plus le touriste curieux qui se promène sur le trottoir, mais le travailleur pressé et l'automobiliste impatient.

– Par ici!

Il m'entraîne dans une ruelle, sort son énorme trousseau de clés et déverrouille une porte condamnée d'un rideau de fer.

– Viens, dit-il encore, alors qu'il pénètre à l'intérieur.

– C'est quoi tout ça?

– Ma boutique, répond-il en déposant son café sur un comptoir de verre.

Les vêtements forment des masses de couleurs et de textures désorganisées. Plusieurs barres garnies de cintres disparates sont fixées aux murs, pourtant, rien n'y est accroché. Ça sent la poussière et l'ambition chaotique.

C'est quoi tout ça?

Hugo traverse les rangées de fringues les mains dans les poches, la nuque calée dans ses épaules. Je ne saurais les compter, mais les vêtements doivent se calculer par milliers. Alors que j'ai l'impression qu'il va disparaître dans ce qui doit être une sorte d'arrière-boutique, il se retourne. Son air est gêné, son sourire, pincé. On dirait qu'il n'ose pas me regarder.

– C'est beaucoup, n'est-ce pas ?

Il me dit ça comme si j'allais le gronder. Pourtant, je n'ai rien à y voir. J'ai la tête d'une marâtre ? Je n'aurais jamais cru.

– C'est… quoi ?

Ma question est légitime, on se croirait dans la garde-robe d'Ali Baba.

– Ma future friperie.

Sa tête est baissée, il me fait un regard par en dessous.

– T'en penses quoi ?

À part que j'ai déjà repéré plusieurs trésors, que je crois être morte et que je suis montée au paradis des fringues, je constate que mon ami Hugo a besoin d'aide.

– Le loyer doit te coûter les yeux de la tête. Tu dois ouvrir au plus vite, voilà ce que j'en pense.

Ses épaules s'affaissent. J'ai visé juste. Une boutique directement sur Mont-Royal, il faut être ambitieux. Il lève un index tremblotant.

– Il y a pire.

Ah ! Je vois. Enfin, non, ce serait trop facile, digne d'un sketch d'une émission de variétés des années soixante-dix.

– Laisse-moi deviner…

– C'est évident, t'as qu'à regarder la panique dans mes yeux et la fumée qui sort de mes oreilles.

Les mains sur les joues, soudain pleine d'empathie, je réalise :

– Ton loyer pour la boutique, tu le dois à…

– Seigneur Latour, oui.

Un rire nerveux émerge de mon thorax. Je comprends pourquoi Hugo souhaite que Mathieu ne puisse pas donner son cœur à la médecine de son vivant. Il a désespérément besoin de sa bonté.

– Tu as combien de mois de retard ?

– Insinues-tu que je n'ai pas fait mes paiements ?

Je fais un grand geste de la main, paume vers le plafond, avant de saisir une paire de pantalons fripés.

– Parce que tu n'as encore rien vendu. Parce que ça doit prendre beaucoup de temps pour accumuler autant de vêtements. Parce que tu sues, là, sur les tempes et qu'il ne fait pas si chaud que ça.

Hugo n'a pas eu à se mettre à genoux pour me supplier de l'aider, ça m'est venu naturellement, comme c'est mon habitude. Ne suis-je pas «Flavie la philanthrope» dans mes temps libres, après tout? C'est son instinct qui l'a poussé à me montrer son désastre en puissance. Il savait que je sauterais dedans à pieds joints. Où ça sent le naufrage, Flavie Lamontagne arrive à la rescousse! Ça doit être écrit sur mon front.

Ils sont où, mes sauveurs à moi?

– Nous allons commencer par faire des tas.

C'est fou comme gérer les difficultés des autres, c'est plus facile que d'affronter mes propres défis. Si c'était le contraire, je serais riche. À l'heure où je devrais chercher un second job, je suis ici. Je devrais devenir coach de vie, ça me permettrait de prendre des notes sur ce qu'il faut faire pour ne pas couler avec mes problèmes.

Toujours est-il que Hugo a suivi mes consignes comme un bon soldat. D'immenses collines se sont dispersées sur les tables. Il n'était pas content quand je lui ai fait mettre à la poubelle près du tiers de ses acquisitions.

– C'est défraîchi, Hugo. Regarde les petites boules dans le tissu et les trous. Il faut garder un certain chic.

Vers 16 h, Hugo n'en pouvait plus. Moi, je ne faisais que commencer. Malheureusement, le vrai devoir m'appelait.

– Demain matin, 8 h, dit-il.

Je passe à l'appartement pour prendre une douche et revêtir mon costume de serveuse. Je croise Mathieu que je tente d'ignorer. Il est à la cuisine, il utilise ma cafetière.

– Eille, c'est quoi ça? demande-t-il.

Il me brandit le pot de café instantané bon marché.

– Du café.

Il le dépose sur la table.

– Non.

– Non, quoi?

Je n'ai pas le temps de discuter de cette éternelle question. Mes copains – même ma mère – m'ont déjà joué cette scène auparavant. *Mille fois.*

– Ce n'est pas du café.

– Oh, arrête, tu ne vas pas t'y mettre toi aussi.

– Tu sais que tu consommes de la boue diluée?

– Si tu n'es pas content, achète-le toi-même.

Et puis, n'est-il pas censé aller vivre ailleurs?

Qu'en a-t-il à cirer, de ma boue diluée?

CHAPITRE 10

BEAU TRAVAIL !

Le lendemain matin, 7 h 32, je suis déjà debout. Les paupières encore pleines de sommeil, je marche jusqu'à la cuisine. Une rutilante machine espresso garnie de boutons et d'un réservoir d'eau trône sur le comptoir, accompagnée d'un petit paquet doré contre lequel est posée une note. L'écriture semble masculine, celle de Mathieu, sans doute.

«Si tu dois vivre sur le Plateau, au moins, tâche de faire les choses comme il faut. M»

Il dort encore, j'essaie de ne pas faire de bruit. Je n'ai aucune intention d'utiliser ce monstre de technologie dispendieuse. J'ouvre délicatement le sac, l'odeur est riche, forte, divine. Je le referme dans la seconde, il doit coûter cher, ce mélange. Je saisis donc mon pot de Nescafé dont je hume le parfum édulcoré et franchement morose avant de le pelleter dans le fond de ma tasse.

J'avale presque d'un trait mon café noirâtre avant de sauter dans la douche.

8 h 23, le poing d'Hugo frappe à ma porte.
– Entre !
Au lieu d'obtempérer, il sautille.
– Es-tu prête ?
Nous nous affairons ainsi toute la semaine. Chaque matin, il frappe sans entrer, et nous marchons jusqu'à la friperie. Nous

accrochons, étiquetons, passons au fer chaud jupes, chemisiers, pantalons, bavardant toute la journée.

Au coucher du soleil, je me rends au Naufragé pour gagner ma pitance. Juste avant que le dernier métro ne tire sa révérence, je rentre pour m'étendre à quelques mètres de Mathieu. Je suis surprise de le voir là toutes les nuits. Je pensais qu'il avait un emploi du temps plus rempli, et quelques fréquentations féminines pour assouvir ses élans de mâle. Mais non, il est fidèle à mon divan défraîchi.

Hugo commence à comprendre ma vie et mes malheurs. Il sait que j'ai fait du surplace pendant longtemps, que j'ai fréquenté surtout les mauvais candidats.

Il a aussi remarqué que je suis trop généreuse. Je raconte tout sans filtre, je lui octroie une confiance absolue, comme s'il était un prêtre. J'aime beaucoup Hugo, et quand j'aime, je me donne à 120 %.

Lui, il me parle très peu de sa vie. Son sujet favori : Mathieu. Plutôt, tout ce que Mathieu a pu accomplir pour le faire paraître *lui* comme un *raté*. Toutefois, parmi tous les événements qu'il me décrit, je perçois des trous, il manque des éléments dans ses histoires. Je me dis qu'il finira bien par tout me dévoiler. Il a besoin de temps, c'est tout.

– Je déteste te montrer l'évidence, Hugo, mais tu habites et tu ouvres une boutique dans *SES* immeubles.

Je m'attire des regards mauvais en énonçant ces faits qui me sautent aux yeux. Hugo est extrêmement sensible sur ce sujet.

– *Business only.* Je paye pour ce local.

– Très en retard. N'as-tu pas déjà affirmé que Mathieu n'a pas de patience et se fiche des lois pour se débarrasser des locataires indésirables ? Pourtant, tu es toujours là… Il n'est donc pas si méchant.

Comme je termine mes dernières syllabes, je les regrette. Son visage, normalement d'un teint de pétale de rose blanche, devient cramoisi. Je crois voir les veines de son cou se gonfler.

– Hugo, je suis désolée, je ne voulais pas dire ça.

– Non, continue de parler, Flavie, fait une voix derrière nous. J'espère que c'est ce que tu tentais vraiment de lui faire entendre.

Mathieu vient d'entrer avec sa prestance naturelle à laquelle je ne m'habitue pas. C'est la première fois que je le vois ici. Son regard survole la pièce, visiblement surpris. Presque tout est en place, dans les rangées, les vêtements sont triés, repassés, ordonnés par taille et par genre.

– Beau travail, approuve-t-il en frottant son menton avec une moue appréciative.

C'est moi qu'il vise, comme s'il était impossible que Hugo soit l'instigateur de cet accomplissement. Hugo serre les poings, prêt à bondir.

– Que fais-tu ici?

– C'est mon immeuble. Je n'ai jamais pensé ouvrir une friperie, mais comme c'est parti là...

– Ta gueule! Je payerai!

Mathieu croise les bras, sourire en coin.

– Calme-toi, je venais parler à Flavie, et non réclamer mon dû.

Il incline la tête vers moi, prend une voix plus douce que normalement.

– Je vais faire des courses, tu veux m'accompagner?

Je suis prise entre les deux hommes, l'un me regarde avec une assurance de vainqueur, l'autre ronge son frein. J'ai de la peine pour Hugo. Leçon retenue, *ne jamais se mettre à la merci de qui que ce soit*. Au rythme où les choses vont, même si Hugo essaie de tenir tête à Mathieu, il est battu d'avance. Sa seule option serait de tout abandonner et de recommencer sans l'aide de son frère. Un regard bref sur la boutique me rappelle que la mise est trop importante pour reculer.

À la façon dont il me fixe, on se laisserait convaincre que Hugo a lu dans mes pensées. J'ai un élan de tendresse pour lui.

– Vas-y, souffle-t-il.

Je suis bouche bée, c'est le coup de pied d'Hugo sur ma cheville qui m'a poussée vers la Jeep de Mathieu.

CHAPITRE 11

LE PARI

– Comment as-tu fait pour te garer juste devant la boutique ?
C'est vrai, c'est impossible.

Il déverrouille nos portières d'un bip.

– Il y a toujours une place pour celui qui sait qu'il en aura une.

Je monte à bord de sa Jeep de gars sûr de lui. C'est plus haut qu'une voiture, plus confortable, plus spacieux. Je jette un regard vers mon chauffeur qui embraye d'un coup sec. On dirait qu'il a des yeux tout le tour de la tête tellement il est rapide pour vérifier ses angles morts.

C'est dommage que Mathieu soit aussi froid qu'un réfrigérateur. Hugo est tellement plus chaleureux. Des fois, je me dis… Et si Mathieu avait dit vrai ? Si Hugo me racontait n'importe quoi pour attirer ma sympathie ? Oh ! je sais, il fait un peu piteux comme genre. Pourtant, j'ai l'habitude avec ce type d'homme. Ça me sécurise. Il serait avenant, fidèle, il m'aiderait à faire le ménage, les repas… Je me vois très bien travailler dans cette friperie, dénicher les vêtements, accueillir les clients.

– Tu passes beaucoup de temps avec Hugo.

Nous roulons dans Saint-Denis, en remontant vers le nord. La lumière passe au vert.

– Il est gentil, ton frère.

Mathieu appuie sur l'accélérateur, un soupir d'agacement s'ensuit.

– La gentillesse est une fausse qualité, Flavie.

La belle théorie venant de la brute ! Mais laissons-le préciser son idée.

– Que veux-tu dire ?

– Tout le monde peut être adorable quand ça l'arrange. Ce n'est pas forcément une vertu.

– Waouh.

Il baisse les yeux de biais vers moi avant de tourner rue Jean-Talon.

– Pourquoi *waouh* ?

– Tu as une drôle de façon de voir la vie, je suis fascinée. Quel cynisme !

– Ce n'est pas être cynique que d'être capable de détecter quand les gens font semblant.

– Moi, je crois que si. Je n'aime pas les cyniques.

– Comme moi ?

– Puisque tu l'admets. Oui.

– Quand je suis avenant, c'est parce que je le ressens, et non pour obtenir quelque chose.

Il sourit en disant ça. J'essaie de ne pas trop le regarder. C'était sympa de me céder l'appart. Bon, il est encore là, sur mon divan, n'empêche que le geste est apprécié. Je ne le chasserai certainement pas.

– Moi, je dis qu'il faut avoir une belle âme pour être gentil même quand on n'en a pas envie.

– Tu es bien naïve, Flavie.

Le silence qui s'installe est désagréable, j'hésite.

– Mathieu... ce que tu fais, je veux dire, de me céder l'appartement, c'est généreux. Vraiment.

– Laisse tomber.

– Serais-je sotte de croire que nous sommes des amis ?

– Non, mais tu l'es de croire que les belles âmes dépourvues du besoin intense de flatter leur ego existent.

Partout autour du marché Jean-Talon, il y a foule. Mathieu se dirige vers les espaces de stationnement les plus rapprochés alors qu'il me semble évident qu'il faudrait se placer très loin.

– Serait-ce cynique de ma part de présumer que nous ne pourrons pas nous garer ?

Ma question l'amuse.

– Je t'ai expliqué ça tantôt, il y a de la place pour celui qui sait qu'il en aura.

– Bien sûr, dis-je, sarcastique.

Juste comme nous arrivons, il ralentit. Une femme nous fait signe d'attendre. Pendant un instant, je me demande ce qu'elle veut. Et finalement je comprends. Elle se dépêche de partir avec sa petite Toyota Matrix bleue, laissant libre un espace aux premières loges. Mathieu me fait un sourire de vainqueur.

– Mignon. Sauf que tu négliges un détail important, dis-je.

– Lequel ?

– Sa voiture était deux fois plus petite que ta Jeep.

– Tu veux parier que c'est faisable ?

Je regarde bien, pour être certaine de ne pas perdre le pari. Non, vraiment, aucune chance qu'on entre là. Mathématiquement impossible. Les voitures sont trop rapprochées.

– On parie quoi ?

– Une « vraie » nuit ensemble.

Une *quoi* ? Je manque d'air ! Il me nargue. Il a bien vu qu'il ne pourrait pas gagner.

– Ha, ha, ha ! Je ne te connaissais pas un si grand sens de l'humour. De toute façon, nous savons tous les deux que tu ne peux pas aplatir ton quatre-quatre pour y entrer. Va pour une nuit !

Nous rions ensemble pour la première fois, j'ai des larmes qui coulent aux coins de mes yeux, je dois être plus fatiguée que je ne le croyais.

Soudain, tout mon sang quitte mon visage pour engourdir mes bras et mes mains. Juste devant la minuscule place libérée par la petite Matrix, la Sonata vient d'allumer ses phares. La voiture libère son emplacement, nous cédant par le fait même toute la longueur nécessaire pour la Jeep. Mathieu cesse de rire.

– Vas-y, tu… tu… peux te garer maintenant.

Ma voix s'est étranglée.

Nous marchons en silence, longeant les stands de légumes. Je le laisse devant les pots de marguerites pour saisir le poivron rouge qu'un vendeur aux cheveux gris me tend.

– Deux pour 1,50 $.

– J'en veux quatre.

Je sursaute lorsque la voix de Mathieu souffle à mon oreille.

– Que feras-tu avec autant de poivrons?

J'empoigne le sac que l'employé me remet avant de marcher loin de lui à grandes enjambées. Même si je sais que le pari était une blague, je n'ose plus le regarder.

– Flavie?

Je m'immobilise, mais je garde les yeux sur mes provisions.

– Quoi?

– Arrête de paniquer, je n'étais pas sérieux avec ce pari.

– C'est évident, de toute façon…

Je laisse ma phrase en suspens. Il m'avait déjà dit que je n'étais pas son genre. Son genre, c'est Vanessa. Dieu sait qu'il y a une sainte différence entre nous! Je reprends mon élan vers les tomates qui ont l'air bien rouges malgré la saison. Des tomates américaines, certainement. Et puis, j'en ai rien à foutre. Mon but est de garder l'appart, d'une manière ou d'une autre, et non de coucher avec le proprio. Je n'ai jamais payé mes biens en nature.

– De toute façon, quoi?

Je lève une main nonchalante pour lui signifier de laisser tomber.

– On oublie cette conversation ridicule, d'accord?

– Qu'allais-tu dire, Flavie?

Je me retourne, les mains sur les hanches, mon sac de poivrons ballotte à mon poignet.

– C'est inutile d'en parler. Le genre de femme avec qui tu passes tes nuits n'est pas dans la même galaxie que moi.

Il lève les sourcils, puis éclate d'un rire spontané.

– Tu me connais mal.

– Oh, arrête.

– Non, toi, arrête. Je fais mes choix sur le caractère, l'intelligence et le courage.

Là, c'est à mon tour de m'esclaffer. Ça me fait penser aux types qui disent acheter *Playboy* pour les articles !

– Ah, ouais ? C'est pour ça que tu as profité de la première occasion pour partir avec Vanessa, l'autre soir ? Pour son caractère ? Tu es ridicule, Mathieu.

Je le plaque pour revenir aux tomates. Dans mon dos, la voix qu'il élève pour terminer la conversation est ferme.

– Pourquoi crois-tu que je l'ai laissée devant le wagon de métro, sans tenter de la revoir ?

Je m'arrête de nouveau.

Bien joué ! Il vient de compter.

CHAPITRE 12

LA PHILANTHROPE

J'ai acheté des poireaux, un navet, des fraises, alouette. J'ai flirté avec les épinards frais et le caissier du stand, Mathieu a transporté les sacs sans broncher. Nous avions l'air d'un couple bizarrement assorti qui faisait ses emplettes pour un vendredi soir de tendresse. Lui, grand, magnifique et élégant, moi, jolie, mais maigrichonne et paysanne.

L'espace d'un court instant, je me suis prise à fantasmer de nouveau. Acheter des victuailles avec un homme à ses côtés a quelque chose de pittoresque. À l'instar de la première fois où sa trousse de toilette a fait connaissance avec ma brosse à dents, la scène est surréaliste.

Parlant de surréalisme, voilà Mélanie qui rapplique sur mon iPhone pour me raconter que notre belle amie Vanessa songe à déménager à Toronto pour aller filer le parfait bonheur avec Dereck le vampire. Si ma propre vie n'était pas si compliquée par les temps qui courent, je m'interposerais fermement entre sa déraison et son projet de tout quitter pour un homme qui ne cesse de la faire pleurer.

– Mais on ne peut pas la laisser faire ça, Flav' !

– Oui, on peut, c'est une adulte responsable. Il faut qu'elle aille au bout de son histoire. Qui sait, ça peut peut-être fonctionner ?

La voix de Mélanie s'étouffe tout à coup dans le combiné.

– Oh non, crois-tu qu'elle est enceinte? Je suis certaine qu'il a une maîtresse dans chaque aéroport.

– Pffff… dans chaque avion…

– Elle sera coincée à la maison avec des marmots, alors que lui continuera à parcourir la planète!

Mélanie est facilement scandalisée. Elle voit tout plus gros que ça ne l'est; chacune de ses histoires est plus prodigieuse que la réalité. Ma chère Vanessa passe toujours derrière pour épurer. C'est une sacrée chance. Justement, à la suite de cette conversation pleine d'hypothèses et de demi-vérités, j'ai contacté Vanessa. Mine de rien, juste comme ça, pour prendre de ses nouvelles.

– Je pars pour Toronto la semaine prochaine! Nous allons passer la fin de semaine dans sa famille!

Et moi de me dire «C'est tout? Où en est ta grossesse? Ton déménagement? Ton homme qui court la galipote à l'autre bout du monde?» Ah, sacrée Mélanie!

– Il a décidé qu'il était temps que je connaisse sa famille en bonne et due forme. N'est-ce pas merveilleux? Ça sent la bague…

Ça sent la «blague» plutôt. Mais je me tais, elle est si heureuse. Ah, Dereck, si tu es un feu de paille, je t'étouffe!

Toujours est-il que nous avons fait le chemin du retour en silence, Mathieu et moi. «Une nuit ensemble», une autre blague, oui, bien sûr. Sauf que cette farce inoffensive que le destin a décidé de transformer en réel défi nous a obligés à pointer un fait qu'il m'était déjà difficile d'ignorer. Cette foutue tension sexuelle. Il ne sait pas, lui, que ça fait des mois que je n'ai pas été touchée. Je suis à fleur de peau émotionnellement et physiquement. Il ne faut pas badiner avec une femme de vingt-neuf ans gorgée de désirs primitifs hyper dangereux pour le libre célibataire mâle en pleine force de l'âge et assoiffé de liberté.

Avant, je pouvais prétendre ne pas avoir remarqué que Mathieu est comme un trou noir dans le cosmos tellement il attire à lui toutes celles qui s'en approchent. Le problème avec un trou noir, c'est que dès qu'on y est aspirée, on devient néant. Pas que je sois convaincue qu'il se lève un jour avec l'idée spontanée de me serrer dans ses bras. Non. Sauf que le simple fait de souligner qu'il est un homme, que je suis une femme, qu'une nuit avec lui a un potentiel de faisabilité 1 sur une échelle de 10 me met mal à l'aise.

Je l'avoue, j'ai peur de devenir comme Vanessa, mes émotions à la merci des bonnes – ou moins bonnes – intentions d'un homme trop ensorcelant.

– Il SAIT que je suis une «fille».

Je dis cela à Hugo comme si c'était un secret d'État, le samedi matin suivant, en lançant une paire de jeans sur un tas de linge destiné à la machine à laver.

Hugo me dévisage comme si je venais de lui annoncer mes fiançailles.

– Vous avez couché ensemble?

C'est drôle que je n'aie pas à mentionner le nom de Mathieu. Depuis le début, *IL* tient pour Mathieu. Hugo ne parle que de lui, il dit même *IL* en accentuant le *L*.

– Non, arrête!

– Quoi alors, tu lui as montré sous ta jupe?

– Il a fait un pari stupide. Une nuit ensemble s'il réussissait à se garer dans un espace ridiculement trop petit pour son camion.

– C'est un VUS, me corrige-t-il.

– Même patate mécanique.

– Il a gagné, n'est-ce pas?

Sa voix est blasée alors qu'il appuie sur le bouton de la machine.

La friperie est équipée d'une buanderie, nous y passons des heures.

– C'était mathématiquement impossible. Mais oui, il a gagné, puisqu'une voiture s'est poussée pour agrandir la place.

Hugo croise les bras en s'accoudant sur le sèche-linge, son air est sérieux.

– J'ai quelques trucs à te dire au sujet de mon frère.

Il secoue la tête avant d'énumérer sa liste.

– D'un, il ne fait jamais de blagues. De deux, il ne perd jamais un pari. De trois, quand il est venu te chercher expressément pour aller «faire des courses», c'était dans un but précis.

– Tu lui prêtes trop d'intentions. Il voulait manger, voilà tout.

– Mathieu ne fait jamais rien pour rien, insiste-t-il.

Je prends ma voix moqueuse, s'il est ridicule, alors moi aussi.

– Es-tu en train de me dire qu'il n'avait pas besoin de céleri?

– As-tu déjà vu Mathieu cuisiner?

– Non, mais c'est seulement parce que je suis perpétuellement ici, avec toi.

– Il mange toujours au resto.

– Pour de vrai? Mais c'est horrible! Il faut qu'il change ses habitudes, il aura une crise cardiaque à quarante ans!

Hugo devient sérieux.

– Écoute, Flavie, je crois que tu l'intrigues.

Hugo voudrait bien que ce soit le cas, il n'a jamais caché son souhait de me voir adoucir la bête pour l'aider, lui, à profiter de sa patience. Depuis quand l'épanouissement de ma vie amoureuse est-il devenu un travail d'équipe? Pire, un outil! Hugo n'a pas conscience à quel point il n'a pas choisi la bonne candidate.

– Il s'en va bientôt, c'est une question d'heures, dis-je.

Hugo sourit.

– Je ne parierais pas ma chemise là-dessus, il n'a pas l'air pressé. Néanmoins, il t'aime bien. Comme il peut «aimer bien», évidemment. Ses aptitudes dans le domaine sont limitées, il ne faut pas se créer trop d'attentes. Méfie-toi. Si toutefois tu peux l'attendrir un peu, je t'en serai éternellement reconnaissant. Si votre tension sexuelle pouvait atteindre un niveau intéressant, alors…

Ma foi, on dirait qu'il se parle à lui-même. A-t-il fait des tableaux de calculs sur Excel pour évaluer les probabilités?

– Je ne rendrai pas ton frère malléable pour toi, Hugo.

Il sourit.

– Je ne fais qu'espérer. Tant que tu ne tombes pas amoureuse de la bête…

– Pas de danger !

Je réfléchis à la semaine que nous venons de vivre. Je pars au petit matin pour revenir rapidement me changer. Je travaille jusqu'au dernier métro. Je vais au lit alors que Mathieu éteint son ordinateur. Nous dormons chacun de notre côté du double salon. Je ne sais pas ce qu'il fait de ses journées, j'ai simplement tenu pour acquis que Mathieu, dit «la bête», s'occupait de ses immeubles et s'en achetait d'autres. Comme moi je m'achète des jupes multicolores.

– C'est quoi, votre histoire, Hugo ? Votre relation est bien singulière.

– Il me déteste depuis l'enfance et je le lui rends bien, voilà. T'as fini avec cette pile ? Va profiter de ton samedi de congé.

Je me dirige vers la porte, la mort dans l'âme. Soudain, Hugo se racle la gorge.

– Hum ! Flavie…

Je cesse d'avancer, la main sur la poignée, prête à sortir.

– Tu n'es pas comme les autres. Je le sais. IL le sait. Ne l'oublie pas, d'accord ?

– Ne pas oublier quoi ?

C'est la voix de Gigi qui vient de retentir, accompagnée du rire d'Amélia. Décidément, elles sont liées par la hanche, ces deux-là. Le plus souvent, c'est Gigi qui prend les devants et Amélia semble la suivre à contrecœur.

Elles viennent faire leur virée, presque tous les jours, à la même heure, juste après l'heure du lunch. Amélia soupire sur le pas de la porte en admirant ses faux ongles, tandis que Gigi vient s'entretenir de tout et de rien avec Hugo. Chaque fois, elle s'arrange pour me tourner le dos, me dévoilant de façon presque quotidienne sa chevelure brûlée par le décolorant. Une fois, j'ai tenté de faire la conversation avec Amélia. L'expérience ne fut pas concluante.

CHAPITRE 13

ÊTRE OU NE PAS ÊTRE… GENTIL

Mon frigo est trop petit. Si bien qu'en l'ouvrant pour considérer mes choix pour le déjeuner, le navet roule à mes pieds.

– Il nous faudrait un plus grand réfrigérateur.

La voix grave de Mathieu me fait sursauter, mais ça ne m'empêche pas de lui répondre du tac au tac.

– Pour le temps qu'il te reste à habiter ici, celui-ci fera l'affaire. Tu auras sûrement un frigo en acier inoxydable bientôt. Le tien produira des glaçons au simple toucher d'un bouton, je parie.

Je referme et me retourne, navet à la main. En fille pratique, je change de sujet rapidement.

– Tu aimes le potage de légumes?

Il lève un sourcil incrédule.

– Tu vas cuisiner pour moi?

– Si tu es capable de rester en place assez longtemps pour le manger, oui.

Il tire une chaise, s'assied, tapotant la table du bout de ses doigts.

– Qu'est-ce que tu fais?

Il rit.

– J'attends mon bol.

Je dépose le navet devant lui, je sors un large couteau.

– Coupe ça. Minute, je t'apporte les carottes et les oignons. C'est charmant de m'aider.

J'ai fait du poulet rôti avec des pommes de terre en purée. Mathieu a ouvert une bouteille de rouge. Deux verres suffisent pour m'enivrer, je suis entre les étoiles et le toit de l'immeuble, métaphoriquement. Je me détends en sa présence pour la première fois depuis qu'il a frappé à ma porte avec son sac.

– Tu sais, tu ne devrais pas fraterniser avec moi. Après tout, je suis ta cliente.

Il éclate de rire, mais ne réplique pas. Sa bouche est belle, ses dents, blanches, droites, ses yeux semblent devenir des demi-lunes quand il s'esclaffe. Il me charme, je n'y peux rien. Je lancerais à toute femme saine d'esprit le défi de ne pas ressentir un petit pincement au cœur en sa présence. Il émane de lui une énergie attirante, pourtant intimidante. C'est un homme très secret. La simplicité du quotidien que nous partageons doit être un leurre. Que fait-il encore dans ma cuisine? Voilà la question que je tourne en boucle dans mon esprit.

– Que fais-tu dans la vie, Mathieu?

Son visage s'assombrit.

– Ah!... je n'aime pas cette question.

– D'accord, alors j'en ai une autre. Où iras-tu vivre quand tu te lasseras de mon divan?

– J'ai quelques options. Je commence à reprendre goût au Plateau, en fait.

Je saisis la bouteille, je remplis son verre.

– Tu laisses tomber l'interrogatoire?

Je lève mon verre avec une moue taquine.

– Tes secrets ne me regardent pas. Buvons à ton déménagement et à ta vie mystérieuse.

ᑌᑌᑌ

– Que fait ton frère dans la vie?

Hugo est dans la paperasse, debout derrière ce qui sera son comptoir-caisse dans un quart d'heure.

– Il m'emmerde, voilà ce qu'il fait.

Mes avant-bras glissent sur la surface lisse de la vitre, je saisis son stylo-bille.

– Pour vivre, que fait-il ?

La main ouverte, il forme un geste circulaire autour de lui, désignant sa boutique.

– Il est rentier, donne-moi mon stylo, Flavie.

– Écoute, mon pif me dit qu'il fait autre chose. Il doit bien travailler, occuper ses journées ! Je dois découvrir quoi.

Hugo ferme son livre de comptes d'un coup sec.

– Mathieu fait ce qu'il veut, quand il le désire. Il mène une vie de pacha. Que cherches-tu à savoir d'autre ?

Oh, quelqu'un est à point, ce matin !

– Tu n'as donc aucune idée de ses activités ?

Hugo ignore ma question, regarde sa montre, inspire un bon coup.

– C'est l'heure.

Il a l'air nerveux, je sais qu'il ne me dit pas tout. Je file vers la porte vitrée pour ouvrir la friperie pour la première fois.

Le dimanche soir après la fermeture, Hugo ouvre le champagne que Gigi la blonde et Amélia la brunette ont apporté. Je dois avouer être heureuse de les revoir. Pourquoi ? Parce que vers 14 h, alors que Hugo allait faire une dépression nerveuse devant le peu d'achalandage, les deux jeunes femmes ont fait une entrée triomphale avec une dizaine de personnes.

Toutes parlaient fort, s'enthousiasmant pour l'inventaire « génial » et « *top grunge-chic* ». Le groupe a causé un effet de vague. Les passants se sont présentés spontanément par la suite. J'ai joué les vendeuses de second ordre avec mes « Avez-vous besoin d'aide ? » et mes « *Thank you, come again* » pleins d'un accent franchement exotique pour le touriste américain.

J'ai entrevu la silhouette de Mathieu vers 16 h. Nos regards se sont croisés un bref instant. Il était fier de son frère, j'en mettrais ma main au feu.

Soudain, un grand blond aux cheveux longs propose un toast.

– À la réussite d'Hugo!

Je lève mon verre. La dizaine de visiteurs qui formait le groupe «sauveur de situation» est avec nous pour faire la fête. Ils sont tous âgés de vingt-cinq à trente-cinq ans, sûrement célibataires. Ils sont tous prêts à avoir du plaisir, sauf ce dur à cuire un peu à l'écart, sa tignasse noire tombante, fluide, derrière ses épaules d'athlète garnies d'un simple T-shirt gris. Il n'a pas l'air à sa place, je le verrais plutôt dans un ring ou sur une scène de concert rock, ça mettrait ses tatouages en valeur.

Gigi devait avoir disparu sans que je m'en aperçoive, car elle ouvre la porte, criant son excitation à qui veut bien l'entendre.

– Regardez qui passait par là!

Tous s'étirent le cou pour voir la trouvaille. Alors que Mathieu entre, il semble me dire «Je ne reste pas longtemps». Je réponds silencieusement «Tu veux que j'active l'alarme incendie?»

Hugo a le visage plongé dans son verre. Pourquoi fait-il cela? C'est son heure de gloire! Il devrait le regarder droit dans les yeux, fier comme un paon.

Je m'approche de Mathieu pour le saluer. Il se penche pour me faire la bise, j'en profite pour glisser à son oreille un «Que fais-tu ici?» discret. Il me félicite à voix basse, «Tout ça, c'est grâce à toi», avant d'avancer dans la pièce.

Mathieu tend la main droite à son frère médusé qui me vise du regard. Pourquoi me consulte-t-il encore? Je lui signale de se laisser féliciter. Ce qu'il fait, hésitant.

– Tu veux une coupe?

Mathieu décline alors que Gigi se pend à son bras. Il dépose un baiser sur sa joue, puis amorce une sortie discrète, seul. La blondasse me dévisage comme si c'était ma faute. Je fais mine de bâiller, d'être morte fatigue. Je n'ai qu'une envie, suivre Mathieu sur-le-champ, ce que je m'apprête à faire lorsqu'une main se pose sur mon épaule.

– Tu rentres déjà?

Hugo s'est faufilé entre les invités pour s'enquérir de mes plans.

– Oui, je suis crevée. Tu dois l'être aussi.

Il lève la main pour repousser une mèche folle qui tombe dans mes yeux.

– Merci de ton aide, Flavie.

Pendant un instant, j'ai une faiblesse. Son regard sur moi est changé, on dirait qu'il… non. Il faut que j'arrête de fabuler. J'aimerais que ce soit vrai, pourtant. Il y a longtemps qu'un homme ne m'a pas fixée comme ça. Comme si j'étais belle. Vraiment belle.

Après m'être laissé piéger pour aider à ramasser le désordre occasionné par les convives, je rentre à la maison une longue demi-heure plus tard. Mon travail ici est terminé.

Mathieu lit lorsque j'entre. Il ne lève même pas les yeux avant de marmonner son commentaire.

– Grosse journée…

Je m'assieds sur mon lit, il me fait face, de son divan, à trois mètres de distance.

– C'était sympa, d'être venu le féliciter.

Il hoche la tête lentement.

– Je ne suis pas un sauvage.

– C'était «gentil», même si nous savons tous les deux que c'est contre tes principes.

– Je n'ai pas de principes.

Je viens pour protester «Oh oui, tu en as!» mais je me ravise. J'aime cette petite flamme de complicité qui semble naître entre nous. Elle peut n'être qu'une illusion, pourtant…

– En tout cas, c'était cool de ta part.

Il tend le bras pour déposer sa tablette électronique sur la table basse, puis pivote pour poser ses pieds par terre.

– Je ne souhaite pas de malheur à mon frère, Flavie.

– Je n'en doute pas. Mais tu as répété qu'il était un imbécile, ça m'est resté en tête.

– *C'est* un imbécile.

Son sourire me laisse perplexe.

– Écoute, je suis conscient que tu l'aimes bien, il est «charmant», mais c'est un manipulateur. Prends garde.

– Tu exagères!

– Ah oui? Alors, dis-moi, Flavie, tu as donné combien d'heures gratuites pour lui à sa boutique?

– Ce n'est pas important.

Il continue, sans égard pour ma protestation.

– J'évaluerais à au moins cinquante depuis lundi. En plus, tu as bossé le soir comme serveuse.

– Oui, mais…

J'allais m'écrier que ça m'avait fait plaisir, que son amitié, que notre complicité n'avaient pas de prix, mais il me coupe la parole de nouveau.

– T'a-t-il offert quelque chose, pour tout ce travail?

– Non. Mais tout le monde n'est pas comme toi, Mathieu. Nous ne sommes pas tous des calculatrices ambulantes qui ne font jamais rien pour rien.

– Tu ne me connais pas!

J'ignore moi aussi sa défense, puis je continue sur ma lancée.

– J'aime aider les gens, me sentir utile, les rendre heureux! Je suis peut-être la dernière des connes, à gratter mes fonds de tiroirs pour arriver à manger même si je travaille à la sueur de mon front toutes les heures de mes journées, mais ça me comble! Tu saisis, ça, Mathieu? Donner sans attendre en retour? Non, bien sûr que tu ne peux pas comprendre.

Je me prépare à une tirade en réponse à mon monologue, mais il se tait. Son silence me calme, j'abaisse la voix.

– Excuse-moi, je ne te connais pas, c'est vrai. Tu as déjà été bien bon pour moi, mais je crois comprendre que tu n'as aucune idée de ce que c'est de n'avoir rien d'autre devant toi que ta part des pourboires de la soirée. Je sais que Hugo n'a pas un *token* pour me payer, pourquoi me créer des attentes?

Sa tête fait un lent signe d'écoute, je dois avoir bu trop de champagne, car je me tire une balle dans le pied dans la seconde.

– Au fond, c'est à moi que je raconte des conneries. Je ne pourrai jamais m'offrir ce loyer. Je me demande bien qui je tentais de convaincre.

Je m'écrase sur le bout de mon lit avant de déclarer:

– Mathieu, c'est moi qui vais tâcher de partir dès que possible.

CHAPITRE 14

BAS FOND

Le lendemain matin est un superbe lundi ensoleillé. Mathieu s'était déjà évaporé lorsque, vers 7 h, j'ai ouvert l'œil. J'aurais souhaité ne pas boire mon café toute seule. Tant pis. Pour l'instant, tout ce qui compte est de planifier ma semaine. Et mon déménagement.

Lorsque j'ai lancé mes cinquante vérités à Mathieu hier soir, ça m'a amenée à réfléchir. Me prendre pour mère Teresa ne me nourrira pas, ni ne me logera. C'est bien pour les autres, oui, pourtant, rarement le karma positif que cela devrait m'apporter n'a ajouté de *pesos* dans ma tirelire.

Même si Mathieu m'assure que je peux rester le temps qu'il faut, je vois bien la dynamique ingrate qui s'est installée entre son frère et lui. Au fond, Hugo et moi ne sommes pas si différents. Quand tu es fauché, tu n'es jamais gagnant.

Aujourd'hui est un tournant. L'heure est au changement. *Charité bien ordonnée commence par moi-même.* Je n'ai jamais voulu croire à ça, pourtant, à vingt-neuf ans, je me retrouve sans toit et sans vrai travail. Il ne me reste que mes amis.

Tout ce dont j'ai besoin, c'est d'un peu de temps pour trouver un petit logement rudimentaire dont je pourrai payer les mensualités rubis sur l'ongle.

Le lundi soir, peu de clients fréquentent le bar. Je suis fébrile et prête à travailler d'arrache-pied, toutefois l'action manque, je vois mes pourboires fondre au clair de lune. J'ai du temps à perdre, aussi bien le rentabiliser.

– Maxence, est-ce que ça va toujours bien avec Martin?

Mon ami me dévisage, médusé.

– Oui, pourquoi?

– Non, rien, laisse tomber.

Je lui tapote la main.

– Je suis contente pour toi.

Vanessa est dans le coin des «VIP». Je m'approche, lui fais la bise, lui demande comment elle se porte, puis vais droit au but.

– Quand pars-tu pour Toronto avec Dereck?

Elle est surprise de ma question, mais me répond candidement.

– Finalement, nous n'irons que le mois prochain. En attendant, il vit avec moi. Ça va bien tu sais, il restera sûrement…

Je ne l'écoute déjà plus, j'ai les yeux dans le vide. Mélanie, qui n'en manque pas une, me touche le bras.

– Tu as un problème, Flavie?

– Non!

– Tu cherches un nouveau divan à squatter, on dirait.

– N… oui.

– Ma cousine qui a émigré en France est chez nous pour deux mois avec ses trois monstres.

Ma tête ne pourrait être plus basse dans le creux de mes frêles épaules.

– Je vais m'arranger.

Mélanie fronce les sourcils.

– Ça ne fonctionne pas, à ton super appartement rue Rivard?

– Je dois trouver quelque chose de moins cher.

Je n'explique pas la situation de long en large à mes copines, je ne partage que l'essentiel. Trop dispendieux pour moi, point barre.

– Je pourrai au moins entreposer mes meubles dans ton garage de nouveau, Mélanie?

Silence de mort. Mélanie regarde Vanessa, Vanessa regarde Mélanie. Quoi, bon sang?!

– J'ai eu un dégât d'eau, nous avons rempli le garage de tout ce que contenait le sous-sol.

– Ah, zut, Mélanie, je suis désolée! Où est Flora? je demande.

– Tu n'y penses pas! Elle a une nouvelle colocataire très difficile. Elle l'a surnommée Madame Nette. Pas qu'elle s'en plaigne, car…

– Ça va, vous tous! J'ai compris!

Maxence, Vanessa et Mélanie me dévisagent d'un même air coupable.

– J'ai abusé de votre hospitalité dans les dernières années. À mon âge, il est temps que je me prenne en main. Votre message est clair.

En disant ces mots, je défais mon tablier blanc, je le roule en boule pour le plaquer contre la poitrine de Maxence.

– Je prends congé pour quelques jours.

Je vais pleurer. Je suis fatiguée. Même mes amis en ont marre de mes problèmes. Voilà où ça mène, la philanthropie.

Quelques soirs plus tard nous mènent au jeudi. Je voulais déjà être partie. Mathieu ne me pousse pas dehors, mais je souhaite déguerpir.

– Tu peux rester le temps qu'il faut, tu sais.

Il est bien grand alors qu'il se tient au-dessus de ma tête penchée sur un carton ouvert. Je suis assise à la table de la cuisine. Je range les bibelots, et quelques pièces de vaisselle qui ne servent jamais.

– Merci.

Je ne peux pas parler davantage, même pour avoir l'air confiante. Je l'ai déjà dit, je pleure rarement. Mais là, la pression est forte. Je me sens comme si j'avais une main hostile à la gorge, des doigts serrent mon gosier, j'ai peine à respirer.

– Flavie, est-ce que ça va?

Il se tire une chaise, s'assied devant moi. Je dois me retourner pour cacher mon visage crispé.

– Hé! regarde-moi.

Sa voix est douce, on dirait qu'il a peur que je me sauve. Je lui montre mes larmes, mon soupir est sec.

– Voilà, t'es content?

– Qu'est-ce qui se passe?

Je ris tout haut, mon sarcasme est à peine camouflé.

– Mes amis ne peuvent plus rien pour moi. Ils en ont marre de mes problèmes. Je n'ai ni argent, ni appartement, ni copain. Ils ont raison, ça fait trop longtemps que ça dure.

– Ils t'ont dit ça?

– Ils n'ont pas besoin de l'exprimer comme tel, je le sais.

– Et tes parents?

– Ils ont tout vendu, ils vivent en Floride dans leur gigantesque roulotte chromée.

– Je vois.

J'essuie mes paupières humides du revers de la main, je renifle en même temps. Je dois être très jolie, vraiment.

Mathieu tend le bras vers la boîte de mouchoirs que j'avais laissée sur le comptoir.

– Merci.

– De rien.

– Tu avais raison, tu sais? Regarde-moi. Je suis une itinérante, voilà ce que je suis!

Mathieu saisit ma main pour m'extirper de ma chaise en se levant lui aussi.

– Qu'est-ce que tu fais?

– Je te sors.

CHAPITRE 15

LE HAMSTER

Vanessa et Mélanie m'ont souvent parlé du restaurant *Misto*, à quel point leur service est impeccable, leur bouffe, bénie des dieux! Lorsque Mathieu a mentionné ce nom, mon cœur a littéralement fondu. Ah! Comme ça doit être agréable de pouvoir sortir tous les soirs et de se faire servir sans se demander si l'on pourra payer son loyer la semaine suivante.

Nous avons marché côte à côte, Mathieu près de la rue, moi, des vitrines. Je le prends comme de la galanterie, même si c'est totalement fortuit. La file d'attente paraît ne pas exister pour lui, il n'a qu'à faire un signe du menton pour que l'hôte nous indique une table qui vient de se libérer. Plus étonnant encore, personne ne se plaint, nous offrant de surcroît un peu d'espace pour avancer. Surprenant, vraiment.

– Ta vie me laisse pantoise.

Il rit doucement, sans relever, avant de saisir le menu que le serveur lui tend.

Je regarde avec envie la miche chaude que le garçon dépose devant moi. J'ai l'estomac dans les talons, voilà des jours que je grignote çà et là, n'importe quoi de pas trop cher. Je dois contrôler mes élans, j'aurai l'air de quoi, si je mets un pain entier entre mes joues? D'un hamster en liberté!

– Tu veux le mien? Je n'ai pas très faim, offre Mathieu.

Je le saisis du bout des doigts, il est moelleux, odorant. Un peu de beurre qui fond dès qu'il entre en contact avec la mie blanche ajoute un effet monstre.

Alors que je salive et que je me retiens de tout dévorer, Mathieu se penche vers moi d'un sourire entendu.

– Je sais que tu es affamée. Ne te gêne pas pour moi.

J'ai failli parler la bouche pleine, je me suis arrêtée juste à temps.

– Mais non…

– Mange tout, je te dis. Commande une énorme assiette. Le filet mignon !

J'aurais dû prendre mon pot à pourboires, c'est là que j'accumule mes minces économies.

– Mais…

– Je t'ai invitée, cesse de t'en faire.

– Je vais prendre les spaghettis.

Le plat le plus bourratif, le moins cher, bon choix.

– Arrête de niaiser, si tu prends des spaghettis, j'aurai l'air de quoi ? Il y a des crevettes, pétoncles… Tu peux prendre des pâtes, mais bon sang Flavie, vas-y avec classe !

Je suis la liste des plats d'un regard affolé, la facture montera à au moins quarante dollars, et ce, juste pour moi ! Comment pourrais-je le laisser payer ? Impossible, ça me plonge dans l'embarras, je n'ai tellement pas l'habitude de me faire gâter. Dire que j'ai pris congé trois soirs d'affilée sans rien trouver d'abordable, sauf un taudis infesté de coquerelles !

Mais qu'ai-je donc dans la tête ? On dirait que je fais exprès de me mettre dans le pétrin, je suis dans un cercle vicieux. Je suis étourdie, c'est ça mon problème. J'ai besoin de choisir un point fixe et ne plus le lâcher, comme ces danseurs qui tournoient. Je dois être affectée d'un trouble quelconque. J'ai un déficit d'attention sévère, voilà de quoi je souffre.

Ça explique ma médiocrité à tenir parole, à me concentrer sur une chose à la fois. J'ai servi les cocktails tout faux, l'autre soir, Maxence m'a fait de gros yeux, puis il a dû corriger le tir. Je me suis sentie comme une moins que rien tout le reste de la soirée.

Dans mes efforts consacrés à prendre soin de moi-même, j'ai cessé d'aider Hugo à la friperie. Depuis, on dirait que je suis une étrangère. Il passe tout droit, ne cogne plus ni le matin ni le soir.

Je n'ose plus appeler mes amis. Je veux, je dois leur montrer que je peux m'en sortir seule.

– Flavie.

Je relève les yeux, repliant mon menu pour considérer Mathieu. Quelqu'un peut m'informer de ce qu'il fait avec moi celui-là? Cette belle tête masculine à la prunelle vive, cet accoutrement d'homme d'affaires... Il ne lui manque que la cravate. Et moi? Avec ma coupe de cheveux désorganisée, ma tignasse couleur armoires de bois d'érable verni qui ne touche pas tout à fait mes épaules. «Ton visage est particulier, racé», me dit-on parfois. «Une beauté atypique.» Mon Dieu! Une façon détournée de me murmurer que j'ai l'air d'un bel âne.

– Oui?

– Tu es distraite.

– T'as raison, excuse-moi.

– Je choisis quelques plats et on pige?

J'aplatis mon menu sur mon napperon en hochant la tête.

– Merci. Je peux te poser une question indiscrète, Mathieu?

– Oui.

– Je suis attirante? Je veux dire... ben, tu sais.

Mais qu'est-ce qui me prend? Il rigole tout bas.

– Oh, oui.

– Tu n'es pas sérieux, là.

Ma main droite s'assure que mon chemisier brodé est encore en place, ma gauche vérifie que je porte bien la longue jupe indienne que j'ai trouvée dans l'inventaire de la friperie.

– Même quand tu dis ça, tu l'es quand même.

– Mais... pas pour toi, n'est-ce pas ?

Il recule contre son dossier en plissant les yeux.

– Non. Pas pour moi.

– Je ne suis pas ton genre, hein !

Je me suis esclaffée nerveusement.

Oui, je retiens mes larmes.

– Vraiment pas, non.

Lorsque le serveur revient, il commande trois plats, crevettes, pétoncles, filet mignon. Du vin ? Bien sûr. Moi ? Euh... rouge !

– C'est quoi ton genre ? Gigi ?

Il rit encore. C'est cool, je peux l'admirer sans être gênée, maintenant qu'on a déterminé qu'il n'y avait aucune tension sexuelle entre lui et moi. De son côté, en tous les cas.

Il regarde en l'air, il réfléchit.

– Plutôt Amélia, l'amie de Gigi.

– Ah... celle avec les cheveux très longs, presque noirs, qui ressemble à une Demi Moore manquée ? Pulpeuse, habillée comme sur une photo de mode...

– Vous êtes drôles, vous les femmes, lorsque vous êtes jalouses.

– Je ne suis pas jalouse d'Amélia.

– Oui, tu l'es. C'est normal, elle est parfaite, physiquement du moins.

– T'as raison, d'ailleurs, j'ai failli lui arracher les yeux l'autre jour.

– Voilà.

– Alors, pourquoi n'es-tu pas avec elle ?

– Parce que je suis avec toi, là.

– Arrête, tu sais ce que je veux dire.

– J'ai dit qu'elle était mon genre, je n'ai pas dit que j'étais capable de l'endurer plus de deux minutes.

Ce disant, il soutient mon regard. Essaie-t-il de me faire prendre conscience que toutes ses heures en ma compagnie ne sont pas fortuites, ni désagréables ?

CHAPITRE 16

LA VISITE

J'ai tellement mangé que j'ai «roulé» jusqu'à la rue Rivard. Il était près de 22 h lorsque nous sommes rentrés, ivres et allègres. Je serai malade d'ici l'aurore, c'est certain, les murs tournent, j'ai la bouche sèche. C'était une balade de dix minutes à pied, ça nous en a pris trente au bas mot. Nous marchions en zigzaguant entre les poubelles, les poteaux et les passants, riant comme des enfants. Mathieu supporte mieux l'alcool que moi, mais quand même, nous avons vidé trois bouteilles de rouge, ce n'est pas rien.

– Tu sais que ce n'est pas bien de soûler les jeunes filles innocentes?

– Attention!

D'une main entourant mon biceps, il me ramène sur le trottoir.

– Oups. T'as raison, vaut mieux ne pas marcher dans la rue. Y aaaa des… voitures. Hé, hé, hé, hé!

Il ne lâche pas mon bras, c'est une bonne chose. Il y a longtemps que je n'ai pas pris une cuite pareille. Je ferme les yeux quelques instants alors que l'odeur de son parfum enivre mes cellules olfactives. Mon nez est engourdi comme si j'étais sur le siège de vinyle d'un dentiste ganté de plastique.

Mathieu me dirait «ouvre grand» que je lui donnerais mon paradis dans la seconde. J'ai des pensées impures depuis plusieurs jours. Comment ferai-je pour les garder enfouies alors que l'alcool coule à flots dans mes veines, amenuisant mes défenses et faisant glisser ma raison? Mais pourquoi m'en fais-je? Mathieu se chargera de veiller sur ma vertu puisque je ne suis pas son «genre». Triste, ma vie, nettement pathétique.

Nous montons les cinq marches en rigolant. Les conneries que j'ai pu lui lancer, je ne veux pas me les remémorer. Lorsque nous entrons, la porte est déjà déverrouillée, il y a de la lumière dans le couloir.

– Reste là.

Je lui fais signe que je ne bougerai pas. Dans la même seconde, je dégrise vite fait, l'adrénaline aidant. Quelqu'un serait entré chez nous? J'imagine ma cuisine dans un bordel innommable, mes tiroirs ouverts... L'argent de mes pourboires que je cachais précieusement sous les soutiens-gorge que je ne porte jamais aura disparu! Comment vais-je faire? Je n'ai pris aucune assurance contre le vol! Ni même contre le feu d'ailleurs.

Mathieu revient, un sourire bienveillant aux lèvres.

– Tu as de la visite.

J'entre, titubant le moins possible, mais trébuchant quand même. Je pense à mon haleine qui doit empester l'alcool.

Une silhouette, puis deux, puis trois se dessinent à la cuisine. Je plisse les yeux pour mieux deviner leur identité, ça y est, je les reconnais; Mélanie, Vanessa et Maxence.

– Salut...

Maxence s'approche, il me saisit par les épaules.

– Comment êtes-vous entrés?

– Ton voisin du haut avait la clé.

– Vous avez frappé chez Hugo?

Mélanie répond pour lui.

– Nous l'avons croisé, il a reconnu Vanessa, il nous a ouvert.

Vanessa, l'air joyeux, semble heureuse d'avoir vu Hugo.

– J'ai finalement pu m'excuser de lui avoir vomi dessus. Salut, Mathieu.

Ce dernier lui fait un signe de tête en souriant, toujours aussi poli. Moi, je suis enchantée de les voir, contrariée, mais soulagée. Je sais qu'ils ne sont pas là pour rien.

Maxence, qui a toujours les mains sur moi, me secoue doucement.

– Nous étions inquiets, alors nous sommes venus vérifier si tout allait bien, dit-il avant de lever les yeux sur Mathieu qui se tient sous l'arche entre la cuisine et le couloir.

– Tu peux revenir vivre chez moi, m'annonce Vanessa.

Puis, elle considère Mathieu.

– Merci de t'en être occupé.

Pourquoi elle le remercie? Je suis confuse… S'être occupé de moi? Je ne suis pas un chat!

– Nous avons refait de la place dans le garage pour tes meubles, ajoute Mélanie.

Je racle ma gorge en cherchant une chaise, Mathieu tend le bras pour m'en tirer une. Je m'écrase comme une navette qui vient de faire un tour en orbite, je les regarde un à un. On dirait une intervention. Oui, je suis soûle ce soir, mais je ne bois jamais, je le jure!

– Écoute, Flavie, on s'est sentis vraiment mal. On s'est dit que tu l'as pas facile et… on veut que tu saches qu'on est là pour toi.

– Je suis sans mot…

Même si mon cœur brisé se recoud grâce à leurs paroles, mes sentiments sont encore mitigés. D'une part, je ne veux pas faire un pas en arrière. Je veux avancer, vivre comme une jeune femme normale. Faire mes courses, payer des assurances, ne rien devoir à personne. D'autre part, je désire ardemment sauter sur cette solution facile.

Je vois Mathieu s'approcher du comptoir, ouvrir le sac doré auquel je n'ose jamais toucher.

– Je sens que ça va être long, qui prendra du café?

– Si c'est la boue instantanée de Flavie, je vais passer.

Maxence secoue la tête.

– Moi aussi.

– Pour qui me prenez-vous? Il vient de La Brûlerie, ce café.

– OK pour moi, disent-ils tous, presque en même temps.

Les chaises se tirent, on s'installe. Mathieu s'invente un prétexte pour disparaître après avoir sorti quatre tasses. Mélanie me fait un «waouh» silencieux, elle n'avait pas encore vu Mathieu. Maxence lève le pouce pour corroborer, hissant le cou vers le couloir pour jeter un coup d'œil sur son popotin.

Je n'ai pas la tête à m'extasier avec les copains sur la magnificence du gars que je ne pourrai jamais avoir de toute façon. La présence de mes amis me touche terriblement mais, aussi, casse mon élan. Leur visite, leur offre m'informent qu'ils n'ont pas confiance en moi.

Mélanie se penche vers moi, en chuchotant.

– Est-ce qu'il te fait vivre? Tu couches avec lui?

– Non!

Maxence pivote sur sa chaise pour me fixer.

– Vas-tu revenir travailler?

– Bien sûr! Mais ça ne suffit pas pour que je puisse rester ici.

– J'ai besoin de toi au bureau, dit Vanessa, tu pourrais faire de la saisie de données.

Mélanie renchérit avec une autre offre.

– Moi aussi, ma réceptionniste part en congé de maternité.

– Puis-je faire les deux à la fois? Ça me ferait gagner du temps.

Vanessa, tellement anxieuse de pouvoir m'aider, marche dans mon piège.

– Bien sûr.

Attendrie, je dépose une main sur la sienne.

– C'était une blague.

Je m'enfonce dans ma chaise. Le café, les émotions m'ont dégrisée. J'ai encore les vapeurs de ma cuite dans la peau, mais mon cerveau, lui, travaille à grande vitesse.

– Vous permettez deux minutes?

Je montre le couloir menant au salon. Mathieu. Je dois lui parler.

CHAPITRE 17

DU LINGE DE DAME

Mathieu est sur le divan, entre ses couvertures, les deux pieds bien à plat sur le plancher, les coudes sur les genoux. Il regarde déjà dans ma direction lorsque j'apparais dans la pièce.

– Dois-je résumer ou tu as tout entendu?

– Je n'écoutais pas.

Je m'assieds sur le bout de mon lit, même position que lui, sauf que, moi, j'enfouis mon visage entre mes mains.

– Je pourrais partir demain matin. J'ai une place où rester, un endroit pour entreposer mes meubles et deux offres d'emploi.

Il hoche la tête en souriant.

– Si tu prends le travail, tu pourras aisément demeurer ici, non?

Je balance le haut de mon corps en réfléchissant. On n'a pas discuté salaire, mais ce sera plus que le minimum légal.

– N... Oui...

– Alors, n'est-ce pas évident?

Je fronce les sourcils.

– Je pensais... euh... que tu sauterais sur l'occasion pour que je parte. C'est ta chance, ne la loupe pas!

Il se lève, se place à mes côtés sur le lit.

– Non, c'est *ta* chance. Prends-la.

Son bras entoure mes épaules, ma tête tombe sur sa poitrine. Pendant un instant, je me sens totalement bien, libre, forte. Ma vie serait parfaite si, en plus, je pouvais bénéficier de cette chaleur tous les soirs. Il porte une chemise en coton, le tissu lisse est tiède contre ma joue, j'entends son cœur battre. Si ça, ce n'est pas de l'intimité, je ne sais pas ce que c'est.

– Tu es sûr ? Mais toi...

– Ne t'en fais pas pour moi, je vais aller ailleurs, je te l'ai déjà dit.

– OK.

Ce disant, j'ai levé la tête pour le regarder, il a baissé la sienne. Nous sommes nez à nez, trop rapprochés.

– Embrassez-vous, quoi !

Je suis saisie par la voix enjouée de Maxence. Ils sont tous là. Vanessa est visiblement mal à l'aise.

– Il est tard, nous travaillons demain.

– Et moi, j'ai laissé le bar à Rita, elle m'attend avec une brique et un fanal.

L'intervention de Maxence a eu pour effet de me détacher de Mathieu comme une enfant prise en faute. Lui se frotte les cuisses et les genoux dans un réflexe pour se ressaisir.

– Réfléchis à nos offres.

– OK, merci.

Je les enlace d'une accolade pleine de gratitude, ils s'en vont comme ils sont venus.

J'ai été malade. Dès qu'ils sont partis, que je me suis un peu remise de mes émotions, la nausée s'est installée pour de bon.

– Je ne boirai plus jamais, c'est dégueulasse...

Je brosse mes dents avec une double dose de dentifrice, je m'appuie au mur pour revenir vers mon lit. C'est injuste, Mathieu a l'air prêt à courir un marathon ou deux.

– La salle de bains est toute à toi... mais ne verrouille pas, OK ? On ne sait jamais.

Juste à cet instant, la nausée remonte.

Le vendredi, c'est décidé, je reste rue Rivard et je prends tout le travail qu'on m'offre. Je me dis que c'est temporaire, que je pourrai respirer, m'occuper pour ensuite chercher ailleurs, si mon budget n'y suffit pas. C'est parfait, j'ai un mal de tête carabiné, mais le bonheur est dans mon cœur. Je commence dès lundi.

Mon horaire est inscrit dans mon nouvel agenda que j'ai couru acheter avant mon premier café. Le jeudi, vendredi et samedi soir, je sers des cocktails. Du lundi au mercredi, je fais la réceptionniste pour Mélanie. Le jeudi et le vendredi, dans le confort de ma cuisine, je fais de la saisie de données pour Vanessa, sur un ordinateur portable fourni par son bureau. Tout est *formidable*!

Je n'ai rien à faire jusqu'à ce soir. Que dis-je? Il me faut des vêtements potables avant de mettre le pied dans la boîte de Mélanie! Elles sont toutes tirées à quatre épingles dans cette jungle. Mélanie la première, avec sa coupe sophistiquée de femme riche. Des mèches blondes sur du caramel, minutieusement entretenues, jamais on n'apercevra un seul millimètre de repousse sur cette tête. Non, Madame! Sa coiffure est toujours impeccable, son maquillage aussi, sa tenue... Bon OK, c'est elle le boss, mais quand même.

– J'ai besoin d'une jupe droite et d'un chemisier d'adulte!

Pas de bonjour, puisqu'il m'ignore depuis que je n'ai plus de temps pour lui, c'est ce que je lance à Hugo en entrant en coup de vent dans sa friperie. La belle excuse pour lui parler, je l'avoue. Si la montagne ne vient pas à Flavie...

– Salut...

– Je ne suis pas venue te dire bonjour, je suis venue trouver des vêtements.

J'ai déjà le nez entre deux cintres, il s'approche de moi, le front plissé tellement il fait mine de ne pas comprendre mon attitude.

– Flavie, je voulais m'excuser.

Je l'ignore, je fouille dans les rangées. Mais où sont les chemisiers? Il a tout changé de place, ma foi!

– T'excuser de quoi? Où sont les vêtements «femmes»? Ils étaient ici la semaine dernière, dis-je en montrant un rayonnage contenant des pantalons pour hommes.

– Ah, Gigi a dû changer ça aussi. J'ai quelques nouveaux morceaux que tu aimeras par ici…

Gigi?

Il sort une jupe bariolée de rouge et d'orangé, avec des pans de tissu entremêlés de denim, un vrai vêtement à la Flavie.

– Laisse tomber, je vais trouver moi-même, dis-je en restant sur mes gardes.

Je veux cette jupe, mais je dois me concentrer. Je ne suis pas là pour ça.

– Flavie, je veux te parler.

– Je n'ai rien à te dire, Hugo.

– Pourquoi est-ce que tu m'ignores? demande-t-il.

Alors ça, c'est la meilleure!

– C'est toi qui m'évites comme la peste depuis que je ne fais plus de bénévolat pour toi.

– Quoi? Mais non, je t'assure. Ah, je sais, tu couches avec LUI!

Je stoppe mon élan, recule de quelques pas. Je n'ai pas pu retenir une pensée malsaine à cette accusation, «si seulement!» ce qui me trouble plus que je ne le voudrais.

– Il n'y a rien entre lui et moi. Attends une minute, n'est-ce pas ce que tu voulais?

– Non! Qu'est-ce qui te fait croire une chose pareille? Il est en train de te voler à moi. Ah, j'aurais dû m'en douter, il gagnera toujours.

– Hugo! Je ne suis pas un trophée! Ni un agent double qui passe d'un camp à l'autre. Merde! Je suis une fille qui essaie de survivre! Tu ne dis ça que parce que ça ne te sert pas! Je ne plaiderai pas ta cause!

– Alors, c'est vrai, tu couches donc avec lui.

– C'est TOI qui me poussais vers…

Il perd la mémoire ou quoi? Pour me confondre encore davantage, il me coupe la parole, l'air désolé.

– Ah Flavie, je te pensais plus intelligente.

Mais!!! Je le SUIS!

Non, en fait, peut-être pas. Même si je ne commets pas la bêtise, ça n'est qu'une question de chance. Un autre de mes cuisants échecs, quoi!

Alors que j'ouvre la bouche pour me défendre, la petite cloche au-dessus de la porte vitrée s'agite. *Ding-ding*. Ce n'est que Gigi-des-grandes-blondeurs qui arrive avec le lunch.

– Ma remplaçante?

– Ma copine.

Je suis bouche bée. Sa copine. Eh ben, ça alors. Il a du culot d'essayer de me faire souffrir de culpabilité.

– Je ne comprends pas en quoi ma vie amoureuse t'intéresse, puisque tu as une « copine »!

– J'ai peur pour toi, c'est tout.

– Tu t'es vite remis de ta peine d'amour.

– Avec Gigi, ce n'est pas la même chose.

– Tu la préfères elle... à moi?

Pourquoi ai-je posé une telle question? Pourquoi? Mon orgueil, voilà pourquoi.

Il fronce les sourcils, s'approche.

– Je n'ai jamais considéré que tu étais une option. Tu... aurais voulu?

Gigi est trop près, il la boucle. Elle lui tend une boîte de carton.

– Shish taouk pour toi, sans sauce à l'ail.

– Salut, Gigi.

– Salut, Flavie.

Je montre les vêtements.

– Bon, ben, j'ai à faire, je vous laisse manger.

J'ai fini par trouver trois chemisiers potables. Un rose, un ivoire, un blanc. Une jupe, une paire de pantacourts. Ce sera suffisant pour commencer. Je ferai des assortiments, ce sera ni vu ni connu.

Le samedi matin, après un vendredi soir et une nuit mouvementés au bar de Maxence que j'ai réussi à traverser sans anicroche, je me réveille tard. Il doit être près de dix heures quand l'odeur du café frôle mes narines. Ça sent le bacon et les œufs.

J'entends des voix. Je passe rapidement. Ce que je trouve à la cuisine me donne un coup dans le ventre. Mon ex, Patrice Vaillancourt se lève de sa chaise pour venir à ma rencontre.

– Flavie!

Le menton un peu fuyant, le nez aquilin, il a toujours cet air d'intello de gauche. Il m'embrasse comme si je ne l'avais pas plaqué en claquant la porte deux ans auparavant.

– Patrice? Qu'est-ce que tu fous ici?

Même s'il est de la même taille que Mathieu, il est plus mince et beaucoup moins beau. Un sacré bon baiseur, mais une grande gueule. J'en étais follement amoureuse à une certaine époque. Aujourd'hui, je me demande pourquoi. J'ai grandi, gagné en maturité. Du moins, je me plais à le croire.

– Le monde est petit. C'est Hugo qui m'a dit que tu habitais ici.

Je vais tuer Hugo. Il sait que Patrice fait partie d'un passé que je veux oublier. Nous en avons discuté de long en large, entre autres choses, lorsque nous avions les mains dans les tas de vêtements. Pourquoi me l'envoie-t-il aujourd'hui?

– Je voulais voir comment allait ma petite biquette!

Pourquoi me serre-t-il contre lui? Un frisson désagréable me frôle la colonne.

– Patrice… euh… comment vas-tu?

– Super, ce soir, je te sors!

C'est un code voulant dire ce soir, je te baise. Il y a vraiment eu une époque où il n'avait même pas à me sortir, il n'avait qu'à se montrer le bout du nez. Je me cherchais, dans ce temps-là. Pas que je me sois trouvée, mais je ne suis plus aussi impressionnable.

Mon regard se pose sur Mathieu. «Au secours!» ai-je l'air de dire. Il a dû comprendre vite car, dès que Patrice me lâche, Mathieu saisit délicatement ma main et me tire à lui. Ses doigts sur ma nuque. Je n'ai pas le temps de réagir que ses lèvres sont sur les miennes, chaudes, tendres, empreintes d'un léger goût de café. Je dois rêver, il me garde serrée contre son flanc.

– Bonjour.

Wouahou! Voilà qui réveille bien une fille. Je suis contente d'avoir pris quelques secondes pour me brosser les dents avant d'apparaître à la cuisine.

– Oh, alors vous êtes ensemble? Ce n'est pas ce que Hugo m'a laissé entendre!

– Biquette et moi, c'est du solide.

Ce disant, Mathieu m'enlace d'encore plus près, ma joue contre sa poitrine, sa main chaude sur mon cou, son pouce qui délicatement caresse la naissance de ma gorge. Je suis en apnée, oubliant carrément de respirer. Il y a des abeilles sous mes pieds et mes chevilles, c'est une bonne chose qu'il me tienne aussi solidement, sans quoi je m'effondrerais au sol comme une guenille détrempée.

Parmi tous les défauts agaçants de Patrice, le pire est son besoin d'avoir le dernier mot.

– Je te souhaite bonne chance, mec. Cette fille peut être assez intense, si tu vois ce que je veux dire…

Ce disant, Patrice fait un geste de la main près de sa tempe, «folle à lier» exprime-t-il clairement, exposant son sourire ultra blanc.

– Je pense qu'on t'a assez vu, Patrice. Tu peux t'en aller, maintenant.

Devant le ton grave de Mathieu, Patrice soupire.

– Tu ne pourras pas dire que je ne t'aurai pas averti.

Ma poitrine monte et descend profondément, je suis prête à bondir. Mathieu le sait et me garde solidement, sa main droite frotte doucement ma taille et me donne un sentiment de sécurité, comme jamais.

– C'est ça, sors avant de perdre une de tes dents fluo.

Jamais un homme n'a joué les héros pour moi comme Mathieu le fait à cet instant. Des papillons montent et descendent dans ma poitrine. Silencieusement, je remercie Patrice d'exister.

Une trentaine de secondes, c'est le temps qu'il a fallu pour que Mathieu relâche son étreinte. Nous sommes restés comme ça, silencieux.

– Merci...

– De rien.

Une dizaine d'idées me passent par la tête. Je me vois très bien revivre ça tous les jours, toutes les heures. Je parle du baiser de Mathieu, évidemment, de son étreinte aussi, c'était à vous saisir le cœur. Je sais que c'est comme foncer tête baissée dans un mur de briques. Jamais ça ne marcherait. D'un, il faudrait qu'il le veuille, de deux, je ne suis pas en position de débuter une relation. Mais quelle sorte de bateau suis-je en train de me monter?

Malgré l'engourdissement qui ne quitte pas mes membres, je me détache complètement.

– Ne recommence pas ça, d'accord?

Il relâche lentement sa prise, hochant la tête.

– Ce n'était pas une bonne idée.

Oui, j'aurais aimé qu'il s'oppose à moi, mieux, qu'il le refasse sans me demander mon avis! Au lieu de dévoiler le fond de ma pensée, je ris nerveusement.

– Efficace, par contre, je l'admets.

– La prochaine fois, je me contenterai de lui casser la gueule. Tu veux des œufs brouillés?

Nous mangeons en silence, puis il s'en va, prétextant des courses à faire.

Dès que Mathieu disparaît, je monte à l'étage, enjambant les marches quatre à quatre. Je cogne, Hugo ouvre.

– Ah, tu es là, toi !

Hugo est encore en robe de chambre, ce n'est pas son style, il est toujours sur son trente et un d'habitude, même à la première heure. Dieu sait qu'il ne faudrait pas le surprendre en queue de chemise, sauf aujourd'hui, apparemment.

– Ben oui, où d'autre veux-tu que je sois ?

– À ton magasin.

– Gigi s'en occupe.

J'étais sur mon élan pour l'engueuler, cependant, à le voir aussi piteux, ma rancœur s'évapore. Pourquoi battre un cheval mort ?

– Qu'est-ce que t'as ?

Il me laisse entrer, avance dans le couloir menant à sa cuisine en traînant les pieds, il a les épaules affaissées.

– Ma déprime est revenue.

– Ta peine d'amour ? Mais tu as Gigi…

Il balaie l'air de la main en fronçant le nez.

– Je ne veux pas de Gigi.

– Alors, tu pleures encore ton ex. Je ne sais pas laquelle, mais…

– Non, mon ex, je n'y pense plus. Je crois que j'ai autre chose.

Il me sert un petit regard par en dessous, je rêve ou il me fait la moue ?

– Hé, dis donc, Gigi, elle travaille gratuitement à la boutique ?

– Évidemment, je n'ai pas encore assez pour payer le loyer.

Je suis en rogne. C'est déjà assez qu'il m'ait fait le coup à moi, je ne peux pas le laisser le faire de nouveau à quelqu'un d'autre. Même si ce quelqu'un d'autre est Gigi, la blondasse aux cheveux fripés qui me regarde de haut ! Lui aussi possède un salon double. Je marche vers la partie qui lui sert de chambre, j'ouvre sa garde-robe. Bigre, il est vêtu comme un prince ! Visiblement, rien de ce qu'on retrouve à la friperie n'ira sur son précieux dos.

– Qu'est-ce que tu fais ?

– Je ne peux pas te laisser abuser de Gigi.

Ce disant, je jette une chemise, un pantalon sur son lit.

– Ah, pas ça, fait-il en replaçant les deux morceaux.

Il soupire profondément avant de me pousser doucement pour que je tombe assise sur son matelas.

– Écoute, soupire-t-il en prenant une épaisse poignée de ses cheveux. Il faut que je sache. Mathieu et toi... que se passe-t-il ?

– Rien.

– Ce n'est pas ce que Patrice m'a dit.

– Alors, il est venu en éclaireur pour toi, pas vrai ?

Hugo s'assied à côté de moi, si près que sa cuisse est appuyée contre la mienne.

– Je t'ai menti, Flavie. Je m'en veux terriblement, je n'en dors plus la nuit.

– Que... qu'essaies-tu de dire ?

Il prend ma main, explore mes doigts que je retire brusquement.

– Hugo, explique-toi, s'il te plaît.

– Ben, comme tu sais, mon frère et moi, ce n'est pas l'amour qui nous unit.

Mon cœur bat fort, je m'attends à n'importe quoi. Seulement, je prie le ciel pour que Mathieu n'ait rien fait de mal.

– Ça, je sais. Donc...

– C'était avant que je ne te connaisse vraiment, juste avant que Mathieu ne cogne à ta porte, ce soir-là.

– Tu parles du premier soir ?

– Oui. En fait, il arrivait de chez moi. Il était très fâché que je sois passé par-dessus son avis pour te louer l'appartement. J'ai pensé le calmer en lui disant la vérité.

– Quelle vérité, Hugo ?

– Que je voulais plus... avec toi.

– Plus ?

– Te séduire, Flavie. As-tu besoin d'un dessin ?

D'un seul bond, je suis sur mes pattes, aussi loin de lui que possible.

Ça n'a pas de sens. Il a eu TOUT son temps pour me montrer son intérêt. J'étais là, cinq jours durant, dans sa bulle, à suer pour lui.

– Soit tu es le dernier des connards, soit tu me mens, Hugo.

Il lève une main défensive.

– Attends, je n'ai pas terminé…

Je le coupe, ivre de frustration.

– J'étais LÀ, à ta portée, nous étions seuls, je n'ai jamais signifié que je n'étais pas intéressée.

– Tu l'étais donc?

– Non, oui, je ne sais pas! Je n'ai pas eu l'option d'y penser! Peut-être que si j'avais su ça, je me serais sentie moins tarte.

Il se prend la tête entre les mains. Il finit par crier de toutes forces.

– Mathieu me l'a interdit!

– Pardon?

Lorsqu'il me regarde enfin, les larmes ont mouillé ses joues, sa lèvre inférieure tremble.

– Je t'ai dit que c'est un monstre. Il tient ma vie entre ses mains, je n'ai aucune liberté.

Des vagues de frissons traversent mon cuir chevelu, tout mon sang est tombé dans mes pieds. Je dois m'asseoir, et comprendre.

– C'est pour ça que tu ne voulais pas l'héberger quand il a eu besoin d'une place pour dormir?

– Évidemment. Et quand j'ai vu qu'il était allé frapper à ta porte, j'ai voulu le tuer.

Dans tes rêves, oui!

– Le pire, c'est qu'il retourne travailler chez lui, tous les jours.

Je secoue la tête comme si on m'avait assommée. Quoi?

– Attends, je ne comprends pas!

Hugo s'essuie les joues du revers de la main. Je lui tends la boîte de mouchoirs qui trône sur sa table de chevet.

– S'il apprend que je t'ai révélé ceci, il va me tuer.

– Hugo! Tu me dois bien ça! Cesse de tourner autour du pot!

– Sa maison est dans le quartier Ahuntsic. Il est agent immobilier, il travaille de chez lui. Mathieu ne vend rien sous le million de dollars. Il n'aime pas qu'on parle de son «métier», il ne voudrait pas que tu saches ça. D'après moi, il a des connexions douteuses.

C'est une chance immense que je sois déjà assise. Plus Hugo se confie, plus j'ai des palpitations. «Il est mythomane», m'a dit Mathieu. Qui croire? Comment démêler le vrai du faux?

– Qu'en a-t-il à faire, de ce que je pense de lui?

Hugo se gratte le crâne, sûrement pour rendre sa comédie plus crédible.

– C'est bien ce que je me demande.

Mon cerveau bourdonne. C'est trop d'informations en même temps. Hugo qui voulait me séduire, l'autre qui le lui interdit, Hugo qui se laisse faire, Mathieu qui est un monstre. Mais attendez…

– Où est son ex?

– En France. Elle y est retournée pour de bon. Son dernier soir à Montréal était quelques jours après ton aménagement ici. Un autre détail que je n'avais pas le droit de te dire!

– Donc, Mathieu, depuis tout ce temps, pouvait aller dormir confortablement dans son lit. Il n'avait aucun besoin de rester avec moi. Il ne faisait que servir d'obstacle entre nous? Il te déteste donc à ce point?

– Tu as tout compris. Bravo.

CHAPITRE 18

L'ANGE DE LA MONTAGNE

Mathieu est parti. C'est une bonne chose, au fond. Évidemment, ce n'est pas parce qu'il est beau à regarder, facile à vivre, qu'il baisse toujours le siège de la toilette ou qu'il ne ronfle pas que j'aurais eu du mal à m'en défaire. Le sentiment de paix qui a remplacé mon angoisse du début en sa présence suffit à vouloir désespérément le garder là, sur mon divan et dans mon quotidien. Malheureusement, ce n'est pas sa place. Il est naturel qu'il décampe.

J'espère qu'il reviendra.

Voilà, c'est dit.

Après les aveux d'Hugo, au sujet de son intérêt pour moi, ses intentions, son «affection», si l'on peut appeler cela ainsi, je suis descendue chez moi fort perplexe. Mathieu était revenu en mon absence, pour ramasser l'essentiel de ses affaires.

J'ai eu droit à une note: «Merci pour le divan, Mathieu». La vache, à la première lecture, je devais être énervée, car j'ai lu: «Merci pour le divan, *Adieu*». Quoique si je lis entre les lignes, c'est du pareil au même.

Se serait-il vraiment donné tout ce mal simplement pour contrecarrer les plans de son frère? Je ne peux que penser que Hugo surestime les intentions de Mathieu à son égard. Hugo n'est qu'un caillou dans la chaussure de son frère, il n'aurait jamais perdu autant de nuits sur un divan troué. La chose est tout simplement impossible.

Mathieu ne peut pas être aussi vil. N'avons-nous pas ri ensemble? Bu ensemble? N'ai-je pas droit à une explication? Pourquoi est-il resté si longtemps alors qu'il avait une maison? S'il y retournait chaque jour, il aurait pu y dormir. Comment se fait-il qu'il ne perde pas une seconde avec les femmes les plus *sexy* que je croise, Vanessa, Gigi… mais qu'avec moi, il passe des heures?

Cela dit, qu'il me traite comme une sœur à surveiller, pour je ne sais quelle raison, enlèverait un peu du rêve que je construis dans ma tête, si je n'en étais pas consciente.

Ce que je désire vraiment savoir, ce n'est pas pourquoi il est resté, mais pourquoi il n'est plus là. Peu importe les raisons qui le gardaient à mes côtés, qu'est-ce qui a tant changé pour qu'il disparaisse?

Des questions pareilles, je pourrais m'en poser toute la nuit. J'inspire, j'expire, je concentre toute mon attention sur l'essentiel, mon moral à fleur de peau qui doit être protégé malgré tout.

La vie doit continuer.

C'est un dimanche gris, mais chaud. Déjà une semaine que je dors sans Mathieu. J'ai détesté mes premiers jours à faire la réceptionniste pour Mélanie, j'étais affreusement timide. Un environnement de grosses têtes que ce cabinet d'avocats. Seules Mélanie et Flora ne m'ont pas regardée de travers.

Il m'a fallu quelques heures pour cesser de trembler chaque fois que le téléphone sonnait, mais là ça va, je me sens mieux. Faire de l'entrée de données pour Vanessa, rien de plus facile. Les noms des patients, leurs numéros, à inscrire dans le logiciel. Un ordinateur portable fourni par son bureau, installée dans mon lit avec mon café crème, tap tap, clic clic, c'est fait. Ma vie se stabilise.

Je suis à quelques pas du mont Royal. Jour des tam-tams. Il serait dommage de ne pas en profiter, même si je suis seule pour le faire.

Je saisis ma veste de denim, mais je garde mes shorts, une paire de jeans dont j'ai coupé les jambes plus haut que la mi-cuisse. Avec le temps et l'effilochage, ils sont maintenant plutôt courts, presque des Daisy Dukes. «Il faut montrer ce qu'on a de beau pendant que ça l'est encore», dit souvent Mélanie. Mes jambes de rouquine sont pâlottes, mais longues et adorablement galbées. Même si j'attends des années, elles ne bronzeront pas plus.

Je glisse mes orteils vernis dans mes sandales rouges, je replace mon bandeau de coton sur ma tête. Je me promets une visite chez la coiffeuse, un jour. Mes bouclettes auburn descendent maintenant jusqu'à mes épaules, cela fait des années que j'essaie de les laisser allonger, sans succès. Je porte un amour trop grand aux ciseaux et mon âme d'artiste se laisse toujours tenter par du découpage improvisé.

Les tam-tams du mont Royal, un groupe aléatoirement formé de percussionnistes, certains bons, d'autres moins bons, «jamment» ensemble autour d'une énorme statue. Suivez l'ange et le bruit incessant, vous trouverez la place.

Il est déjà presque midi, des dizaines de personnes tapent sur des peaux de cuir tendues sur des cylindres de bois. Des centaines d'autres dansent, vendent des bijoux faits à la main, ou se contentent d'exister et de respirer l'atmosphère musicale.

Ainsi portée par les vrombissements rythmés, je remarque une paire de boucles d'oreilles fabuleuses. Des plumes d'un orangé profond contrastent sur un matelas de velours noir. Il y en a des dizaines, de toutes les couleurs, mais ce sont celles-là qu'il me faut. Une femme est assise en tailleur devant son présentoir, mais ce n'est pas elle que je regarde, jusqu'à ce que j'entende mon nom.

– Flavie?

Cette voix un peu nasillarde, je la connais... Gigi? OK, pardonnez ma question, mais n'est-elle pas scénariste? Une scénariste au chômage peut-être.

– Gigi! dis-je comme si je n'étais pas surprise de la voir là. Comment ça va?

– Bien...

– C'est toi qui les fabriques? J'adore celles-ci!

– Non, je ne fais que garder la place d'une amie. Elles sont dix dollars.

Je ne peux pas me permettre ça, surtout pas avant d'aller faire le marché. Pourtant, mon orgueil est trop fort alors qu'elle me regarde de ses yeux d'aigle. Je fouille dans ma sacoche, tout au fond. Je sais que j'ai balancé une partie de mes pourboires, là. Je trouve le total en gros sous, je lui tends les rondelles de nickel.

Je m'approprie le bijou artisanal, elle me donne un petit sac de plastique transparent.

– Merci... bon je vais aller faire un tour.

Je fais pivoter mes sandales rouges avant de l'entendre dans mon dos.

– Tu as des nouvelles de Mathieu?

Je la regarde sans me rapprocher.

– Non, pourquoi?

– Attends, mon amie arrive pour reprendre son présentoir, je vais marcher avec toi.

Elle se lève en trombe pour me rejoindre. Je remarque qu'elle ne lui remet pas les dix dollars que je viens de lui donner pour mes boucles d'oreilles. Je tais la chose, mais je surveille mes arrières.

Nous marchons parmi la foule. Gigi me tient familièrement le bras, comme si elle était ma vieille copine et que nous avions des tonnes de nouvelles à partager. En réalité, je suis tendue comme une peau de tam-tam, j'ai hâte qu'elle me lâche.

– Il faut que tu nous aides.

Elle me jette ça sans préambule.

– Qui ça « nous » ?

– Hugo et moi.

Je m'arrête pour la scruter. Dois-je lui dire qu'il se fout d'elle ? Bien sûr que non. Les mains sur les hanches, je suis prête à exprimer mon refus catégorique. Avant cela, j'ai besoin d'informations.

– Comment ?

– Bien, c'est que tu vois…

– Accouche, Gigi.

– Tu n'es pas obligée d'être impolie.

– Je t'écoute, quel est ton problème ?

– Ce n'est pas tout à fait mon problème, plutôt celui d'Hugo. Mais si tu ne l'aides pas, c'est moi qui vais le ramasser à la petite cuillère.

– De quoi a-t-il besoin ?

– D'un prêt.

Je recommence à marcher, convaincue que cette conversation est futile. J'ai déjà du mal à manger, c'est une drôle d'idée de croire que je pourrais l'aider !

– Écoute, Gigi… ces boucles d'oreilles sont la dernière chose que je peux m'offrir jusqu'à jeudi. Je n'ai pas d'argent.

– Je ne pensais pas à toi ! Plutôt à Mathieu…

Je m'arrête de nouveau. Bien sûr. Se servir de moi pour quémander auprès de Mathieu. C'est presque ingénieux, je dois l'admettre. Malheureusement, c'est aussi me prêter beaucoup trop de pouvoir sur cet homme.

– Qu'il aille demander son aumône lui-même. C'est son grand frère après tout.

– Petit, me corrige Gigi. Mathieu est le petit frère d'Hugo.

– Ah ! Mais… quel âge a-t-il ?

– Hugo ?

Rien à foutre de l'âge d'Hugo. Mathieu, je veux savoir.

– Quel âge a Mathieu?

– Vingt-six ans.

QUOI? Je pourrais presque être sa... rien du tout, ce n'est que trois ans d'écart. Mathieu est encore un bébé! J'ai peine à y croire. Pour lui, je suis une vieille peau.

Ma théorie est la suivante, un homme de vingt-six ans, c'est un adolescent par rapport à une femme de vingt-neuf ans! C'est un fossé énormissime! Les célibataires de mon âge font peur aux hommes, non sans raison! L'horloge diabolique qui fait tic-tac, les hormones dans le tapis, les prénoms fictifs de nos futurs enfants déjà sur les listes d'attente des garderies... Ça éloigne n'importe quel mortel sain d'esprit.

Mathieu est très sain.

Vingt-six ans. Waouh. Quand j'avais seize ans, il en avait treize. Ça donne matière à réflexion. Il est presque moins intéressant tout à coup. Je n'ai qu'à l'imaginer boutonneux, petit et maigrichon.

– Flavie, est-ce que tu m'écoutes?

Gigi qui déblatère les cinquante-six problèmes de son protégé, c'est gazant.

– Oui, je t'écoute.

– Je disais que Mathieu t'écouterait, toi.

– Non.

– Il est plus gentil avec Hugo depuis que tu es dans le coin. C'est notr... sa seule chance. Allez!

Plus gentil depuis que je suis là, je trouve cela ironique.

– Il est pour quoi ce prêt?

– Une dette. C'est un peu pressé en fait.

– Pressé comment?

– Il reçoit des coups de fil. Il est menacé, Flavie.

– De combien a-t-il besoin?

– Quinze mille dollars.

Je suis montée chez Hugo en moins de deux, évidemment! Je ne me suis même pas arrêtée chez moi. Je n'ai pas frappé avant d'entrer, puisque sa porte était entrouverte.

– Hugo?

Personne. J'avance dans l'appartement d'un pas furtif. Du coup, je me mets à parler aux murs.

– Y a quelqu'un?

Un craquement attire mon attention, un bruit venant de plus bas que mes genoux... J'arrive à la cuisine et sous la table, à quatre pattes, se tient Hugo. Il a l'air d'un chat qui vient de s'échapper d'une lessiveuse au cycle d'essorage.

Je me penche, me laissant finalement tomber sur les rotules.

– Hugo...

Il pleure dans l'ombre, j'ai le cœur en miettes de le voir ainsi. Ma main tendue vers lui ne recevant aucune réaction, je finis par carrément tirer son poignet.

– Viens là, pauvre chou. Explique-moi ce qui s'est passé.

– Des voleurs! Ils ont failli me tuer!

– Ils t'ont battu?

Il me vise de ses yeux rougis.

– Ils étaient trois.

– Il faut appeler la police. Je reviens.

– Non!

Il me saisit le bras si fort que j'en aurai des marques demain.

Je m'arrête sur ma lancée. Comment ça «non»?

– On doit avertir la police, Hugo!

Il fait les cent pas, les bras croisés sur sa poitrine, il frotte ses biceps frénétiquement.

– Tu veux bien me laisser, Flavie? J'ai besoin d'être seul.

Pinçant les lèvres pour freiner mon envie d'insister, je l'abandonne à son effroi. Je dois aller voir s'ils sont allés aussi chez moi, ces fameux «voleurs». Peut-être font-ils du porte-à-porte?

Contrairement à celle d'Hugo, mon entrée est bel et bien verrouillée, aucun signe d'intrusion. J'avance quand même avec appréhension. Ma porte arrière n'est pas des plus solides avec une fenêtre facile à faire éclater en miettes.

– Y a quelqu'un?

Je me sens ridicule, apeurée et coupable de ne pas appeler la police sur-le-champ. Où est mon iPhone? Je tapote mon sac et mes poches. Ah! le voilà. J'avance dans le couloir, je ne suis pas encore certaine que la voie soit libre. Ma cuisine semble dénuée de tout assaillant, je suis passée devant ma chambre et le salon en arrivant, rien à signaler là non plus.

Je n'ai pas le temps de revenir vers la salle de bains que j'entends une voix. Elle vient de la porte d'entrée. Celle d'Hugo? Gigi? Est-ce·que ça pourrait être... Mathieu? J'espère que c'est lui.

Une haute silhouette s'approche, à cause du contre-jour de ma grande fenêtre, je ne la distingue pas bien. Mathieu! Quel soulagement!

J'accélère le pas, un peu plus et je me serais jetée dans ses bras. Mon instinct me dit d'arrêter. Mon instinct me dit surtout que Mathieu n'a pas de tatouages! Pourquoi ai-je laissé la porte ouverte? J'étais nerveuse à l'idée d'entrer, j'ai oublié de fermer. Maintenant, c'est chez moi qu'ils sont, les foutus voleurs!

– Flavie Lamontagne?

Une voix profonde, venant du plafond. «Dieu? C'est vous?»

– Je sais que t'es là. Je ne te ferai pas de mal.

Je recule, me cache dans le recoin entre la cuisine et la salle de bains.

– La porte était ouverte. Je suis entré pour voir si...

Je sors de ma cachette avec un balai, le bout du manche menaçant, monté vers son visage. Il arrête de parler. Il est grand, svelte, une musculature d'athlète qui le fait se tenir plus droit qu'un être humain normal. Il a le crâne pratiquement rasé, il a l'air sorti d'un film d'action futuriste.

En une fraction de seconde, j'ai l'impression d'être nue avec mes shorts courts, il a pointé mes cuisses de sa pupille en suivant la ligne de mon corps jusqu'à mon cou. Un boxeur ou un de ces fous du combat extrême, je parierais cent dollars. C'est son nez amoché qui le trahit. Un sourire en coin monte à ses lèvres devant mon arme de fortune. Je suis certaine qu'il va l'empoigner pour la jeter au sol, au lieu de quoi, il lève les paumes.

– Qui es-tu?

– Un ami de la famille.

Je vais réellement m'énerver!

– Ton nom!

Plus il me parle avec douceur, plus je me crispe.

– Bosco.

– Ton vrai nom!

Je brandis le manche de mon balai près de son nez cassé. Agacé, il le saisit d'une seule main. Son haussement de sourcil impatient m'encourage fortement à le lâcher.

– Daniel Bouchard.

– Alors, ce n'est pas Bosco, c'est Butch.

– Quoi?

– Les Bouchard qui se prennent pour des durs se font appeler Butch, c'est bien connu.

Nonchalant, il hausse les épaules.

– Comme tu veux.

– Que désires-tu?

– Te parler d'Hugo.

Je regarde le plafond, un peu comme si j'avais des rayons X sous les paupières pour voir Hugo se remettre de ses émotions.

– Il n'a pas voulu que j'appelle la police! Ces voleurs, il faut les arrêter.

Il semble confus.

– Quels voleurs?

Je fais de grands gestes avec mes mains pour tenter de montrer à quel point ils avaient l'air gros dans la description que Hugo m'en avait faite.

– Ils étaient trois, ils l'ont tabassé…

Bosco se met à rire en se frottant le menton. Il a de belles dents pour un boxeur, blanches, presque parfaitement alignées...

– Oh ça, c'était moi. Mais je ne tabasse pas les mauviettes qui se cachent sous les tables.

CHAPITRE 19

L'AMI DE LA FAMILLE

– Ça t'embête si je m'assois?

Bosco secoue la tête, me fait signe d'avancer vers la cuisine. Évidemment, je songe à mon tiroir de couteaux à steak. Je prends la chaise la plus proche du plan de travail.

– Donc, tu es un «ami» de la famille?

– Tout à fait.

– Suis-je censée comprendre pourquoi Hugo était effrayé comme un poussin, caché sous la table?

Bosco lève les sourcils.

– C'est un imbécile.

– Ah! Toi aussi, tu le penses!

Il sourit, ses traits s'adoucissent un peu.

– Je vois qu'on a déjà un point commun.

– Non! C'est seulement que… Mathieu me l'a souvent répété.

Bosco prend une chaise, s'assied devant moi. Il porte des bermudas de style militaire, des bottines de marche, un T-shirt noir. Son bras droit est entièrement couvert de bleu, noir, rouge, un peu de blanc là où une tête de mort semble faire la cour à un serpent ensanglanté. C'est mignon comme tout. À m'en donner des frissons.

Brusquement, il tape la table.

– Venons-en au fait.

– Qu'as-tu fait à Hugo?

– J'ai seulement parlé fort.

– Il était amoché !

Bosco s'esclaffe.

– Il s'est fait ça lui-même.

– Je ne te crois pas ! Tu l'as frappé, je veux savoir pourquoi ! Et qu'ai-je à voir dans vos histoires ?

– Ne me fais pas répéter ce que Gigi t'a déjà dit.

Les fous se connaissent tous entre eux !

– Qui es-tu ?

Son sourire est sarcastique, il laisse échapper un soupir ennuyé avant de se dévoiler.

– Je suis celui à qui ton ami Hugo doit quinze mille dollars.

– Donc, ce que j'attends de toi, c'est que tu prennes ces jolies jambes et que tu ailles voir Mathieu pour lui indiquer poliment que son frère a besoin de lui.

Il dit ça en se rasseyant, ses bras parfaitement sculptés étirés derrière sa tête. Je rêve ou il est blasé ?

– Tu peux le faire toi-même.

– Non.

Bosco rit doucement, puis reprend.

– Ton copain Hugo est un joueur de poker. Il n'est pas, comment dire… très habile.

– Il a joué contre toi ?

Quel imbécile, cet Hugo ! Décidément, je vais bientôt me ranger à l'avis de tous sur ce sujet.

– Je ne joue pas. Mais il est venu me voir, avant de se faire disons… «blesser» par des moins gentils que moi. Je l'ai averti que c'était temporaire, histoire de lui sauver la vie, quoi. Je te l'ai dit, je suis un ami de la famille.

Penaude, je me rends à l'évidence.

– Tu veux te faire rembourser, c'est ça ?

Il me vise de son index en fermant un œil.

– Tu comprends vite.

– Je ne saisis toujours pas pourquoi tu ne vas pas voir Mathieu toi-même.

Bosco secoue la tête.

– Parce que j'en ai rien à foutre, des problèmes d'Hugo.

– Mais alors, pourquoi es-tu ici, à m'en parler à sa place ?

C'est vrai, il n'y a aucune logique.

– Parce que tu es très belle, et que ça m'amuse de discuter avec toi. Tu sais, même si Hugo est stupide, j'aimerais quand même éviter d'utiliser des moyens désagréables.

– Je ne jouerai pas au messager, c'est me mettre le bras dans un broyeur, tout mon corps y passera.

Comme s'il ne m'avait pas déjà détaillée effrontément, à la seule mention de mon «corps», j'ai droit à un raid sur ma gorge. Ma poitrine se gonfle sous mon chemisier, quel jour mal choisi pour ne pas avoir revêtu de soutien-gorge. À mon grand désarroi, sans quitter ma gorge du regard, Bosco devient songeur.

– Nous nous sommes déjà vus.

– Je n'ai aucun souvenir de t'avoir croisé avant.

– Rappelle-toi, ce premier jour d'ouverture, le soir, le champagne coulait à flots. J'étais là.

Comment pouvait-il être là ? Oh, il y avait un homme dans un coin, aux cheveux noirs, il restait à l'écart.

– Oui, j'avais les cheveux longs.

Le monstre, il lit dans mes pensées ou quoi ?

– Et tu m'as vue.

Il hoche la tête en silence.

– Observée. Tu es différente des autres.

J'essaie de cacher mon trouble, revenons-en au sujet important.

– Mathieu y était aussi, tu aurais pu lui parler ce soir-là.

– Je n'avais pas encore prêté d'argent à Hugo. J'étais là parce qu'il voulait me voir. Tu n'as pas remarqué qu'il tremblait dans son froc ?

– Hugo tremble toujours dans son froc.

– Franchement, je ne vois pas ce que tu lui trouves.

Je regarde Bosco en fronçant les sourcils.

– Hé, je ne suis que son amie.

Il frappe d'une large main sur la table, se redresse, me dominant de toute sa hauteur.

– Va voir Mathieu.

Il sort avant que je puisse protester.

CHAPITRE 20

L'IDIOT

Ce même dimanche, 18 h, je suis sur le perron de la mystérieuse demeure de Mathieu Latour. Une maison de ville tout en hauteur, de la pierre grise, solide, qui semble figée dans le temps pour les prochains siècles. L'anxiété mêlée à l'excitation me rongent. Je suis folle de joie d'avoir trouvé une excuse pour sonner à sa porte – ce qui expliquerait mon manque d'entrain à tenir tête à Bosco, soyons honnête –, mais attristée d'être porteuse de mauvaises nouvelles. Encore plus chagrinée par le fait qu'il aura certainement envie de tuer la messagère.

Calme tes ardeurs, me dis-je en boucle depuis que j'ai mis le pied dans le wagon de métro.

Je n'ai pas le temps de signaler ma présence que la porte s'ouvre. Mathieu ne m'a pas encore vue, occupé qu'il semble être à terminer d'attacher ses souliers de course. Ah! il fait du jogging, j'aurais dû m'en douter.

Je me racle la gorge. Il se redresse lentement, son T-shirt blanc contraste sur sa peau qui a pris un hâle nouveau au cours de cette dernière semaine. Son visage est toujours aussi beau, ses yeux toujours aussi bruns, pleins de cette vive intelligence.

– Salut.

Pendant un instant, je crois voir du bonheur dans ses yeux, mais c'est de courte durée. Il pense que je le suis à la trace, c'est terrible.

– Flavie ?

– Je te dérange ?

Je suis si nerveuse que ma voix haut perchée atteint presque la note que seuls les chiens peuvent détecter.

– J'allais courir…

J'hésite. Il hésite. Nous avons l'air de ces étrangers qui se retrouvent face à face, en ne sachant plus de quel côté passer pour s'éviter.

– Connais-tu un certain Bosco ?

Il ferme les yeux, inspire, serre les poings. Ah ! je crois qu'il le connaît.

– Entre.

Il tient le haut de la porte pour me permettre de passer sous son bras, ce que je fais, frôlant le coton de son T-shirt. Le salon, sur ma gauche, est parfaitement aménagé. Son ex semble toujours présente, il reste des traces féminines sur les murs avec cette toile de pointes de ballerine et ce vase de cristal portant une douzaine de roses rouges séchées. Une maison pour adultes *only* me semble-t-il en constatant les deux fauteuils ivoire et le massif divan de velours brun chocolat.

– Ce sofa paraît largement plus confortable que le mien.

Je parle tout bas, je ne suis pas sûre de souhaiter qu'il entende mon commentaire ironique.

– Tu veux boire quelque chose ?

Il se dirige vers la cuisine, située vers l'arrière. Ce faisant, nous passons devant un escalier qui n'est pas sans m'intriguer, sa chambre doit être en haut. Elle est peut-être en rénovations ?

– Juste de l'eau, s'il te plaît.

J'ai la gorge sèche, je manque de salive. Normal, dans les circonstances.

La cuisine, sans être immense, est extrêmement fonction-nelle. Pour un homme qui ne mange qu'au restaurant, c'est beaucoup de futilités.

– Tu as une très belle maison.

Je garde le nez dans mon verre alors qu'il s'appuie à l'îlot de granite, les bras croisés.

– Tu veux me parler de quoi en premier?

– Euh! de Bosco, bien sûr… De quoi d'autre pourrais-je vouloir te parler?

Son regard sur moi semble mélancolique. Il passe une main sur le côté de son visage.

– Combien a-t-il prêté à Hugo?

– Ce n'est donc pas la première fois?

Mathieu regarde ses pieds, son silence dure de longues secondes. Je finis par adopter la même position que lui, les bras entrelacés, les épaules tombantes, le découragement gravé sur mon front. Puis, je me souviens du jour où Hugo a voulu que j'habite avec lui. J'aurais payé son loyer à sa place, c'est clair.

– C'est donc pour ça que tu détestes Hugo. C'est un *gambler*.

– Je ne le déteste pas. Je suis découragé, c'est tout.

– Tu es le seul à pouvoir l'aider.

– As-tu une idée du montant qu'il me doit déjà, Flavie?

Je revois Hugo se plaindre que Mathieu règne en roi et maître sur sa vie, je comprends tout désormais.

– Je ne veux pas le savoir…

– C'est combien cette fois-ci?

Je me redresse, prise de dégoût devant les abus d'Hugo envers son frère. Mathieu n'a pas à alimenter son problème, ou même sa maladie du jeu, si c'est ce dont il souffre. Je refuse d'être un élément contribuant à ce cercle vicieux infernal.

– Laisse tomber, c'était une erreur de ma part, je n'aurais pas dû venir te voir pour ça.

Je regarde mon poignet dégarni de montre-bracelet, affectant de trouver l'heure bien tardive.

– Je dois y aller.

Sa voix grave s'élève derrière moi.

– Tu t'en vas comment?

– Euh… par la porte.

– Tu es venue ici par quels moyens, Flavie?

– Métro, autobus.

– Tu veux rester à souper? J'irai te reconduire après, ensuite j'irai casser la gueule de mon frère moi-même.

L'idée me tire un sourire, mais je dois refuser. Une amitié que je ne comprends pas, ça me rend mal à l'aise.

– Non merci, je dois rentrer.

Je lève une main avant qu'il insiste. C'est plutôt moi qui vais aller casser la gueule de l'idiot. Quand j'en aurai terminé avec lui, il ne craindra plus Bosco!

Nous arrivons devant l'immeuble rue Rivard une vingtaine de minutes plus tard. Évidemment, Mathieu gare sa Jeep près de la porte, jamais je ne comprendrai comment il fait. Pure magie, je constate.

Lorsque je suis sortie de sa maison, il a attrapé son porte-clés avant de dévaler les marches de ciment derrière moi. Il a saisi mon bras pour me pousser doucement vers son véhicule.

– Monte.

– Rentre chez toi, Mathieu, tu en as assez fait pour lui.

– C'est pour toi que j'y vais, grande nouille.

Alors qu'il faisait le tour du VUS, je me suis enfoncée dans le cuir gris de mon siège, non sans avoir tiré la ceinture de sécurité.

– Qu'entends-tu par là?

– Bosco ne te lâchera pas.

– Il est dangereux?

Mathieu s'est contenté d'un rire jaune, les doigts crispés sur le volant.

Nous sommes donc chez moi, il me dit d'attendre dans la voiture, alors qu'il gravit les marches deux à deux. Je me frotte le menton lorsque je le vois monter jusque chez son frère. Il ne frappe pas, utilisant sa propre clé pour entrer.

Les minutes sont longues avant qu'il ne ressorte avec Hugo qu'il tient par le bras, moins délicatement que lorsqu'il m'a touchée moi, quelques minutes auparavant.

Hugo a l'air d'un homme en captivité, qui vient de se rendre, drapeau blanc entre les dents. Penaud et défait, il marche mollement à côté de son frère cadet qui a pourtant près d'une tête de plus que lui.

Les deux hommes s'approchent de la Jeep, Hugo monte derrière moi, des vapeurs d'alcool flottent dans l'air entre les banquettes. Il est soûl, il a pleuré.

La Jeep repart en trombe. Dans un silence presque parfait, si l'on ne compte pas le ronronnement du moteur combiné aux reniflements de Hugo derrière moi, nous semblons nous diriger vers le sud.

Les questions meurent sur mes lèvres alors que la ligne dure de la mâchoire de Mathieu est plus serrée que jamais. D'une main assurée, il se faufile entre les voitures jusqu'à ce que je reconnaisse Pointe-Saint-Charles et ses entrées qui donnent directement sur la rue, ses habitants plus ternes que sur le Plateau Mont-Royal. Plusieurs prennent leur bière après avoir installé leurs chaises de cuisine carrément sur le trottoir devant la porte de leur immeuble, faute d'avoir un balcon.

Après une manœuvre efficace, nous sommes garés entre une petite Golf et un Ford Ranger, rue Charlevoix. Le patelin m'est familier, j'avais des amis qui habitaient ici. Le soleil commence à descendre, si je regarde sur ma droite, je suis aveuglée par un filet orangé entourant un cercle jaunâtre qui semble brûler l'horizon.

– Reste là, me dit-il avant de se retourner vers son frère. Toi, suis-moi.

Hugo, mou comme un perdant, obéit sans opposition. Les deux hommes marchent côte à côte vers un immeuble de briques rouges, non loin de Paul Patates, petit casse-croûte que je reconnais pour y être déjà allée, il y a de cela plusieurs années. Mathieu sonne, puis attend, les mains dans les poches. Hugo, quant à lui, s'appuie sur le muret de ciment, le dos courbé par le poids de ses malheurs.

Ils entrent après qu'une jeune femme a ouvert, puis, plus rien qu'une porte close. Consciente que j'ai sûrement plusieurs minutes devant moi, je retire les clés du contact et je sors. Mon estomac m'avisant de son désagrément d'être en manque de nourriture, je franchis les quelques mètres qui me séparent du casse-croûte.

Une femme aux cheveux noirs dont la repousse de gris dépasse les trois centimètres me regarde alors que je fais tinter la cloche.

– Un steamé moutarde-chou, s'il vous plaît.

La femme sort un pain du réservoir de vapeur, ainsi qu'une saucisse sous un nuage de molécules blanches. En trente secondes, tout est fait, j'ai même payé et je suis de retour dans la brise fraîche du soir naissant, mon souper improvisé en main.

J'attends sagement près de la Jeep, assise sur le bord du trottoir, engouffrant goulûment mon hot-dog dégoulinant de saveur et de gras.

Mathieu réapparaît quelques minutes plus tard, il avance d'un pas décidé en traversant la rue. Je me relève hâtivement, il me tend la main, je lui lance le porte-clés qu'il attrape facilement.

– Tu viens de cacher Hugo, n'est-ce pas?

– Provisoirement.

Je marche rapidement derrière Mathieu, touchant son bras pour l'inciter à s'arrêter.

– Ce Bosco, il est dangereux?

Mathieu expire lentement avant de baisser les yeux vers moi.

– Oui. Non. Je ne crois pas. J'espère qu'il ne l'est pas. Il est imprévisible.

– Il est entré chez moi sans frapper, il m'a dit être un ami de la famille, qu'il a sauvé la vie d'Hugo.

Mathieu se frotte maintenant les tempes du pouce et de l'index.

– Il est entré chez toi ? T'a-t-il touchée ?

– Non. Il a seulement… Ah ! laisse tomber. Ce n'est pas important.

J'entreprends de contourner la Jeep pour reprendre place dans le véhicule, mais Mathieu ne l'entend pas de cette façon. Il cogne à ma vitre alors que je boucle ma ceinture.

– Flavie !

J'essaie d'ouvrir, mais c'est lui qui a la clé, la glace refuse de bouger. Je dois crier pour qu'il m'entende.

– Quoi ! Laisse tomber, je te dis !

Il ouvre ma portière. Décidément, quelque chose ne tourne pas rond.

– Il t'a fait des avances ?

Devrais-je être flattée qu'il l'ait deviné ?

– Ne me dis pas que t'es jaloux, quand même. Tu es trop jeune pour moi de toute façon !

– Je ne suis pas trop jeune. Ne change pas de sujet.

Il est adorable, penché sur moi, ses mèches brunes entourant son visage volontaire, ses yeux marron marqués de courroux protecteur. Pas trop jeune… non, c'est vrai. Le fait qu'il le précise me donne espoir.

– Il m'a dit que j'étais belle. Voilà, t'es content ? Ça fait des lustres que je n'ai pas reçu de compliment ! Ça m'a fait du bien. Je ne le reverrai pas. En principe…

Je l'avoue au ciel et à l'enfer ! Avec mes propos, j'ai carrément voulu le provoquer. Tester la patente, comme on dit.

Il n'a rien dit avant de claquer ma portière. Il ne m'a pas non plus ramenée rue Rivard. C'est Ahuntsic que nous avons atteint en trois coups de volant.

– Descends.

– Il est tard, je dois rentrer. D'ailleurs, je ne comprends pas ce que nous faisons ici.

– Tu vas rester avec moi le temps que l'affaire soit réglée.

Comme c'est romanesque! Va-t-il, aussi, me forcer à l'épouser comme dans les romans d'amour? Il est jeune, je le constate maintenant, il se prend pour Batman. Je dois casser cette tendance ridicule, avant de me mettre à rêver d'un autre baiser chaud qui ne viendra pas.

– Je n'ai pas besoin de protection. De plus, je n'ai pas apporté de petites culottes ni ma brosse à dents.

Je lui sers un sourire charmeur, les sourcils levés. Ah! ce qu'il a pu me manquer, depuis qu'il est parti. J'ai l'air assuré, comme ça, mais mon cœur bat à toute vitesse.

– T'as une cigarette?

Il me demande ça complètement sorti de nulle part. Il doit être plus énervé qu'il ne le laisse voir. Je descends finalement de la voiture, je sors mon paquet – le même que lors de notre première rencontre, je ne fume pas souvent –, je lui tends une Gauloise un peu sèche avant d'inspecter frénétiquement le fond de mon sac pour trouver un briquet.

– Je vais être franc avec toi, Flavie.

Il inspire la fumée comme si c'était de l'oxygène. Il toussote, se racle la gorge.

– Je t'écoute…

Je l'écoute? C'est peu dire. Je suis pendue à ses lèvres comme si ma vie en dépendait.

CHAPITRE 21

LA RISÉE

Mathieu expire un nuage de fumée blanche avant de lancer sa cigarette presque complète dans le buisson. Je me retiens de crier «au pollueur!» songeant qu'en sortant je ramasserai son mégot entre les branches. De plus, c'est son buisson, après tout.

– Entrons.

Je le suis sans broncher, tellement je tiens à savoir ce qu'il a à me dire. Toutefois, même en mettant le pied dans le salon, Mathieu ne parle pas. Il fait plutôt les cent pas sur son parquet.

– Mathieu…

Lorsqu'il me regarde enfin, je discerne un air soucieux que je ne lui ai jamais vu. Vais-je finalement voir le côté vulnérable de l'invincible Mathieu Latour? Pourrais-je, d'une quelconque façon, le réconforter? J'aimerais tant le toucher, passer une main douce sur son visage, poser ma joue sur sa poitrine, vérifier à quel rythme bat son pouls… Parce que plus je le connais, plus je me rends compte qu'il n'est que ça, un grand cœur sur deux fabuleuses jambes solides comme des troncs d'arbre.

Ah! Si je pouvais avoir un quelconque pouvoir de séduction, je pourrais m'en approcher, encercler sa taille de mes bras trop «rousselés» pour être *sexy*.

– Qu'est-ce que tu vas faire, maintenant?

Le petit muscle sur le côté de sa mâchoire se contracte. Il secoue la tête, se prend le front, regarde le plafond. Puis, il pose son regard sur moi.

– Ça te dirait de gérer une friperie?

Évidemment, mon cœur cesse de battre pendant une fraction de seconde.

– Tu... vas lui ôter sa boutique?

Il se met à rire, un profond sarcasme anime le rictus de découragement de ses lèvres pleines.

– C'était écrit dans le ciel depuis le début, Flavie. Je lui ai offert une chance de se construire un commerce, il l'a gâchée. Alors, tu veux t'en occuper? Si tu n'en prends pas la charge, je démantèle la boutique.

Je devrais répondre ouiiiiiiiiiiiiii naturellement. Pourtant, j'ai le visage de Gigi qui me vient en mémoire, puis celui d'Hugo... Et Bosco. Viendra-t-il me hanter?

– Tu sais très bien que oui.

– Merci.

Un silence de mort s'installe. Tout s'enchaîne rapidement dans ma tête. Le puzzle se replace. Décidément, Mathieu est un homme d'action. Je vois la manœuvre clairement. Il saisira la boutique, paiera Bosco, tout est si simple. Cela réglé, je n'ai plus rien à faire ici. Du pouce, je montre la porte par-delà mon épaule.

– On dirait bien que tout est rentré dans l'ordre. Je dois partir. Merci pour la confiance que tu m'accordes, Mathieu. Je ne te laisserai pas tomber.

C'est ce regard chargé d'émotions qui pèse sur moi qui me fait dire ces conneries. Je recule en balbutiant, je tremble d'une nervosité soudaine. Pourquoi ne parle-t-il pas? Pourquoi sa poitrine bouge-t-elle ainsi, à monter et descendre comme s'il venait de courir? Puis, au bout de longues secondes, sa question me frappe en plein visage.

– Flavie, fais-tu exprès de ne pas comprendre la situation?

Sa voix est rauque.

– De quoi parles-tu? Ah!, t'as raison. Je ne peux pas y retourner tout de suite, tout n'est pas réglé encore.

Mes mains sont crispées sur mon sac.

Je suis amoureuse de mon nouveau patron et je viens de nouveau de lui laisser croire que je suis une idiote de premier ordre. Amoureuse? Oh oui!, j'en prends conscience entièrement depuis des heures, des jours, que dis-je? des semaines. Peu importe comment les choses se trameront d'ici à ce que j'entre dans cette friperie, ce royaume de pur bonheur que Mathieu me donne sur un plateau d'argent et pour lequel je lui suis si reconnaissante. Il n'en reste pas moins que je dois m'éloigner de lui au plus vite. Mon pauvre cœur ne pourra pas prendre une autre, deux autres, trois autres nuits à l'entendre vaguement respirer de loin.

– J'irai chez Vanessa jusqu'à ce que tout soit réglé. Tu as mon numéro de portable. J'attendrai que tu m'appelles.

– Tu n'as pas à t'en aller…

– Mes amis me manquent, je dois donner ma démission à Maxence. Je pourrai garder l'appartement, alors?

Vanessa me serre fort dans ses bras avant même que j'aie pu déposer mon sac. Mon arrivée se conjugue avec celles, un peu plus hâtives, de Maxence et de Mélanie. Toute cette bouffe sur la longue table de la salle à manger de Vanessa, ces verres de vin entamés, du rouge, du blanc, m'indiquent qu'une soirée fondue chinoise bat son plein.

– Quelle belle surprise que tu sois là, Flavie! On dirait qu'on le savait, on a fait trop de patates.

Maxence me fait l'accolade à son tour. Spontanément, je m'accroche à lui, incapable de m'en défaire. Cette boule, ce foutu poids qui gronde dans ma poitrine, est soudainement en pleine effervescence.

Me retrouver en terrain connu, dans les bras de mes amis de toujours, fait tomber le masque de courage que je porte depuis trop longtemps. Le sanglot monte pour brusquement éclore dans ma gorge. Les larmes giclent de mes paupières sans avertissement.

Maxence glisse une main caressante sur ma nuque.

– Ça va aller, chuuut...

Mélanie s'en mêle, visiblement inquiète.

– Qu'est-ce que t'as? Tu ne pleures jamais, d'habitude! Quelqu'un est mort? Vanessa! Flavie pleure! Qu'est-ce que tu ne m'as pas dit?

Tout de suite arrive Vanessa dans le cercle, sa voix est toujours aussi douce.

– Flavie, tu pleures? Qu'est-ce qui se passe, ma belle?

Lorsque je finis par me détacher de Maxence qui me regarde comme si j'étais un chaton blessé, je saisis rapidement le mouchoir que Mélanie me tend.

– Personne n'est mort. C'est seulement que je me sens vraiment conne. J'ai le cœur en miettes.

Fronçant les sourcils, Mélanie, de sa voix forte, réclame un verre.

– Apportez-lui du vin, à cette pauvre enfant!

Vanessa place une coupe de rouge entre mes doigts, j'en prends vite une gorgée tellement j'ai la bouche sèche. Le liquide tiède glisse dans mon œsophage avec un goût boisé que j'adore.

– Merci...

Je leur raconte tout, du début à la fin. Comment Mathieu est apparu à ma porte, comment il est resté, comment nous avons ri, bu, comment nous nous sommes défiés souvent, la gageure qui m'a troublée pendant des jours. Hugo, Gigi, la friperie, même Bosco, la dette, la vraie demeure de Mathieu, tout.

Les trois compères se regardent, encore une fois complices sans avoir à prononcer une seule parole. Puis, Maxence éclate de rire, suivi de Mélanie qui ne se gêne pas pour s'esclaffer haut et fort, alors que Vanessa place une main douce sur mon bras, retenant un petit ricanement nerveux.

– Quoi?

Ils rient de plus belle, encore plus fort. Des larmes se pointent dans les yeux de Maxence alors qu'il se plie en deux. Mélanie s'étouffe avec sa dernière gorgée de vin, lorsque, entre deux rires, elle tente de le retenir.

– J'aimerais bien savoir pourquoi vous vous bidonnez !

Leur humeur est contagieuse, je cesse de pleurer pour sourire malgré moi, sans toutefois vraiment comprendre.

– Le gars avait une demeure luxueuse et, malgré ça, il dormait sur ton vieux divan qui pue tous les soirs ?

– Oui… Arrêtez de vous moquer ! Hé ! mon divan ne pue pas.

Maxence reprend peu à peu son sérieux avant de se retourner vers Vanessa.

– Vanessa, tu ne lui as vraiment jamais dit ?

– Dit quoi ?

Je suis sur le bout de ma chaise, je n'en peux plus moi !

Ma blonde amie hésite alors qu'elle me lance un regard de biais.

– Ben, en fait…

– Quoi, quoi, quoi ?

Ça y est, je m'énerve pour de vrai.

– Tu sais ce soir-là, au hockey ?

– Quel soir au hockey ?

– Le soir où Mathieu m'a reconduite au métro, voyons !

– Ah ! Ce soir-là !

– Ben, en fait, il y a une toute petite chose que je ne t'ai jamais dite.

– Vanessa !

Fouillant dans son sac à main, elle parle rapidement.

– Un léger oubli de ma part, il m'avait remis quelque chose pour toi. Ça m'est sorti de l'esprit, tu semblais si bien t'entendre avec Hugo, puis comme tu vivais avec Mathieu depuis des semaines, tu n'en aurais pas eu besoin de toute façon…

– Mais de quoi parles-tu ?

Alors qu'elle ouvre son énorme porte-monnaie argenté garni de fleurs multicolores, je fronce les sourcils, incrédule.

– Tiens.

Entre ses doigts est figée une carte blanche, bleue et rouge. Le nom de Mathieu Latour imprimé en lettres noires, sa photo en camée, son numéro de téléphone inscrit à la main au verso. Je la saisis pour la retourner dans tous les sens. C'est bien son visage sur l'image minuscule, ses yeux sombres qui fixent l'objectif sans la chaleur du regard qu'il pose souvent sur moi. Il est magnifique, même sur du carton.

Sans scruter mon amie, en partie parce que j'ai les yeux rivés sur la carte, en partie parce que mes lèvres tremblent, que mes paupières sont pleines d'eau, je réussis à marmonner mes interrogations.

– Qu'a-t-il dit, quand il t'a remis cette carte? Es-tu certaine qu'elle était pour moi?

– Il m'a posé plusieurs questions à ton sujet. Oh! Flavie, je suis désolée, j'étais si prise par mes propres soucis que j'ai pensé qu'il ne tentait que de faire la conversation. Je n'avais tellement rien à lui dire! Notre seul point commun, c'était toi, alors...

– Alors, tu n'as jamais songé un instant qu'il aurait pu vouloir me connaître *moi*.

– Pardonne-moi, Flavie. Si je riais tout à l'heure, c'était de joie, je suis si heureuse pour toi!

Toujours incapable de soutenir un malaise, levant son verre, Maxence se racle la gorge.

– Félicitations, ton prince charmant est enfin identifié. Il est tout bonnement fou de toi, grande sotte chérie.

CHAPITRE 22

L'ATTENTE

Il est 2 h du matin, je ne dors toujours pas. Les paroles de Maxence tournent en boucle dans mon esprit. Je ne suis pas SI sotte, j'ai bien vu que ce n'était pas normal que Mathieu soit resté avec moi si longtemps. Du coup, j'ai vivement espéré ce que Maxence a osé dire tout haut. Mathieu pourrait-il être… avoir des… sentiments pour moi? Puis, j'ai vu sa présence sous le côté pratique, cette possibilité toute simple qu'il ne veuille que surveiller son frère de près. Hypothèse toujours pertinente, d'ailleurs. Il y a aussi l'idée qu'il aurait pu vouloir contrecarrer son frère, en lui servant de balise pour le simple plaisir. Je détesterais que ce soit le cas.

Ensuite, je me demande pourquoi il aurait interdit à Hugo de me courtiser. Pourquoi il était si inquiet que Bosco m'ait touchée… et cette gageure?

Pourtant, malgré tous ces indices suffisamment clairs pour en arriver à la conclusion, que je souhaite de tout mon cœur, il reste un fait important: Mathieu n'a jamais vraiment tenté de m'approcher! Pourrait-il être du genre timide? Je me refuse à le croire. Oh!, il y a eu ce baiser pour tromper la grande asperge, Patrice Vaillancourt, mon ex. Ce n'était qu'une façon de marquer son territoire… Cette pensée me fait me redresser sur le canapé. Serais-je, en quelque sorte, son «territoire»? Serait-il possible que, petit à petit, malgré sa propre volonté de me voir comme un caillou dans son soulier, il se soit attaché à moi?

Je me force à me recoucher, serrant les paupières pour essayer de dormir. Malgré toutes les possibilités que j'énumère, il reste toujours celle de l'énorme malentendu. Peut-être qu'il fuyait simplement son ex qui pouvait revenir n'importe quand, ou qu'il surveillait vraiment Hugo, qu'il ne me faisait pas confiance, bref, chaque hypothèse vaut son pesant d'or.

En attendant, la seule chose certaine, c'est que moi, je ne vaux pas mieux qu'un cœur tout nu qui n'a plus rien pour se protéger.

Une chance que j'ai Vanessa pour me soutenir. Les jours passent sans nouvelles. Je regarde tout le temps mon iPhone sans y trouver aucun signe de vie, ni par courriel ni par téléphone. Dans ma folie, je me mets à tout vérifier, Facetime, iMessage, Facebook, Twitter (j'ai bien dit «folie»), *TVA Nouvelles* (!!!) pour une quelconque trace de Mathieu. Rien.

Puis, je me convaincs que Hugo pourrait m'en révéler davantage. Son numéro récite le message générique «pas d'abonné», sa page Facebook n'a pas reçu sa visite depuis la semaine précédente. Je nage donc dans le néant total.

En attendant, je continue à travailler au bar de la rue Saint-Denis. Mon regard se pose sans cesse sur la porte vitrée, espérant y voir arriver une haute silhouette athlétique, des cheveux bruns, un visage familier. En trop d'occasions, des jeunes hommes semblables, toutefois loin d'être comparables, m'ont fait échapper une consommation avant de pouvoir la servir au client. Même s'il comprend mon désarroi, Maxence soupire souvent, essuyant tout de même les dégâts avec moi.

– Pourquoi ne l'appelles-tu pas?

– Il me téléphonera quand il aura besoin de moi pour la friperie.

Cette fois, Maxence lance son torchon avec impatience sur le comptoir.

– On s'en fiche de la boutique! Appelle-le, il est peut-être arrivé quelque choseeee... Euh!... Flavie... il y a quelqu'un pour toi, on dirait.

Je ferme les yeux.

– Maxence, ce n'est pas drôle. Arrête de faire l'idiot!

Je me retourne lentement, espérant découvrir Mathieu derrière moi. Erreur, c'est Gigi qui m'assomme d'un regard en vrille.

Affublée de jeans blancs trop serrés, ses cheveux platine formant une fontaine sur le dessus de sa tête. Ses petits yeux de chat de race me fixent d'une colère effrayante.

– Gigi, salut...

– T'es qu'une manipulatrice! De quel droit as-tu fait ça à Hugo?

Elle crie tellement fort de sa voix haut perchée que les clients se retournent. Une scène pareille, ça ne se manque pas, c'est du bonbon pour l'œil avide d'action! Maxence, toujours vif lors de ce genre de situation, saisit l'intruse par le bras pour la traîner vers la sortie.

– Attends! Je dois lui parler!

Mon ami me sert un regard sombre, les yeux plissés.

– Faites ça sur le trottoir.

Puis, il se retourne vers Gigi dont le visage est rouge de colère.

– Toi, je t'ai à l'œil!

– Ça va, cette petite chose doit peser quarante kilos. Laisse-nous! S'il te plaît...

Maxence rentre, non sans déposer une cale de bois sous la porte vitrée. Comme si Gigi pouvait me manger tout rond!

– Bon, dis-moi ce que j'ai fait qu'on en finisse!

– Quand je t'ai demandé ton aide, j'avais confiance en toi. Je pensais que tu aimais bien Hugo, que tu étais son amie!

Comme un perroquet, je répète ma question.

– Qu'ai-je donc fait ?

– Ce que tu as fait ? Demande-moi plutôt ce que tu n'as PAS fait ! Ce serait moins long !

– Gigi, j'ai des clients qui attendent…

– Mathieu n'a pas donné l'argent à Hugo.

– Ah non ? Pourtant…

– Non ! Il a payé Bosco directement. Puis, il lui a pris la boutique et l'a mis à la rue ! Hugo n'a même plus d'endroit où rester !

Je sourcille. Pour la boutique, je savais, pour le reste… rien n'était clair.

– Ce n'est pas tout ! Et ne me dis pas que tu n'es pas au courant !

Je place une main sur ma hanche, je tiens toujours mon plateau de service de l'autre, je le serre contre ma poitrine, comme un bouclier. Je sens que j'aurai besoin de protection pour la prochaine bombe.

– Mathieu a décidé de tout rénover, et de réunir les deux appartements pour n'en faire qu'un ! Il va en faire une maison de ville à deux étages.

– Drôle de plan. Tant mieux pour lui.

Gigi s'esclaffe d'un rire jaune, plein de sarcasme.

– Ne viens pas me dire que ce n'est pas pour toi, tout ce qui se passe. Je sais déjà que tu prendras la gérance du magasin, je me doute bien que tu as aussi monté la tête de Mathieu pour nous jeter comme de vieilles chaussettes. C'est moi qui aurais dû mener ce commerce !

Je lui lance un regard interrogateur.

– Qu'en as-tu à cirer de la boutique ? N'es-tu pas scénariste ?

– Va te faire foutre !

Sur ce, elle tourne les talons. J'essaie de voir où elle va, si elle reviendra, mais je la perds dans la foule de passants. Perplexe, j'entre pour m'asseoir, j'ai quelques réflexions à apprivoiser.

Hé, je croyais pouvoir garder l'appartement! Une maison de ville, voyons, Gigi a dû exagérer.

Le jeudi suivant, je suis au Naufragé, j'essuie les verres, les pichets pour la bière, je lessive le plancher. Lorsque arrive 18 h, un groupe de musiciens vient s'installer, c'est une soirée spéciale. Entre un joueur d'harmonica bedonnant et un guitariste trop maigre, je suis au micro, j'ai l'honneur d'être chargée de dire «test 1-2, test».

Pour la première fois en tant de jours de hantise maladive, je me change les idées avec le troisième artiste, le chanteur étoile, beau comme un cœur. Il me fait rire, me courtise, me garde près de lui, encercle ma taille de ses bras pour replacer le micro. Maxence nous épie de loin, il me fait un clin d'œil amusé, un peu jaloux. Il me fait signe que le chanteur est gay dès que ce dernier ne regarde pas. Je lui offre de venir prendre ma place.

J'ai laissé mon portable au fond de mon sac sans le vérifier toutes les dix minutes. Malgré les rires et l'euphorie qui s'installent, j'espère que ce laps de temps amplifie les chances d'avoir un message.

Le soleil commence à baisser, la vitrine donnant sur l'ouest accueille les rayons francs sur les tables de bois.

Une silhouette familière se découpe à la porte. Mon pouls s'accélère, je crois devenir folle, j'en laisse tomber mon micro.

Ma déconfiture est rapide. Ce n'est que le magnifique Jacques Lambert qui vient d'entrer, suivi de Juliette, sa tendre épouse. De vieux amis de mon cercle. Jacques est l'ex de Vanessa, il est vraiment beau à s'en décrocher la mâchoire.

Bref, il possède la même carrure, grandeur similaire, même prestance que Mathieu. Il marche vers Maxence pour lui serrer la main avec enthousiasme «Salut, vieux, ça fait longtemps!» Puis, il me considère avec un sourire poli, celui qu'il me sert à chaque occasion. Jacques me voit pour ce que je suis, une bohème qui ne fait rien de bon dans la vie, une fille qui se sauve devant l'adversité, une nana pas aussi belle que sa princesse.

Suis-je vraiment en train d'aspirer à séduire ce genre d'homme ? Plus je l'observe, plus la ressemblance avec Mathieu me saisit. Du coup, j'ai une soudaine nausée. Le doute s'installe.

Tout cela est une grande comédie. Je maudis le jour où j'ai cru mes amis.

Cette nuit-là, vers 3 h, j'entre chez Vanessa les pieds en feu, la tête endolorie. Aucun message en attente sur mon iPhone. J'en suis presque soulagée.

Plus rien ne tient, ni ma concentration ni ma patience. Je dois aller voir par moi-même. Dans le métro, de station en station, j'ai des fourmis dans les jambes, mes pieds ne cessent de danser même si je suis assise. Mes doigts jouent avec les boucles auburn qui s'échappent de ma casquette. Je porte des verres fumés même à l'intérieur, je viens de prendre conscience qu'en réalité je me cache.

Ma première idée était une version courageuse de mon périple, c'est-à-dire aller au-devant de Mathieu pour lui poser des questions directes. Toutefois, en chemin, j'ai sorti cette ridicule casquette rose de mon sac, puis mes lunettes noires. On dirait une starlette qui tente de passer inaperçue. Cela doit expliquer pourquoi mes voisins de siège me regardent d'un drôle d'air.

Lorsque j'arrive à bon port, je pivote d'abord sur la droite, direction est, vers la friperie. Je pourrai voir de loin ce qui s'y trame. C'est samedi, il y a beaucoup de piétons, surtout qu'il fait beau. Le mois d'août a toujours donné une grande popularité à l'avenue du Mont-Royal. Les jeunes couples se baladent avec d'énormes chiens plus souvent qu'avec une poussette.

Au bout de quelques coins de rue, je croise Marguerite. Du coup, je fouille le fond de mon sac pour y trouver quelques pièces que je dépose dans sa main délicate et nerveuse. Son sourire est un peu faiblard, il me procure tout de même un peu de courage.

Au loin, de l'autre côté de l'avenue, je vois un homme marcher d'un pas franc en direction d'un groupe de travailleurs. Même s'il a couvert son regard de lunettes aussi noires que les miennes, son visage hâlé est le même que sur la minuscule photo que je cache dans ma poche depuis des jours.

Comment ai-je pu imaginer qu'il ressemblait à Jacques? Ce ne sont pas la largeur des épaules ou la grandeur d'un homme qui constituent sa nature. Ce sont plutôt ses manières de se mouvoir, de réagir, de penser, son parfum, sa voix, ses intonations, ce qu'il a dans le cœur et les tripes, son énergie entière.

Bien sûr que pour Jacques Lambert, je suis «quelconque»! Toutes les femmes ne le sont-elles pas à part Juliette à ses yeux? Ma gorge se serre, alors que j'ai l'occasion d'observer Mathieu à son insu. Reste-t-il un semblant de minuscule chance que je me goure complètement? Ma respiration s'accélère, j'oscille entre la peur et l'espoir. Une brise venue du nord fait voler ma casquette. Distraite, il me faut plusieurs secondes pour réagir.

Ces quelques instants de chapeau en fuite me mènent devant l'immeuble, mais je ne traverse pas la rue pour m'approcher. Déçue, je constate que j'ai perdu Mathieu de vue. Cherchant à le retrouver parmi les passants, quelque chose d'autre, énorme, attire mon attention. Je suis littéralement bouche bée.

Des échafaudages sont plantés devant la vitrine, un travailleur donne des indications à un collègue plus jeune. L'enseigne du magasin! Hugo n'avait pas encore les moyens d'en faire poser une. Visiblement, Mathieu a de nouveau pris les choses en main. Je cherche à lire ce qui y est inscrit, je ne vois que les lettres F… PERIE CHEZ F… Zut, le gars cache les lettres!

– Flavie.

– Oui?

J'ai répondu spontanément au timbre familier qui a résonné près de moi. Mon cœur bat trop fort, je ne peux pas me retourner.

– Que fais-tu ici? Je ne t'ai pas encore appelée.

Ses mots sont sévères, pourtant le ton de sa voix est doux.

– Je voulais faire une visite… J'avais peur que tu aies changé d'idée.

Je parle sans le voir, je suis pétrifiée sur place, médusée par l'enseigne sur laquelle est dessiné mon prénom en lettres cursives « *Friperie chez Flavie* ». Des larmes que je n'ose devoir à la joie ou au soulagement glissent sur mes joues, trahissant ce que j'espérais cacher sous mes verres fumés.

– Mathieu…

– Pourquoi pleures-tu ?

– Je ne suis pas propriétaire de cette boutique, pourquoi porte-t-elle mon nom ?

En posant la question qui me brûlait les lèvres, je retire mes lunettes. Nous sommes sur le trottoir, figés dans le temps. Pour nous contourner, les passants doivent marcher dans la rue, pourtant personne ne s'en plaint tant la tension entre nous est palpable, imperturbable.

– Tu le sais déjà, depuis le soir où j'ai frappé à ta porte, prétextant avoir besoin d'un divan.

Il parle lentement, moi j'hésite. Alors que trop d'émotions m'égorgent, un souvenir me revient.

– J'avais vendu tes affaires pour quelques dollars le jour même…

Le revers de sa main effleure ma joue, attrapant au passage une nouvelle larme qui menaçait de se frayer un chemin vers ma bouche.

– Puis, tu t'es battue comme une lionne pour protéger mes bâtons de golf. C'est à ce moment-là que j'aurais dû te prendre dans mes bras.

– Pourquoi ne l'as-tu pas fait ?

– Il n'y a pas que mon frère qui est idiot. Moi, je suis pire, l'orgueil me tue. Tu avais ma carte, tu ne m'as jamais appelé. J'ai dû user de ruse. Ce qui me surprend, c'est que Vanessa n'ait jamais compris que je cherchais à mieux te connaître. Lorsque je l'ai contactée après que tu as signé le bail…

– Elle t'a dit quoi?

– D'être «gentil».

Cet aveu lui arrache un sourire en coin qui accélère ma respiration.

– Gentil? Pas vrai! C'est mal te connaître. Et visiblement, tu ne l'as pas écoutée, tu as voulu me jeter à la rue, souviens-toi.

– La situation était ridicule, tu me rendais fou. J'ai paniqué.

Surprise d'une telle confession, je lève un sourcil.

– Je n'aurais jamais cru que tu pouvais perdre la tête à ce point.

– Quand il s'agit de toi, c'est difficile de garder mon calme. Dès la première seconde d'ailleurs.

– Tu ne me trouves pas assez bien pour toi…

Ce disant, je me souviens de tout avec amertume. Cette façon qu'il avait d'éviter mon regard… Aujourd'hui, il est si différent!

– C'est plutôt le contraire, Flavie. Tu es tellement libre, forte. Vanessa me l'a dit de nombreuses fois.

– Dis-donc, tu parles souvent avec Vanessa?

Il agite son iPhone.

– Tu as mis son numéro en référence personnelle.

– Pour lui demander quoi?

– Des trucs idiots, comme le genre de sortie que tu appré-cies. Je crois qu'elle n'a pas compris que je ne cherchais pas à m'assurer si tu étais une bonne locataire.

Il rit doucement.

– Elle m'a dit que tu passais ton temps dans les marchés, à chercher des aliments frais. Tout bien considéré, je crois qu'elle savait exactement ce qu'elle faisait.

– C'est pour me faire plaisir que tu m'as amenée au marché Jean-Talon?

– C'était ça, ou aller voir un film de répertoire étranger selon la suggestion de Vanessa. J'ai préféré les légumes.

Je lève les yeux vers sa voix, le soleil est derrière lui, je ne perçois que la silhouette que forment sa tête et ses épaules robustes. Ainsi, même les Adonis souffrent d'insécurité ! Je n'aurais jamais cru cela possible.

Tout est clair, pourtant j'hésite encore, comme si je pouvais toujours me tromper, avoir mal compris ce qu'il essaie de me dire. J'ai si souvent fait erreur dans le passé. Je suis nerveuse, mes bras sont engourdis. Lorsque nos regards se soudent, je ne peux plus éviter son contact, son entière attention m'enveloppe, c'est là qu'est ma place, je le sens.

– Flavie Lamontagne, as-tu idée à quel point ton divan est inconfortable ?

– Tu n'avais qu'à rentrer chez toi.

– Quelle garce tu fais, au premier abord.

– Je suis désolée, je suis une peste, je sais.

– Et ces vêtements seconde main !

– Ah non, là, ne pousse pas…

– Cet affreux café !

– Qu'est-ce que vous avez tous contre mon café ?

Tout en me jetant mes quatre vérités les unes après les autres, il s'approche, caressant de son pouce ma joue, ma paupière, mes cils dépourvus de mascara.

– Ces yeux qui me traversent l'âme. C'est toi qui m'as enseigné la générosité, tu sais.

– Si tu n'arrêtes pas, je vais tomber amoureuse, Mathieu.

Délicatement, comme si lui aussi craignait ma réaction, ses paumes entourent mon visage, puis l'ombre s'approche, ses lèvres tièdes touchent les miennes. Le baiser s'approfondit dans un flot de chaleur qui traverse mes entrailles. Lorsque mes pieds quittent le sol, c'est qu'il a saisi mes aisselles pour me soulever à la hauteur de son visage et que mes bras ont entouré son cou, que ma poitrine s'est enfin blottie contre la sienne.

– Alors, on sera deux.

ÉPILOGUE

Hugo travaille au restaurant Ficelle, non loin de chez moi, où il est serveur. Il habite désormais un appartement qu'il ne loue pas à Mathieu. Celui-ci ne l'a pas mis à la porte, comme Gigi l'a rapporté dans sa rage. Hugo a plutôt décidé lui-même de partir. Gigi n'est plus à ses côtés, je me demande bien pourquoi ?

J'ai plus tard découvert que Bosco est une vieille connaissance de Mathieu. Un de ces gars qui travaillent dans le domaine de la construction, qui vivent et dirigent leur entreprise à la dure. Bosco voue un grand respect à Mathieu, même si, en affaires, il n'existe pas d'amis. Je l'ai revu quelques fois, il s'est comporté en gentleman. Lorsque nous mentionnons Hugo, il fait mine de se cacher sous une table et moi, je me mords l'intérieur de la joue pour ne pas sourire.

J'aurais dû reconnaître depuis longtemps que Mathieu est un homme bon et sensible. J'ai appris que parfois, lorsqu'on ne se fait pas confiance, on projette sur les autres nos insécurités. Tout comme lui l'a fait sur moi. Qui l'eût cru ? Il avait peur, lui aussi.

Pour Mathieu, je représentais l'antipode de son idéal féminin, du moins, celui auquel il s'était habitué. Je dérangeais ses règles établies. Avec une fille comme moi, il ne savait plus s'il devait avancer, reculer, danser sur place, m'aider, me pousser ou simplement fuir. Je n'étais ni son amie ni son amante, pourtant, il était incapable de partir.

Il m'a expliqué que, pour la première fois de sa vie, il avait été complètement déstabilisé, incapable de prendre une décision cohérente. Était-ce mon parfum – constitué d'une vague odeur de shampoing mêlée à celle de ma lessive – ou quelque chose dans mon regard ? Ce n'était certainement pas mon style vestimentaire ni la qualité de mon café.

Quoi qu'il en soit, une chimie indéniable nous unissait depuis le début, depuis ce nez à nez dans la foule lors d'un certain match au Centre Bell. Il est parti avec Vanessa ce soir-là par réflexe, parce que c'était le choix évident, paisible, facile… en apparence. Il avait laissé derrière la chipie, sans toutefois oublier son visage.

Nous habitons maintenant une maison de ville de deux étages, quelque part sur le Plateau Mont-Royal. Nous avons adopté un chien saucisse, même s'il déteste les petits rats.

Je n'ai jamais refait de vente-débarras.

Je suis heureuse.

ÉPILOGUE

UN AN PLUS TARD

Manon

Je fouille le fond de mon sac à main blanc, celui que je n'utilise que l'été, pour voir si je n'y aurais pas laissé quelques pièces de monnaie, lorsque mes doigts rencontrent un carton de gomme à mâcher vide. L'objet, pourtant un simple rebut en temps normal, prend soudain une dimension perturbante dès que je l'exhibe à la lumière. À l'endos blanc sont griffonnés deux noms, deux adresses de courriel barbouillés grossièrement au crayon à lèvres, à défaut de trouver mieux. Dieu merci, les lettres, même si elles sont presque effacées, restent lisibles.

Soudain folle de joie, je cours vers Martin qui semble concentré sur un document devant l'ordinateur. Depuis des mois, il travaille comme un forcené, le pauvre. À partir du moment où j'ai pris les commandes de ses affaires, les gens se sont rués à notre porte. «La belle Manon pour vous servir… et Martin pour accomplir!»

Martin, celui que je détestais tant avant de le redécouvrir, relève la tête lorsque ma main effleure sa nuque, que mes doigts massent doucement son cou. Un soupir de plaisir lui échappe.

– Viens ici, toi, murmure-t-il.

Ses paupières sont presque closes, je sais à quel point il est fatigué. Pourtant, il me tire sur ses genoux, ses lèvres effleurent la peau sensible de ma gorge. Je frissonne dans ses bras.

– Tu sais, les inconnues de l'ascenseur…

– Quel ascenseur? fait-il près de ma tempe.

– Je te casse les oreilles à propos de ça depuis des mois... je suis restée prise des heures avec deux inconnues. Je cherchais le carton sur lequel j'avais noté leurs courriels.

Les mains de Martin passent de ma taille à mes cuisses, glissent sous ma jupe.

– Martin, arrête, je te parle, mon chéri...

– Ne me dis pas que tu l'as retrouvé?

Mes lèvres effleurent sa joue, alors qu'il me soulève facilement pour me placer à califourchon autour de sa taille. Maintenant debout, il me culbute par-dessus son épaule alors que je ris aux éclats «espèce de Cro-Magnon!» Il m'entraîne ainsi vers le divan, où il me dépose sur les coussins moelleux. Entre deux rires, je reprends mon souffle.

– Si tu me laisses quelques minutes, j'aimerais bien utiliser l'ordinateur pour leur écrire.

Avec Martin, tous mes souhaits se réalisent, mais pas nécessairement dans l'ordre de mes demandes. J'essaie de me relever pour atteindre le bureau de travail, mais une poigne solide saisit facilement mes deux poignets. Comment il fait ça? Je me fais toujours avoir.

Parfois, comme maintenant, alors qu'il desserre son emprise lentement sur ma peau, il met plusieurs secondes, juste à me regarder, comme s'il se demandait encore si la magie qui nous unit est bel et bien là pour rester. Et moi qui me pince chaque jour pour vérifier si je ne rêve pas. Même après tout ce temps, Magalie nous dévisage encore en soupirant «Je ne peux pas croire que toi et Martin allez vous marier...» «Je ne peux simplement pas m'entrer dans la tête que mon frère est amoureux. Il est heureux avec toi, tu le sais ça, Manon? Vraiment heureux.»

– Mon chéri, je reviens dans deux minutes, juste le temps de...

Mais il ne me libère pas. Au lieu de cela, ses lèvres se déposent son front. Sous la caresse, je ferme momentanément les yeux.

– Martin...

– Tantôt, dit-il en déboutonnant mon chemisier.

Suzie

«Bonjour les filles, je ne sais pas si vous allez vous souvenir de moi, enfin, je l'espère de tout cœur. Nous nous sommes connues dans un ascenseur, rue Papineau…»

J'échappe un cri de joie et ma main agrippe l'épaule de Frank qui dort du sommeil du juste.

– Quoi, quoi! Est-ce que tout va bien? s'enquiert-il, réveillé d'un seul coup.

– Manon a écrit! C'est fantastique!

– Qui est Manon?…

– La fille de l'ascenseur, voyons!

– Ah!, la fille de l'ascenseur, bien sûr. Enfin, bordel! Dis-lui qu'elle vienne ici, j'ai deux mots à lui dire, moi.

Frank se retourne sur le dos, les muscles de sa poitrine se contractent pour mon plus grand plaisir. Attirée par le creux entre son flanc et son biceps, je dépose son iPad sur ma table de chevet.

– Ah, ouais? Et que vas-tu donc lui dire?

– De ne plus faire attendre ma blonde. Ça m'irrite.

– Elle avait probablement perdu le bout de carton. C'était le seul que nous avions, nous n'avions même pas de stylo et puis, quand la porte s'est finalement ouverte, Flavie a couru pour sortir, et Manon est vite retournée à ses tristes affaires. Je n'ai pas osé les retenir.

Les doigts de Frank entourent mon sein sous ma chemise de nuit, je fonds encore, même après tous ces mois de vie commune.

– Tu défendras toujours tes amies, hein?

– Manon nous invite à son mariage.

Frank s'immobilise, son visage au-dessus du mien.

– Suzie…

– OK, tu n'auras pas à porter de cravate.

– D'accord. Je t'aime.

Flavie

« J'aimerais vous inviter à mon mariage en juillet prochain... »

J'ai relu la missive de Manon trois fois, incrédule. Puis, très vite, la réponse de Suzie s'ajouta : « Ce sera un plaisir d'y assister avec mon conjoint Frank Thibault ».

Alors que j'entends des pas et une porte qui se referme dans l'entrée, je m'exclame sans attendre.

– Mathieu, oh mon Dieu ! Je dois aller magasiner et pas à la friperie cette fois !

Mon homme baisse les yeux pour me regarder avec douceur. Ce que j'y lis ressemble à un mélange d'amour et de raillerie. D'un geste rapide, il sort son portefeuille, et me tend sa carte de crédit.

– Enfin ! Ma douce va s'habiller comme du MONDE !

Je tapote le morceau de plastique comme s'il s'agissait d'une mauvaise blague. Alors que mon menton s'appuie sur sa poitrine solide, ses bras m'entourent et ses lèvres se posent à la naissance de mon cou.

– Nous allons à un mariage... à Valleyfield.

– Je connais un gars qui vient de là. Je lui ai vendu un immeuble l'an dernier.

– Ah, oui !... Alors, tu sais où c'est, toi, Valleyfield ?

– Mais je sais tout, voyons. Je sais même que tu vas perdre la carte dans quelques instants...

J'aime quand il change de sujet pour me retirer mes vêtements...

Juillet

En cette journée mémorable, la cathédrale Sainte-Cécile admet en son sein près de trois cents personnes. Au milieu de la cohue se tiennent une jeune femme rousse toute de blanc vêtue, un jeune homme portant le smoking avec fierté, de l'amour dans leurs yeux. Entre les photos, embrassades et confettis, la mariée semble chercher quelque chose du regard. Aveuglée par le soleil qui tombe déjà à l'ouest, elle place sa fine main gantée de blanc sur son front, telle une Indienne. Puis, écartées des autres convives, un peu timides mais séduisantes à couper le souffle dans leur robe ajustée, elle discerne finalement Suzie et Flavie, chacune accompagnée. Très très bien accompagnée! Les deux hommes, grands et athlétiques, portent la fleur à la boutonnière avec beaucoup d'élégance.

Manon se surélève sur la pointe de ses escarpins blancs pour glousser son excitation à l'oreille de Martin qui se retourne rapidement pour les découvrir.

– Qu'est-ce que Mathieu Latour fait ici? demande-t-il.

– Tu le connais? Il est avec Flavie, l'autre fille de l'ascenseur...

– Je connais l'autre gars aussi, c'est Frank Thibault. Je ne savais pas qu'il était sorti de prison. C'est l'homme qui a vengé ma cousine quand elle s'est fait attaquer. Je n'ai jamais eu l'occasion de lui parler! Mais, où as-tu trouvé ces gens?

Manon prend la main de son mari et se met à courir vers Flavie et Suzie.

– Dans un ascenseur, un jour de pluie...

REMERCIEMENTS

Dans mon univers, l'écriture n'est pas un sport solitaire. J'ai eu la chance d'être épaulée quotidiennement tout au long de la création de cet ouvrage. Je souligne ma reconnaissance à l'auteure Catherine Bourgault, qui a grandement contribué à fignoler mes histoires, particulièrement mes héros masculins. Sans son intervention bienveillante, Frank Thibault (Suzie) aurait porté une casquette jaune et une chemise à carreaux. Nous l'avons échappé belle.

Je remercie l'équipe de Numériklivres, qui croit en mon travail depuis le début. Sylvain Hamel et Julie Charbonneau du studio de photographie Binary Revolt, merci pour les superbes photos. Marie-Christine Forget, Marie-Isabelle Boucher, Mélanie Therrien, merci de m'avoir lue et relue! Merci à Corinne De Vailly pour son œil de lynx sur des détails que je n'aurais jamais discernés.

Merci à mon conjoint Jean-Marc pour son soutien et pour les rénovations des dix dernières années qui m'ont permis de «construire» l'histoire de Manon Lachance. Merci à Sandrine et Thierry, pauvres enfants d'écrivaine qui voient leur mère plus souvent devant un ordinateur que sur un terrain de soccer. Je vous revaudrai ça. Merci maman, mamie, matante Claire, vous savez pourquoi.

Merci Ingrid Remazeilles d'avoir insisté. Publier aux Éditions Goélette, c'est une belle cerise sur un sundae déjà bien sucré.

MARQUIS

Québec, Canada